安邦·致君·化民

先秦两汉《诗》教研究

王贞贞 著

2020年度贵州省哲学社会科学规划国学单列课题成果

贵州省孔学堂发展基金会资助

新华出版社

图书在版编目（CIP）数据

安邦·致君·化民：先秦两汉《诗》教研究 / 王贞贞著 .
北京：新华出版社 , 2024. 7.
ISBN 978-7-5166-7452-9

Ⅰ . I207.222

中国国家版本馆 CIP 数据核字第 2024BJ0292 号

安邦·致君·化民：先秦两汉《诗》教研究

作者： 王贞贞
出版发行： 新华出版社有限责任公司
（北京市石景山区京原路 8 号　邮编：100040）
印刷： 三河市龙大印装有限公司

成品尺寸： 170mm × 240mm　1/16　　　**印张：** 22.5　　**字数：** 334 千字
版次： 2025 年 1 月第 1 版　　　　　　　**印次：** 2025 年 1 月第 1 次印刷
书号： ISBN 978-7-5166-7452-9　　　　　**定价：** 98.00 元

微店　　视频号小店　　抖店　　京东旗舰店

微信公众号　　喜马拉雅　　小红书　　淘宝旗舰店

- 贵州省哲学社会科学规划国学单列课题"先秦两汉《诗》教研究"（20GZGX28）研究成果

- 教育部中华优秀传统文化专项课题（A 类）重点项目"中国传统《诗》教及其现代转化研究"（23JDTCA081）系列研究成果

- 西华大学校内人才引进项目"先秦两汉儒家《诗》教研究"研究成果

目 录

绪 论 ………………………………………………………………… 1

第一章 原始《诗》教形成及实践 ………………………… 15

第一节 祭祀制度的革新与《颂》的形成发展 …………… 17

一、殷商时期的祭祀与《商颂》的形成 ………… 20

二、遍祭群神,宣告周兴:《周颂》中的定功、安民诗篇 …… 30

三、郊祀后稷,宗祀文王:《周颂》中的记史、颂德诗篇 …… 41

四、不王不谛,诸侯助祭:《周颂》中的训诫、警示诗篇 …… 48

五、小结 …………………………………………… 56

第二节 政治制度的创建与《雅》的形成发展 …………… 59

一、宗法制度与祭祖宴饮之《诗》 ……………… 60

二、出使出征与犒劳嘉赏之《诗》 ……………… 70

三、王政衰败与讽谏规箴之《诗》 ……………… 79

第三节 王权的衰落与《风》诗的创作采集 …………… 88

一、采诗途径之一:天子巡狩,大师呈诗 ………… 90

二、采诗途径之二:"行人"与"遒人"以木铎徇于路 …… 92

三、采诗途径之三:老而无子者民间求诗 ………… 95

第四节 小结 …………………………………………… 98

第二章 德性与政教性:《诗》的两大天然属性 ………… 101

第一节 以德配天:《诗》中天然的"德"性 ………… 102

一、文王之德：保有天命之根本 ……………………… 110

二、君子之德，修身之本 ……………………………… 114

三、庶民之德，伦理之源 ……………………………… 116

第二节　诗与政通：《诗》中天然的政教属性 ………… 118

一、《诗》从乐起，乐与政通 ………………………… 118

二、《诗》之兴灭关联于王道 ………………………… 122

第三节　小结 …………………………………………… 130

第三章　贵族《诗》教的应用与实践 …………………… 133

第一节　贵族《诗》教时代的政治背景 ………………… 134

第二节　西周教育体系中的《诗》教 …………………… 135

一、乐德与《诗》 ……………………………………… 138

二、乐语与《诗》 ……………………………………… 139

三、乐舞与《诗》 ……………………………………… 150

四、乐仪与《诗》 ……………………………………… 152

第三节　春秋政治体系中的《诗》教实践 ……………… 155

一、"歌《诗》"：礼制的遗存与僭越 ………………… 157

二、"赋《诗》"：断章取义，德义为先 ……………… 159

三、"引《诗》"：脱离乐舞，语义独立 ……………… 164

四、春秋时期《诗》教实践的变化与特点 …………… 167

第四节　小结 …………………………………………… 170

第四章　孔门《诗》教：儒家《诗》教的发端 ………… 171

第一节　礼乐之再造：孔子《诗》教形成的历史背景 … 172

第二节　仁义与王道：孔子对《诗》教的理论贡献 …… 177

一、从模糊到清晰：首次明晰了《诗》篇的主旨 …… 178

二、援《诗》说"仁"：孔门《诗》教"内圣"之方 … 181

三、王道解《诗》：孔门《诗》教"外王"之方 …… 188

第三节　原则与宗旨：孔子《诗》教的几个关键词 …… 192

一、思无邪：确立后世儒家系统解《诗》的原则 ············ 192

二、温柔敦厚：划定后世儒家《诗》教实践的宗旨 ········· 195

三、兴观群怨：美刺与讽谏的理论根源 ················ 197

第四节　小结 ······························· 208

第五章　战国《诗》教：儒家《诗》教的发展 ·············· 209

第一节　子思学派之引《诗》、说《诗》 ··············· 209

一、子思学派引《诗》之内容 ···················· 211

二、子思学派引《诗》之特点 ···················· 217

第二节　孟荀对儒家《诗》教的贡献 ················· 220

一、孟子对儒家《诗》教的继承与发展 ················ 220

二、荀子对儒家《诗》教的继承与发展 ················ 232

第三节　小结 ······························· 240

第六章　汉代《诗》教：儒家《诗》教的定型 ·············· 244

第一节　汉代儒家《诗》教形成的历史背景 ············· 245

第二节　汉代《诗》教的缘起与发展 ················· 250

一、缘起：汉初陆贾说《诗》 ···················· 250

二、尝试：文景时期《诗经》学派对黄老学说的冲击 ········ 252

三、鼎盛：元成时期的《齐诗》治国 ················ 256

四、独秀：东汉时期《毛诗》的蓬勃兴起 ·············· 260

第三节　三家《诗》的理论构建及政治实践 ············· 262

一、《鲁诗》的学术特征："四始"之说与"诗为谏书" ····· 262

二、《韩诗》的学术特征：先秦《诗》教的绕梁余音 ········ 268

三、《齐诗》的学术特征：谶纬之说 ················ 288

四、西汉《诗》教政治实践 ····················· 298

第四节　《毛诗》的理论体系构建 ·················· 311

一、《毛诗》的学术渊源 ······················· 312

二、《毛诗》确立的系统《诗》教理论 ··············· 318

三、《郑笺》对《毛序》的补充和完善 …………………… 332

　　第五节　小结………………………………………………… 336

结　语……………………………………………………………… 341

参考文献…………………………………………………………… 343

后　记……………………………………………………………… 350

‖ 绪 论 ‖

自西周到清末，在近三千年的漫长时光中，《诗》演变为《诗经》，以《诗》为载体的人文教化伴随着历史的变迁不断完善和发展，在先民的宗教事务、国家事务和社会生活的各个方面发挥了重要作用。

"《诗》教"之名的正式提出，是《礼记·经解》中孔子所云"温柔敦厚，《诗》教也。"然自《诗》形成之初，其教化功能已伴随礼乐制度的建立而产生、运行和发展，《诗经》在漫长的年代中，始终处于政治礼教和国家生活的核心地位，发挥着重要的教化功能。一方面，《诗经》本身即是完善的知识话语体系；另一方面，《诗经》又作为中华文明中重要的意义和价值系统存在。《诗经》之教，春风化雨，浸润无声，在经久不衰的传唱、吟咏与阐释中，以温柔婉转的方式，传播道德伦理，美风俗而厚人伦，阐明政教之道，规天子而致太平。

可以说，自西周初年《诗》创作产生始，以《诗》为载体的人文教化就伴随着历史政治的变迁，不断丰富、发展和变迁，时代变化赋予《诗》教新的职责和使命，而政治变革则带给《诗》教调整嬗变的新契机。自孔子编订六艺以来，《诗》教作为儒家"六艺之教"之首，其随着时代变迁发展嬗变的过程，既是儒家经典在应对不断变迁的社会环境和政治环境时作出的自我调整和适应，亦是儒家群体"内圣外王""修齐治平"的志向、情怀借由经典的诠释和运用在时代和社会变迁中对保持政治清明、维系社会和谐做出的不断尝试和不懈努力。温柔敦厚、化育无声的传统《诗》教，在中国历史上，对于构建主流意识形态、稳定社会秩序、培养道德伦理、塑造中华民族独特的文化性格和民族性格发挥过重要作用。

目前国内学界关于"《诗》教"探讨的著述和论文相对较少、较为零散，具有个体性研究、断代性研究较为突出的特点。总结国内"《诗》教"研究，其研究方向主要有三个方面。

一是对《诗》教特征、影响等方面的宏观研究。如陈桐生的《礼化诗学：诗教理论的生成轨迹》①，从礼学视野出发研究先秦两汉《诗》教理论生成与构建；王启兴的《论儒家诗教及其影响》②，对儒家《诗》教支配下所形成的文学观和价值观进行了梳理，主要突出了儒家《诗》教政教性对文学创作的影响；张国庆的《论儒家诗教的思想性质》③，强调《诗》教理念带有汉代儒学的鲜明烙印，与孔子思想之间存在"重大差异"；刘怀荣的《论诗教的文化渊源与历史形态》④，对《诗》教产生的早期文化基础和感性形态进行了追溯与论证，从巫官文化到史官文化发展的历程角度肯定了《诗》教的缘起与发展；林志敏的《儒家诗教的思想本质及哲学基础》⑤，对孔子"思无邪"说和"温柔敦厚"说进行比较，得出二者之中"思无邪"更接近孔子《诗》教本质之结论；梁占先的《儒家诗教及其特征》⑥着重谈到了春秋时期"引诗言志"的《诗》教特征；金宝的《论以诗为教的产生于诗教观的确立》⑦概括梳理了《诗》教观的确立历程。这些研究成果或对《诗》教的某一方面的功能、或对某一具体时段的特征有深入的分析，或对《诗》教观的形成追根溯源，其中不乏精彩创见。

二是对某一特定阶段的《诗》教研究。如黄克剑的《孔子"诗教"论略》⑧、延钥的《礼的内在化运动背景下〈孔子诗论〉特征分析》，对孔子

---

① 陈桐生：《礼化诗学：诗教理论的生成轨迹》，学苑出版社 2009 年版。
② 王启兴：《论儒家诗教及其影响》，载《文学遗产》1987 年第 4 期，第 7—14 页。
③ 张国庆：《论儒家诗教的思想性质》，载《思想战线》1992 年第 5 期，第 40—47 页。
④ 刘怀荣：《论诗教的文化渊源与历史形态》，载《重庆师院学报》1996 年第 2 期，第 30—33 页。
⑤ 林志敏：《儒家诗教的思想本质及哲学基础》，载《学习月刊》2008 年总第 14 期，第 28—29 页。
⑥ 梁占先：《儒家诗教及其特征》，载《六盘水师范高等专科学校学报》2000 年第 4 期，第 7—11 页。
⑦ 金宝：《论以诗为教的产生与诗教观的确立》，载《理论界》2008 年第 8 期，第 148—149 页。
⑧ 黄克剑：《孔子"诗教"论略》，载《哲学动态》2013 年第 08 期，第 50—58 页。

《诗》教与仁道，与礼乐之道进行了精彩阐述①；冯时的《六经为教与儒学的形成——论孔子正〈诗〉与〈诗〉教之重建》②，对孔子"正经立教"的具体作为进行了阐述分析；周德清的《孔子诗教对于诗教传统的革新》③，提出了"孔子《诗》教"与"传统《诗》教"两个不同概念，并将"传统《诗》教"定格于尧舜时代，对比了两者的继承与革新；唐定坤的《孔子〈诗〉教视野下的"〈诗〉始关雎"及其阐释转向》，对孔子《诗》教中关于《关雎》的诗旨阐释进行分析，并对其后儒家《诗》教诸家对《关雎》的阐释转向作出细致梳理④；凌彤的《儒学的分化与战国〈诗〉教的传承》，对孔子之后儒学的分化与《诗》教的传承作出了梳理分析⑤；郑明璋的《儒家诗教传统与汉赋讽颂》⑥分析了汉代《诗经》学的发展对汉赋中颂美与讽谏两大功能的促进和影响；梁大伟的《汉代的诗教观》⑦阐释了汉儒的经学观念、讽谏思想及诗学观念，分析了汉代与前人《诗》教观的继承关系。这一部分成果主要集中在对孔子《诗》教和汉代《诗》教两个重要历史阶段的《诗》教研究，部分研究成果触及《诗》教的宗旨及核心，在探索各阶段《诗》教的传承接续脉络方面做出了积极的努力，其中不乏精彩论述。

　　除此之外，还有大量的研究成果虽未提出"《诗》教"之名词，但着重于对《诗经》的功能性研究。如，对某部著作中用诗、引诗情况的考证和研究。这一类研究所占的比例较大，学者主要对《论语》《左传》《国语》《孟子》《中庸》等儒家经典文献中用《诗》情况进行了考证和分析，也有

---

① 延钥：《礼的内在化运动背景下〈孔子诗论〉特征分析》，载《湖北社会科学》2014年第10期，第24—26页。

② 冯时：《六经为教与儒学的形成——论孔子正〈诗〉与〈诗〉教之重建》，载《中原文化研究》2015年第3期，第20—33页。

③ 周德清：《孔子"诗教"对于"诗教"传统的革新》，载《西藏民族学院学报（哲学社会科学版）》2014年第35期，第125—127页。

④ 唐定坤：《孔子〈诗〉教视野下的"〈诗〉始关雎"及其阐释转向》，载《励耘学刊》2002年第2期，第77—98+374页。

⑤ 凌彤：《儒学的分化与战国〈诗〉教的传承》，载《智慧中国》2022年第11期，第66—67页。

⑥ 郑明璋：《儒家诗教传统与汉赋讽颂》，载《许昌学院学报》2005年第06期，第38—40页。

⑦ 梁大伟：《汉代的诗教观》，载《鞍山师范学院学报》2011年第13期，第76—78页。

少量文章对《墨子》《晏子》等诸子著作中的用《诗》情况进行了分析研究。这一类研究着重考察在著作中用《诗》的方法及特点，具有文献分析的意义，多从文学角度出发。比如梁大伟的《〈论语〉中用〈诗〉、引〈诗〉和评〈诗〉现象》，李晴晴的《〈左传〉引〈诗〉诗义研究》，靳英的《元代戏曲用〈诗〉研究》，等等。

与论文研究成果一样，目前关于《诗》教的著作成果也多集中对某一时段的《诗》教思想研究，或用《诗》考论、研究中。如王倩所著《朱熹诗教思想研究》①，对朱熹的《诗》教理论框架和教学体系进行了梳理研究；罗立军所著《从诗教看〈韩诗外传〉》②，探讨了治道与《韩诗》中的教化原则、历史构造和礼制思想；俞志慧所著《君子儒与诗教》③，系统探讨了儒家的"言语"之内涵范畴与先秦《诗》教思想的形成建立之联系；王秀成所著《三礼用诗考论》④、陈致所著《从礼仪化到世俗化——诗经的形成》⑤、马银琴所著《周秦时代诗的传播史》⑥、战学成所著《五礼制度与诗经时代社会生活》⑦、周泉根所著《新出战国楚简之诗学研究》⑧ 等。王秀成的《三礼用诗考论》对典礼制度与《诗》的关系进行系统考证，通过一系列与"礼"相关的文学问题和与"诗"相关的礼学问题的研究，解释了特殊历史文化背景下《诗》的原始面貌和发展规律，涉及周代《诗》的宗教功能和乐用功能；陈致的《诗经的形成》一书结合国外音韵学研究成果和国内考古成果，对《诗》的分类和编排提出了创造性的意见，对《诗》与"乐"的紧密联系做出了细致翔实的考证，有助于我们了解《诗》在形成初期的乐教功能的具体实现；马银琴的《周秦时代诗的传播史》对《诗》的文本在周秦时代的传播和应用做了分阶段、分地区的翔实论述，对诗乐分离时期的春秋赋诗、引诗现象进行了结合历史背景的客观分析；战学成

① 王倩：《朱熹诗教思想研究》，北京大学出版社 2009 年版。
② 罗立军：《从诗教看〈韩诗外传〉》，暨南大学出版社 2008 年版。
③ 俞志慧：《君子儒与诗教》，生活·读书·新知三联书店 2005 年版。
④ 王秀成：《三礼用诗考论》，中国社会科学出版社 2007 年版。
⑤ 陈致：《从礼仪化到世俗化——诗经的形成》，上海古籍出版社 2009 年版。
⑥ 马银琴：《周秦时代诗的传播史》，社会科学文献出版社 2011 年版。
⑦ 战学成：《五礼制度与诗经时代社会生活》，中国社会科学出版社 2014 年版。
⑧ 周泉根：《新出战国楚简之诗学研究》，天津教育出版社 2010 年版。

的《五礼制度与诗经时代的社会生活》以诗的创作和应用为切入点，独创性地将周代分为诗的创作和诗的应用量大部分，对诗经中的诗篇中所蕴含的礼乐背景进行了详细研究；周泉根的《新出战国楚简之诗学研究》以郭店楚墓战国竹书、上海博物馆藏战国楚竹书和清华大学藏战国楚竹书为研究对象，研究《诗》和"言志"之间的文献学、文化学和文字学关系，探讨礼乐文明与诗之关系，揭示《诗》的经典化、本位化和政教化的过程，考镜源流，论证严密。郑伟的《毛诗大序接受史研究》① 以《毛诗大序》的接受史为切入点，用文化诗学的方式勾勒出古代儒学文论的演进逻辑及阶段性特征，特别关注时代问题与经学教育体制对士人主体精神的深刻影响，其结合历史背景研究儒学文论的研究方法对开拓笔者的研究思路提供了较好的借鉴。

国外对《诗经》的功能性研究集中在运用社会学和民俗学的方法，研究《诗经》中的篇章与节庆、信仰、习俗与巫术的关系。其中代表学者为法国汉学家葛兰言（Marchel Granet），他在《中国古代的节庆与歌谣》② 一书中，探讨了《国风》篇章与中国古代节庆、歌舞、信仰与习俗的关系。此书开启了文化人类学《诗经》研究之肇始。美汉学家周策纵所著《古巫医与"六诗"考——中国浪漫文学探源》③，讨论了古巫医与《诗经》中篇章之关系。美汉学家宇文所安所著《〈诗经〉中的繁殖与再生》④ 从《诗经》中诗篇内容出发，讨论了社会生产与种族延续、社会结构与政治伦理延续之问题。日本学者接受了西方文化人类学的《诗经》研究方法，许多学者在此领域有所建树。赤冢忠在《古代歌舞诗的系谱》⑤ 中提出"三百篇"大部分为歌舞之诗，而"兴"之意，原本是由咒术所产生的；白川静在《诗经的世界》⑥ 中从民俗学的角度重新审视《诗经》篇章，力图还原中国古代社会与生活的原貌。

---

① 郑伟：《毛诗大序接受史研究》，人民出版社 2015 年版。
② 〔法〕葛兰言著，赵丙祥、张宏明译，赵丙祥校：《中国古代的节庆与歌谣》，广西师范大学出版社 2005 年版。
③ 〔美〕周策纵：《古巫医与"六诗"考——中国浪漫文学探源》，上海古籍出版社 2009 年版。
④ 〔美〕宇文所安：《〈诗经〉中的繁殖与再生》，载《哈佛亚洲学报》2001 年第 61 卷第 2 期。
⑤ 〔日〕赤冢忠：《古代歌舞诗的系谱》，载《日本中国学会报》1952 年第 3 辑。
⑥ 〔日〕白川静：《诗经的世界》，黄铮译，四川人民出版社 2019 年版。

可以看出，国外学界目前对《诗经》的功能性探讨主要集中在《诗经》中所反映出的先秦时期社会生活礼俗的相关研究上，对《诗经》脱离音乐之后纯文本的传播和诠释，尤其是儒家《诗》教的功能性研究相对缺乏。

总体而言，目前学界对《诗》教的研究有待进一步深入。一是整体来看，对《诗》教缺乏整体的视野和明确的定义。"《诗》教"与"《诗》教"概念并未得到清晰划分，出现混用的情况。"《诗》教"，侧重于以《诗经》经义阐释和践行而达到淳风化俗、致君尧舜、致力太平之政教功能；而"《诗》教"，则是包括《诗经》但不限于《诗经》的诗歌之教化，侧重于其文学、艺术和审美等功能。两者应得到清晰划分和区别使用。然从目前学界对其的使用上来看，尽管所言乃以《诗》为教的"《诗》教"，多数学者仍然使用"《诗》教"以代之，当然已有少数学者对其进行了区分，用"《诗》教"指代以《诗经》为蓝本的儒家之教。从上文的文献梳理中即可明显看出此状况；二是对《诗》教的研究缺乏历史纵深的整体视野观照。《诗》教形成的历史背景、文化渊源探讨有待进一步深入，各阶段《诗》教之间的传承接续脉络研究仍然比较缺乏。就目前的研究成果来看，《诗》教的形成动因、内在属性、演变脉络有待进一步探求。

因《诗》教本身具有的动态性、扩展性和实践性，厘清《诗》教的形成渊源、发展脉络、演变动因实在殊非易事。本书尝试在前人丰富的研究成果基础上，尝试以古代历史社会变革时期的政治转型为研究背景，追溯《诗》的原始政教性创生动因，探寻历代《诗》教发展演变中所延续的内在脉络和逻辑关系，思考在朝代更迭、政治变革的转型时期，《诗》教如何顺应历史潮流和政治环境，自我调整、因循变革而不断演化延续的内在动因，期望能在整体视野下梳理出一条从《诗》教之发源到儒家《诗》教之定型的连续脉络。因学识所限，文中偏颇不周之处在所难免，不免有武断之语，唯期方家指正赐教。

引论：《诗》教之概念

最早出现《诗》教的文献是《礼记·经解》，其中记载了孔子关于

《诗》教的言论："孔子曰：'入其国，其教可知也。其为人也，温柔敦厚，《诗》教也。'"后世谈及《诗》教，多沿用此语。然"温柔敦厚"，可视之为《诗》教的方法和《诗》教的目的，但对于什么是《诗》教，如何教之，孔子并没有言明。

到唐代，孔颖达在《礼记正义》中对《诗》教作出了疏解：

> 温柔敦厚，《诗》教也者。温谓颜色温润，柔谓情性和柔，诗依违讽谏，不指切事情，故云温柔敦厚，是《诗》教也①。
>
> "其为人也，温柔敦厚而不愚，则深于诗者也。"此一经以《诗》化民，虽用敦厚，能以义节之，欲使民之敦厚不至于愚，则是在上深达《诗》之义理，能以《诗》教民，故云深于诗者也②。

又云：

> 若以诗辞美刺讽喻以教人，则是深于诗者也③。

孔氏所疏，一方面是对孔子所论"温柔敦厚"的词句阐释，一方面是承接《诗大序》中提出的美刺观，对《诗》教的"教人"的功用性进行阐述，指《诗经》阐释以义理为主，赋予政教得失之意义，以美刺讽喻以"教人"。然对于《诗》教的方法、目的和效果描述仍然十分模糊。这个问题在后世一直存在，后世儒家学者多直用《诗》教之名，却少有人对《诗》教的概念作出明确的定义。谈及《诗》教，也多是讲其功用效果。如苏洵在《嘉祐集》中云："故《诗》之教，不使人之情至于不胜也。"④《四库全书总目提要卷九》中云："故《诗》之教，理性情，明劝戒，其道至大。"⑤

---

① （清）阮元校刻：《礼记正义》卷第五十，见清嘉庆刊《十三经注疏》本，第3493页。
② （清）阮元校刻：《礼记正义》卷第五十，见清嘉庆刊《十三经注疏》本，第3493页。
③ （清）阮元校刻：《礼记正义》卷第五十，见清嘉庆刊《十三经注疏》本，第3493页。
④ 曾枣庄、刘琳主编：《全宋文》第四十三册·卷九二三，上海辞书出版社2006年版，第109页。
⑤ （清）永瑢等撰：《四库全书总目·卷九经部九》，中华书局1965年版，第78页。

所言还是《诗》教在个人修养和社会伦理方面发挥的作用。

当代学者也对《诗》教的概念进行过探讨。康晓城提及两汉以人伦教化说《诗》，阐述《诗》教具有和谐人伦之重要功能："因儒家之学，特以明人伦为宗，由于诗具有敦厚、和谐人伦之功能，故《诗》教甚受重视，尤其孔子以后之战国两汉儒者，以人伦教化说诗，将诗运用于政教。"① 强调是儒家《诗》教的重要社会功能；刘文忠在《温柔敦厚与中国诗学》一书中也谈到了《诗》的教化："孔颖达对'敦厚'二字并未作出解释，却将《诗》的依违讽谏，不切指事情抛出，这实际上是为《诗》的讽刺原则进行了一种规范，即在运用诗歌表达感情的时候，要言辞温和、性情和柔。这就是《诗》的教化。"② 其实所言，仍然是对"温柔敦厚"的理解，所言乃是《诗》的教化方式。夏静、李轶婷在《诗教制度论》中简单对《诗》教做出定义：《诗》教，"是指以《诗三百》为载体的人文教化，为'六艺之教'之首"。③ 以"人文教化"概括《诗》教，固然不错，但概念范围显得过大。

《诗》教，顾名思义，即是指"以《诗》为教"。既然以《诗》为载体进行教化，就涉及教化对象、教化方法、教化目的和教化效果。孔子所提出的"温柔敦厚"，按照历史上诸家的理解，可视作教化目的，亦可视作教化方法。但这只是《诗》教概念中的一个因素，不能代表《诗》教的全部。后世提及《诗》教，多从"温柔敦厚"之语扩展引申，实为儒家《诗》教之内涵意义。但其实自《诗》产生之时起，以《诗》为教的活动已经随着西周王朝典仪、教育而蓬勃展开，以"温柔敦厚"为典型特征的儒家《诗》教，其实只是《诗》教生成、发展进程中的一个阶段。如林耀潾所言，"郊庙祭祀、燕享宾客，必奏诗乐以成礼，此诗、乐、礼三者相须为用之状也，及其后，诗脱离礼乐，仅以诗辞美刺讽喻为教，然三者合一之时，亦《诗》教也。"④ 此说即看到历来学界多以儒家《诗》教混淆《诗》教整体概念之

---

① 康晓城：《先秦儒家诗教思想研究》，"国立"台湾师范大学教育研究所博士论文，第 30 页。
② 刘文忠：《温柔敦厚与中国诗学》，上海古籍出版社 2015 年版，第 6 页。
③ 夏静、李轶婷：《诗教制度论》，载《首都师范大学学报》2017 年第 3 期，第 107 页。
④ 林耀潾：《先秦儒家诗教研究》，花木兰文化出版社 2008 年版，第 1 页。

误区，将西周时期诗礼乐一体的教化活动亦归入《诗》教之整体内涵。然若从《诗》之产生过程来看，《诗》教之实际内涵还可再往前推至西周之初。随着历史进程的发展，《诗》教亦随着时代的发展、社会的变化不断丰富和延展其内涵，在经历了漫长的历史发展和文化进程之后，当我们以纵贯历史的宏观视角来研究《诗》教，有必要对其进行概念的重新界定。

在对《诗》教进行定义之前，笔者认为，有三方面的问题需要注意。

其一，"《诗》教"是一个动态的概念。其内涵与外延，随着时代的发展、政治的变革、社会的变迁，有一个不断完善、丰富和改变的过程。在不同的历史阶段，《诗》教的内涵与外延皆不相同，其演变与发展，与政治变革、社会发展多因素推动密切关联。

其二，"《诗》教"是一个系统性的概念。正是基于不同历史阶段，不同文化语境下的《诗》教观念都不相同，我们不能简单地对《诗》教进行单一定义。它应该是包含了许多子概念的一个系统的概念。关于"概念"的设定动因，西方著名的哲学家布迪厄曾提出"概念的真正意涵来自各种关系，只有在关系系统中，这些概念才获得了它们的意涵"。[①]

其三，"《诗》教"之教，既是孔教之教，亦是教化之教。因此《诗》教的概念中，既包括理论的构建，又包括教化的实践。在这样的设定目的之下，我们定义《诗》教这样一个动态性、实践性、系统性的概念，就应该从实际研究的功用出发，对《诗》教的整体概念和与之关联的各个子概念进行全面的定义。

正基于此，《诗》教是一个非常复杂的概念，不同时代的《诗》教概念有所不同，而《诗》教实践与《诗》教理论的衍生发展又相互交织，要阐释《诗》教的概念，涉及交替使用共时分析与历时分析的不同方法。

我们从《诗》的起源开始，来看看《诗》教的最初形态。学界较为普遍的观点，是认为自孔子明确提出《诗》教的概念后，《诗》教才逐步形成。但事实上，自《诗》形成之日起，《诗》已经肩负着教化的功能，是周王朝维系政权稳定、教化诸侯百姓的重要工具，其实践性在其创生之日起

---

① 〔法〕皮埃尔·布迪厄：《实践与反思》，中央编译出版社 1998 年版，第 131 页。

就已经存在。西周初期，为配合新建立的周王朝明确政权合法性、强化宗族认同感、威慑四方异姓诸侯的政治需求，《诗》中《周颂》《大雅》中的篇章应运而生。《周颂》中古朴简短、雄壮有力的诗句，配合各类祭天、祭祖的宗教仪式，传达出周人"受命于天"的合理性与神圣性，彰扬了自后稷到文王的高尚品行与伟大功绩，警示了四方异姓诸侯顺应天命，恪守臣道，此时期，《诗》的教化对象包含了西周社会的各个层面：受封的周人的血亲诸侯、殷商旧民与上层诸侯臣僚、其他宗族的诸侯与四方百姓，教化的宗旨是安抚、引导与警示，最终目的是维护新生政权的稳定和权威。西周中期，随着政治制度和礼乐制度的逐渐完备，伴随着燕享、征伐、嘉赏、出使等国家大事的发生，配合政治事件与礼乐的推行，《诗》中《大雅》的小部分诗篇和《小雅》中大部分诗篇应运而生，伴随着礼乐的传播和深入，这些配合礼乐反复吟唱的篇章起到了凝聚邦国对王朝的向心力、聚拢和稳定百姓的民心、传播关于人伦的秩序和人性的美德等重要功能，对维护社会秩序、培育民风起到了重要作用。此阶段，教化的对象是西周百姓。《大雅》中有一部分诗歌作于厉王时期，《小雅》中还有很大一部分诗歌作于宣王、幽王时期。这些诗篇多为讽谏之诗，是当朝公卿大夫针对君王的失德、王政的弊端进行的哀叹和讽谏。这些诗篇"教化"的对象直指君王本身。西周晚期到春秋末期，《风》诗中大部分诗篇出现，反映百姓生活、情感的诗篇彰显了王道政治的兴衰，反映出时代的变迁，而这一部分《风》诗，被采集于《诗》的最初目的是"观风俗""知得失"，作为君王资政的参考，但鉴于周王室日益衰落的现实，本来针对君王的"教化"失去了其本身的功能和意义。

在孔子之前，西周早期的教育体系中，也早已有以《诗》为教的实践。这一阶段《诗》教的概念虽未正式提出，但《诗》之教也附着于"乐"之教，作为"乐教"中表情达意的文辞部分承担着传播礼乐教化、规范社会秩序、行使政治使命的部分功能。此阶段的《诗》教，即是"雅"教，贵族教育的主要方面之一。贵族阶层的子弟通过诗乐一体的教化，使得仪容风度、言谈举止、内在修养都符合"礼"之标准，能够满足政治生活的朝聘会盟中出使专对、国事交流等整治活动的实际需要。有赖于《诗》本身具有的"德"性，"乐教"中以《诗》的文辞歌颂圣王、教化人伦、传播美善，同时有赖于《诗》中天然的"政教性"特质，上层贵族以《诗》为社交手段、说服利器，完成政治生活领域中诸如规谏、请求、斡旋、威慑等诸多政治功能，在歌舞揖让、引诗赋诗中完成政治使命，促成国家大事，这也是《诗》教发展中重要的一个阶段。

自孔子之后，"《诗》教"具体为"儒家《诗》教"，此后每一个阶段的《诗》教发展，都伴随着儒家知识分子所做出的《诗》教实践。儒家知识分子在时代的变迁中秉承着济世救民的理想情怀，努力适应时代发展与政治变革，以《诗》为谏积极入世的行动实践，既是对《诗》教理论的践行，其过程也为《诗》教理论的丰富和完善提供着源源不断的动力和活力。

《诗》教的理论，始自孔子提出"《诗》教"，在其后漫长的历史中，随着时代的变迁、政治的变革、社会的发展，不断完善、发展和演变。孔子率先提出《诗》教之概念，并在诗乐分离的历史时刻，以《诗》之文本为教，培育弟子高尚品性与参政能力，确立了后世《诗》教"内圣"与"外王"发展的两条路径：一方面是完善自身道德修养，一方面是积极参与政治构建，以话语体系影响执政方略，维系社会清明。孟荀分别沿着内外两条路径进一步补充了孔子《诗》教的理论内涵，孟子拓展了孔子修身成"仁"的个人修养路径，将其扩展到君王治国之"仁政"，着力将《诗》中篇章之意与"仁政"联系起来，开启了《诗》教之以诗为谏，参与政治事务的先河；提出"以意逆志"的解释方法，确立了解诗者的主体地位，为后世学者百花齐放的解《诗》路径提供了理论根源；荀子则注重国家秩序与民众行为外在的约束，期望"隆礼重法"，从制度上根本解决社会无道、人伦失序等影响国家稳定发展的问题，其引诗的重点在突出"礼法"必要性及重要性之上，以理说《诗》模式深刻影响到后世《韩诗外传》（以下简称《外传》）的体例和引《诗》方式；以《诗》证"礼"的模式深刻印象到后世《郑笺》的解《诗》路径；汉代，鲁、齐、韩、毛西汉时期四家《诗》出，一方面接续孔子提出、孟荀丰富的《诗》教之道，一方面结合董仲舒所提出的"天人感应"理论，在西汉中央集权、君主专政的政治环境下，巧妙地创造出一种全新的、在绝对权威的缝隙中可供转圜的政治话语模式，以达到格正时弊、匡正君心，实现儒家理想政治社会模型之期望。以《毛传》《郑笺》为代表的理论，完整地构建了一个逻辑清晰、首尾闭合的《诗》教体系：明确了《诗》教"下以风谏上"与"上以风化下"的双重功能；树立了"言之者无罪，闻之者足戒"的约束主客体双方的"《诗》教"实践的不二原则；规划了在"正变"背景下，以"美刺"解《诗》的清晰逻辑体系。在这个理论体系下，《诗》中所有的诗篇都足以与王道政教发生联系，发挥关于匡正时弊、格正君心、清明政治的教化功能。自汉代起，《诗》正式变为《诗经》，儒家《诗》教的理论体系正式建立。自此之后，后世的儒家《诗》教理论基本都沿袭着《毛诗》所确立的理论体系演变与发展。唐代以《正义》为代表，对《毛诗》所确立的"《诗》教"话语体系和逻辑结构进行了进一步的强化、完善与修正；宋代"疑古非经"的思想大行其道，沿着"尊序"与"废序"两条脉络，学术成果层出不穷，极大丰富了《诗》教的理论内涵；明清时期又出现了对汉唐《诗》教理论的复古与回归。伴随着《诗》教理论的演变发展，历史上儒家知识分子关于《诗》教的实践也在探索中不断进行。然儒家"《诗》教"无论是以文学作为讽喻现实、服务政治的工具，还是由其承载的儒学价值观念以资教化，都是以儒家经国利民的实践精神作为支撑的。

尽管不同时期的《诗》教理论和《诗》教实践各有特点，看似零散，但其内核实则"一脉相承"——《诗》在形成过程中的自我属性成为《诗》教延续发展的内在根基，孔子所提出的修身与治国的内圣外王的双重路径成为《诗》教的根本目的。在这条主干线上，后世《诗》教或扩展、或收缩，或偏重于外王之道、或着眼于内圣之修，而其核心精神，则是儒家知识分子经世济民的家国情怀与兼济天下的责任担当。

沿着《诗》教形成发展的脉络，可以看到其中其实包含多个子概念。自周公、武王为配合政权新生创作《时迈》以来，到《诗》结集成册，这一阶段的"《诗》教"，可称之为"原始《诗》教"；从《诗》系统应用于西周的学官教育，一直到鲁定公四年最后一次赋《诗》，这一阶段的《诗》教，可称之为"贵族《诗》教"；自孔子正式提出"温柔敦厚"的"《诗》

教"概念,将"《诗》教"推广包括平民阶层在内的社会各阶层,这一阶段的《诗》教,可称之为"儒家《诗》教"。这些不同阶段的《诗》教,其教化对象、教化方式、教化目的迥然有别。

根据布迪厄"概念系统"的理论,为全面阐释《诗》教之定义,笔者尝试这样系统定义《诗》教:

原始《诗》教,是指在《诗》的形成时期以《诗》为载体进行的教化,其存在于三代礼乐话语系统中,实践性是其鲜明特征。其教化对象是西周政权自天子以下的各个层级,其教化方式是以《诗》配合各类礼仪进行反复演绎,其教化目的是强化政权合法性、维系政权稳定性,协助礼乐教化维护社会秩序、培育社会风气。

贵族《诗》教,即是"雅"教,西周贵族教育的主要内容之一。贵族阶层的子弟通过《诗》乐一体的教化,使得仪容风度、言谈举止、内在修养都符合"礼"之标准,能够满足政治生活的朝聘会盟中出使专对、国事交流等政治活动的实际需要。

儒家《诗》教,是指以孔子为代表的儒家知识分子,秉承修齐治平的人生理想与政治追求,依托《诗》中所蕴含的关于人伦美德及王道政治的篇章意旨,结合当时政治变革与社会发展的实际需求,通过习《诗》、诵《诗》、引《诗》、解《诗》、说《诗》等多种方式,实现培养文学审美、提升自我修养、培育民众美德、养成社会风气、讽谏君主过失、维系政治清明等目的。这一过程中所有的理论构建与行为实践,统称为儒家《诗》教。

有必要强调,各个《诗》教阶段的概念中有重复的时间段。原始《诗》教的后延时间段与贵族《诗》教的前沿时间段有重合的部分,而贵族《诗》教的后延时间段与儒家《诗》教的前沿时间段有重合的部分。

前文已述,其实在孔子之前,《诗》教的实践已经形成,并从未间断。《诗》自形成之日起,便担负了"教化"的功能。《诗》,原本为配合西周的政治变革与礼乐制度而创生,早期《诗》教从属于乐教,其教化对象遍及政治体系中从君王、诸侯到百姓的各个层级,教化目的是凝聚政治向心力、维护政权稳定、养育淳朴民风。不过自孔子提出《诗》教之观念,《诗》教才进入儒家《诗》教发展阶段。但若是割裂西周时期《诗》的形成与教化的实践，孔子所提出的《诗》教便是无源之水、无根之木，我们无法理解如何从《诗》中得以培育品行、施行王道的根由。本书所论《诗》教，考论《诗》教之渊源，从《诗》的起源和《诗》的教化实践的最初开始说起。

第一章

原始《诗》教形成及实践

王国维在《殷周制度论》中指出："殷周间之大变革，自其表言之，不过一姓一家之兴亡与都邑之转移；自其里而言之，则旧制度废而新制度兴，旧文化废而新文化兴。"① 从殷商到西周，制度文化发生了剧变，人文文化取代了巫鬼文化，严密的宗法制度取代了松散的部落联盟。如王国维所言："（周）制度文物与其立制之本意，乃出于万世治安之大计，其心术与规模，迥非后世帝王所能梦见也。"这一时期，制度文化的革新在《诗》的创作中显现出明显的转折与清晰的脉络。作为文化载体和政治符号的《诗》，在新的政治文化逐步创建和稳固的过程中，又起到了宣传新制度、强化新秩序的作用。这就是早期的原始《诗》教。

流传至今的《诗经》排序为《国风》《大小雅》《颂》，然而追溯《诗》中篇章的形成过程，按照先后顺序，应是《颂》在先，《雅》其次，《风》最末。唐代孔颖达等在《毛诗正义》中对《风》《雅》《颂》三者的出现次序做了粗略的描述，可以作为参考：

> 唐、虞之世，治致升平，周于太平之世，无诸侯之风，则唐、虞之世必无风也。雅虽王者之政，乃是太平前事，以尧、舜之圣，黎民时雍，亦似无雅，於六义之中，唯应有颂耳。夏在制礼之后，不复面称目谏，或当有雅。夏氏之衰，昆吾作霸，诸侯彊盛，或当有风。但篇章泯灭，无以言之。②

---

① 王国维：《王国维全集》之《殷周制度论》，浙江教育出版社 2010 年版，第 89 页。
② （清）阮元校刻：《毛诗正义》卷第一，见清嘉庆刊《十三经注疏》本，中华书局 1980 年版，第 566 页。

这之中说的是政治、礼制与诗篇的对应关系。从这段描述中可以看出诗篇产生与政治发展的逻辑关系：在国家形态最初之时，国力强盛、君王圣明，礼制尚未被创造出来，此阶段应该只有祭祀先王、歌颂功德的《颂》体出现；在礼制被制定出来之后，君臣之间不再像之前那样"面称目谏"，进行平等直接的交流，为了能够委婉表达建议或者批评，这个时期《雅》体或许开始出现；到了国力衰微、诸侯强大的时候，各国之《风》开始大量出现。从《诗》的产生时期来看，大致与此逻辑相对应（排列在《风》之首的《周南》《召南》较为特殊，其产生时间与其他《风》诗时间不一致，不在此逻辑中）。王朝的盛衰与《风》《雅》《颂》的产生次第紧密相关。西周初建时期国力强盛，几代圣王明主功勋卓著，为了肯定新生政权的合法性，团结血缘宗族力量，威慑大量异姓诸侯，大量歌颂先王之德、回顾周民族创生繁衍的壮阔历史、警诫诸侯黾勉同心的诗篇伴随着祭祀仪式开始出现，《周颂》和少量《大雅》诗篇在此背景下产生，此阶段的《颂》与少量的《大雅》与弦歌乐舞结合，共同在政治生活中发挥着凝聚人心、巩固政权的巨大作用。此阶段的《诗》之教，重在教化诸侯及百姓"崇周""尊王"。

成王至共王时期，王政平稳，周公及成王制礼作乐，西周的政治事务与社会事务趋于规范。随着宗法制度的确立和分封制度的普遍展开，礼乐制度被人们广为接受，成为政治生活中的重要事务。因此和睦宗族、推行礼制变得刻不容缓。此时有《大雅》中大部分诗篇和《小雅》中小部分诗篇的出现，其内容多为"饮食宾客，赏劳群臣，燕赐以怀诸侯，征伐以强中国"，皆与国家政治息息相关，除去仍有大量的祭祀相关的诗歌外，这一阶段《大小雅》中的诗主要有两个主题，一是宴饮，一是征伐。以宴饮之诗和睦宗亲、团结邦国，以征伐之诗嘉赏功臣、勉励臣工。此阶段的《诗》之教，重在维护秩序、推广礼制。

厉王之后时期，《大雅》中的小部分和《小雅》中的大部分诗篇开始出现。这一阶段宗法制度与分封制度已经深入人心，完善的制度已经建立，政权面临的最大问题是最高执政者的德行偏差问题。此阶段，怨刺诗开始出现。《诗》的教化对象发生了转变，其主要功能是讽谏，期望君王能够见之自省，重树德行。

平王东迁之后，周王室的实际地位和权威大大下降，王室的官方创作逐渐衰微，各诸侯国反映本国民生、民间生活的《风》诗进入创作高峰。此阶段王权衰微，朝廷对社会的管束逐渐微弱，反映社会生活和百姓声音的诗歌出现。尽管按照礼乐制度设计的初衷，通过"行人"采诗、"孤寡采诗"制度模型由民间而汇集至朝廷，期望能够借此见王政之得失，为君王执政提供参考，但东迁之后的周王室早已"与诸侯无异"，其所辖领土和臣民甚至不及实力雄厚的诸侯国，王室之尊早已荡然无存，《诗》"资王政""知得失"的政治教化目的失去了发挥的平台。此阶段的《风》诗异彩纷呈，直抒胸臆，政教意味单薄，而情感色彩浓厚。

从整个《诗》渐次形成的过程看，其与西周政治重心的迁移紧密相关。关于《诗经》中各部分的创制次序，钱穆先生在《读诗经》中也提出，《诗经》中各部分创制次序应是先《颂》，次《大雅》，次《小雅》，次《国风》。① 当然，《诗》的形成和发展绝对不是不完全依照历史的轨迹按部就班地"顺次落座"，正如夏传才在《诗经研究史概要》中说："《周颂》与《大雅》产生的时代不能截然分开，《小雅》与《国风》不能截然分开。"② 但上述推论大致反映了历史政治环境、社会人文环境的改变对《诗》形成演变的影响。结合周代政治变革和礼乐塑造的过程对《诗》的形成发展进行推演，有助于我们对许多关于《诗经》的悬而未决的争议问题进行全新角度的思考和分析。本章主要探讨在政治变革的过程中《诗》如何形成及发展，以及创生过程中，不同阶段的《诗》如何配合政治需求发挥不同的教化作用。

第一节　祭祀制度的革新与《颂》的形成发展

《礼记·祭统》中说："礼有五经，莫重于祭。"郭沫若在《十批判

---

① 钱穆：《中国学术思想史论丛》（一），见《钱宾四先生全集》（18），台湾联经出版事业公司 1998 年版，第 165 页。

② 夏传才：《诗经研究史概要》，中州书画社出版 1982 年版，第 17 页。

书·孔墨的批判》中也说："礼之起，起于祀神，故其字后来从示，其后扩展而为对人，更其后扩展为吉、凶、军、宾、嘉各种仪制。"① "莫重于祭"说明五礼由原始宗教祭祀仪式发展而来，同时也说明祭祀之礼为五礼之根本。来源于原始宗教的祭祀之礼为周礼的发源，也是《诗》形成的根源。在西周系统的礼乐制度出现之前，殷商时期的祭祀活动就已经十分正式和频繁，而祭祀活动中表达祝祷之意的诗，也已经形成。最早形态的《诗》，正出现于集《诗》、乐、舞于一体的娱神活动中，是神教中祭祀活动的重要组成部分。

根据《礼记·祭法》中的记载，在舜的时代，就已经有较为正式的祭祀仪式。《礼记·祭法》中就说过："有虞氏禘黄帝而郊喾，祖颛顼而宗尧。夏后氏亦禘黄帝而郊鲧，祖颛顼而宗禹。殷人禘喾而郊冥，祖契而宗汤。周人喾而郊稷，祖文王而宗武王。"② 尽管其中所言"祖某宗某"的祭祀方式有待考证，但也说明从舜时期到周朝，祭祀祖先的仪式一直都存在，这一点是较为可信的。然远古时期的祭祀遗迹已不可考，从目前甲骨文等古文字材料的出土和研究成果来看，商代确实已经有了频繁的祭祀活动。除去制度化之"周祭"这样的祭祀活动，殷人还有大量无具体目的之祭祀仪式。这一传统延续到西周，西周秉承商人之祭祀仪式，并在其中加入许多人文的因素，祭祀制度更为系统化、规范化和人文化。

在神圣庄严而带有明显诉求性目的的祭祀活动中，有了乐与舞，还需要有表情达意的祝祷之词。在频繁而广泛的祭祀活动中，由于需要表达对天地、神灵、人祖等祭祀对象的礼敬，表达自身对于禳病消灾、风调雨顺、土地多产、国祚绵长等美好祈愿的诉求，相应的祝祷之词就此产生，这或许就是"诗"的雏形。娱神活动通常是诗、乐、舞一体，以"诗"来表达对上天的赞美、歌颂，实现天人沟通的目的，以歌舞来取悦神灵。

《益稷》中记载"夔曰：'戛击鸣球，搏拊琴瑟以咏。祖考来格……'"，说的是舜治理天下，在庙堂之上祭祀祖考，乐音和谐，祖考神降。注意其

---

① 郭沫若：《十批判书·孔墨的批判》，人民出版社 1982 年版，第 96 页。
② （清）阮元校刻：《礼记正义》卷四十六，见清嘉庆刊《十三经注疏》本，中华书局 2009 年版，第 3444 页。

中"拊琴瑟以咏"一句,《正义》中对此解释:"鼓琴瑟,以歌咏诗章。"说明当时祭祀仪式中已有诗章与音乐相配合。

在《虞书·舜典》中,对祭祀典礼中诗、乐、舞相互配合以达成"神人以和"的记载更为明确:

> 帝曰:"咨!四岳,有能典三礼?"佥曰:"伯夷。"帝曰:"俞,咨!伯,汝作秩宗。夙夜惟寅,直哉惟清。"伯拜稽首,让于夔、龙。帝曰:"俞,往,钦哉!"帝曰:"夔!命汝典乐,教胄子,直而温,宽而栗,刚而无虐,简而无傲。诗言志,歌永言,声以永,律和声。八音克谐,无相夺伦,神人以和。"①

其中的最后一句,点名了"诗、歌、声、律"协和奏唱的最终目的——"神人以和",说明上述元素在祭祀仪式中的应用。同时,这段话点明了在祭祀仪式中"诗"的存在和作用。这是最早提出"诗言志"理论的典籍记载,这里的"诗"中所言之"志",历代学者们均进行过细致讨论,在此不再赘述②。但笔者认为,此处所言之"志",应是密切配合各类祭祀仪式的表达礼敬或者诉求的"诉求"或者"希望",如:祭祀上帝时表达祈求战争胜利、子嗣繁衍等希望;祭祀社稷之神时表达风调雨顺、田地多产等希望;祭祀山川之神时表达祈求国祚永长等希望。它与"神人以和"的最终目的紧密相连,是部族的、集体的意志,而非个人的情感意志。

"诗言志,歌永言,声以永,律和声",言志的诗配合谐和的乐曲和有序的节奏,在繁复庄重而有条不紊的仪式中,共同演绎出宏大而神圣的祭祀场面,达到协调天人关系、"神人以和"的最终目的。

《文献通考》中,马端临亦云"祭祀必有诗歌",尽管当时诗之体并未

---

① (清)阮元校刻:《尚书正义》卷第三,见清嘉庆刊《十三经注疏》本,中华书局2009年版,第288页。

② 关于"诗言志"的探讨,朱自清称其为"中国诗论的开山纲领",罗根泽在《中国文学批评史》中提出,"诗言志"是借诗歌吐露胸中的愁闷或者把自己的意志诉诸公众;朱光潜在《谈文学》中提出,"诗言志"即是"载道",是音乐借助言辞表达的一种诉求。笔者认为,上述论断涉及了"诗言志"的内涵和功用,但结合《舜典》中提出"诗言志"的历史背景来看,此处所言之"志",应是群体之志。

规范和完备，但马端临认为由"和气所感""和声所播"，用乐器演奏、用于宴享祭祀之礼仪的，都可称之为诗：

> 《书》曰："八音克谐，神人以和。"又曰："搏拊琴瑟以咏，祖考来格。"则祭祀亦必有诗歌。而无可考者，意者太古之时，诗之体未备。和气所感，和声所播，形为诗歌，被之金石管弦，施之燕享祭祀，均此诗也，未尝不可通用。①

《诗》之源于祭祀典礼，吕思勉也曾说：

> 诗书礼乐，追原其溯，盖与神教关系甚深。礼者，祀神之仪；乐所以娱神，诗即其歌辞，书则教中典册也……其后人事日重，信神之念日淡，所谓《诗》《书》《礼》《乐》，已不尽与神权有关。然四科之设，相沿如故，此则乐正之所以造士也。②

庄重之礼为祭祀之仪式，悦耳之乐用以愉悦神灵，而诗则是典礼中用以配合乐曲的歌词，以文辞表达礼敬、赞美，以及祈福禳灾的直观诉求。礼乐诗的发端，来自神教的实际需要。不独中国，此为人类社会发展过程中的一个普遍特征。如古希腊之诗歌、舞蹈、音乐亦起源于酒神（Dionysius）祭典。在祭典中，主祭者披戴葡萄及各种植物枝叶，狂歌曼舞，伴奏以竖琴等各种乐器，此即西方诗、乐、舞同源之最早证据③。

一、殷商时期的祭祀与《商颂》的形成

《诗》中最早创作出来的一批诗歌正是祭祀仪式中用以配合乐舞的祝祷之词。夏商时期，祭祀之礼就十分普遍。《史记·五帝本纪》中称颛顼：

---

① （元）马端临撰，上海师范大学古籍研究所、华东师范大学古籍研究所点校：《文献通考》卷一百四十一乐考十四，中华书局 2011 年版，第 4270 页。
② 吕思勉：《吕思勉读史札记》，上海古籍出版社 1982 年版，第 457 页。
③ 见 Moulton, Ballad Dance, Being of Arts; E. Grosse, Being of Arts; F. Nietzsche, Birth of Tragedy 等文。

"养材以任地，载时以象天，依鬼神以制义，治气以教化，挈诚以祭祀。"上古帝王颛顼治理国家需要依赖"鬼神"的指引，帝王担负着诚心诚意主持祭祀大典的责任和义务。殷商之前的祭祀情况限于资料，难以详说，但殷商时代的祭祀情况，从出土的甲骨文中可得到证明。《礼记·表记》中云："殷人尊神，率民以事神，先鬼而后礼。"①

在对殷商时代出土甲骨文的研究中，亦可发现商代对祖先祭祀的频繁和慎重。董作宾、陈梦家，以及当代常玉芝等诸位学者对商代的"周祭"制度都作过详尽研究。常玉芝在其所著《周代祭祀制度》中提道："商人的祭祀是非常繁多，非常复杂的，也是非常严格的。他们对自己的祖先按照一个既定的祭祀谱，几乎每天必祭，每旬必祭，每年必祭……其祭祀的目的无非是乞求鬼神保佑自己及其宗室的统治。"② 翦伯赞也说："根据甲骨文的记载，商代贵族祀祖妣既多，则祭日自繁，所以商代奴隶贵族，几乎成天为其祖先举行祭日。"③ 而忽视祭祀之礼，则会遭到亡国之祸，《尚书·酒诰》中就认为殷商之所以灭亡，其中的主要原因是末代帝王狂妄自大，与"天"没有达成良好的沟通，君王本身没有高尚的德行，也没有诚心诚意举行庄严盛大的祭祀，故上天不闻君王之德；而民怨沸腾，民风不正，纵酒取乐，这种不好的信息却为上天所知晓，故此国灭：

在商邑，越殷国灭，无罹。弗惟德馨香祀，登闻于天；诞惟民怨，庶群自酒，腥闻在上。④

在商周时期，祭祀关乎国运的重要性由此可见一斑。

《礼记·礼运》中记载了先秦时期神教活动的广泛与正式。尽管《礼记》的成书年代学界仍有争论，但目前以成书于战国时期为主流观点，书中记载的关于祭祀活动的情况仍可以帮助我们窥见先秦娱神的概况：

---

① （东汉）郑玄注，（唐）孔颖达疏：《礼记》，北京大学出版社1999年版，第324页。
② 常玉芝：《周代祭祀制度》，中国社会科学出版社1987年版，第307页。
③ 翦伯赞：《先秦史》，北京大学出版社2001年版，第211页。
④ （清）王鸣盛：《尚书后案》，中华书局2010年版，第730页。

故祭帝于郊，所以定天位也；祀社于国，所以列地利也；祖庙，所以本仁也；山川，所以傧鬼神也；五祀，所以本事也。故宗祝在庙，三公在朝，三老在学，王前巫而后史，卜筮瞽侑皆在左右。王中心无为也，以守至正。此所以达礼于下也。教民尊神，慎居处也。①

祭祀的种类包括祭天以求风调雨顺，祭社以求土地多产，祭祖以求家族兴旺，祭祀山川以飨鬼神；五祀则是祭祀五行之神。② 承担祭祀之责的人员也分工明确，覆盖了从朝廷到民间的各个层次，负责宗庙祭祀之责的是"宗祝"，朝廷祭祀的为"三公"，民间祭祀的是"三老"。君王身边不可或缺的是"巫""史"，以及"卜筮瞽侑"等神职人员。"卜筮"是负责占卜之人，而"瞽"则是乐官。孔颖达对这段内容解释说："卜筮主决疑。瞽是乐人，主和也。侑是四辅，典于规谏者也。"从这些祭祀相关人员的分工来看，巫、史并重，占卜、祝祷与祭祀在同一礼仪场合中共同存在，带有明显的殷商时代的印记。可见殷商时期祭祀仪式非常隆重、盛大，有专职于祭祀的各类人员，分工明确，各司其职。

（一）朝代更替之际《商颂》得以存留的历史背景

殷商重祭祀，祭祀的目的是消灾弭祸、祈求丰年，祭祀之时必有祝祷之词。《荀子·大略》篇中记载了汤时大旱，为祈雨而进行的祭祀仪式上的祝祷之词。其词曰：

政不节与？使民疾与？何以不雨致斯极也！
宫室荣与？妇谒盛与？何以不雨致斯极也！③

---

① （东汉）郑玄注，（唐）孔颖达疏：《礼记注疏》景印文渊四库全书第 115 册，台湾商务印书馆 1986 年版，第 472 页。

② 《周礼·春官·大宗伯》："以血祭祭社稷、五祀、五岳。"郑玄对此注："此五祀者，五官之神。"《左传.昭公二十九年》又云："故有五行之官，是谓五官。实列受氏姓，封为上公，祀为贵神。社稷五祀，是尊是奉。"《太平御览》卷五二九引《汉书议》："祠五祀，谓五行金木水火土也。木正曰句芒，火正曰祝融，金正曰蓐收，水正曰玄冥，土正曰后土。皆古贤能治成五行有功者，主其神祀之。"故云五祀，为祭祀五行之神。

③ 荀子撰，方勇、李波译注：《荀子》，中华书局 2015 年版，第 453 页。

可见在殷商有目的的祭祀仪式中是存在祝祷之词的。从甲骨文中的卜辞来看，亦多有"祝"之词，释为祝祷，《甲骨文精粹释疑》中记载："贞祝（兄）于祖新？祝（兄）于祖新？"① 可释为："贞问行祝祷祭祀先王祖辛吗？行祝祷祭祀先王祖辛吗？"又如，"乙丑贞，王祝。"② 可释为："乙丑之日，贞问，王行祝祷之祭吗？"从甲骨文研究成果看，商代的祝祷之祭非常频繁，祭祀对象包括高祖先公、先王、先妣、河神等，遍及祖先与自然神。郭沫若在《殷契粹编》中根据甲骨文的解读，对商人祝祷之祭的方式进行了分析，他认为商代祝祭中的祝告活动，其中一种主要的形式就是以"咏诵祝词"的方式进行的，颇类似于"以歌乐侑神"的形式，由巫祝之官随着音乐节拍进行祝祷。③ 在商代这样的祭祀背景下，我们有理由相信《商颂》就是祝祷之祭中，由巫祝之官配合音乐进行吟诵的关于祛灾、祈年、颂功等方面的祭词。

除此之外，根据考古研究发现，可判断在商代已经出现了专门执掌"颂"的巫史之官。20 世纪 70 年代，陕西省扶风庄白一号窖藏中出土的"（疒兴）钟铭"中有一段这样的话："于武王既囗殷，微史列祖乃来见武王，武王则令周公舍寓，以五十颂处。"这是西周时期的史墙家族为祭祀先祖而制作的铜器上的铭文。史墙家族在西周仍然担任了"史"的官职，其先祖为殷商时期之人，铭文上称之为"微史列祖"，应为纣王的庶兄微子启封国里的巫史之官。至于为何投奔西周政权，在《史记》中可见端倪。《史记·殷本纪》中记载："纣愈淫乱不止，微子数谏不听，乃与大师、少师谋，遂去……大师疵、少师强乃持其乐器奔周。"据《周礼》，大师、少师为乐官名，《周礼注疏》中对"师"的注释如下："师知是乐师者，以其下有大史、小史，皆掌礼，礼乐相埒，故知师是乐师。大师瞽人之长也。"《大祝》中又云"大师造于祖，大会同造于庙"，说的是大师主持国家祭祀。周代的大师为乐官之长，负责宫廷的礼乐，担负主持祭祀典礼的责任，同时"大师"还负责向天子"陈诗"以观民风。殷商时代"师"的具体职能

① 王宇信、杨升南、聂玉海主编：《甲骨文精粹释译》，云南人民出版社 2004 年版，第 1445 页。
② 王宇信、杨升南、聂玉海主编：《甲骨文精粹释译》，云南人民出版社 2004 年版，第 1445 页。
③ 郭沫若：《〈殷契粹编〉释文》，科学出版社 1965 年版，第 56 页。

不可考，但从西周的"大师"职能推测，也应与祭祀礼仪等相关。大师疵、少师强为乐官中的代表人物，按照当时的历史环境来推断，前往投奔西周的乐官绝不只此二人。照此看来，史墙的先祖"微史列祖"很可能就是在这样的大环境下，于殷商末年带着"五十颂"投奔武王的。"以五十颂处"中的"处"字颇难理解。但同时出土的"史墙盘铭"中的记载可与之参照理解，"史墙盘铭"中曰："于武王既□殷，微史列祖乃来见武王，武王则令周公舍寓，于周俾处。"两者前文均相同，唯最后一句有差别。"于周俾处"，按照刘翔在《"以五十颂处"解释》中的理解，应为"居住在周原"的意思。① 处，即居住之意。两相对照，"以五十颂处"就是"凭借着五十颂（的本事/资源）得以居住"之意。联系《史记》中记载的背景，事件变得十分清晰。殷商末年，负责礼仪的"微史列祖"带着自己的立身之本——"五十颂"来投奔武王，武王十分重视他的才能，故特地赐予他周原之地居住。关于"颂"，当代学者有不同的理解。裘锡圭认为"颂"通"容"，是礼容之意，"处五十颂"就是"掌握五十种威仪"。② 刘源认为，此处的"颂"为"繇"，是占卜的卦辞。考察殷商时期的祭祀仪式本来也属于"威仪""礼容"的一部分，祭祀之前多行占卜，而卦辞本身也"皆为韵语，与《诗》相类"③，《礼记·礼运》中也将负责占卜的卜、筮、巫、史与负责讽颂乐仪的瞽相提并论，其文曰："王前巫而后史，卜筮瞽侑，皆在左右。"这更加说明占卜、祝祷、祭祀常常在同一仪式中举行，因此"占卜之词"与"颂"词在本质上并无大的不同。其实无论按照"威仪"理解，还是按照"繇"词理解，此处"微史列祖"所持之"颂"都与《诗》中的"商颂"概念非常接近了。无论是"威仪"还是"繇"词称为"颂"，都说明殷商末期已经有了对祭祀礼仪及文辞的整理，并有专门的职官负责。这一点，在《尚书·多士》中可得到旁证。《尚书·多士》云："惟殷先人，有册有典。""册""典"说明殷商有系统文献保存。以此推断，在殷商时

---

① 刘翔：《"以五十颂处"解释（读金文札记）》，载《学习与思考》1982年第1期，第79—80页。

② 裘锡圭：《史墙盘铭解释》，载《文物》1978年第3期，第25—32页。

③ （清）孙诒让撰：《周礼正义·大卜疏》，中华书局2013年版，第1924页。

期，也应该已经有了对祭祀中的祝祷之词"商颂"的系统整理和保存，这是"商颂"得以在朝代更迭之时留存的主要原因之一。

西周初立，武王接收了前来投奔的"微史"以及其他掌管礼仪的"大师""少师"等人，说明了新王朝对于商朝礼乐的接纳。在武王伐纣时，公布纣王的罪行之一就是"乃断弃其先祖之乐，乃为淫声，用变乱正音，以说妇人。"这从侧面说明西周王朝的建立者对于殷商时期的古乐原本是十分推崇的。太师等人的投奔，带来了殷商祭祀之乐，而"微史列祖"的投奔，则带来了"颂"——仪式程序或文本之词。这两则史料相结合，可见殷商的祭祀之乐歌《商颂》得以在西周时期的宋国留存之物质基础。

（二）《商颂》成文年代新辨

《商颂》的成诗年代自汉代以来一直有争议，在先秦时期，《商颂》为商代作品，没有文献提出质疑。但汉代三家《诗》出，开始有了《商颂》为春秋时期宋国作品的说法。如《鲁诗》学派的传人司马迁在《史记》中就提出《商颂》为宋诗①。《毛诗》渊源承自子夏，唯《毛诗》学派坚持认为《商颂》为商诗，毛亨与郑玄均认为《商颂》为商代之诗。汉末之后，学者多宗毛诗，认为《商颂》为商时期所作的学者较多，但到了清代，随着今古文之争的发展，清人学者多认为《商颂》为宋诗，魏源、皮锡瑞等学者就持此种观点。当代也有许多学者对此作出过精彩的论述，例如：刘毓庆在《雅颂新考》一书中对《商颂》为商代作品进行过详细的论证；杨公骥著《商颂考》则注重内证及文化比较，有力地论证了《商颂》作于商代的观点。

笔者赞同商诗派观点，认为《商颂》本是殷商时期流传下来的诗篇，不过春秋时期宋国正考父对其进行了整理。关于这一点，商诗派历代学者都进行了详细论证，笔者试在前人的基础上对此问题作一梳理分析。

其一，关于"宋诗说"的立论依据，多有逻辑上的缺陷。司马迁认为《商颂》为宋国时期作品的立论依据："（宋）襄公之时修行仁义，欲为盟主，其大夫正考父美之，故追道契、汤、高宗，殷所以兴，作《商颂》。"

---

① 司马迁在《史记》中称，《商颂》为宋襄公时期大夫正考父所作，以"追道契，汤、高宗（武丁），殷所以兴"的原因，赞美其国君襄公的仁厚礼让。

但溯之史料，正考父生存年代早于宋襄公百余年，作《颂》美宋襄公的可能性不大。《孔子世家》言"正考父佐戴、武、宣公"，而据《宋微子世家》记载，从戴公即位到襄公为鹿上之盟，已有一百六十三年。如此算来，即便正考父在襄公时期仍然健在，也至少一百六十余岁了。此为逻辑上不合之一。前人对此已有许多论述，在此不再赘述。

其二，即便正考父一百六十余岁高龄仍然能够作《颂》褒美国君，从《商颂》本身的诗篇内容来看，也与司马迁所记述不符。《商颂》内容多为颂扬殷商先祖之赫赫武功。《玄鸟》祭祀殷商的中兴之祖武丁，歌颂其赫赫武功，其诗曰："武丁孙子，武王靡不胜。"《殷武》歌颂武丁兴师伐楚，取得光辉战绩，其诗曰："挞彼殷武，奋伐荆楚。深入其阻，裒荆之旅。有截其所，汤孙之绪。"《长发》中说："武王载旆，有虔秉钺。如火烈烈，则莫我敢曷。苞有三蘖，莫遂莫达。九有有截，韦顾既伐，昆吾夏桀。"莫不是歌颂先祖威风凛凛，征战四方，无往而不胜的赫赫武功。反观司马迁认为《商颂》为宋国时期作品的立论依据："（宋）襄公之时修行仁义，欲为盟主，其大夫正考父美之，故追道契、汤、高宗，殷所以兴，作《商颂》。"按照司马迁的说法，正考父是为了颂扬本国君主宋襄公的"仁德"，勉励其向其殷商先祖效法，才作了《商颂》。从《左传》中的记载来看，襄公却可称得上"仁德"，但于"武功"，却是典型的反面例证。周襄王十三年秋，宋襄公在盂地会和诸侯，在会盟时被楚国抓住，被带回楚国囚禁起来，直到同年冬季在鲁僖公的调停下才被释放。周襄王十四年，宋楚于泓水交战，宋襄公又大败于楚国，次年伤重而死。如此不光彩的败绩，无论如何也与"武功赫赫"联系不上。以《那》为首的四篇《商颂》，其内容均为赞颂殷商先王之赫赫武功，充满了对以武力平定天下的追慕和颂扬，这样的诗篇，若说是为了勉励赞扬宋襄公而作，实在充满了反讽的意味。

其三，在先秦的史籍记载中，从来没有过对《商颂》为殷商时期颂歌的质疑。《左传·昭公二十年》记载晏子的一段话："故《诗》曰：'亦有和羹，亦有和羹，既戒既平。鬷嘏无言，时靡有争。'先王之济五味，和五声也，以平其心，成其政也。"晏子所引之诗，为《商颂》中《烈祖》之文。引用之后，晏子在阐释时称其为"先王"，晏子为齐人，其所称"先王"定不可能是宋国的君主，只能是指商汤时期之"先王"。《左传·襄公二十六年》记载："《商颂》有之曰：'不僭不滥，不敢怠皇，命于下国，封建厥福'，此汤所以获天福也。古之治民者，权赏而畏刑，恤民不倦。"此处引《商颂》毕，总结之言说的是"汤所以获天福"，同时又言"古之治民者"，很明显认为《商颂》中的内容反映的是成汤时期的政治状态。另外一则有力的证据，是《国语·晋语》中记载宋司马公孙固在晋国公子重耳路过宋国时，劝导宋襄公礼遇重耳，其言语中就引用了《商颂》中《长发》之诗："公孙固言于襄公曰：晋公子亡，长幼矣，而好善不厌……《商颂》曰'汤降不迟，圣敬日跻'。降，有礼之谓也。君其图之。"这段话中，公孙固引用了《长发》之诗劝说宋襄公，宋襄公接受了他的建议。这充分说明，《商颂》在宋襄公时代已经是贵族阶层皆掌握并灵活运用的成诗了，与其他《雅》《颂》诗篇一样，其经典的意义已经具备权威性，因此公孙固才引之以说服宋襄公，而宋襄公也欣然接受了劝说。从这则证据来看，《商颂》为"美襄公"所作，是完全站不住脚的。

其四，从西周的祭祀诗篇开始，文辞中已经有意地引入"德"的观念，多赞颂先祖圣王之"德"，以证明其取得天命的合法性，以及延续国运的确定性。这一点，下文将会详细论述。但《商颂》中无一篇出现关于"德"的文字。究其原因，并非殷商之王就不重视德行，《韩非子·外储说左下》中记载，即便是殷商的末代帝王纣，也知道"仁义"的意义。费仲劝纣王杀姬昌，理由是姬昌施行仁义，纣王回答说："夫仁义者，上所以劝下也，今昌好仁义，诛之不可。"①《商颂》中之所以无一字提及"德"，是因为殷商时期的"德"还没有被提升到与天命、国运紧密联系的高度，故此在对先祖的颂扬中，仍然只是依照原始部落崇尚武力的传统和习惯，将歌颂的重心放在赫赫武功上。商代在其前期仍然处于由原始社会向奴隶社会过渡的时期，盘庚迁都之后，殷人虽然完成了由原始社会向文明社会的过渡，但商王及其大小贵族还没有完全褪尽原始军事民主制首领的本色，因此《商颂》中的诗篇也充分反映出其"尚武"的原始部族特征。如清代学者贺

---

① （清）王先慎：《韩非子集解》，中华书局 1998 年版，第 300 页。

贻孙在《诗筏》卷六中称《商颂》中言辞"杀气飞扬"："以辞考之，一代大文自非宋襄以后所能作者。盖商人先罚后赏，政尚威武，故虽雍容歌舞之词，而杀气飞扬，声容之间不能自己，即作者有不知其然而然者。读《商颂》者，夫亦可以蹶然兴矣。"反过来推论，如果《商颂》成文于春秋时期的宋人正考父之手，其时西周所提倡的圣王之"德"与国运昌隆紧密联系的观念已经广泛深入人心，而依据司马迁的说法，其写作目的又是为了"美""襄公之施行仁义"，其写作内容应会仿效周人所作之《周颂商颂》的思想内涵，对德行与仁义会有所提及。

其五，从文辞上考察，事实上，即便是提出《商颂》为春秋时期宋国正考父所作的司马迁，在《史记》中谈及《诗》时，也有自相矛盾之语。《史记·孔子世家》中云："古者《诗》三千余篇，及至孔子，去其重，取可施于礼义，上采契、后稷，中述殷、周之盛，至幽、厉之缺。"① 契与后稷为周人始祖，生活时期前推到舜时代，而"中述殷、周之盛"这句，则提及《诗》中有述"殷之盛"的篇章，从《诗》三百〇五篇来看，能达到叙述"殷商"之"盛"的篇章，只有《商颂》无疑了。无独有偶，《汉书·艺文志》中提及《诗》的形成过程，亦云："孔子纯取周诗，上采殷，下取鲁。"② 尽管对最早的诗篇形成年代的记载有所不同，但云有篇章采自"殷"，那就是《商颂》无疑了。其他关于《商颂》成篇于殷商时期的观点，陈子展、陈桐生、杨公骥等学者都有所论述，各有所取之处，在此不再赘述。笔者仅从前人未提及的方面略加论述，以追溯《诗》中最早的篇章，正是形成于殷商时期的《商颂》。而所有的《商颂》篇章，都是祭祀神灵、先祖时的乐歌。

上述为理论上的分析。殷商时期甲骨文的出土，为我们提供了更多《商颂》创作年代的证据。1991 年秋，在安阳殷墟范围内的花园庄村东 100 余米处发现的殷墟花东甲骨文中，出现了"学商""舞商""奏商"的甲骨文字，为我们判断《商颂》作年提供了新的证据。

---

① （汉）司马迁：《史记》，上海古籍出版社 1997 年版，第 1515 页。
② （汉）班固撰：《汉书》，中华书局 1962 年版，第 1708 页。

甲寅卜，乙卯子其学商，丁永。用。一甲寅卜，乙卯子其学商，丁永。子占曰：又咎。用。子尻。二三。

——《花东》487①

丙辰卜，延奏商。用。一。

——《花东》150

己卯卜，子用我瑟，若，弜屯（纯）用，永，無（舞）商。

——《花东》130

前文已述，殷商时代的占卜也是祭祀仪式中的一环。从上文可见，在甲寅日、丙辰日、己卯日的占卜中，贵族子弟"子"为举行"学商""奏商""舞商"而进行卜算。在祭祀仪式中，可学、可奏、可舞的"商"，很明显就是祭祀仪式中集文辞、乐舞于一体的"商颂"了。从这些甲骨文资料可以看出，殷商时期，确已有了《商颂》的存在，并且殷商的贵族子弟（抑或是祭司集团的子弟）已经开始了对《商颂》的系统学习和练习，以便更好地服务于宫廷的祭祀仪式。这与《周礼》中记载周代贵族子弟系统习《诗》颇有类似之处。

这一部分诗篇之所以仍然被选编入《诗》，是因为周朝建立之后，微子被周成王封于商之旧都商丘（今河南省商丘市睢阳区），建立宋国，爵位公爵，特准其用天子礼乐奉商朝宗祖。《史记·周本纪》中说："以微子开代殷后，国于宋。"殷商祭祀的乐歌因此得以保留下来，在制礼作乐之后，亦被收录入《诗》。由于历史的变迁，宋国所保留的祖先乐歌在流传过程中有所缺失，因此到了西周晚期，正考父求助于周太师，以周王室所保存的商代诗歌为范本，对宋国存留的《商颂》加以勘定校正。《毛诗》中对《那》作的小序中说："那，祀成汤也。微子至于戴公，期间礼乐废坏。有正考甫者，得《商颂》十二篇于周之大师，以《那》为首。"宋国到戴公时期，礼坏乐崩，正考父从周太师处求得《商颂》十二篇，以还原礼乐，祭祀颂之先祖。这是合理的说法。唐代司马贞在《史记·宋微子世家》的《索隐》

———————
① 此处数字为甲骨文编号，后同。

29

中也提出《商颂》"今五篇存,皆是商家祭祀乐章"。两相对照,可见原本正考父求自周太师的十二篇《商颂》,包含词与乐,用来还原对宋人先祖成汤等先王的祭祀,流传到后来,至于今之所见五篇《商颂》。

从《商颂》现存的五篇诗歌中,可以窥见商代祭祀的基本面貌。除去"殷人尚声""以乐降神"的显著祭祀特点外,最突出的特点,便是《商颂》中的暴力思想。与之后《周颂》中的祭祖诗篇相比,《商颂》中的诗篇表现出明显的宣扬暴力征伐的整体性思想倾向,言辞间充满了"对暴力神的赞美,对暴力的歌颂"[①],这一点,与《周颂》中所表现的思想和道德观念完全不同。

二、遍祭群神,宣告周兴:《周颂》中的定功、安民诗篇

就祭祀礼仪方面而言,西周延续了夏商重视祭祀的传统,但祭祀的内容更为丰富。与夏商时期的祭祀仪式和祭祀精神相比,周代的祭祀在神教的内容中更多地加入了人文和政治的因素。商代的祭祀主要是基于鬼神崇拜的观念,祭祀目的主要是防止"祖先作祟",因此无论是"周祭",还是其他非常规的祭祀,其政治性目的并不强。

但对于新建立的西周政权而言,频繁地祭祀,已经不仅仅具有向上天和祖先乞求庇护的功能,借助于祭祀仪式,还有着强化政权合法性,向天下和臣民昭告"天命"已从商转移到周的重要意义。从《周颂》中祭祀诗篇的创作目的和作品内容,可见西周早期政权的建立和稳固的政治意图。

武王伐纣成功之后,周代商兴。王朝的更替是至关重要的大事,意味着"天命"从殷商转移到周,既需要得到"天帝"的首肯,也需要得到其他方国和不同部族的认同。天子是天帝在人间的代表,统治权不过是"法神以行政",因此需要祭祀山川河岳,"归功于群神","明太平之所由"。依照殷商的传统,需要频繁祭祀以确立新政权的合法性。在这一时期,配合当时的政治环境和新生政权所面临的政治困境,《周颂》中有部分诗篇应运而生。

① 杨公骥:《中国文学》(第一分册),吉林人民出版社1980年版,第483页。

（一）《时迈》：西周立国之政治宣言

武王伐纣成功之后，举行了祭祀山川河岳的"类祃"之祭。关于这次祭祀，可从西周早期的《天亡簋》中的铭文加以印证，其铭文曰：

乙亥，王有大丰。王同三方，王祀于天室，降天亡右王，衣祀于王丕显考文王。事禧上帝，文王监在上。①

这之中，"乙亥"表明了此次祭祀的时间。武王克商在"甲子"日②，"乙亥"为克商之后第十二日。"祀于天室"，表明祭祀的地点在"天室"，《逸周书·度邑解》中记载武王克商之后也曾提出"定天保，依天室"的谋划，是说要依"天室"营造新邑。关于"天室"，历来诸家有不同解释，笔者在此同意当代曲英杰、林沄、叶正渤等诸位学者的看法，认为"天室"是指"天室山"，又称"太室山"，根据杜预在《左传》中所注，"太室山"在河南省阳城县西南。其后周公所营建之洛邑，正是在天室山之畔，在这个文意之下，"定天保，依天室"得到贴合的解释。也就是说，《天亡簋》中的铭文，记载的是武王在伐纣之后十二日，在天室山这个自夏代以来就一直被认为是天地中心，最接近神灵的地方举行了盛大的祭祀仪式。

按照传统的祭祀习惯，周人在打仗之前和之后都要祭祀，《礼记·王制》中就曾云："天子将出征，类乎上帝，宜乎社，造乎祢，祃于所征之地。受命于祖，受成于学，出征执有罪，反释奠于学，以讯馘告。"③ 类，《周礼·春官·肆师》中解释："类造上帝，封于大神，祭兵于山川，亦如之。"④ 祃，《说文解字》中说："师行所止，恐有慢其神，下而祀之曰祃。"可见，类与祃是在军队之中举行的祭祀上帝之礼，以祈求出征的胜利，或者在征伐功成之后归告上帝。从这一点来讲，武王伐纣功成，战争胜利之

---

① 杨向奎：《宗周社会与礼乐文明》修订本，人民出版社 1997 年版，第 32 页。

② 根据《逸周书·世俘解》中的记载，"越五日，甲子朝，至接于商"，则知武王克商在甲子日。

③ （清）阮元校刻：《礼记正义》卷第十二，见清嘉庆刊本《十三经注疏》，中华书局 1980 年版，第 1333 页。

④ （清）阮元校刻：《周礼注疏》卷第十九，见清嘉庆刊本《十三经注疏》，中华书局 1980 年版，第 1661 页。

后，在天室山举行类祃仪式，符合当时的祭祀传统，也与当时的政治环境需要十分贴合。

征之于《诗》，我们会发现与之呼应的篇章。《周颂》中的《时迈》，正记述了武王在伐纣之后举行的祭祀山川河岳的盛大仪式。其诗曰：

> 时迈其邦，昊天其子之，实右序有周。薄言震之，莫不震迭。怀柔百神，及河乔岳。允王维后。明昭有周，式序在位。载戢干戈，载櫜弓矢。我求懿德，肆于时夏，允王保之。

《左传·宣公十二年》引用此诗，并指出此诗为"昔武王克商作"，《国语》中有句"周文公之《颂》曰'载戢干戈'……"，《毛序》中称此诗为"告祭柴望"时的"巡狩"祭神。从诗歌内容来看，从"载戢干戈"到"我求懿德"，从耀耀武威到以文德治天下，正印证了《度邑解》中记载的武王伐纣之后，建都洛邑，文治天下的谋虑思路。但西周初立，还有许多邦国并未归附，国势未稳就四方"巡狩"，可能性并不大。根据诗中"怀柔百神，及河乔岳"之句，可知此诗所关联祭祀与山川河岳相关，又有"薄言震之，莫不震迭""载戢干戈，载櫜弓矢"之句，与伐纣之武功密切相关。此诗应为西周初年开国时期，武王伐纣成功之后，举行祭祀山川神灵的"类祃"之祭时所用之诗，正印证了前文《天亡簋》中记载的武王在伐纣之后第十二天，于天室山举行过祭祀仪式之记载。

这一次祭祀，对于新建立的西周王朝具有重大意义。其一，刚刚取得伐纣之战胜利的西周开国者，在此次祭祀仪式上按照惯例祭祀山川河岳"怀柔百神"，取得神灵对征伐杀戮而造成巨大破坏的谅解，和对新生政权的认可；其二，正式宣告周人取代商人，建立了新的王朝，同时展现胜利之师的赫赫武功，以震慑四方诸侯和殷商遗民；其三，更为重要的一点，是创新提出"求懿德"的全新主张，宣告未来治理国家的方略，是以仁德治理天下，而非如殷商时代一般，对非同姓诸侯采取的武力征伐和严酷镇压。武王伐纣之后，立即分封诸侯，此举正与《时迈》中说"我求懿德"相吻合。

观之《时迈》中诗句，内容言辞均与当时的政治意图无比贴合。"薄言震之，莫不震迭。"这是叙述刚刚发生的伐纣之事，宣扬武王灭商的赫赫武功，六师既出，一战而胜，令天下莫不"震迭"。"怀柔百神，及河乔岳。"这是叙述本次祭祀的意图，攻伐伴随着杀戮，对天地山川必然造成破坏，如古人认为"师之所处，荆棘生焉。大军之后，必有凶年。"因此一定要在战争之后祭祀山川，以祈求神灵的谅解。最后一句"我求懿德，肆于时夏，允王保之"，点明了建国之后的政治方略，提出了"求懿德"之观念，表明了"逆取顺守"的怀柔政策。

整首诗恩威并施，气概磅礴。《时迈》作为武王在灭商之后举行盛大祭祀典礼之时所用之诗，是西周开国者政治决策的重要组成部分，可以视作西周立国的"政治宣言"。

（二）《大武》：逆取顺守的再次宣告

除《时迈》之外，在同一时期，伐纣建周之后，武王与周公还作了《大武》的系列篇章，以"成功"告于神明。

《庄子·天下篇》中称："武王、周公作《武》。"《吕氏春秋》中也记载武王克商后，"命周公为作《大武》"。

《左传·宣公十二年》中记载楚庄王之语，又指明了《武》中的部分诗篇名：

> 武王克商，作《颂》曰："载戢干戈，载櫜弓矢。我求懿德，肆于时夏，允王保之。"又作《武》，其卒章曰："耆定尔功。"其三曰："铺时绎思，我徂维求定。"其六曰："绥万邦，娄丰年。"①

按照这段话中的意思，武王克商之后，先做了《时迈》，其后又做了《武》。除《左传》外，还有一则史料也印证了武王作《武》之事，《荀子·儒效》篇云：

> 武王之诛纣也……反而定三革，偃五兵，合天下，立声乐，

① （清）阮元校刻：《春秋左传正义》卷第二十三，见清嘉庆刊本《十三经注疏》，中华书局1980年版，第4086页。

于是《武》《象》兴而《韶》《护》废矣。①

将这一段话与《左传》中记载相对应，可以看见清晰的逻辑关系。按照《左传》中的说法，武王克商之后，先作《时迈》，再作《武》。前文已述，在《时迈》中武王率先提出了周王朝成立后的执政方针"求懿德"——以德治国，不会沿袭殷商以武力治国的旧路。接着我们再看《荀子·儒效篇》中对武王作《武》的记载，武王"反而定三革，偃五兵"，也就是说武王伐纣返回后立刻就履行了自己"求懿德"的诺言，刀兵入库，马放南山，这是一种姿态，表示不会再以武力征伐求得天下安定，这与《时迈》中提出的"政治宣言"一脉相承，正是对"政治宣言"的履行和实施。不以武力治天下，取而代之的是"合天下，立声乐"——以文治聚拢人心，安定天下，正是在这样的背景下，《武》的乐章和诗篇被创造出来。《荀子》此处说的《武》，提到"和声乐"，应是指《大武》的乐章。而《左传》中讲到的《武》，则既包含乐章，又讲到了诗篇。两者并联，一则可见《大武》乐章的创作时间和创作背景，二则可见《大武》乐章中关联的诗篇。

《武》即《大武》乐章，《乐记》中记载了其乐舞构成和内容：

夫《武》，始而北出，再成而灭商。三成而南，四成而南国是疆；五成而分，周公左，召公右；六成复缀，以崇天子。②

按照《左传》的记载，《武》的乐章分六节，其内容是赞颂西周王朝兴起、灭商、建国、治国的过程，最后中心归于"以崇天子"，凝聚邦国向心力的落点上。"耆定尔功"见于今本《诗经》中《武》；"铺时绎思，我徂维求定"见于《赉》；"绥万邦，娄丰年"见于《桓》。也就是说，根据《左传》，可以明确的《大武》中相关联的诗篇，存于今本《诗经》中的

①　荀子撰，方勇、李波译注：《荀子》，中华书局 2015 年版，第 103 页。
②　（清）阮元校刻：《礼记正义》卷第三十九，见清嘉庆刊本《十三经注疏》，中华书局 1980 年版，第 3343 页。

《武》《赉》《桓》三篇。

关于《大武》中的诗篇次第，由宋至今，是一桩尚无明确结论的学界公案。朱熹首先提出关于《武》包含的篇章问题。自此之后，历代儒家学者都作过很多研究。何楷的《诗经世本古义》、魏源的《诗古微》、龚橙的《诗本谊》、王国维的《周初大武乐章考》等都做过探讨，试图从《周颂》现存的篇章中找出六篇，以与《左传》中记载的"乐之六成"一一对应。当代学者如李山、刘全志、祝秀权等均有论述，各家结论不一。[①] 然而，除《武》《赉》《桓》有《左传》记载为证，明确为《大武》所用诗歌外，其余篇章均无明证。

《大武》乐章中包含的篇章并非自武王周公时代就已成六篇之体系，自周公、武王之关于《武》诗篇之创造，到《大武》乐章中用诗六首，是一个动态形成、不断补充的过程。

从《逸周书·世俘解》中，我们可以清楚地看到《大武》的创作背景。《逸周书·世俘解》中记载了武王伐纣之后的一系列举措，我们可以从中找到武王南还于镐京之后，在宗庙祭祀先祖，并封赏诸侯的记载。正是在这次祭祀大典中，出现了《大武》乐章的首次演奏。

> 辛亥，荐俘殷王鼎。武王乃翼，矢憬矢宪，告天宗上帝。王不革服，格于庙，秉语治庶国，籥入九终。王烈祖自太王、太伯、王季、虞公、文王、邑考以列升，维告殷罪，籥人造，王秉黄钺，正国伯。壬子，王服衮衣，矢琰格庙，籥人造王，秉黄钺，正邦君。
>
> 癸丑，荐殷俘王士百人。籥人造王矢琰、秉黄钺、执戈王奏庸，大享一终，王拜手，稽首。王定奏庸，大享三终。甲寅，谒戎殷于牧野，王佩赤白旂，籥人奏武，王入，进万献。明明三终。[②]

---

① 何楷认为，《武》中六篇为：《武》《酌》《赉》《般》《时迈》《桓》；魏源认为，《武》中除第五层《时迈》一篇不同外，其余五篇与何楷意见同，第五层诗篇不详。龚橙认为，第五层为《维清》，其他与何楷说同。当代学者李山认为，《大武》乐章虽有六层，然其诗只有三首，并非如前人所说，有六首。

② 黄怀信：《逸周书校补注译》，三秦出版社 2006 年版，第 197 页。

前文已经讲过，甲子日为武王伐纣之日，其后第 12 日即乙亥日，武王在天室山举行了祭祀山川河岳的"类祃"之祭，正是为了配合祭祀的需求，创作了《时迈》之诗。伐纣之后第 48 日，也就是文中记载的辛亥日，武王此时已经返回镐京，在周庙大庭举行祭祀，献上所获殷之九鼎，将周人之先王从太王、太伯一直到文王，包括故去的兄长伯邑考之神位依次列于周庙，在祭祀仪式中，历数殷人的罪过，并敬告先祖，周人已掌管天下。接下来第 49 日，也就是壬子日，武王换上了天子之服，执琰圭，来到周庙。乐师奏乐，这一天，武王持黄色大斧任命诸侯——"秉黄钺，正邦君。"第 50 日，癸丑日，举行的是献俘仪式。第 51 日，甲寅日，这一天，武王以牧野克商事告先王。武王披上赤幬、白幬，乐师奏《武》乐。王入庙，乐师进《万》舞曲，又献《明明》之曲，演奏三节。

从上可知，从辛亥日一直到甲寅日，连续四天，第一日武王主持了盛大的祭祀，敬告祖先；第二日分封诸侯；第三日献俘仪式；第四日演奏乐舞，这其中就包括《大武》之乐。《世俘解》中记载的武王伐纣之后的系列举措，其时间与《天亡簋》中的铭文所记载的武王祭祀于天室山的时间脉络十分吻合，可信度很高。关于这一点，《吕氏春秋·仲夏纪》的说法也可与之相互印证："武王即位，以六师伐殷。六师未至，以锐兵克之于牧野。归，乃荐俘馘于京太室，乃命周公作《大武》。"①

我们有理由相信，正是在这样的政治环境下，《大武》的系列诗篇被创造出来，目的是配合在镐京举行的盛大的祭祖仪式，向历代先王宣告取代殷商的伟大功绩，同时分封宗室与功臣，团结内部力量，在新王朝成立的关键时期加强宗族内部的凝聚力与向心力。

关于《大武》的作者，文献中有"武王作""周公作"以及"武王周公作"三种，或许这并不是文献的谬误。当时《大武》的系列乐章，可能是由武王、周公分别创作。

由于《大武》的篇章秩序与本书所论述的关于政治环境与《诗》的创作关系并无联系，在此不做屋内建屋的论述。我们把目光放在可以确定的

---

① 许维遹撰，梁运华整理：《吕氏春秋集释》，中华书局 2009 年版，第 127 页。

三篇《武》中所用的诗篇《武》《赉》《桓》，试尽量还原《大武》中诗篇创作目的及其与政治的关联。

先看《武》，其词曰：

> 于皇武王！无竞维烈。允文文王，克开厥后。嗣武受之，胜殷遏刘，耆定尔功。

此诗的叙述并非第一人称，诗句中出现了"武王"的称谓，内容主要是赞扬武王继承文王的基业，讨伐殷商的功绩，可见并非武王亲做。开篇即是"于皇武王，无竞维烈"，盛赞武王的功绩。接着赞扬文王有文德，"以圣德受命，能开其后世子孙之基绪"，武王正是承接文王的圣德文治而开创西周不世功业。紧接着，提出"胜殷遏刘"，根据《毛传》[①] 中的解释，"刘"为"杀"之意，"胜殷遏刘"是指"举兵伐殷而胜之，以止天下之暴虐而杀人者"，就是说，武王虽举兵讨伐商纣，取得了胜利，但其目的并不是杀伐，而是制止杀伐。此"胜殷遏刘"一句，与《时迈》中"我求懿德"相互呼应，再次表明了武王立国的方略不是暴力，而是仁德，诗意上有衔接传承之意。根据《左传》中的记载，此诗排在《赉》与《桓》之前。纵观此诗立意，与武王南归之后，首先在镐京举行祭祖仪式，敬告祖先胜殷建周的背景十分吻合。

笔者认为，《武》为周公所作，正是为配合辛亥日武王所举行的祭祖典礼而作。其诗盛赞武王功绩以告慰先祖，同时承接《时迈》之政治宣告，再次明确周王朝的治国之本，"胜殷遏刘"，逆取顺守。

再看《赉》，其词曰：

> 文王既勤止，我应受之。敷时绎思，我徂维求定。时周之命，于绎思。

---

① 《毛传》：指《毛诗故训传》，后同。

根据《左传》和《乐记》中言，此诗为《大武》之第三成，主题为"三成而南"之事。南，据《正义》解，是说武王伐纣之后，南回镐京之事，"往而转向南，象武王胜纣，向南还镐之时也"。也就是说，《大武》是在武王伐纣，南回镐京之后创作的。此诗用第一人称"我"来叙述，正是武王的口吻。《毛诗序》中解释《赉》："大封于庙也。赉，予也，言所以锡予善人也。""赉"为赐予，在《论语·尧曰》中可以找到印证，《论语·尧曰》有句："周有大赉，善人是富。"根据《逸周书》中的记载，在武王主持祭祖仪式之后，第二日（壬子日）即分封诸侯。《赉》上言秉承文王之德，下言谨慎从事，常思天命，正是武王分封之后，对受赏之人的勉励和告诫。与《逸周书》中的记载对照起来看，《赉》的诗意十分贴合当时的政治环境。但《诗序》中说当时"大封于天下"，略与史料不合。武王克商之后，进行的首次分封规模并不大。根据《史记·周本纪》中的记载①，这次分封主要是对远古圣王后裔，如神农氏、黄帝、尧舜禹之后人、周室重要宗亲，如周公、康叔、蔡叔等，以及周初的股肱之臣如姜尚等，进行的分封，主要的封国不过十六国。相较于成康时期的大规模分封，此次分封不能算作"大封"。结合《逸周书》中的记载，可知武王伐纣之后，南返镐京，于宗庙进行分封确有其事，而且当时参加的诸侯，除了圣王之后，就是与新生政权关系密切的宗族和功臣。从《赉》的文辞内容来看，上半部分表明承接文王之事业，平定天下，最后则是告诫语气"于绎思"，这不仅仅是自勉，还是对当时被封赏的诸侯的告诫，告诉他们要常思文王之德和周之天命，不可懈怠。

《赉》为武王所作，是为了配合壬子日大封诸侯而创作，旨在强化西周之天命，勉励告诫受封诸侯谨慎从事，团结一心，维系周人的天命。

再看《桓》，其词曰：

　　绥万邦，屡丰年。天命匪解，桓桓武王。保有厥士，于以四方，克定厥家。于昭于天，皇以间之。

---

①《史记·周本纪》记载："武王追思先圣王，乃褒封神农之后于焦，黄帝之后于祝，帝尧之后于蓟，帝舜之后于陈，大禹之后于杞。於是封功臣谋士，而师尚父为首封。封尚父于营丘，曰齐。封弟周公旦于曲阜，曰鲁。封召公奭于燕。封弟叔鲜于管，弟叔度于蔡。余各以次受封。"

此诗按照《左传》的说法，是《大武》乐章的最后一成。与《武》一样，这首诗不是第一人称书写，而且其中出现了"武王"的称谓。《桓》中首句即写"绥万邦，屡丰年"，"绥万邦"，指的是伐纣功成，统一天下；"屡丰年"，则是说这之后风调雨顺，谷物丰收。据李学勤在《古文献论丛》中的《世俘篇研究》一文中的研究成果，武王克商是在夏历的二月甲子①，由此推算，其在镐京举行大祭分封诸侯应在夏历的三月末，正是初春时节。这个时候如何知道本年是不是"丰年"？要印证年成是否是"丰年"，至少得等到当年秋季，不可能在短短五十余天就得出丰年的结论。因此《桓》的创作年代与前两篇不同，其创作时间较晚，必然不会出现在当时武王主持祭祀的大典中，又说道"绥万邦"，当然也不可能出现在武王伐纣功成之前。《毛诗序》对此诗的解释是："《桓》讲武类祃也。"说此诗与出征前后的类祃之祭有关。从文意来看，《桓》主要是赞扬武王的赫赫武威，与类祃之祭颇有关系，但《毛诗正义》中对此解释，说此诗是"武王将欲伐殷，陈列六军，讲习武事，又为类祭于上帝，为祃祭于所征之地。治兵祭神，然后克纣。至周公、成王太平之时，诗人追述其事而为此歌焉。"颇有谬误，若是武王伐纣之前，诗中不可能开篇即讲"绥万邦，屡丰年"，也不可能有"于以四方，克定厥家"的描述。结合《逸周书》的描述，此诗也不可能作于伐纣之前。西周立国，武王即已宣告"我求懿德"，观之周公所作之《武》，武王所作之《赉》，诗中也讲顺应天命，逆取顺守，止兵遏杀，并未有炫耀武功之意。《桓》诗篇中此时又出现"桓桓武王""克定厥家"的赞颂，必定有西周当时所面临的特殊的时代背景，需要炫耀武功以震慑诸侯。

笔者认为，《桓》应是管蔡之乱的时期，周公东伐奄国之后，回到镐京，于宗庙献俘，祭祀祖先。在此次祭祀上，不但献俘祭祖，还需要嘉赏从者之劳，进行赏赐，以宣扬天子功成之声威。正是在这次仪式上，周公及成王大会四方诸侯及远国使者，"兵还振旅"，《桓》应于此时所作。

关于这次东征之后，周公归来在周庙祭祀，在西周初年的周公东征方

---

① 李学勤：《古文献论丛》，上海远东出版社1996年版，第69—80页。

鼎铭中可找到对应的记载：

> 隹周公于征，伐东夷、丰白、薄古，咸戈，公归荐于周庙。
> 戊辰，饮秦饮，公赏贝百朋，用乍尊彝。（集成2739）

很可能就是在这次祭祀仪式上，此诗被加入了《大武》乐章的行列，才成为《大武》乐章的第六成。

我们用表格表示武王伐纣之后的政治事件与对应的诗篇创作，如表 1 所示。

表 1　武王伐纣之后的政治事件与《周颂》部分诗篇对应关系

时间	事件	《诗》篇
甲子日	武王伐纣	
乙亥日	天室山举行类祃祭祀	《时迈》
辛亥日	镐京祭祖	《武》
壬子日	分封诸侯	《赉》
癸丑日	献俘	
甲寅日	再告先王，奏《武》乐	演奏颂唱诗篇《武》《赉》
东征之后	宗庙献俘	《桓》

至此，武王伐纣成功之后的系列举措，与《周颂》中部分诗篇的创作轨迹一一对应。武王伐纣成功后，首先在天室山举行了类祃仪式，按照传统惯例在出兵之后祭祀山川河岳，在这个背景下创作了《时迈》，向天下昭告新政权的建立，宣告西周立国的赫赫武功，以震慑殷商遗民，同时表示将以文德治国，逆取顺守，以怀柔诸侯，安抚民心。在回到镐京之后，武王立即在周的宗庙举行了祭祀列祖的大典，先向祖先宣告伐殷功成，建立王朝的功业，再举行分封仪式，团结宗族内部力量，同时对外一方面宣告武功，一方面表示"遏刘止杀"，稳定未曾参与伐殷大业、尚在观望的其他宗族力量和殷商旧民的民心。正是这样的政治需求催生了《周颂》中早期的《时迈》《武》《桓》《赉》等篇章的创作，其文辞内容配合当时政治需求，充分表述了"绥万邦，崇天子"的政治目的性。

可以说，《时迈》在先，宣告西周执政方针；《大武》在后，以乐章取代征伐，以诗篇宣告仁德，是对方针的立即履行和实施。如果将《时迈》看作西周立国的政治宣言，则《大武》就是以仁德治天下，逆取顺守的付诸行动。一先一后，《诗》中的篇章与政治的起伏如此紧密地联系在一起。

三、郊祀后稷，宗祀文王：《周颂》中的记史、颂德诗篇

武王伐纣之后，尽管建立了新的王朝，但商朝的潜在势力仍然很大，武王采取安抚政策，封纣王之子武庚于殷商故地以保存殷商的祭祀，同时小范围分封功臣、姻亲和先朝后裔，以维护初生政权的稳定。武王在伐纣之后两年即去世，此时初建的政权并未稳定。武王之弟管叔、蔡叔联合武庚发动叛乱，东方的奄国等殷商旧部族也同时发起叛乱。新生王朝面临巨大威胁。成王与周公平定管蔡之乱，又征伐东夷之后，西周国势初步稳定，此时政治上的当务之急是进一步明确和强化新政权的合法性，加强周天子的权威。为此，周公迁都洛邑，又制礼作乐，秉承武王时期提出的"我求懿德"的治国方针，逐步将殷商时期武治天下的政治策略转换到文治天下上来。在这一阶段的政治变革中，为配合稳定局势、再次强化新政权合法性和权威性的政治目的，《诗》中出现了歌颂祖德、回顾历史的诗篇。

美国政治学家查尔斯·梅瑞安在其《政治权力》一书中提出，"统治者出于维护其统治权威的政治需要，总是力图唤醒被统治者对自己的崇拜与敬仰之情，这种唤起被统治者崇敬之情的手段叫作'米兰达（Miranda）'。在古代政治里，鼓吹君主乃上帝派遣，能呼风唤雨等神话，或者彰显君主威权的各种仪式和典礼，都可称作'米兰达'"①。这个理论可以作为早期《周颂》中许多歌颂祖先功德、神化祖先地位的诗篇创作意图的最佳注解。

殷商时期就有祭祀先祖的传统，但周人进一步改革了原有的祭祀之礼，在原有的祭祀礼仪中加入了新的祭祀规则，这就是"以祖配天"，将周人的

---

① 虞云国：《南渡君臣——宋高宗及其时代》，上海人民出版社2019年版，第260页。此段转引自"东方历史评论"微信公众号2019年2月16日《年度历史图书选摘》，丸山真男著，陈立卫译，《现代政治的思想与行动》第二章《人与政治》。

先祖提升到与天帝同样的高度，在祭祀天帝的时候同时祭祀周人先祖。在周代的金文中，有许多这方面的记载。《番生簋》中记载："丕显皇祖考，穆穆克哲厥德，严在上。"《叔向父簋》中亦曰："其严在上。"均可证实周代"以祖配天"之祭祀制度。

　　而关于殷商时代有无"以祖配天"的祭祀传统，历来有不同说法。《礼记・祭法》中虽提及："有虞氏禘黄帝而郊喾，祖颛顼而宗尧。夏后氏亦禘黄帝而郊鲧，祖颛顼而宗禹。殷人禘喾而郊冥，祖契而宗汤。周人喾而郊稷，祖文王而宗武王。"照此说法，似乎虞夏商周都有以祖配天的习俗。但此说法并无史实可证，元代陈澔《礼记集说》中引石梁王氏之说，就认为此说法诸多可疑："此四代禘、郊、祖、宗，诸经无所见，多有可疑。"① 即便殷商时期有以先祖配享上天的习俗，周代的"以祖配天"也是全新的祭祀理念，殷商祭祖主要是出于对祖先作祟、降灾于后人的恐惧意识，甲骨文中资料很明确地印证了这个观点。在郭沫若主编的《甲骨文合集》的13652宾组中的甲骨文材料，释文曰："贞：疾齿，蠠于父乙？"就是记载的商王武丁患了齿疾，怀疑是死去的父亲小乙作祟，因此卜问，是否需要祭祀小乙来消弭病患。这个例子充分说明，商人祭祖并非基于崇拜，更多的是基于恐惧的心理。正如刘源在《商周祭祖礼研究》中总结的那样："商人将祖先视为可怕的死者，他们经常制造灾祸不祥，令生者担忧，生者祭祀他们的目的正是为了禳祓这些灾祸不详。"② 而周人的祭祖仪式则更为理性和实际，对本族的先祖充满了尊崇和自豪，在祭祀的诗篇中充分表达了对先祖之德的颂扬，在乞求祖灵保佑的宗教意味之外，更多了一层强化政权合法性、维系政权稳定的政治意义。从这个方面来讲，融合了政治目的的周代的"以祖配天"，也算是一种全新的祭祀制度。

　　（一）《思文》：始祖之德，周兴之基

　　《国语》中记《周颂》中的《思文》一篇，就是周公为配合"以祖配天"的祭祀礼仪所作："周文公之为颂，曰'思文后稷，克配彼天'。"

　　在《毛诗正义》中，孔颖达等对《周颂・思文》的创作进一步阐释：

---

① （元）陈澔：《礼记集说》，上海古籍出版社1987年版，第252页。
② 刘源：《商周祭祖礼研究》，商务印书馆2004年版，第238—249页。

《思文》诗者，后稷配天之乐歌也。周公既已制礼，推后稷以
配所感之帝，祭于南郊。既已祭之，因后稷之德可以配天之意，
而为此歌焉。经皆陈后稷有德可以配天之事。①

《逸周书·作雒解》中记载了此诗的创作背景。周灭商之后三年，武王
病逝，成王年幼，周公摄政。武庚禄父联合管叔、蔡叔发动叛乱，东方的
奄、蒲姑、徐夷、淮夷等殷商旧属乘机作乱。《逸周书·作雒解》中记载此
事为："天子三叔及殷东徐奄及熊盈以略。"周公与召公"内弥父兄，外抚
诸侯"，用了三年时间平定了各方的叛乱。征奄归来，周公营建洛邑，在制
定"郊甸之制"后，在洛邑的南郊设立祭坛，划定范围，用以祭祀上帝，
并特别提出将周人始祖后稷配享上帝。"乃设丘兆于南郊，以祀上帝，配以
后稷，日月星辰先王皆与食。"

后稷配享，发生在叛乱初定、人心未稳的政治局面下。当时周内部刚
刚结束分裂局面，而殷商旧部的反叛表明周人的"天命"尚未得到天下的
普遍认同。此时，刚刚稳定的新王朝亟须强化周人的宗族自豪感，凝聚宗
族内部力量，同时再次强调武王时期就申明过的"天命转移"，反复宣扬和
巩固政权的合法性。此时，宣扬祖宗美德功绩，是提升宗族自豪感的最佳
手段。周公制礼，在原始的传统的郊祭天帝的仪式中，将周人的先祖也加
入了共同祭祀的行列——"推后稷以配所感之帝"。后稷是周朝王族的始
祖，名弃，出生于稷山。母为帝喾高辛氏元妃有邰女姜嫄。在祭祀天帝的
仪式中加入了后稷共同祭祀，这或许并不是一种新的祭祀方式。但在西周
初建、国力未稳的历史时刻，周公隆重推出祭祀后稷以配享天帝的祭祀方
式，却有着特殊的意义：歌咏周家始祖的德行，就相当于从根本上找到了
周人族群之所以能够兴盛并统一天下的根基，始祖对于农事的天赋异禀和
养育万民的功德，足以成为子孙后世昌盛发达的资本。在朝代更迭的混乱
时刻，宣扬周人始祖的德行，正是为周人建立的新王朝提供丰厚的政治
资源。

---

① （清）阮元校刻：《毛诗正义》卷第十九，见清嘉庆刊本《十三经注疏》，中华书局 1980 年
版，第 1271 页。

周公因循夏商之旧俗，创建了系统的礼乐体制，在祭祀天帝的原始礼仪中加入了对周人先祖和圣王的祭祀，对原有礼俗进行了适应西周政治需要的修正和完善。以祖配天，必须要说明此举的目的性以及合理性，这就要宣扬周人先祖的"德行"高尚，具备"配天"的资格——"因后稷之德可以配天之意，而为此歌焉"，所以诗篇的内容皆为"陈后稷有德可以配天之事"。《思文》一章八句，内容为歌颂后稷开创农事、养育万民的功德。诗句简短古朴，并无韵脚，正是西周初期的作诗风格。

（二）《清庙》：文王之德，王业之本

后稷之德为周人族群提供了荣耀的起点，而真正"承受天命"，带领周人走向荣耀顶端的，还应归功于文王。周人在郊祭上帝以后稷"配之"的同时，又增加了一则祭典。如《史记·封禅书》中所讲："周公既相成王，郊祭后稷以配天，宗祀文王于明堂以配上帝。"

从后稷到文王，前者是从生命本源和种族发源的角度肯定民族的优秀，后者则是从维系周王朝王权统治方面强化政权的合法。"明堂祭祀文王以配上帝"，从族权到王权，更进一步贴近了维护王权的政治的本质。

据《毛诗序》言，《周颂·清庙》正是周公在营建洛邑之后，诸侯来朝，为配合率领诸侯祭祀文王的仪式而作之诗，其内容是歌咏文王的德行，同时也赞扬朝廷人才济济，国家兴旺。

《毛诗序》中释此诗："周公既成洛邑，朝诸侯，率以祀文王焉……祭而歌此诗也。"序言中未说明《清庙》乃周公亲作。但《汉书·卷三十六楚元王传》中，记载刘向在上疏中曾提及《清庙》为周公所作："文王既没，周公思慕，歌咏文王之德，其《诗》曰：'于穆清庙，肃雍显相；济济多士，秉文之德。'"王褒亦云，"昔周公咏文王之德而作《清庙》，建为颂首。"① 其后之《维天之命》《维清》二篇，也有学者认为是周公所作。季本在《说诗解颐》卷二十中云："今考清庙一节，但言助祭者之肃庸，而未详文王之德，必合维天之命二节言之，然后见其德之纯。"② 认为根据文意连贯性来看，三篇本为一篇。《诗序补义》中说："清庙之宗祀文王，周公

---

① （梁）萧统编，（唐）李善注：《文选》上册，岳麓书社 2002 年版，第 1549 页。
② （明）季本：《说诗解颐》卷二十，四库全书本，第 4—5 页。

之特制，则清庙之诗，周公之所作。与维天之命、维清三篇相连，则亦同时之作，其出于一人之手，可类推矣。"① 认为三篇均为周公所制。近代学者在研究《周颂》的创作时期时，对这些诗篇的创作提出过不同见解。李山在《西周礼乐文明的精神构建》中，就提出此三篇为穆王时期作品。然仔细品读三篇的内容，有几个明显特点证明其为周初的作品。其一，三篇诗皆无固定韵律。而从青铜铭文的研究情况来看，韵文这一特征出现在西周中期。郭沫若在《金文余释之余》、陈世辉在《金文韵读续辑》，以及日本学者白川静在《西周史略》中都指出，最早的西周韵文可以断在穆王时期。从这一点说，《清庙》等三篇至少应在穆王之前的时期。其二，从诗篇内容来说，从《清庙》到《维清》，诗中内容少有对祭祀礼仪本身的描写，而都是直接的祷告之词。最长一首《清庙》四句，最短一首《维清》仅两句，其词句短促清晰，作为祝祷之词非常合适。又诗中用了第一人称"我"这样的代词，如"假以溢我""我其收之""骏惠我文王"等，说明这是祭祀礼仪主持者直接向祖灵表达祈愿的唱词。这与《毛诗序》中所说"周公率以祀文王焉……祭而歌此诗也"的解释十分贴合。作为主祭者，周公率领前来助祭之诸侯，亲自向文王祷告，一方面说明前来参加祭祀仪式的后辈态度虔诚，人才济济，表现出对祭祀仪式的充分重视；一方面赞扬先王的德行，请求祖灵保佑，降福于子孙。

清魏源《诗古微》中引伏生《尚书大传·洛诰》篇中记载洛邑建成，诸侯朝见时，在太庙中升歌《清庙》祭祀文王时，各方诸侯感慨鼓舞，激励奋发的热烈场景：

周公将作礼乐，先营洛以观天下之心，曰："示之以力役犹至，况导之以礼乐乎。"然后敢作礼乐，合和四海而致诸侯，以奉祭祀太庙之中。又曰："天下诸侯悉来，进受命于周，"而退，见文武之尸者，千七百七十三诸侯，皆莫不磬折玉音、金声柔色。然后周公与升歌清庙而弦文武，诸侯在庙中者，假然渊其志、和

---

① （清）姜炳章撰：《诗序补义》卷二十三，四库全书本，第4—5页。

其情，愀然若复见文武之身；然后曰："嗟子乎！此盖吾先君文武之风也夫。"及执俎抗鼎，执刀执匕者，负墙而歌；愤于其情，发于中而乐节文，故周人追祖文王而宗武王也。①

这段记载中可见，前来参与祭祀的诸侯，在祭祀的太庙中，见到了扮演文王与武王的"尸"，一千七百七十三位各方诸侯，无不追思文武之德，而神色恭敬；在仪式中升歌《清庙》后，诸侯们无不"假其志，和其情"，如见到文王与武王本人一样，肃然起敬而缅怀先王之德，坚定了对在位者成王的忠诚追随之心，感叹道："成王有我们先君文王与武王的风采啊！"参加祭祀之各方诸侯在仪式上，因《清庙》之词、管弦之乐、文武之"尸"而情绪感奋激昂、浓重热烈，达到了凝聚人心、和睦万邦的效果。

在"以祖配天"的新的祭祀原则下，西周开国初期的几位帝王先后都被列入后世祭祀的行列，成为与天帝同等的祭祀对象。从《周颂》中篇章的内容来看，祭祀文王的篇章有《清庙》《维清》《维天之命》，还有祭祀天帝，以文王配享的《无将》；祭祀武王的诗篇有《闵予小子》《酌》《载见》；祭祀成王的有《昊天有成命》。

值得注意的是，同样的颂扬祖德的内容，我们在《大雅》中也看到类似的篇章。《大雅·生民》记载了周人始祖后稷的诞生、成长及其出众的农业才能。《大雅·公刘》记载了周人先祖公刘带领周人迁居豳地，开创周人基业的事迹。《大雅·绵》记载了古公亶父率众迁徙，建都的整个过程。《大雅·皇矣》歌颂周人始祖从太王到太伯，王季到文王的美好品德和开创周朝基业的艰难过程，《大雅·大明》则将周人的女性始祖纳入歌颂范围，追溯了王季、文王两代人和谐美好的婚姻，延续到武王伐纣建立周朝的伟大基业。整体来讲，《大雅》中的这五首诗都是对先祖的讴歌，对周人建立基业的伟大历程的追溯，与《周颂》中《思文》《清庙》等篇章的内容指向基本一致。

至于为何相似的内容，一部分归入《颂》中，一部分则归入《大雅》

---

① （清）魏源：《诗古微》道光初修吉堂刻二卷本·卷之上，岳麓书社 2004 年版，第 6 页。

中？这关系到《颂》的歌咏应用方式与《雅》的不同，用于宗庙祭祀的《颂》节奏缓慢、音韵绵长，一唱三叹，这样的节奏和氛围对歌词有相应的要求，出现了"未尽其词"——难于完全叙述、表达情感，因此在节奏相对激越的《雅》诗体系中对圣王的美德与功勋、先祖创业的艰难等再一次做了补充。这些歌曲可以应用在较为日常的场合，满足其他各种仪式的需要。关于这一点，钱穆先生也提出：

> 惟颂之为体，施于宗庙，歌于祭祀；其音节体制，亦当肃穆清静。朱弦疏越、一唱三叹。又嫌于揄扬歌咏之未能竭其辞，而后乃始有《大雅·文王之什》，以弥缝其缺；此《大雅》之所以必继颂而有作也。①

笔者认同这样的观点，是乐曲和应用场合的区别，导致了一部分归入《颂》，应用于天子祭祀这样的大型隆重的场合，而另一部分归入《大雅》，应用于宗族祭祀、会朝等较为日常的场合。

《雅》《颂》中，对文王德行反复歌咏的事实证明，面对周代政权所面临的压力，《诗》以柔和的方式完成统治权力的合法化交接，并为秩序化的维持而进行不断重复的合法化论证。

武王去世，周公成王时期，政权初步稳定，此阶段政治的重心是确立新政权的合法性和权威性。周公营建洛邑，成为当时新的政治中心，同时在祭祀天帝社稷的传统仪式中，将周人的先祖、圣王加入配享的行列，并在祭祀仪式的歌咏中不断重复和强化周人族群发展壮大的宏大历程，回顾先祖带领团结部族艰难创业的悠久历史，歌颂文王开创西周王业的伟大功绩。在这样反复的强调和不断的传颂中，周人取代殷商获得"天命"成为方国诸侯和百姓所认可的顺理成章的普遍法则。可以说，主题为"以德配天"的诸多颂扬先祖功德的《周颂》篇章，为周王朝初建时政权的合法性确认做出了莫大贡献。

---

① 钱穆：《中国学术思想史论丛》（一），见《钱宾四先生全集》（18），台湾联经出版事业公司1998年版，第167页。

四、不王不禘，诸侯助祭：《周颂》中的训诫、警示诗篇

在商代之前，天子与诸侯之间的合作关系大于君臣关系，诸侯皆可称王。夏后氏时期，殷之王亥、王恒，很早就称王；在夏末之时，成汤还没有推翻夏桀的统治之前，也已经称王；在商末之时，文王、武王在伐纣之前，也已经称王。西周初建之时，在周公制定礼乐之前，诸侯与天子之间的关系也较为平等，仍然保留了部落联盟的政治结构，在《牧誓》《大诰》中称诸侯，皆云"友邦君"，可见仍是政治合作关系。但到周公平定了管蔡之乱，又东征奄国，取得绝对胜利之后，政治结构发生了变化。周公制礼作乐，大量分封诸侯，新建之国皆以"功臣、昆弟、甥舅"为诸侯，又以与王室血脉关系最紧密的"至亲"分封于鲁、卫、晋等国作为"国之藩篱"，又封康叔在卫地（今之河南淇县）、太公望在齐地（今之山东营丘）、召公之子在燕地（今之北京）、伯禽在鲁地（今之山东曲阜），其他又如雍、曹、滕、凡、郕、郜、蔡、蒋、邢、茅等国，都安置于殷之京都所管辖的地域范围内，以及殷的"侯服"与"甸服"（古代王畿外围千里以内的区域），同时周公迁都洛邑，便于管制东部的诸侯。分封制度之后，周朝的政权已经大体稳定，天子的地位更加尊崇，天子与诸侯之间的关系，按照王国维先生的说法"非复诸侯之长，而为诸侯之君"。君臣名分已定、尊卑已分。自此阶段之后，祭祀的仪式中也随之改变，体现出了明显的尊卑等级制度，反映在《周颂》中，祭祀诗歌的主旨出现了新的内容。

这一阶段祭祀制度的变化，首先体现在"以祖配天"的祭祀改革之外，出现了"不王不禘"的祭祀规则。《礼记·丧服小记第十五》中云："礼不王不禘。"《礼记正义》中对此解释说："王，谓天子也。禘，谓郊天也。礼，唯天子得郊天，诸侯以下否。故云，'礼，不王不禘。'"意思就是说，唯有天子有权力祭祀天帝，包括诸侯在内的其他人都没有这个权力。又，同样《礼记·丧服小记》中说："王者禘其祖之所自出，以其祖配之。"对此，郑注云："禘，大祭也始祖感天神灵而生，祭天则以祖配之。"这两大祭祀原则综合起来，也就是说，周王朝的统治者，将祭祀上帝以及配合祭祀始祖的宗教特权一手独揽，只有周王才能行使，其他人均无权插手。如

李向平在《王权与神权 周代政治与宗教研究》中所指出的："依靠着'不王不禘'的宗教特权，周王的君权在上帝和祖神之前都获得了肯定与襄助，并且使王权的统治在某种程度上产生了'专制'和'独裁'的政治意味。"①

第二个变化，是"诸侯助祭"的传统仪式中出现的新规则。"不王不禘"，意味着祭天、祭祖的主祭人只能是周天子。但祭祀程序繁多，不可能仅由天子一人完成，因此在国家郊祭和周王的宗庙祭祀中，又有"诸侯助祭"的传统。周王为主祭者，诸侯、卿、大夫、士人、同姓宗族为助祭者。这样，在祭天、祭祖的仪式环节中，形成了周王为主导，诸侯为辅助的祭祀形式，在仪式繁复的程序中进一步强化了周王的核心和权威，明确了君臣秩序和地位尊卑。助祭并不是西周才建立的祭祀原则，殷商时期的祭祀中，就已经有助祭的原则。《商颂·那》中有"我有嘉客，亦不夷怿"，就是描写祭祀成汤时诸侯前来助祭的情景。《商颂·玄鸟》中有句"四海来假，来假祁祁"，也是描写来自四面八方的诸侯前来助祭的壮观场面。但发展到西周，助祭制度已经有了大的改变。商代祭祖仪式中，同姓贵族如吴、雀等可以参加王室的祭祀仪式，但侯伯、方国等异姓诸侯则基本不参加商王室的祭祖仪式，也不向商王室贡纳牺牲②。周朝则不同，西周初年为了巩固统治实行了分封制，除了"建母弟以蕃屏周"，还分封了远古帝王之后、西周功臣，以及大量的异姓诸侯，王室与诸侯建立起了与"宗法血缘关系联系在一起的政治统属关系"。与此相对应的是，祭祖仪式与朝聘盟会的政治制度也紧密结合在一起。周人的大型祭祖礼中，助祭诸侯除了同姓诸侯外，大量的异姓诸侯也参与仪式。

新形势下的"不王不禘"与"诸侯助祭"，配合刚建立的以天子为金字塔顶端的宗法制度和封建制度，在具体的操作过程中强化了周天子的权威，明确了君臣之分。周初的祭祀，参与助祭的诸侯，不仅有周人宗族内部的血亲，远古圣王的后裔，还有殷商遗民的代表，以及建立功业的重臣，因此助祭仪式，关乎的不仅仅是祭祀仪式本身的程序，更重要的是，借助于

---

① 李向平：《王权与神权 周代政治与宗教研究》，辽宁教育出版社1991年版，第23页。
② 刘源：《〈商周祭祖礼〉研究》，商务印书馆2007年版，第9页。

繁复的配合程序，凝聚宗族血脉，强化君臣意识，警示异姓诸侯，其政治目的性大于宗教礼仪性。

这一点，从《周颂》中关于助祭的诗篇内容可以看出。在《周颂》中，有许多诗篇郑重其事地描写了诸侯助祭之事。《周颂》中有专门为助祭诸侯所作的诗篇，如《振鹭》《有瞽》《有客》①，对助祭诸侯的重视、关注明显远远高于殷商时代。

这些篇章中，其诗篇主旨一方面仍然是宣扬祖德，同时对前来助祭的诸侯表示热忱的欢迎和嘉赏；另一方面，则是口气郑重严厉地对助祭诸侯的告诫和劝勉。这也可看出西周政治与殷商政治之不同之处。殷商时期，对非同宗族诸侯的统治手段主要依靠暴力征伐，这从祭祀中大量以被征伐部族的俘虏作为人祭的血腥祭祀方式可以看出；而西周建立之初就大力提倡"先祖之德"，在宣扬伐纣的武功的同时也宣扬仁德，采取的是典型的"恩威并施"的国家治理方式。武王伐纣成功之后，小范围分封异姓诸侯，封纣王之子武庚禄父于殷商故地，安抚殷商遗民；周公执政时，对商遗也采取了"一朝两治""因俗而治"的管理办法，这些都是宽大柔和的安抚政策。但安抚的同时，也要警诫，周王朝成立之初的三监之乱、东部部族的叛乱就是警示。在周公东征平叛，成王即位之后，敲打、警诫四方诸侯的诗篇在《周颂》中多了起来。

（一）《烈文》：政权交接，告诫诸侯

《毛诗序》中对《烈文》的主旨归纳称：

> 《烈文》，成王即政，诸侯助祭也。②

《毛诗正义》中对此阐释得更加明白：

---

① 关于《振鹭》《有瞽》《有客》三篇，陈子展在《诗经集解》中云"孔颖达既疑此三诗为一时事，何楷则以为此三诗皆为有关微子一人之词"。无论是否皆关于微子助祭，此三诗同为写给助祭之人的诗篇，是确定无疑的。

② （清）阮元校刻：《毛诗正义》卷第十九，见清嘉庆刊本《十三经注疏》，中华书局 1980 年版，第 1260 页。

《烈文》诗者，成王即政，诸侯助祭之乐歌也。谓周公居摄七年，致政成王。成王乃以明年岁首，即此为君之政，于是用朝享之礼祭于祖考者，有诸侯助王之祭，既祭，因而戒之。①

周公摄政七年之后，还政于成王。成王即政之时，在新建成的政治中心洛邑，举行了盛大的祭祖仪式，各方诸侯都受命前来助祭。此时举行的祭祖仪式，不仅具有政权交接、昭告天下的意味，更有帮助成王树立权威，安抚和约束各方诸侯的政治目的。因此，劝诫之词占据了《烈文》的大部分内容。

《烈文》其词曰：

烈文辟公，锡兹祉福。惠我无疆，子孙保之。无封靡于尔邦，维王其崇之。念兹戎功，继序其皇之。无竞维人，四方其训之。不显维德，百辟其刑之。於乎，前王不忘！

前半部分肯定前来参加助祭诸侯的功绩，感激其为建立和巩固周政权所做出的贡献，称其"惠我无疆"，这是赞扬和安抚；而后半部分语气一转，文意由赞扬转向训诫，从安抚转为约束。"无竞维人，四方其训之。不显维德，百辟其刑之"一句，则以十分强硬的语气，告诫各方诸侯，必须遵从王室的指令；"百辟其刑之"这一句，则说的是，必须效法先王的规则与指令；尤其"前王不忘"一句，既是提醒，也是警告，毕竟武王伐纣的赫赫功绩距今不远，而周公成王也成功平定了管蔡之乱与东部奄国等诸国的叛乱，西周的武功显然不可小觑。全诗劝诫、警示之意非常明显。

《烈文》一篇，用的是第一人称"我"，正是西周早期祭祀仪式中，主祭者诵唱的口吻。

---

① （清）阮元校刻：《毛诗正义》卷第十九，见清嘉庆刊本《十三经注疏》，中华书局1980年版，第1260页。

（二）《臣工》：遣送于庙，戒敕劝农

《周颂·臣工》也是同样内容的作品。

《毛诗序》释《臣工》：

> 诸侯助祭，遣于庙也。

《毛诗正义》中进一步补充写作背景：

> 《臣工》诗者，诸侯助祭遣于庙之乐歌也。谓周公、成王之时，诸侯以礼春朝，因助天子之祭。事毕将归，天子戒敕而遣之于庙。[①]

这是说的祭祀大典完成之后，成王于宗庙之中，遣送助祭诸侯及其臣工，对臣工进行告勉的话。其词曰：

> 嗟嗟臣工，敬尔在公。王釐尔成，来咨来茹。嗟嗟保介，维莫之春。亦又何求，如何新畲。于皇来牟，将受厥明。明昭上帝，迄用康年。命我众人，庤乃钱镈，奄观铚艾。

主要内容是告诫诸侯之臣子要勤勉工作，谨守职责，若有大事赏罚，要向朝廷汇报——"咨谋计度于我王之庙"，不能擅自处理。要求臣工归国之后，要督促百姓勤于农事，以获丰年。虽然言辞是对诸侯之臣工所说，但主旨意在"戒诸侯"。文中有"王釐尔成，来咨来茹。"《尧典》云"允釐"，为理之义，故为理也。"咨，谋"，《释诂》文。"茹，度"，即是说，如有重大事务，应向朝廷谋求处理的办法，不能擅自专权。警示、告诫之意明显。

《臣工》与《烈文》类似，全诗不分章，不用韵，用第一人称表述，

---

① （清）阮元校刻：《毛诗正义》卷第十九，见清嘉庆刊本《十三经注疏》，中华书局1980年版，第1272页。

《毛诗序》解之为成王时篇章，合于情理。

关于这一时期诗篇的创作意图及其与政治的关联，我们在《周书·多方》中可以找到与之印证的材料。《多方》记载的是成王从奄国征战归来，向"四国多方惟尔殷侯尹民"发布政令，强调了"天命"为何从夏商转移到周，敕令各方诸侯顺从天命，听从教令，恪尽职守。其文说："王曰：……自作不和，尔惟和哉！尔室不睦，尔惟和哉！尔邑克明，尔惟克勤乃事。尔尚不忌于凶德，亦则以穆穆在乃位，克阅于乃邑谋介。"又云："王曰：'多士，尔不克劝忱我命，尔亦则惟不克享，凡民惟曰不享。尔乃惟逸惟颇，大远王命，则惟尔多方探天之威，我则致天之罚，离逖尔土。'"此段严厉的语气、训诫的内容都与《臣工》内容相似，都是告诫掌管百姓之官员要勤于政事，遵循朝廷的命令，不然就会受到严厉的惩罚，也从侧面印证了《臣工》等诗的创作背景和创作目的。

(三)《振鹭》：对助祭诸侯的嘉美欢迎之词

除去如《烈文》等对助祭诸侯的警示、告诫，如《臣工》等对诸侯职责的训诫、指示，《周颂》中还有一类关于助祭诸侯的诗歌，文辞热情洋溢，充满嘉许和欢迎之意。典型的是《振鹭》和《有客》两首。

《振鹭》，《毛诗序》中解释："二王之后来助祭也。"二王，指大禹夏后氏之后与殷商之后，分别被封于杞国和宋国。《史记·杞世家》云："武王克殷，求禹之后，得东楼公，封之于杞，以奉夏后氏之祀。"《书序》云："成王既黜殷命，杀武庚，命微子启作《微子之命》。"武庚之乱平定后，成王封微子于宋，以延续殷商的祭祀。

《振鹭》诗曰：

振鹭于飞，于彼西雝。我客戾止，亦有斯容。在彼无恶，在此无斁。庶几夙夜，以永终誉。

诗中赞美前来助祭的诸侯品德高尚，仪容堂皇，受到人民的爱戴。同样，在结束时告勉其要"庶几夙夜"，维持勤勉谨慎的品德，以保持美好的声誉。言"我客"，也是以第一人称叙述，可见是用于宗庙仪式上直接咏唱的乐歌。

《有客》一诗，《毛诗序》认为是微子前来祖庙助祭，周王室表示热烈欢迎之词。《郑笺》认为是微子助祭毕离去时，成王饯别时所用之诗。从文意来判断，全诗言辞恳切，殷勤挽留，符合送别诗的意境。在殷商旧贵族中，微子对于周王室而言地位重要，因其是殷商皇族中主动投诚的。《左传·僖公六年》中记载微子"面缚衔璧，大夫衰绖"，前来向武王投降，武王"亲释其缚，受其璧而祓之，焚其榇，礼而命之，使复其所。"因此对于新建立的周王朝而言，微子是重要的安抚对象。微子前来参加助祭，是殷商旧贵族积极靠拢新政权的标志，而周人对其的安抚和招待，则是新政权对殷商投诚贵族接纳的标志。《振鹭》《有客》等诗，是周王朝和同旧势力之诗，在邦交中有重要作用。

综合来看，关于助祭之诗可分为两类，一类是告诫为主，如《烈文》《臣工》等，借诸侯前来参加祭祀仪式助祭的机会，宣扬周之天命，告诫各方诸侯及臣僚谨守本职，服从教令；还有一类以安抚颂美为主，如《振鹭》《有客》等，主要是对毫无威胁的远古圣王的后裔诸侯，以及殷商故民众一直保持臣服合作姿态的诸侯进行的嘉赏、勉励。通过助祭的形势，周王室恩威并施，再一次强化了王权的正当性和权威性。

笔者以《诗小序》为基本脉络，以宋代朱熹《诗集传》、清代方玉润《诗经原始》为主要参考，综合分析各家对《周颂》创作时期的理解阐释，结合诗篇字词本意进行考察，对《周颂》部分的篇章进行了时序的排列和功用的梳理，从中大略可见《周颂》创作与政治发展之间的联系脉络，如表2所示。

表2　《周颂》诗篇创作时间及祭礼仪式初考

武王 周公 时期	时迈（武王时期）
	武（武王时期） 注：《正义》又说为周公摄政六年
	桓（武王时期） 注：《正义》云诗虽叙武王事，然作诗时为周公成王太平之时
	赉（武王时期） 注：《正义》云诗虽叙武王事，然作诗时为周公、成王大平之时，诗人追述其事而为此歌焉。

续表

武王周公时期	般（武王时期）
	《闵予小子》（周公摄政之前）①
	《访落》（周公摄政之前）
	《有客》（周公摄政二年）
	《振鹭》（周公成王之时）
	《雍》（摄政四年）
	清庙（周公摄政五年）
	维清（周公摄政五年）
	维天之命（周公摄政五年）
	有瞽（周公摄政六年，制礼作乐）
	思文（周公摄政六年，制礼之后）
周公、成王时代	我将（周公成王之时）
	执竞（周公成王之时）
	臣工（周公成王之时）
	噫嘻（周公成王之时）
	天作（周公成王之时）
	振鹭（周公成王之时）
	丰年（周公成王之时）
	潜（周公成王太平之时）
	雍（周公成王太平之时）
	《载芟》（周公成王太平之时）
	良耜（周公成王太平之时）
	丝衣（周公成王太平之时）
	酌（周公归政成王之时）
	载见（周公摄政七年还政成王）
	小毖（成王即位之初）
	烈文（成王即位之初）
	《昊天有成命》（周公成王之时）

---

① 关于此篇的时间，王肃以此篇为周公致政，成王嗣位，始朝于庙之乐歌。郑玄以为，成王除武王之丧，将始即政，则是成王十三，周公未居摄。于是之时，成王朝庙，自言敬慎，思继先绪。笔者采郑说。

五、小结

从武王时代的《时迈》篇，到成王时代的《烈文》篇，我们可以看到《周颂》诗中篇章的发展与王朝政治的起伏紧密相连。在这里，《诗》不仅反映了时代的特征，也亲自参与了时代的演进，成了政治生活的重要部分，在不同的时期配合政治的重心转型发挥了巨大的作用。伐纣功成，《时迈》等诗篇如西周王朝的开国宣言，发挥了定功、安民的作用，配合武王的一系列行政措施稳定局势，安定民心；周公平叛之后，随着洛邑的建成和礼乐的制定，《思文》《清庙》等一系列颂扬先祖功绩的诗篇配合大型的祭祀仪式吟诵传播，起到了增强周民族自豪感，凝聚宗族内部力量，强化政权合法性的重要作用；成王即位，政权交接的时期，借助于诸侯助祭的祭祀习俗，在尊卑分明、主次有序的祭祀环节中，新政权以《烈文》《臣工》《振鹭》等诗篇敲打、告诫助祭诸侯，嘉赏姿态顺从的异族诸侯，恩威并施，起到了加强集权、稳定局面的重要作用。

周人对祭祀礼仪的创新，是针对当时的现实问题所作出的政治应变和调整，面对殷商旧民的蠢蠢欲动，宗族内部的诸多矛盾，西周的开创者依靠祭祀仪式的调整，开展了以周人先祖文王为中心的祭祀配享，从血脉和宗族上横向团结了逐渐涣散的周人，凝聚了邦国对天子的向心力，同时向殷商故民旧臣宣告周朝受命的正当性和以德治济民为中心的宽大政治方向，以此安抚和说服周之外的众多族群。而在祭祀仪式上通过对诗篇的反复颂祷吟唱，将这样的思想更为深入和广泛地传播出去，逐渐深入人心。

补充一点，《诗》中关于《颂》体，除前文所述之《商颂》《周颂》外，另有《鲁颂》。但《鲁颂》与前二者不同，非王朝之颂，而是一国之颂。其与政治变革和国家需求之影响关联不大。《毛诗》中《鲁颂·駉》之《小序》中叙述了《鲁颂》的创作时期及创作目的：

> 《駉》，颂僖公也。僖公能尊伯禽之法，俭足以用，宽以爱民，
> 务农重谷，牧于坰野，鲁人尊之。于是季孙行父请命于周，而史
> 克作是颂。①

---

① （清）阮元校刻：《毛诗正义》卷第十九，见清嘉庆刊本《十三经注疏》，中华书局 1980 年版，第 1253 页。

　　这段话的季孙行父，就是季文子。鲁国大臣见鲁僖公宽仁爱民，重视农本，有鲁国先王伯禽之风，因此特别向周天子请示，为鲁僖公作颂，以歌颂传扬其功德，并以此作为礼乐对鲁国先王进行祭祀。鲁国因是周公之封地，因周公对于周王朝巨大的开创之功，因此鲁国在成立之初就被特许可用天子礼乐进行祭祀。这在诸侯国中是唯一的恩遇。这是《鲁颂》得以产生的历史原因。孔疏中记载："文公六年，行父始见于《经》，十八年，史克名始见于《传》。此诗之作，当在文公之世。"提出了《鲁颂》的具体创作年代，大约是在鲁僖公去世后，鲁文公时期。而《鲁颂》的作者，《毛诗》认为是鲁国的史官史克。但三家《诗》的学者对此观点有所不同，均提出了《鲁颂》是鲁公子奚斯所作。因《閟宫》中有句点名了其诗的作者为奚斯。《韩诗》学派的薛汉在其《韩诗章句》中解释奚斯为鲁国公子，并称"言其新庙奕奕然盛，是诗公子奚斯所作也"。东汉班固在其《两都赋序》中也提出这个观点："皋陶歌虞，奚斯颂鲁，同见采于孔氏。"王延寿在其《鲁灵光殿赋序》中也提及奚斯作《颂》赞美僖公，"故奚斯颂僖，歌其路寝"。清代学者王先谦全面分析了关于《鲁诗》作者的问题，称《毛诗》所云有缪：

　　王先谦："史克作《颂》，惟见《毛序》，他无可证。三家《诗》说皆以《鲁颂》为奚斯作，扬雄文云：'昔正考父尝睎尹吉甫矣，公子奚斯尝睎正考父矣。'说《鲁颂》者首雄，但云奚斯，不云史克睎考父，此《鲁》说。班固《两都赋序》'昔皋陶歌虞，奚斯颂鲁，皆见于孔氏，列于《诗》《书》，其义一也。'此《齐》说。曹植《承露盘铭序》：'奚斯颂鲁。'此《韩》说。而皆不及史克。史克见《左传》在文公十八年，至宣公世尚存，见《国语》。奚斯见闵公二年，《传》已引《閟宫》之诗，不应季孙行父请命于周之前，已有史克先奚斯作《颂》，知《毛序》不足据矣。"①

――――――――――

① （清）王先谦：《三家诗义集书》，中华书局 1987 年版，第 18 页。

关于《鲁颂》的内容，主要是颂扬僖公中兴鲁国，如《駉》，以僖公养马寓意中兴之举，体现了鲁僖公对于鲁国祭祀、农业、军事、人才培养等方面的重视。《有駜》描写君臣宴饮的场景，《小序》称其是"颂僖公君臣之有道"。方玉润在《诗经原始》中说："颂鲁侯燕不废公也。"宴饮时君臣各尽其责，和谐有道，反映出鲁僖公主政时君臣相合，齐心协力治理国家的和谐场景，同时也反映出号称"周礼尽在鲁"的鲁国对于周代礼乐继承延续的盛况。《泮水》是鲁国赢得胜利之后，君臣庆功的乐歌。内容描写了鲁侯的威仪赫赫、品德高尚、百姓爱戴，也描写了鲁国军队装备精良、军纪严明、能征善战。这是对鲁僖公军事实力的歌颂。而鲁颂中最长的一首《閟宫》，描述了周王朝的辉煌历史和鲁国的悠久渊源，极言鲁国的强盛和僖公的文治武功，全诗充满了对鲁僖公的歌颂、赞美和祝福。可见，《鲁颂》诸篇，核心思想是歌颂鲁僖公的文治武功与优秀品德，与鲁国中兴这一政治事件相关联。其内容包含了礼制、军事、人才等各方面，全面体现了鲁国中兴之盛况。其中诗篇与鲁之礼制密切相关。如《泮水》，是鲁侯君臣在泮水边庆祝战功的典礼上所歌之诗；《有駜》是鲁侯君臣宴饮仪式上所歌之诗，都与礼乐相关。而根据《毛诗》的说法，《鲁颂》创作的目的，乃是鲁国臣子为歌颂僖公之德，特地向周天子请示后所作，其目的是用于祭祀先王之礼仪。

如钱穆先生所说，"诗经三百首亦自周公以政治意义为主"①，这一时期在《诗》的形成和传播的同时，也起到了"教化"的作用。统治阶层以《诗》为教，在一遍遍的强调和传颂中，广泛地教化了包括同姓诸侯、异姓诸侯、臣工、百姓在内的社会各个阶层的人员，引导其理解天命、顺从天命，教导其明晰尊卑、遵守秩序，警诫其各安其职、竭尽其力，教化其知晓善恶、遵从礼仪。

---

① 钱穆：《钱穆先生全集》第18册，九州出版社2011年版，第221页。

第二节 政治制度的创建与《雅》的形成发展

如果说《颂》的教化目的是"尊王"，强调周人以德得天下的正当性，突出天子的核心地位和绝对权威，那么《雅》的教化目的则是"明礼"，教化贵族逐渐熟悉和接受新制定的礼乐制度，强化等级秩序，推广礼乐制度。

随着西周政权的逐步稳定和礼乐制度的不断推广，周王朝的政治生活变得更为丰富。除去各类祭祀仪式外，政治生活和社会生活的方方面面都逐步形成了种类繁多的各类仪式。这些仪式所规定的言行、车马、服饰、器物等相关标准和其所承载的宗法等级制度，共同构成了西周礼乐精神的宏伟建筑。而最初在祭祀仪式中形成的歌舞乐诗一体的礼仪形式，也逐步扩展和衍生到其他的礼仪形式中。

从《周礼》的记载中，"吉、凶、军、宾、嘉"五礼所规定的各类礼乐规范十分繁多，《周礼·春官·宗伯》中记载了掌管祭祀的宗伯，除了祭祀之礼外，还负责其他礼仪：

> 以凶礼哀邦国之忧，以丧礼哀死亡，以荒礼哀凶札，以吊礼哀灾祸，以礼哀围败，以恤礼哀寇乱，以宾礼亲邦国……以军礼同邦国……以嘉礼亲万民，以饮食之礼亲宗族兄弟，以昏冠之礼亲成男女，以宾射之礼亲故旧朋友，以飨宴之礼亲四方之宾客，以脤膰之礼亲兄弟之国，以贺庆之礼亲异姓之国，以九仪之命，正邦国之位。[①]

自周公制礼作乐，创作诗篇以配合礼乐以来，礼乐中的程序与模式已经在前期大量祭祀神灵的活动中固定下来，并得到广泛的认可，从《周礼》中对当时各类礼仪的记载中来看，歌、乐、诗三个环节是其中的必备因素，

---

① （清）阮元校刻：《周礼注疏》卷十八，见清嘉庆刊本《十三经注疏》，中华书局 1980 年版，第 759 页。

而诗，因其有文辞，精神和文化内涵借此得以传达，尤其成为仪式中的重中之重。正如李山在《西周礼乐文明的精神构建》中所说："一场婚礼，关关雎鸠的歌诗，最能宣示婚姻生活的意义；一场宴饮，令德令仪的教倡导，饮食的生理消费才得以变成礼乐精神性的享受。诗歌成为任何一次典礼的画龙点睛。"① 正是在这样的环境下，为了配合各类仪式中的礼仪程序，《诗》的创作突破了祭祀用诗的限制，扩展到国家的其他重要政治生活中。

西周早期的《诗》为配合礼乐而生，其目的是随着礼乐的深入人心，巩固新建王朝的合法地位，凝聚邦国对王朝的向心力，聚拢和稳定民心，传播关于人伦的秩序和人性的美德，或可一言以蔽之，是为了更好地维护西周的统治政权。礼乐制度的体系化和完善化非一时之功，在礼乐制度逐步完善的过程中，《诗》中的篇章内容也随之不断丰富。大量的配合乐仪、内容丰富、充满教化引导意义的诗篇由当时的统治阶层、卿士大夫等贵族阶层创造出来，以配合逐渐完善的礼乐制度，完成周代国家制度和精神体系的塑造。

周公执政六年，开始制礼作乐，大量分封诸侯。除同姓宗族之外，还分封了大量的异姓诸侯。王国维在《殷周制度论》中谈及，殷商时期的诸侯多为异姓诸侯，而周代诸侯同姓、异姓各半。如何处理中央王室与各方诸侯的关系？殷商时期主要靠武力威慑与镇压，这也是《商颂》中大力宣扬征伐暴力的政治动因之一。而周则不同，周公制礼作乐，礼规定秩序、规范行为，而乐（与诗）则和缓关系、抚慰人心。礼乐制度逐步推广和延伸到政治生活与社会生活的各个层面，起到了以和平、柔和的方式统一思想、强化秩序的作用。这从《雅》中的篇章内容可以看出端倪。

一、宗法制度与祭祖宴饮之《诗》

《雅》中篇章主题之一，即为宴饮。周代礼仪繁多，在遣使臣、劳军、嘉赏、册命、田猎等诸多礼仪中，宴飨之礼无疑是最为普遍、盛大的常礼。如朱熹所言，"其如劳使臣之来，遣使臣之往，与夫燕兄弟故旧，遣戍役、

---

① 刘扬忠、蒋寅主编，李山著：《西周礼乐文明的精神建构》，河北教育出版社 2014 年版，第 72 页。

劳还卒,其事不必常有。独燕群臣嘉宾,乃常礼,又最盛大"。在《雅》中,宴飨之诗的数量是最多的。其实细究起来,无论是祭祀、朝会,还是遣使、劳军,仪式之上或之后总免不了有一场盛大的宴飨。关于宴飨的意义,如李山在《诗经的文化精神》中所说:"这种际会形式本身,就是对周朝社会构成方式的最好象征。"①

武王平定天下之后,分封同姓宗族与异性诸侯,据《左传》中说:"昔武王克商,光有天下,其兄弟之国十有五人,姬姓之国者四十人,皆举亲也。"② 在西周开创者的政治设计理念中,这些诸侯是天子的臂膀和王国的屏障,他们遵从天子的统治,定期朝见周王,定期向王室缴纳贡品和赋税。通过制度和威慑可以要求这些诸侯在行为和形式上服从王室,但要使其从心理上认同,心悦诚服效忠王室,仅仅依靠武力威慑并不能奏效,殷商的灭亡就是前车之鉴。此时,维持血亲关系的亲密和非血亲关系的和睦对于国家稳定十分重要。宴饮就是最为直接的方式。宴饮一般是大宗燕小宗,天子燕诸侯,在严格的宴饮程序中,主与从、尊与卑,都有直观的体现。而充满着盛情厚谊,表达欢迎与祝福的宴饮之诗,则在严格的秩序之中加入了亲近与友好的氛围,在维护等级制度的同时,又起到了凝聚宗族、团结人心的作用。宴饮之诗中充满了对兄弟人伦、朋友忠信、君臣大义的反复吟咏,在和乐的氛围内,一次又一次地向同宗之人强化了人伦秩序,向异姓部族宣扬君臣大义,向参与者一遍又一遍演示和强调着社会的结构原则及其意义,起到了维护社会秩序、和平消弭宗姓差异、强化统一政治结构的巨大作用。

(一)祭祀宴飨之诗

自殷商之时起,祭祀之时就有以饮食致敬于鬼神的传统。《烈祖》中云:"既载清酤,赉我思成。亦有和羹,既戒既平。"清酒与和羹,都是献祭鬼神之礼。祭祀仪式中献神的"饮食",不但有降神的作用,还与琴瑟钟鼓一道,可以明确尊卑、明晰人伦、和睦宗亲。如《礼记·礼运》

---

① 李山:《诗经的文化精神》,东方出版社 1997 年版,第 79 页。
② (清)阮元校刻:《春秋左传正义》卷第五十二,见清嘉庆刊本《十三经注疏》,中华书局 1980 年版,第 4601 页。

篇中说：

> 故玄酒在室，醴盏在户，粢醍在堂，澄酒在下。陈其牺牲，备其鼎俎，列其琴瑟管磬钟鼓，修其祝嘏，以降上神与其先祖，以正君臣，以笃父子，以睦兄弟，以齐上下，夫妇有所。是谓承天之祜。①

盛大的祭祖仪式，将宗亲族人聚集在一起，在祭祀完毕之后，主祭者将宴请前来参加祭礼的同族宗亲与异姓诸侯。《周礼·大宗伯》中记载："以饮食之礼亲宗族兄弟者。"《尚书·大传》曰："宗室有事，族人皆侍终日。大宗已侍于宾奠，然后燕私。燕私者何也？祭已而与族人饮也。"② 祭祖宴饮，由此成为和睦宗亲的重要手段。

西周时期，祭祀祖先是先民生活中具有重大意义的事件。《礼记·祭统》中讲到祭祀的重大意义有十个方面：

> 见事鬼神之道焉，见君臣之义焉，见父子之伦焉，见贵贱之等焉，见亲疏之杀焉，见爵禄之赏焉，见夫妇之别焉，见政事之均焉，见长幼有序焉，见上下之际焉。③

通过祭祀仪式，可以强化宗法社会等级制度，明确各个阶层的权力与义务，维护政治制度和社会秩序的稳定。在宗法制度中，祖先是血脉的缘起，是联系宗族的纽带，是宗法制度的根基。因此祭祖仪式尤具重要意义。前文已分析，《颂》中各篇多用于祭祖仪式上，以颂祖德、定尊卑、明等级、合宗族；而《雅》的诗篇中，也有部分是祭祖或描述祭祖仪式的诗篇。

---

① （清）阮元校刻，《礼记正义》卷第二十一，见清嘉庆刊本《十三经注疏》，中华书局 2009 年版，第 3066 页。

② （清）孙星衍撰，陈抗、盛冬铃点校：《尚书今古文注疏》，中华书局 2004 年版，第 376 页。

③ （清）阮元校刻：《礼记正义》卷第二十一，见清嘉庆刊本《十三经注疏》，中华书局 2009 年版，第 3483 页。

《雅》中这些祭祀的诗篇分为四类。一类是祭祀周人先祖，如后稷、古公亶父、公刘、文王、武王等之诗篇。如《文王之什》三篇《文王》《大明》《绵》三篇一组均为颂扬文王之德的诗篇；《生民之什》中《生民》为祭祀后稷的诗篇，《公刘》为祭祀公刘的诗篇；一类是诗篇中未点明具体祭祀对象，但对祭祀仪式进行了细致描述，如《大雅》中之《凫鹥》《既醉》，《小雅》之《湛露》《楚茨》《信南山》；还有一类是祭祀田祖之诗，如《小雅》之《甫田》《大田》。

《大雅》中部分颂扬周民先祖功德的诗篇作于西周早期，与部分《周颂》同时，其内容及指向基本一致。其作者为西周上层统治阶层，如周公、召公等。如《文王》篇，《吕氏春秋·古乐篇》认为是周公所作"以绳文王之德"；《绵》篇，据郑笺、《孟子章句》，均认为是"周公美太王所作"；《皇矣》《大明》，据马瑞辰《毛诗传笺通释》，为"武王灭商后所作之乐歌"；《生民》篇，《诗序》认为是"周公、成王致太平，制礼以王功起于后稷，故推举以配天"；《公刘》篇，《郑笺》认为是"召公惧成王年幼，不留于治民之事，故作诗美公刘而深戒之也"。这些诗篇与《周颂》中大部分诗篇一致，用于祭祀典礼，有极强的政治功用性。至于为何相似内容和同样指向的诗篇，一部分归入《周颂》，而另一部分归入《大雅》，笔者在前文已有论述。简而言之，是《颂》的体制和音乐要求对诗词本身有了限制，《颂》的应用要配合舞蹈，节奏沉缓肃穆，不能够全面细致地表达出先王的功德和创业的历史，因此在《大雅》中进行了补充，如傅斯年在《诗经讲义稿》中说"《大雅》多叙述，《周颂》多发扬蹈厉之言"[1]，铺陈的叙述能够令先王的盛德和周初先祖的功绩在其他场合如宗族宴飨、朝会等礼仪上也能够得到吟咏和传播。朱熹提出：

　　盖宗庙祭祀，限于体制，辞不能尽，故又为《大雅》会朝之乐以铺陈之也。

---

[1]　傅斯年：《诗经讲义稿》，上海三联书店 2017 年版，第 24 页。

《文王》等诸诗不仅可应用于宗庙祭祀，据《国语》中韦昭注，《文王》《大明》《绵》三篇是两君相见之乐。诸侯见天子，或者两诸侯相见之时，皆可歌《文王》，"不必定在大祭后始歌之"。

除去这些祭祀周人先祖、圣王的诗篇，贵族阶层祭祖、祭社等诗篇则描述了祭祀仪式的程序及仪式上的祝词，生动展现了祭祀时的场景。如《既醉》中描写了祭祀仪式中先祖替身"公尸"发表的祝词"嘉告"：

> 其告维何？笾豆静嘉。朋友攸摄，摄以威仪。
>
> 威仪孔时，君子有孝子。孝子不匮，永锡尔类。
>
> 其类维何？室家之壸。君子万年，永锡祚胤。
>
> 其胤维何？天被尔禄。君子万年，景命有仆。
>
> 其仆维何？釐尔女士。釐尔女士，从以孙子。

祝词包含以下内容。一是对祭祀仪式进行了肯定。祭祀仪式非常慎重，所用祭品洁净美好；仪式上亲朋好友齐聚一堂，气氛隆重热烈。二是代替受祭的先祖传达了对后世子孙的祝福：孝子贤孙代代相传，家族兴旺永受天赐；祭祀主人永享福禄，家族和睦。

《凫鹥》则全篇描写"公尸"参与宴饮的场景。按照周礼，在祭祀祖先的第二日，要宴请扮演祖先的"公尸"，叫作"绎祭"。此诗是描写在"绎祭"仪式上宾主相欢的场景。每章末句均是美好祝福，"公尸宴饮，福禄来成""公尸宴饮，福禄来为"……描写顺利的公尸宴饮将给家族带来无穷无尽的福禄和顺遂。

《大雅》中的《既醉》《凫鹥》《假乐》诸篇均是在祭祀仪式上所用之诗，或为祭祀宗族所酬答主人之诗，或为公尸赐福之诗，都是仪式的一部分。朱熹提出，《既醉》为参与祭祀之宗族对《行苇》之诗的酬答，《凫鹥》为祭祀第二日宴请公尸所作的诗，《假乐》则为公尸答复《凫鹥》之诗：

> 既醉，则父兄所以答行苇之诗也；凫鹥，则祭之明日绎而宾

尸之诗也。古者宗庙之祭皆有尸，既祭之明日，则爜其祭食，以燕为尸之人，故有此诗。假乐则公尸之所以答兔鹭也。①

此外，《小雅》中还有不少描写祭祀宴飨的诗篇。如《楚茨》，全诗六章，细致描述了祭祀的各个环节。首章言百姓除草以种黍稷，获得丰收，王者用丰收的粮食作为供奉，献之宗庙；二章言以牛羊祭祀；三章言以俎豆祭祀；四章言尸嘏以福；五章祭事既毕，告尸利成；卒章言于祭之末，与同族宴饮。《毛诗序》中言此诗为"刺幽王"，篇中实无此意。全诗实为描述祭祀燕享之庄重静穆，如戴震所言此诗"言农事与祭"，魏源《诗古微》中言自《楚茨》之下四首，年代应为文、武、成、康之诗。

《雅》中的这部分祭祀宴飨之诗，与《颂》中诸诗相类似，都是用于祭祀仪式之上，一则宣扬先祖之功德，强化族群自豪感；二是巩固宗族向心力，强化宗法制度血缘根基；三是通过祭祀之后和乐热烈的宴饮，增强宗族联系，融洽各支感情。

（二）宗族宴飨之诗

我们从《小雅·棠棣》一诗的创作背景和创作动机，可见宴饮之诗在周代所发挥的教化功能。《小雅·常棣》一诗，据记载为周公所作。

《国语·周语》中云：

王使游孙伯请滑，郑人执之。王怒，将以狄伐郑。富辰谏曰："不可。古人有言曰：兄弟谗阋、侮人百里。"周文公之诗曰："兄弟阋于墙，外御其侮。"②

据此记载，《常棣》为周公所作之诗。关于其作诗的目的，《诗序》中说："闵管、蔡之失道，故作《常棣》焉。"西周伐纣之后不久，邶鄘卫之地就爆发了管蔡之乱，流言四起，危及刚刚建立的新生政权，周公不得已

---

① 朱熹述，黎靖德辑：《朱子语类》，转引自程毅中主编，王秀梅等编录：《宋人诗话外编》，中华书局 2017 年版，第 1152 页。

② 徐元诰撰，王树云、沈长民点校：《国语集解》，中华书局 2002 年版，第 44 页。

起兵平乱。而管叔、蔡叔为周公与武王的兄弟。之后，周公唯恐天下人不了解真实情况，争相效仿，以致兄弟相残，家庭不睦，故特地作《常棣》以教化百姓。《毛诗正义》中说得更为明确：

> 言周公闵伤此管、蔡二叔之不和睦，而流言作乱，用兵诛之，致令兄弟之恩疏，恐其天下见其如此，亦疏兄弟，故作此诗，以燕兄弟取其相亲也。①

可见周公作《常棣》的目的主要是教育引导百姓"兄弟相亲"，带有浓厚培育人伦美德的政教目的性。

《常棣》之诗用于宴飨。《诗序》中称："《常棣》，燕兄弟也。"《春秋左传》中一则事例证明了《常棣》宴饮兄弟的应用。厉王之时，召穆公见当时周王室"兄弟道缺"，于是在成周设宴会宴请王室宗族，并特地在宴会上歌《常棣》之诗，以和睦宗族，宣导友爱：

> 召穆公思周德之不类，故纠合宗族于成周而作诗，曰："常棣之华，鄂不韡韡，凡今之人，莫如兄弟。"其四章曰："兄弟阋于墙，外御其侮。"如是，则兄弟虽有小忿，不废懿亲。②

《春秋左传正义》中对此进一步注解：

> 召穆公，厉王时人。于时周德既衰，兄弟道缺，召穆公思周德之不善，致使兄弟之恩缺，收合宗族于成周，为设燕会而作此周公乐歌之诗。③

① （清）阮元等校刻：《毛诗正义》卷第九，见清嘉庆刊本《十三经注疏》，中华书局 2009 年版，第 870 页。
② （清）阮元等校刻：《春秋左传正义》卷第十五，见清嘉庆刊本《十三经注疏》，中华书局 2009 年版，第 3945 页。
③ （清）阮元等校刻：《十三经注疏》之《春秋左传正义》，中华书局 2009 年版，第 3945 页。

据此推测，周公当时做《常棣》，最初也是应用于宴礼，其目的正是和睦宗亲，宣扬人伦。

《大雅》中的《行苇》一诗，则是描写周天子宴请宗族的诗。诗中对宴饮之仪进行了细致描写，设席、铺筵、设几、敬酒、回敬、击鼓、歌唱、比射、祝寿，各个环节娓娓铺陈，宴饮之欢乐、热闹、融洽跃然纸上。胡承珙在《毛诗后笺》对此诗的主旨进行了分析，其言十分中肯："案此诗章首即言亲戚兄弟，自是王与族燕之礼，与凡燕群臣国宾者不同。然所言献酢之仪，肴馔之物，音乐之事，皆与《仪礼·燕礼》有合。则其因燕（宴）而射，亦如《燕礼》所云，若射则大射正为司射，是也。至末言以祈黄耇，则义如《文王世子》所谓公与父兄齿者，此其与凡燕有别者也。然则此诗只是族燕一事，而射与养老连类及之。"① 可见此诗为周王室与族人宴饮之作。从中可见周代家族盛宴之情况。"戚戚兄弟，莫远具尔"，强调的是兄弟手足之间要友爱；"曾孙维主，酒醴维醹，酌以大斗，以祈黄耇"，说的是作为主人的曾孙向家族中的长者恭敬敬酒，祝福其长命吉祥，强调的是敬老尊长。通过仪式化的宴饮之礼，周人宗族内部加强了血亲之间的亲密团结，强化了伦理秩序，也向天下昭显了周人家族如铜墙铁壁般，不可分割的团结。此举的政治意义，正如《周礼·大宗伯》所谓："以饮食之礼亲宗族兄弟"，此为天子之收族也。《礼记》中说到家族中尊祖、收族，对于社会治理的重大意义："亲亲故尊祖，尊祖故敬宗，敬宗故收族，收族故宗庙严，宗庙严故重社稷，重社稷故爱百姓，爱百姓故刑罚中，刑罚中故庶民安，庶民安故财用足，财用足故百志成，百志成故礼俗刑，礼俗刑然后乐。"② 《行苇》宴饮之礼所反映的尊祖敬宗的人伦秩序正是社会秩序的缩影，其间兄弟父老之人际关系也正是社会关系的反映，周王室率先垂范，将稳定社会秩序所需要的人伦理念和道德倾向通过一箪食一瓢饮的宴饮之仪展现出来，引导百姓兄弟友爱，尊老敬祖，培育良好的社会风尚。

（三）诸侯宴飨之诗

《小雅》中《蓼萧》一诗，则展现了周天子宴请四方诸侯的政治目的和

---

① 姜亮夫等：《先秦诗鉴赏辞典》，上海辞书出版社 1998 年版，第 559—561 页。

② （清）阮元校刻，《礼记正义》卷第二十一，见清嘉庆刊本《十三经注疏》，中华书局 2009 年版，第 3270 页。

政治效果。《蓼萧》，《诗经原始》注之："天子燕诸侯也。"朱熹认为此诗为"燕诸侯之诗"。吴闿生在《诗义会通》也说："据词当是诸侯颂美天子之作。"① 西周初年，国势昌盛，诸侯纷纷来朝，表示归附。周王也设宴招待，此诗就是在宴会上歌颂周王的乐歌。诗中有"燕笑语兮""孔燕岂弟"等句，表明确为宴饮之诗。诗中描写了宴饮场面之盛大，宴会主人之雍容尊贵，充分表达了参与宴会者得以参加宴会的喜悦、荣耀、感恩之情，和对宴会主人的尊崇、仰慕、爱戴之情。《毛诗序》云此诗主旨："泽及四海也。"认为此为周天子宴请四海诸侯，参与宴饮之诸侯表达感恩之情的诗篇。从"和鸾雍雍，万福攸同"之句，的确可见天子雍容、四海来朝、泽被天下之意。诗中又有"宜兄宜弟，令德寿岂"之句，表明在宴饮仪式之上，对于四方诸侯，天子视之以兄弟，自此带有血缘印记的"兄弟"之情突破了一族一姓的藩篱，扩展为不同血缘关系的部族之间与周王室的情感纽带。借由"燕语笑兮""和乐且湛"的宴会，周天子张扬了王室的权威，显示了天子的尊崇，也成功笼络了四方来朝的异姓诸侯。宴饮的政治效果是明显的，从诗中反复出现的"既见君子，我心写兮""既见君子，为龙卫光""既见君子，孔燕岂弟""既见君子，鞗革冲冲"等句，可充分看出参与宴会之诸侯对天子之感恩、崇敬之意。

《湛露》，据《毛诗序》，亦为"天子燕诸侯"。《毛传》中有"湛露废则万国离"之语，可见《湛露》为天子宴请各方诸侯之诗。在诗乐之用中，《湛露》也是天子宴请诸侯时才演奏的乐曲。诗中有句"厌厌夜饮，在宗载考"，可见此诗本是宴请同姓诸侯。

《彤弓》，据《毛诗序》，为"天子锡有功诸侯"。赏赐是在宴会中举行的，诗的第一章就写道"钟鼓既设，一朝飨之"，在钟鼓悠扬的乐声中举行和乐的宴会，天子用弓矢赏赐有功的诸侯。朱熹《诗集传》中评此诗："赋也。此天子燕有功诸侯而赐以弓矢之乐歌也。"不过随着王权的衰退与时间的推移，诗之用也逐渐降级。天子燕诸侯之乐，也在诸侯燕大夫的场合使用了。《毛诗正义》中说："其用于乐，国君以小雅，天子以大雅，然而飨

---

① 吴闿生著，蒋天枢、章培恒点校：《诗义会通》，中西书局 2012 年版，第 152 页。

宾或上取，燕或下就。"《左传·文公四年》记载了鲁文公在招待卫国大夫宁武子的宴会上，为之赋《湛露》及《彤弓》。

（四）臣工宴飨之诗

《小雅·鹿鸣》一篇，根据《毛诗序》的注解，为"（天子）燕群臣嘉宾"之作。诗中不但描写了宴会"鼓瑟吹笙"的礼乐盛况，还描写了"承筐是将"的场面，按照《毛诗序》的解释，这是说宴会的主人赠送参加的宾客"币帛筐筐"（酬劳的钱币），以表达深情厚谊。根据《春秋左传正义》中对鲁庄公十八年"虢公、晋侯朝王，王飨醴，命之宥"之句的注解，举行规模较高的"飨礼"有"酬币"的环节。按照"飨礼"的仪式，主人先酌酒于宾，这称作"献"；然后宾客再回敬主人一杯，这称作"酢"，主人又再次酌酒一杯，这称作"酬"。所谓酬币，就是"酬"酒之时所赏赐的币。天子宴请臣工，嘉奖臣工品行高尚，声名远扬，勉励臣工恪尽职守，举行了"和乐且湛"的宴会，席间不但乐声悠扬，还慷慨地赐予臣工丰厚的奖赏。这样的宴饮，效果也很明显——"人之好我，示我周行"。按照《礼记正义》中对此句的解释，周为忠信之意，行是"道"之意。示我周行，就是"以忠信之道示我"。天子燕臣工，充分表达嘉赏慰劳之意，臣工也深感君王之厚谊，表示将以忠信之道事君，恪尽职守为国效效力。

除去《鹿鸣》之外，还有《四牡》《皇皇者华》两篇，此三篇在仪式中常常连在一起使用，据《礼记正义》解释："此皆君臣宴乐相劳苦之诗……所以劝之以官，且取上下相和厚。"这三篇都是君王宴饮臣工之诗，后两首为君王勉励臣工出使劳苦，为王事奔波之意。

此外，还有《湛露》为天子宴诸侯之诗，《伐木》为宴朋友故旧之诗，《南有嘉鱼》为宴嘉宾之诗……《正义》中说：《小雅》中"《鹿鸣》至《天保》六篇，言燕劳群臣朋友"。据笔者统计，在《大小雅》的篇章中，按照《诗》中的原意分析，描写宴饮的《诗》共有18首之多（详见表3）。

上述所列宴饮之诗，宾客对象包含了兄弟、族人、外姓诸侯、臣工和朋友。这些参与宴请的对象，正是国家政治的主要支柱。西周初年在武王分封之后第二次大分封，其主要动因是"管蔡之乱"，兄弟阋于墙，几乎颠覆国家政权。这让周公看到了宗族内部稳定团结的重要性。周公通过以祖配天，祭祀周人共同的先祖和圣王，增强了部族内部的自我认同感，凝聚了宗族向心力。在祭祀之后，按照传统，同姓诸侯都要留下来在寝宫之中进行"燕私"，这样发扬亲亲之谊，进一步团结了部族。而周王朝的祭祀，除了大量的同姓诸侯参与，还有大量的异姓诸侯"助祭"，因此在宴请宗族内部的同时，也要以热情的方式宴请助祭之异姓诸侯，并表达对其恪尽职守、效命王朝的嘉赏与谢意。周代新型文明社会的政治关系中，将众多的异姓血缘的部族纳入了以姬姓血缘为主干的政治体系中来。这些异姓部族犬牙交错，林林总总，数量并不在少数。要将习俗与文化原本与周人所不同的这些异姓部族融合进周人组建的新型政治结构中来，需要和风细雨的安抚和潜移默化的引导。而宴飨，成为沟通人际关系、规范等级制度、强化统一政治的最有效而温和的手段之一。通过宴飨同宗兄弟，巩固了血脉至亲的关系，避免"管蔡之乱"历史重蹈覆辙；通过燕享宗族大家，向宗族内部传达了明秩序、分长幼的人伦规则，理顺了家族关系，而这些家族成员又多为一方之诸侯，回到属国自然也以同样的方式教育家族，引导百姓、同宗之宴饮的政治效果，其实也就是稳定了周人的半壁江山；通过宴飨四方来朝之异姓诸侯，明之以秩序，待之以兄弟，令其震慑于天子煌煌之威的同时，也对天子的嘉赏与恩宠感恩戴德，加强了融合与交流，消弭了不同血缘之间的对立和紧张情绪；而通过宴请臣工，飨之以鱼羊，乐之以鼓瑟，嘉之以酬币，臣工自然更加勤勉于事，忠信事君。

宴饮之《诗》是成熟完善的宴饮之仪的外在表现。在其乐融融的宴饮之仪中，政治结构中的各个层级都得到安抚，政治结构更加稳固，礼乐的传播更加深入人心。宴飨之《诗》的教化对象，正是参与宴飨之礼的各类人群，其目的是教导其知晓人伦、明晰尊卑，同时这些参与的人群都是社会上层贵族，通过他们的接受、带动和传播，礼乐之制更广泛和深入地在整个社会中普及开来。

二、出使出征与犒劳嘉赏之《诗》

除去宴饮之外，《雅》中较多的篇章主旨，是为出使与征伐这样的国家重要政治活动所作的送别、嘉赏之诗。这样的诗歌创作年代多在周宣王时期。诗歌创作的作者多为卿士大夫等贵族阶层，有些作者本人就是送别、嘉赏、册命仪式中的主人翁。

西周的政治到厉王时期，已经出现了明显的颓势，一方面边境上已经出现危机，"王政衰坏，中国不守，四方夷狄来侵之，中夏之国危矣"；而在内政方面，厉王"暴虐侈傲"，激起民愤，自厉王用卫巫监督民间的意见"以告则杀之"，之后已经出现了"诸侯不朝"的局面，此后国人暴动，厉王出奔，周召二公"共和行政"十四年，国家矛盾重重，王室威信扫地。等到宣王即位，面临的是边境不稳、诸侯不服的难堪局面。宣王励精图治，力图恢复周王室昔日的荣耀，政治上任用贤才，安抚百姓，同时大力恢复西周初期建立的礼制政策，如《史记·周本纪》中记载："宣王即位，二相辅政，修政，法文、武、成、康之遗风，诸侯复宗周。"宣王时期是西周时第二个礼制建设的高潮，与之对应的，是大量的《诗》中的篇章被创造出来，以配合礼制的恢复。

《全唐文》中柳宗元《为裴中丞贺破东平表》中言：

> 伏见周宣王时称中兴，其道彰大，于后罕及。然征于《诗》大、小雅，其选徒出狩，则《车攻》《吉日》；命官分土，则《崧高》《韩奕》；南征北伐，则《六月》《采芑》；平淮夷，则《江汉》《常武》。铿鎗炳耀，荡人耳目。故宣王之形容与其辅佐，由今望之，若神人然。此无他，以《雅》故也。①

这段话充分说明了宣王时期政治与《雅》中诗篇的紧密联系。

（一）田猎之礼重塑天子权威

宣王时期礼制的恢复，以军礼为重。宣王时期，军事行动较为频繁，曾命尹吉甫北伐猃狁，方叔南征荆楚，南仲驻兵朔方，又命召穆公东征淮夷，秦仲西征西戎。这一系列的军事活动，一方面是维护边境的安宁，抵

---

① （清）董诰等编：《全唐文》，中华书局1983年版，第5779页。

抗异族的侵扰；另一方面，通过征战前后各类"军礼"的频繁举行，也重新提升了王室的权威，起到了震慑诸侯的作用，扭转了礼坏乐崩的局面，对宗周礼制进行了维护和修补。此阶段关于战争征伐之诗较多，《六月》《江汉》《常武》《采芑》等，多与征战之前和出征归国之时的军礼相关。

关于礼制的恢复与《诗》的创作，我们可以从《车攻》中找到线索。《毛诗序》中对《车攻》一诗的主旨释曰："宣王能复古也。"所谓复古，即恢复"文武成康"盛世时的礼制。《车攻》一诗，一般认为是宣王在东都举行规模盛大的夏季田猎之礼，同时大会诸侯，以彰显天子权威，凝聚邦国力量，震慑边境狄夷。如《毛诗序》中说："宣王能内修政事，外攘夷狄，复文武之境土，修车马，备器械，复会诸侯于东都。"这样的记载在《墨子·明鬼》中能够找到呼应的材料："昔周宣王令诸侯，而田于圃田，车数百乘。"①

依照西周的传统，天子诸侯，若平时无征伐、出行、凶丧这样的大事，则每年须于春、秋、冬三季举行田猎之礼。田猎所获之物，则上等的用于祭祀先祖，次等的用于宴飨宾客，最差的充作天子的庖厨："天子诸侯无事，则岁三田，一为乾豆，二为宾客，三为充君之庖。三田者，夏不田，盖夏时也。"《大司马》中提及四时田之名"春蒐、夏苗、秋狝、冬狩"，田猎之礼，颇类似于一定规则的军事演习。《毛诗正义》中详细描述了夏季田猎之礼——"苗"的程序：

> 田者，大芟草以为防，或舍其中。褐缠旐以为门，裘缠质以为樋，间容握，驱而入，击则不得入。之左者之左，之右者之右，然后焚而射焉。天子发然后诸侯发，诸侯发然后大夫、士发。天子发抗大绥，诸侯发抗小绥，献禽于其下，故战不出顷，田不出防，不逐奔走，古之道也。②

---

① （清）孙诒让：《墨子闲诂》，中华书局 2001 年版，第 295 页。
② （清）阮元等校刻：《毛诗正义》卷第十，见清嘉庆刊本《十三经注疏》，中华书局 2009 年版，第 916 页。

可见夏苗之礼，不但是正规的军事演习，按照三军的编制进行演练："之左者之左，之右者之右，然后焚而射焉。"按照真实战争的法则进行："战不出顷，田不出防，不逐奔走，古之道也"；除此之外，更为关键的是，田猎之礼还严格重申了天子为尊的尊卑等级制度："天子发然后诸侯发，诸侯发然后大夫、士发。天子发抗大绥，诸侯发抗小绥。"严格的先后次序、不同的礼制，在田猎仪式中大大强化了天子的权威和尊卑上下之仪。这一点，在已经出现"礼坏"的不良趋势，诸侯久不复宗周的政治环境下，无异于一次礼制的"再教育"，对于与会的诸侯，是教育，也是警示。

《车攻》其诗描写的就是夏苗之礼。"田车既好，四牡孔阜。东有甫草，驾言行狩"一句，描写了天子田猎时车驾威武，御马雄壮，东都之界草原广袤，正适合驰骋田猎。《毛传》认为是："当为我驾此车马，我将乘之而往，狩猎于彼。言既会诸侯，又与田也。""之子于苗，选徒嚣嚣"，说的是为了准备这次夏季的田猎之礼，负责礼仪的相关官员大司马精心挑选随行的车驾，特地挑选那些"有声嚣嚣然的"。《大司马》中记载，"仲夏，教茇舍，如振旅之陈。群吏选车徒。"与此诗句中的记载相吻合。"驾彼四牡，四牡奕奕"说的是四方诸侯根据王命，都驾着雄壮的马车赶来朝会；"赤芾金舄，会同有绎"则是说诸侯们身着"赤芾金舄"之服饰，按照爵位的尊卑，依次有序排列，等待天子的召见。"萧萧马鸣，悠悠旆旌"一句，则是描写了此次田猎中有优良的射手和驭手，军旅齐肃，旌旗飘飘，天子的赫赫威仪、无上权威在此展露无遗。

此次宣王为何进行夏苗之礼，又"会同诸侯"？《正义》中点名了原因："诸侯有不服者，王将有征伐之事，则既朝觐，王为坛于国外，合诸侯而命事焉。"可见当时仍有不服之诸侯，为了整肃朝纲，征伐不臣，天子特地举行此次夏田仪式，并且召集诸侯参与，在田猎仪式上正式发布征讨的命令。通过夏苗仪式，王权得到重新强化。

另有《吉日》，其诗中有"田车既好，四牡孔阜"之句，可见也是描写宣王田猎之诗，据《诗序》解释，为"美宣王田猎也"。其说符合史实。

宣王时期举行的此类"复古"的军礼，具有明确的政治意义。正如朱熹在《诗集传》中所言：

《车攻》《吉日》所以为复古者何也？盖蒐狩之礼可以见王赋之复焉，可以见军实之盛焉，可以见师律之严焉，可以见上下之情焉，可以见宗理之周焉。欲明文武之功业者，此亦足以观矣。①

重塑王权、展现军威、整顿秩序，以恢复西周初期文武之治时王权鼎盛、礼制井然、尊卑有序的盛况，这是此时期大量举行军礼的意义。而为配合军礼而作之《诗》，协同此时期的政治目的，以铿锵有力的言辞营造出的威武雄壮的气势，起到宣扬君威、震慑诸侯的政治目的。

（二）出征凯旋之仪宣扬国威

除类似于军事演习的田猎之仪以威慑蛮邦、聚合诸侯之外，还有正式出征之后凯旋仪式上所作的诗，如《出车》《六月》《采芑》等，这些诗篇配合取得胜利的军事行动，进一步提升了王朝的威望，提振了军旅的士气。

《小雅·出车》：

王命南仲，往城于方。出车彭彭，旂旐央央。天子命我，城彼朔方。赫赫南仲，玁狁于襄。

这首诗是记录宣王时期司徒南仲征伐玁狁的功绩。诗中记述了征伐之前的点兵建旗、东伐玁狁、又征西戎、最后胜利归来献俘虏等战争的场景和细节描写，展现了战争的浩大，征战的艰苦，宣扬了宣王中兴时期盛大的国威。关于本诗中所言之人"南仲"，历代解诗之诸家众说纷纭，郑玄认为"南仲"为文王时人，魏源《诗古微》、王先谦《三家诗集义疏》中认为南仲是宣王时期人。罗世琳《周无专鼎铭考》中记载的"焦山旧藏周无专鼎铭"，其文中有"惟九月既望甲戌，王格于周庙，燔于图室。司徒南中"。陈子展的《诗经直解》中将此段鼎铭所述从年代判断，推断此鼎为宣王时器，故南仲当为宣王时人。诗篇的主旨内容是赞美"南仲"领受王命，率军出征，伐玁狁，征西戎，最后凯旋的事迹。《毛诗序》中说此诗的主旨是："劳还率也。"也就是慰

---

① （宋）朱熹注：《诗集传》，凤凰出版社2007年版，第137页。

劳远征得胜而归的将领南仲而作之诗。《正义》中说："作《出车》诗者，劳还帅也。谓文王所遣伐猃狁、西戎之将帅，以四年春行，五年春反，於其反也，述其行事之苦以慰劳之。"朱熹在《诗集传》中也说，"此劳远率之诗。"顾颉刚同样认为这是"为了慰劳南仲而在凯旋时作的诗"。[①] 此诗正是在朝廷庆祝南仲凯旋的仪式上，配合乐舞演奏之诗篇，气势恢宏地歌颂了英雄的凯旋，宣扬了王朝强大的军事实力和赫赫国威。另有《杕杜》一诗，据《小序》，亦为"劳还役"。为天子慰劳远征归来之将士之诗，不同的是，《出车》慰劳的对象是将帅"南仲"，而《杕杜》慰劳的是普通的战士。

《六月》一诗，亦是关于宣王时期的征战之篇。《毛诗序》云："宣王北伐也。"宣王时期，猃狁入侵，已经逼近京邑。宣王命大臣尹吉甫出征讨伐，吉甫不负王命，得胜而归。此诗正是描写尹吉甫受命北伐猃狁，凯旋之事。诗中最后有："吉甫燕喜，既多受祉。来归自镐，我行永久。饮御诸友，炰鳖脍鲤。侯谁在矣？张仲孝友。"写到了宴饮之事，并且很细致地写到了食物和参与宴饮之人，说明这是在庆贺尹吉甫凯旋的宴饮之上所作的诗。全诗气势恢宏，充满了一战必胜的强大自信和为国平叛的壮志豪情，"四牡修广，其大有颙。薄伐猃狁，以奏肤公。"可想，在凯旋的盛大宴饮仪式上，这样充满豪情和自豪感的诗歌配合乐舞的演奏，一定十分激励人心、鼓舞士气，极大提升了参与宴饮的诸侯、臣工及其他贵族们的爱国热情和民族自豪感。这样宣扬战绩的征伐之诗，配合礼乐在各种仪式上频繁使用，在宣王时期极好地配合了宣王一系列的政治举措和军事成果，起到了提振士气、宣扬国威的巨大效果。

另有《采芑》一诗，则是描写宣王时期方叔南征荆楚之事。关于此诗的创作，《毛诗序》云："宣王南征也。"根据《竹书纪年》记载，宣王五年六月北伐，八月即南征。北伐猃狁之震慑之威犹在，故南征荆楚十分顺利，荆楚望风而降。《朱子语类》中说："南征荆蛮，想不甚费力，不曾大段战斗，故只极称其军容之盛也。"[②] 诗中铺陈描写军容之盛大，对战争场面并未直接描写。宋代经学家陈鹏飞认为："南征北伐二诗皆是班师时作。

---

① 顾颉刚：《古史辨三》，上海出版社1982年版，第320页。
② （清）王鸿绪撰：《钦定诗经传说汇纂》卷十一，第22a页。

《六月》以讨而定，《采芑》以威而服也。"诗中描写军容华而不威，壮而有度，与《六月》之诗中所表露的恢宏气度和自豪之感毫无二致，应同是凯旋之仪式上所用之诗。正如顾颉刚在《古史辨》中说："这种诗一时也说不尽，总之都是为了应用而作的。"①

与出征凯旋仪式相类似的，还有凯旋之时的"劳还"勉慰，"勤归"等诗篇。《正义》中说《小雅》中，"文王之时，西有昆夷之患，北有玁狁之难。以天子之命，命将率遣戍役，以守卫中国。故歌《采薇》以遣之，《出车》以劳还，《杕杜》以勤归也。"这些诗篇的创作都与出征、还军仪式相关。

（三）命官分土之仪屏藩宗周

除去征伐狄夷之外，宣王时代为稳定内政，还进行了新的方伯任命，并为新受封诸侯进行了赐婚，以稳定国内局势，鼓励诸侯各尽其责，屏藩宗周。这些都是宣王时代的政治大事，也是宣王为恢复文武之治所做出的的努力。因此除上述之外，宣王时期还有一些诗歌，是关于受封出使等国家大事。在受封出使和受命归国的践行仪式上，许多诗篇被创作出来，以嘉赏其功德，慰勉其谨记使命，效忠王室。

如《大雅·嵩高》：

> 王命申伯，式是南邦。因是谢人，以作尔庸。王命召伯，彻
> 申伯土田。王命傅御，迁其私人。

其诗最后点明作者和写作的目的："吉甫作诵，其诗孔硕。其风肆好，以赠申伯。"这首诗是尹吉甫特地创作以赠给在王室为卿士而又出为方伯的申伯的，其诗歌大意是歌颂申伯辅佐周室、镇抚南方侯国的功劳。西周末年，南方有荆蛮、申、吕、应、邓、陈、蔡、随、唐等侯国。由于王室权力逐渐衰弱，南方的叛乱时有发生，于是宣王选择了在诸侯国中有一定威望、地位崇高且执政经验丰富的申伯去做南方的方伯，以震慑南方诸国，巩固周王室的统治。这对于当时的政治形势而言是一件极为重要的大事，

---

① 顾颉刚：《古史辨三》，上海出版社1982年版，第320页。

故此申伯受命出任之时，朝廷举行了盛大的欢送仪式。诗中也写道："申伯信迈，王饯于郿。申伯还南，谢于诚归。"在这盛大的饯行仪式上，必定应有相应的乐歌与之相配，表彰申伯的德行威望，寄托美好的祝愿。尹吉甫作《嵩高》，就应该在这样的背景下。

《韩奕》一诗，是写宣王时期，新任的韩侯入朝受封、觐见、迎亲、归国和归国后的活动。朱熹《诗集传》对此诗解说："韩侯初立来朝，始受王命而归，诗人作此以送之。"《毛诗序》云："《韩奕》，尹吉甫美宣王也，能锡命诸侯。"宣王平定边境的侵扰后，开始整顿内政，锡命诸侯。韩国早已存在，并不是新封之国。但上一任韩侯去世，按照礼制，韩国世子服丧三年完毕之后，还需要来朝廷正式接受天子任命，才能合法接受诸侯的爵位。《白虎通义·爵篇》中说："诸侯世子三年丧毕，上受爵命于天子。"此诗就是写宣王为新任韩侯锡命，告诫其延续祖先的荣耀，夙夜匪懈勤于王事，不要辜负君王的信任："王亲命之，缵戎祖考，无废朕命。夙夜匪解，虔共尔位，朕命不易。"并赐予其象征诸侯地位的"淑旂绥章，簟茀错衡。"诗中最后写道："王锡韩侯，其追其貊，奄受北国，因以其伯。实墉实壑，实亩实籍，献其貔皮，赤豹黄罴。"这是告诫韩侯安抚接受统治的北方诸国，继承祖先的功德，为百蛮之首领，勉励其要修好城墙、城沟，理好田亩，管好百姓，及时向王室进献贡品。

《嵩高》中写到宣王命申伯出任东方的方伯，以威慑东方不臣之小国；《韩奕》则写到韩侯前来王室受命，宣王任命其为北方的侯伯，以震慑管理北方的百蛮。一北一东，这是宣王时期全面巩固国力的表现之一。诸侯来朝，接受天子的任命，充分说明通过宣王前期一系列的政治措施和军事改革，天子和王室的权威已经得到大大的加强，已经有部分诸侯重新来朝宗周，通过获取天子的任命来认可自身的爵位。

此类诗篇还有《大雅·江汉》与《大雅·常武》。《江汉》记述宣王命召虎讨伐淮夷，经营江汉之地，其后宣王策命召虎，进行封赏之事。诗中有句："王命召虎：式辟四方，彻我疆土。匪疚匪棘，王国来极。于疆于理，至于南海。王命召虎：来旬来宣。文武受命，召公维翰。无曰予小子，召公是似。肇敏戎公，用锡尔祉。"这是记述宣王封赏召公的册命及封赏之词。诗中"虎拜稽首：天子万年！"则是记载召虎的拜谢之词。据《后汉书·东夷传》，宣王之时，宣王亲征淮夷，驻军于江汉之畔，而派遣召伯虎率军征伐。召伯虎取胜归来，宣王大加赏赐，赐予其圭瓒、香酒、田地，并勉励他继承先祖召康公的功绩，再建新功，召伯虎因而作纪念康公铜簋以纪其功事，并作此诗。此诗同传世的周代青铜器召伯虎簋上的铭文相似，都是记叙召虎平淮夷归来周王赏赐之事。《毛传》中认为此诗为尹吉甫"美宣王"所作，而从诗中的语气来看，召公自作较为合理。方玉润在《诗经原始》中也提出，此诗为"召穆公平淮铭器也"。

《常武》，据《毛诗序》言，为"召穆公美宣王诗"。全诗赞扬周宣王平定徐国叛乱，赞扬天子的英武与王军的神勇。诗中有句"王命卿士，南仲大祖，大师皇父""王谓尹氏，命程伯休父，左右陈行"，这些句子与金文里的册命典礼相符合，正是册命的记载。

这些在受封仪式上所作的诗篇，如同天子在册封仪式上的谆谆教导，一方面表彰受封者的能力和功绩，另一方面，则是强调其职责的重要性，告诫其要恪尽职守，维护一方领土和百姓的平安。

大小雅中的诗篇多为公卿大夫所献之诗。在诗中，明确指出作者姓名的有4篇，分别为《大雅》中的《嵩高》《烝民》，《小雅》中的《节南山》《巷伯》。《嵩高》《烝民》作者为尹吉甫，《节南山》作者为家父，《巷伯》作者为寺人孟子，均在诗篇中点明。另有《卷阿》《公刘》《酌》，《毛诗正义》指出此三首均为成王将即位之时，召康公所献之诗。根据其诗意，是在家族内部宴饮中演唱的乐歌。

这些诗篇的制作，无论是祭祀、朝会还是宴飨之诗，都与礼仪相关。而制礼作乐的初衷，是"教化"包括宗族、诸侯与百姓在内的天下万民，使得政治统治牢固、社会秩序稳定、道德风俗淳化。如钱穆所言，是"通情好而寓教诲"：

> 所谓周公之以礼治天下，盖凡遇有事，则必为之制礼。有礼，则必为之作乐。有乐，则必为之歌诗。有诗，则必为之通情好而寓教诲焉。此周公当时创制礼乐之深旨也。[1]

---

[1] 参见钱穆《读〈诗经〉》，载《中国学术思想史论丛》（一），生活·读书·新知三联书店2009年版，第117页。

　　《诗》中部分篇章的产生与典礼活动有密切联系。有一些篇章本身是为典仪而作。魏源在《诗古微》中就提出这样的观点：

　　　　圣人制作之初，因礼作乐，因乐作诗。欲为乡乐，则必为乡乐之诗，而《关雎》《鹊巢》等篇作焉；欲吹豳籥，则必为农事之诗，而《豳诗》《豳雅》《豳颂》作焉；欲为燕享祭祀之乐，则必为燕享祭祀之诗，而正《雅》及诸《颂》作焉。①

　　有一些诗篇创始之时，就是为配合典礼而生。除去这部分为典礼而作的诗篇，另有一部分诗篇，则是"在礼的规范下创作，在礼的规范下应用的"②。王秀臣在《三礼的文学价值及其文学史意义》中提出："祭礼与《诗经》祭祀诗，丧礼与《诗经》悼亡诗，军礼与《诗经》战争诗，宾礼与《诗经》朝聘诗，籍田礼与《诗经》农事诗等等，均可以找到对应关系。"③

三、王政衰败与讽谏规箴之《诗》

　　前文所述与各类仪式关联的诗篇，多是正面意义的诗篇，汉代之后的经学家们称之为"正雅"。而在《大小雅》中，还存在一部分表达怨怒不平、讽刺时事的诗篇，经学家称之为"变雅"。当我们暂且忘记经学家们刻意政治化和道德化的象征意义的阐释，抛开"正变"之说，追溯诗篇创作的缘起时，会发现，这些怨怒不平、讽刺时政之诗多产生与西周已经开始衰败的宣王晚期和幽、厉时期，与当时的社会环境与政治氛围密切相关。

　　周懿王时，周朝开始出现衰败的迹象，指斥君王为政之过的刺诗开始出现。《周本纪》中称："懿王立，王室遂衰，诗人作刺。"到夷王时，诸侯

────────────

① （清）魏源：《诗古微》道光初修吉堂刻二卷本·卷之上，岳麓书社 2004 年版，第 10 页。
② 姚小鸥：《诗经三颂与先秦礼乐文化》，北京广播学院出版社 2000 年版，第 5 页。
③ 王秀臣：《"三礼"的文学价值及其文学史意义》，载《文学评论》2006 年第 6 期，第 33—41 页。

已经不朝拜天子，诸侯之间开始相互征伐，而王室对此无力管束。西北的游牧部落也逼近渭水下游，对周朝形成巨大威胁。厉王即位后，加大了对老百姓的剥削，将山林河泽之利收归王室，国人怨声载道。厉王又施行暴政，发现有人怨言，"以告，则杀之"，百姓只好"道路以目"。国人不堪忍受，将其逐出都城，朝政由"周召"二公共同管辖，史称"共和执政"。厉王死后，诸侯归政于宣王。宣王在位四十七年，效法先祖，励精图治，一度出现了"中兴"的局面，《史记·周本纪》中说他"修政，法文、武、成、康之遗风，诸侯复宗周"。但由于战事频繁、兵役繁重、农事荒芜，"中兴"的局面并没有挽救周王朝内忧外患的困境。到宣王晚年，也出现了政治上不听劝谏、一意孤行的局面。《史记》中记载了宣王不听劝谏的两件事，其一是"宣王不修籍于千亩，虢文公谏曰不可，王弗听"，其二是"宣王既亡南国之师，乃料民于太原，仲山甫谏曰：'民不可料也。'宣王不听，卒料民。"可见连续的成功和中兴的局面，让宣王晚年也变得刚愎自用、不听劝告了。而连年征战，尽管平定了边境，震慑了诸侯，但也埋下了穷兵黩武的祸根，百姓人口大量减少，社会生产力大大降低。其后幽王即位，自然灾害频繁发生，王室继承权的争夺激烈，幽王昏庸，偏爱褒姒，废申后及太子宜臼，引起了申侯联合犬戎的进攻，西周灭亡。这一时期的政治环境及《诗》的创作，正如郑玄在《诗谱序》中描述：

> 自是而下，厉也幽也，政教尤衰，周室大坏，《十月之交》《民劳》《板》《荡》俱作。众国纷然，刺怨相寻。①

这一时期，周王朝的政治影响力逐渐式微，象征着王室地位和威严的大型祭祀活动、礼仪活动随着王室的式微逐渐减少，宣王中兴时重新恢复的礼制盛况很快衰落下去，颂美君王的诗篇不再出现，随着出使、受封、征伐等国家大型政治活动的减少，与这些仪式相关的诗篇也不再创作。而政治昏暗、天灾频繁、战乱不休、民不聊生的现实使得这一时期表达政治

---

① （清）阮元等校刻：《毛诗正义》诗谱序，见清嘉庆刊本《十三经注疏》，中华书局2009年版，第556页。

抗议与个人哀怨的抒情诗创作进入高潮，《大雅》中的小部分篇章和《小雅》中的大部分篇章在这一阶段开始涌现。

宣王中兴如昙花一献，并未能挽救西周政治的颓势。到宣王后期，以及幽王时期，国事衰退、百姓困苦，出现了大规模的讽谏规箴之诗的创作。这一类诗篇，在厉王时期已经出现，但在幽王时期大量涌现。有的在诗篇中已经直接点名了作诗之人的姓名，有一部分结合历史记载，可以得知作诗之人的姓名，均为朝廷的卿士大夫等。比较典型的如《大雅·桑柔》中有句："大风有隧，贪人败类。听言则对，诵言如醉。匪用其良，覆俾我悖。"据《左传》中记载，此为周卿士芮伯刺厉王之诗。《民劳》中有句："王欲玉女，是用大谏。"《左传》称其为召穆公刺厉王之诗。《小雅·节南山》中有句："家父做诵，以究王讻。"据《毛诗序》所解，为周大夫"家父"刺幽王之诗。《小雅·巷伯》有句："寺人孟子，作为此诗。"为"寺人"刺幽王之诗。《小雅·四月》有："君子作歌，维以告哀。"据孔疏，此为"君子作此八章之歌诗，以告诉于王及在位，言天下之民可哀闵之也"。这类诗歌在《小雅》中占到大多数，据笔者统计，有51首之多，占到总篇章的70%（详见表3）。关于《大小雅》中刺诗的解读历代学者研究很多，且异议较少，在此不再赘述。

关于讽谏之诗的创作传统，尧舜时期已有之。在周代之前，就由以"诗"规谏的纳言制度。《益稷》中记载舜曾云："工以纳言，时而飏之，格则乘之庸之，否则威之。"

孔颖达在《毛诗正义》中对此阐释："舜诚群臣，使之用诗。"在舜的时代，就已经有用诗规谏的成例了。当然，当时的"诗"，实为"歌"，是《诗》的雏形，与《诗经》中的诗歌篇章有所不同。从《大禹谟》《皋陶谟》《益稷》等记载的君臣对答来看，其对答之词多以"歌"之形式，其所作之歌已经类似于后世之《诗》体。如：

> 帝庸作歌曰："敕天之命，惟时惟几。"
>
> 乃歌曰："股肱喜哉！元首起哉！百工熙哉！"
>
> 乃赓载歌曰："元首明哉！股肱良哉！庶事康哉！"

到了周代，献诗规政成为传统。西周时期贵族阶层，从公卿到士，都有向天子"献诗"的职责和义务，其目的是帮助天子了解为政之得失，对政策提出意见建议，以保证天子所施行的政策能够合情合理，顺利推行——"事行而不悖"。《国语》中记载召公劝诫周厉王纳言从谏时，说过这样的话：

> 故天子听政，使公卿至于列士献诗，瞽献曲，史献书，师箴，瞍赋，矇诵，百工谏，庶人传语，近臣尽规，亲戚补察，瞽史教诲，耆艾修之，而后王斟酌焉，是以事行而不悖。①

这之中提到的数个环节都与《诗》相关。公卿至列士负责"献诗"，当时诗乐一体，所以有"瞽"专门负责献上与之配合乐曲。"瞍"与"矇"都是周代的乐工，据韦昭注解，无眸之人称作"瞍"，有眸而看不见之人称作"矇"，大概出于瞎眼之人对声音特别敏感的缘故，周代的乐官都称作"瞍""矇"。"瞍"负责对所献之诗进行"赋"——朗诵；而"矇"则负责对所献之诗进行"诵"——配合乐曲的吟唱。普通百姓因为身份低微，见到为政之过，也没有机会向天子"献诗"，同时可能也是因为文化程度较低，不能以"诗"的形式提出建议，故此用说的方式表达——"街巷相传语"，由有司搜集后上报天子。此外，还有年老有德行的"耆艾"负责对文辞进行润色修订，之后再上报给天子。

"献诗"，是古之圣王贤君为保证政治清明，广为纳谏，鼓励臣工对政治得失提出意见建议而创立的制度。到西周时期，周公制礼作乐，大量的礼制为配合王政的推行而被创造出来，同时也需要大量的乐歌与之对应，以配合宣扬新政府的治国理念，教化诸侯、臣工及百姓遵循礼制，各安其职。目前学界提及"献诗"说，比较普遍的观点认为所献之诗多为讽谏之诗。但笔者认为，其实周代贵族"献诗"的范围不仅仅包括规谏之诗，其目的也不仅仅是用于对君王和政治之得失提出意见建议，还应包括为正式

---

① 徐元诰撰：《国语集解》，中华书局 2002 年版，第 10 页。

礼仪上所用之诗、颂美德政之诗等诸多内容，如上文所述，关于颂美之诗，占到《大雅》篇章的绝大部分，占到《小雅》篇章的30%。《雅》中这样反映国家政治生活中诸多礼仪的篇章，其创作者属于较为上层的卿大夫至于列士的行列。诗既已作，不论其作诗的内容是否属于规谏，按照《国语》中记载的程序推断，仍然需要"瞽献曲，史献书，师箴，瞍赋，蒙诵……耆艾修之"等诸多程序，而后才能传到天子的案头——"而后王斟酌焉"。这一系列的传递过程中，我们看到，第一步诗成之后，必须经过"献诗"的过程，才能成为正式的礼乐环节中的《诗》。故此，广义的"献诗"，是周代贵族创作出来之后，经过一系列的程序，最终得到官方认可，应用于礼乐程序的过程，包括但不限于规谏的内容。

我们综合《毛诗正义》《诗集传》《诗经通论》《诗经原始》等历代诗家对《诗经》的阐释，结合诗篇本身的字面意思，对《大小雅》的诗篇创作年代和创作意图做了初步分析，如表3所示。

表3　《大雅》《小雅》篇章时代及内容初考①

时代	大雅	小雅
文王—成王时代： 这段时期的诗篇多为追溯文武二王的功德，颂美周族先祖的美德与功绩，追述周室兴旺的原因等。文章内容虽多关联文	《文王》：周公追述文德配天。 《大明》：文王有明德，故天复命武王。（两君相见之乐） 《绵》：追述周室之兴	《采薇》：戍役归也。 （时代难以确定②） 《出车》：征夫还也。 （时代难以确定③） 《杕杜》：念征夫也。 《鹿鸣》：燕君臣也。

---

① 本表中对《大小雅》诗篇时代和内容的判断，主要依据清代方玉润《诗经原始》中论述。原因有三。其一，本部分主要对《诗》中篇章的创作年代和创作本意进行考证，因此尽量贴近诗篇原始意义。其二，自汉代以后系统解《诗》，诗篇在系统《诗》教理论的框架下，刻意与历史序列与历史人物相对应，许多篇章牵附较重，失之本真。自汉至清，诗经阐释著作汗牛充栋，各家持论不一，清代儒者能够通观历代解诗之作，在全面了解的基础上做出判断，其论证较前人更加全面充分。其三，方玉润《诗经原始》主张"按文寻意""精探古人作诗大旨"，致力于还原《诗》本来面貌。其论证结论总览前人观点，较为接近诗篇本来面貌。故此在本篇中判断《诗》之创作时序和主旨主要依靠《诗经原始》）。

② 《诗大序》认为《鹿鸣》为文王时期作品，朱熹《诗集传》及姚际恒《诗经通论》中都对此进行了驳斥。《鹿鸣》创作具体时代无确证。

③ 《出车》中诗涉"南仲"，但"南仲"的生活年代，诸家无定论。郑玄认为"南仲"为文王时人，《史记·匈奴传》中认为"南仲"是襄王时人，又云是懿王时人。《汉书·人表》中有"南中"，为厉王时人。众说纷纭，都无确证。

时代	大雅	小雅
王武王，但具体创作时间无法确定。成王即位后，诗篇内容有颂美成王、规诫成王之用意。笔者判断，此阶段所列诗歌创作时间多为周公、成王时期，如《采薇》《出车》《杕杜》《鹿鸣》《四牡》等《毛诗序》认为是文武时期的诗篇，即便在文武时期已有歌谣，也是在周公制礼作乐之后正式定文配乐，形成定制。阶段只能初步划定为文王—成王时代。	始自迁岐，民附也。（两君相见之乐） 《械朴》：宗庙之祭，大臣助之，文王能官人也。 《旱麓》：祭必受福也。 《思齐》：刑化于洽也。 《皇矣》：周始大也。 《灵台》：美游观也。 《下武》：美武王上继文德以昭后世。 《文王有声》：继伐也。 《生民》：尊祖。 《行苇》：周人宗族之宴饮，示忠厚。 《既醉》：嘏词也。祭而述神嘏之词。 《凫鹥》：绎祭也。此绎祭燕尸之乐也。 《假乐》：嘉成王。 《公刘》：召康公诫成王。 《泂酌》：召康公以诫成王。 《卷阿》：召康公从游，歌以诫成王。	《四牡》：勤王事也。 《皇皇者华》：遣使臣也。 《常棣》：周公燕兄弟也。 《伐木》：燕朋友兄弟也。 《天保》：祝君福也。 《鱼丽》：燕嘉宾。 注：《诗序》称《鱼丽》以上为文、武时诗，朱熹《诗集传》驳之。笔者亦以为非文、武时期创作，应是周公制礼作乐之后为配合王政礼仪而作，然具体创作时间不可考。 《南有嘉鱼》：娱宾也。 《南山有台》：祝宾也。 《蓼萧》：天子燕诸侯而美之也。 《湛露》：天子燕诸侯。 《彤弓》：天子锡有功诸侯也，当是周初制礼时所作。 《菁菁者莪》：乐育才也。朱熹认为此为"宴饮宾客之诗"。 注：《嘉鱼》《有台》与前文之《鱼丽》，同为燕享通用之乐。《蓼莪》《彤弓》为天子宴诸侯之诗。《毛诗序》认为《鱼丽》以上为文武时诗，《嘉鱼》以下为成王时期诗，然无确证。具体时代不可考，在此统归于文王——成王时期。
周厉王时期 厉王时代政治混乱，此阶段大臣讽谏王政之作大量出现。	《民劳》：召穆公刺厉王。 《板》：凡伯刺厉王。 《荡》：召穆公托古伤周也。 《抑》：卫武公刺厉王。 《桑柔》：芮伯哀厉王也	

时代	大雅	小雅
周宣王时期 宣王时期可分为两部分，前半部分宣王励精图治，出现"中兴"之气象，此阶段《大雅》《小雅》中大臣颂美宣王、关联朝政如送使臣就封、送诸侯归娶、怀柔诸侯、征伐小国等诗篇涌现。 后半部分战争频繁，社会危机加重，国势逐渐衰微，《小雅》中出现了规箴之篇。	《云汉》：仍叔美宣王也。宣王为民禳旱也。 《嵩高》：送申伯就封于谢，用式南邦也。 《烝民》：尹吉甫美宣王也。任贤使能，周室中兴焉。 《韩奕》：送韩侯如觐归娶，为国北卫也。 《江汉》：召穆公平淮铭器也。 《烝民》：送仲山甫筑城于齐，怀柔东诸侯也。 《常武》：宣王自将伐徐也。	《六月》：美吉甫佐命北伐有功，归宴私第也。 《车功》：宣王复会诸侯于东都也。 《采芑》：南人美方叔威服蛮荆也。 《吉日》：美宣王田猎也。 《鸿雁》：使者承命安集流民也。 《庭燎》：勤视朝野也。 《沔水》：未详。 《鹤鸣》：讽宣王求贤山林也。 《祈父》：禁旅责司马征调失常也。 《白驹》：放隐士还山也。 《黄鸟》：刺民风偷薄也。 《我行其野》：刺睦姻之政不讲也。 《斯干》：公族考室也。 《无羊》：美司牧也。
周幽王时期 幽王时期，《大雅》中有两首讽谏王政之诗。 《小雅》中怨刺之诗大量涌现，有 32 首之多。	《瞻卬》：刺幽王嬖褒姒以治乱也。 《召旻》：刺幽王政由内乱也。	《节南山》：家父刺师尹也。 《正月》：周大夫感时伤遇。 《十月之交》：刺皇父煽虐以致灾变也。 《雨无正》：周执御痛匡国无人也。 《小宛》：贤者自箴。 《小弁》：宜臼自伤被废。 《巧言》：嫉谗致乱。 《何人斯》：刺反侧也。 《巷伯》：遭谗被宫也。 《谷风》：伤友道绝也。 《蓼莪》：孝子痛不得终养。 《大东》：哀东国也。 《四月》：逐臣南迁。 《北山》：刺大夫役使不均。 《无将大车》：自遣也。 《小明》：大夫自伤久役。 《鼓钟》：未详。 《楚茨》：王者尝禴以祭宗庙也。 《信南山》：王者禴祭也。 《甫田》：王者祈年。 《大田》：王者西成省敛。 《瞻彼洛矣》：阙疑。 《裳裳者华》：阙疑。

续表

时代	大雅	小雅
		《桑扈》：天子飨诸侯也。
		《鸳鸯》：幽王初婚。
		《頍弁》：刺幽王亲亲谊薄。
		《车舝》：嘉贤友得淑女为配。
		《青蝇》：大夫伤于谗，因以诫王。
		《宾之初筵》：卫武公饮酒悔过也。
		《鱼藻》：镐民乐王都镐也。
		《采菽》：美诸侯来朝也。
		《角弓》：刺幽王远骨肉而近谗佞也。
		《菀柳》：诸侯忧王暴厉也。
		《都人士》：缅旧都人物盛也。
		《采绿》：妇人思夫。
		《黍苗》：美召穆公营谢功成也。
		《隰桑》：思贤人之在野也。
		《白华》：申后自伤被黜也。
		《绵蛮》：王者加惠远方人士也。
		《瓠叶》：不以物薄废礼也。
		《渐渐之石》：东征怨也。
		《苕之华》：伤饥乱也。
		《何草不黄》：征夫恨也。

从表3可见，《雅》在西周时期的创作有三个高峰期。

第一个高峰期是文王—成王时期。这样讲颇有些模糊，因为如《大明》至《灵台》诸篇，虽然诗篇内容皆关于文王之德行仁政，《毛诗序》称之为"文王之大雅"，但其作诗年代并不能确定就在文王时期，有可能是周公、成王时期为配合祭祖仪式而创作出来的篇章。《小雅》中《鹿鸣》至《鱼丽》也是如此。将其定位文王—成王时代，是比较合适的。这一时期的政治中心，一方面仍然是种类繁多的祭天、祭祖仪式，弘扬文王、武王的丰功伟绩，歌颂周民族发展壮大的伟大历史，以不断强化和巩固新生王朝的权威地位；另一方面随着王朝的稳定和制礼作乐的颁行，宴饮、遣使、征伐等政治事务开始逐渐繁多。表现在诗篇内容上，《大雅》一方面多为追溯文武二王的功德，颂美周族先祖的美德与功绩，追述周室兴旺的原因等，诗篇也主要用于祭祀仪式，如《棫朴》描写宗庙之祭，《旱麓》讲述祭必受福,《既醉》为祭祀之嘏词,《凫鹥》记述绎祭之事。其《大雅》中的诗篇主要围绕祭祀、宾宴、颂祷等仪式展开。另一方面,则出现了如《假乐》《公刘》《泂酌》《卷阿》等嘉许成王、规谏成王之诗。而在《小雅》方面,这一时期的诗篇内容多关于宴饮之事,如《鹿鸣》为宴臣下以和睦君臣,《常棣》为宴兄弟以维护宗亲,《伐木》为宴朋友以强化藩邻;征伐之事,如《采薇》描写戍役之归,《出车》关乎征夫之还,《杕杜》则为思妇之思;《四牡》《皇皇者华》皆为出使迎送之事。此阶段对应的《诗》之教,主要是配合王政展开礼乐的教化,延续西周初期配合宣扬政权合法性的功能,继续强化关于周人宗族之有德、神圣的观念,凝聚宗族内部力量,震慑与团结异姓诸侯,勉励继任的新王,秉承祖先的功业和德行,继续保持政治的稳定和清明,同时也配合大量的礼乐制度,起到了宣扬人伦、推广礼乐的作用。

第二个高峰期,是在宣王时期。宣王时期可分为两部分,宣王在位四十七年,前半段时间效法先祖,励精图治,一度出现了"中兴"的局面,《史记·周本纪》中说他"修政,法文、武、成、康之遗风,诸侯复宗周"。此阶段《大雅》《小雅》中大臣颂美宣王、关联朝政的诗篇较多,如《嵩高》送使臣就封、《韩奕》送诸侯归娶、《烝民》怀柔诸侯等诗篇涌现,《六月》赞美尹吉甫北伐有功,《车攻》讲述宣王复会诸侯于东都等。此阶段《大雅》与《小雅》的诗篇内容差别不大,很难用《毛诗大序》中提出的"大小雅之别"为"政之大小"来区别。此阶段《诗》的创作和《诗》的教化,主要为配合"宣王中兴"的政治举措而展开,与田猎征伐、受命出封相关的诗篇被创作出来,配合军事行动和政治改革,起到了重整天子权威,提升王室地位,震慑和团结已经各自为政的四方诸侯的作用。

第三高峰为宣王后半期到周幽王时期。宣王后半部期,由于战事频繁、兵役繁重、农事荒芜,"中兴"的局面并没有挽救周王朝内忧外患的困境,社会危机加重,国势逐渐衰微,《小雅》中出现了少量的如《黄鸟》《祈父》等规箴之篇。幽王即位之后,自然灾害频繁发生,王室继承权的争夺非常激烈,同时幽王昏庸,偏爱褒姒,废申后及太子宜臼,国势极为动荡,最终引起了申侯联合犬戎的进攻,西周灭亡。这一时期,《大雅》中《瞻卬》《召旻》两诗讽谏幽王乱政之象，而《小雅》中痛陈时事、讽谏君王之诗篇大量涌现，占到《小雅》总篇章的一半以上。这一阶段《诗》的创作主要是卿士大夫针对君王的昏庸、朝政的混乱、佞臣的当权所作的规谏、不平之诗。《诗》之教化主要针对君王，期望通过上古时期就有的"诗谏"的传统，用诗篇来劝导君王，格正君心，让政治重新恢复清明的轨道。

这一阶段，《诗》的创作仍与国家政治生活重心紧密相关。国家太平、君王清明之时，君臣相得，宾主和乐，献诗的内容主要是各类礼仪中的特定用诗。到君主昏庸、朝政混乱时，礼乐制度不再得到规范秩序的维系，献诗的主要内容便集中到讽谏君王、格正君心、还原政治清明的立场上来。《诗》中篇章的创作内容和创作群体也随之扩展，从《颂》创作时期的神职人员和顶层的统治阶层扩大到卿士、大夫，以至于"士"的行列。

第三节　王权的衰落与《风》诗的创作采集

平王东迁后，周王室的权威大大下降，"王室之尊与诸侯无异"。《左传·隐公三年》中记载，郑武公为周王的卿士，与周王交恶，周王竟然与郑国交换质子，以换取和平。郑国还取温之麦、取成周之禾、与周王公然交战。这是对宗法等级制度的公然挑衅。而实力弱小的周王室已经无力号召诸侯对其进行惩治，周天子的王畿从"方千里"一直减少到"百里"之地，所辖之土地、人口尚不及小小方国，其财政、军事皆依赖于诸侯国的支持。春秋初期，周王尚依托礼制的余威，勉强保持了一定的地位，但到春秋中叶之后，如童书业在《春秋左传考证》中说，"周王地位尚不及一二等国君，诸侯几皆莫朝者有异矣"[①]。与之对应的，是诸侯国的实力逐渐发展壮大，在政治、经济、外交方面都获得了较大的独立自主的权力，强国逐渐成为新的政治中心。

随着各个邦国势力开始发展壮大，这一时期《雅》诗创作不再繁荣，

---

① 童书业著，童教英校订：《春秋左传考证》，中华书局 2006 年版，第 43 页。

而各国之《风》诗的创作进入高潮①，大量反映民间生活和个人情感的诗篇出现。这里特别要说明的是，提及《国风》，需要将《二南》与其他诸风分别看待。其他诸《风》诗的产生、应用、作者，与《二南》迥异。《二南》辞章近《雅》，内容含蓄，且应用多与典礼仪式密切相关。如傅斯年在《诗经讲义稿》中指出，"《关雎》为婚礼之乐，《樛木》《螽斯》为祝福之词，《桃夭》《鹊巢》等为送嫁之词，皆与当时礼制有密切关系。其他国风咏歌情意之诗，多并不涉于礼乐。"②

这一时期，《诗》的创作阶层继续"下移"，来自民间的诗篇开始涌现。有必要指出的是，这里说的"民间诗歌"，有两点需要特别注意，一是并非所有的《风》诗都来自"民间"，如《二南》中有部分诗歌就来自贵族阶层，有史可证的如《鄘风·载驰》，《左传》中记载为许穆夫人所作；《王风·黍离》为东周大夫途经原西周故地所作，历代各家诗对此诗均持此论，并无异议。还有许多作品，从内容和写作方式来讲，也可看出是贵族阶层所创作，在此不详述。二是所谓的"民间"作者，绝不是来自处于社会最底层的平民阶层所创作，而是处于士与农民之间的"自由民"阶层，以及"为公卿大夫采邑服务的下层士吏和各色服务人员"。这一阶层不但政治、经济地位优于最底层的劳动者，文化方面也优于劳动者，接受过基础的教育培训，因此具备创作诗篇或说"民歌"的能力。《风》诗大多数就是这个阶层的作品。关于这个观点，夏传才在《也谈〈诗经〉与民歌》的论文中详细阐述过③，在此亦不赘述。

自《诗》的创作群体从周公这样的顶层贵族，到公卿大夫及士，再到民间百姓，《诗》带有政教性目的的教化功能也在逐渐减弱。政权统治者亲自引领创作的《诗》，密切配合着王权的建立、稳固的历程，目的是巩固王权、维持国家的秩序和稳定，参与政治的公卿大夫及士阶层所创作的《诗》，无论是为朝廷礼仪所作，或是为表达意见所作，无论是赞颂抑或讽

① 这里说的《风》诗中不包括《周南》与《召南》之诗。《周南》与《召南》的创作时期，应在西周初立，周公与武王时期，后文有述。

② 傅斯年：《诗经讲义稿》，上海三联书店 2017 年版，第 24 页。

③ 夏传才：《思无邪斋诗经论稿》之《也谈〈诗经〉与民歌》，学苑出版社 2000 年版，第175 页。

喻，仍然是以维护政治秩序为目的。而《风》诗中大部分诗篇的创作，出于民间百姓"饥者歌其食，劳者歌其事"的创作目的而作，创作动机中的政治性淡薄了许多，多是由心而发，抒发情感的动机较多。与之相配的"乐"也逐渐失去了"政象乐，乐从和，和从平"的政教特性，多轻快散漫，以愉悦心情、抒发情感为主。这是后世将"雅乐"与"郑卫之风"对立而论的根本原因。当然，我们这里论《风》诗，与之前讨论《颂》《雅》的形成一样，是探讨其初始创作的动机，无涉后世儒家对其"思无邪"的经学化阐释。

《风》诗仍与政治有关联，这表现在其被收录入《诗》的动因所在。自武王巡狩采诗以观民风起，西周的礼乐制度中便包含了"采诗"这一制度，其初衷正是为了借《诗》中百姓所歌咏的事件、抒发的情感，了解各国为政的好坏，国君的贤否，从而帮助天子了解民情，赏罚升陟，制定国策。

一、采诗途径之一：天子巡狩，大师呈诗

《礼记正义》卷十一"王制第五"中提到，周天子岁二月巡守之时，将召见大师，命其陈诗，以了解当地民风。

> 岁二月，东巡守，至于岱宗。觐诸侯，命大师陈诗，以观民风。[①]

《正义》中解释："大师为掌乐之官，各陈其国风之诗，以观其政令之善恶。若政善，诗辞亦善；政恶，则诗辞亦恶。观其诗，则知君之善恶。"

《礼记・王制》中记载："天子五年一巡狩，命大师陈诗以观民风，益古者天子采民俗之歌谣，以考其政治之得失。于是讽咏乎官庭，以警在位，又推而用之乡人，用之邦国，使夫修身齐家治国平天下者，皆有取焉。"[②]天子巡狩各方的时候，不仅要接见各方诸侯，当面听其述职，还要特地命

---

① （清）阮元校刻：《礼记正义》卷第十一，见清嘉庆刊本《十三经注疏》，中华书局 2009 年版，第 2875 页。
② 同上。

大师陈献各国之风诗，以了解老百姓的心声。若是当地治理得好，那么风诗中反映的情感就应该健康、平和、愉悦，这说明诸侯治理有方，百姓受到良好的教化，生活过得也不错。若诗中反映出"民志淫邪"，则说明教化不行，"上教之不正"，说明这个地方的治理很有问题。

郑玄在《诗谱》中提及："武王伐纣，定天下，巡守述职，陈诵诸国之诗，以观民风俗。"① 并且还特别提到《周南》与《召南》乃武王巡守之时所得之诗。周公与召公"分陕而治"，在所辖之地域发扬先王之德，施行仁政，传播教化，故此两地民风尤为纯良。武王巡狩，大师遍陈诸国之诗，唯见"六州者得二公之德教风化尤最为纯洁"，所以单独收录，命大师"分而国之"，为"二国之风"。

周代君王的巡狩活动，从西周初建便已经开始了，且一开始便与《诗》紧密相连。《周颂·时迈》中有句："时迈其邦，昊天其子之，实右序有周。薄言震之，莫不震叠。怀柔百神，及河乔岳，允王维后。明昭有周，式序在位。载戢干戈，载櫜弓矢。我求懿德，肆于时夏，允王保之。"孔颖达为之疏："武王既定天下，而巡行守其土诸侯，至于方岳之下，乃作告至之祭，为柴望之礼。周公述其事而为此歌焉。"② 严粲对此注："武王之巡守也，以庆罚黜陟之典，序诸侯之在位者。"③ 从诗句的内容来看，正是描述伐纣成功之后，武王巡视疆土，以显示赫赫武功，震慑万邦，同时宣扬将以文德治理天下，安抚百姓的事件。周公作《时迈》记叙此事，宣扬周王朝之武功盛德。

西周时期，关于巡狩的记载不绝于书。《尚书·周书·立政》记载了周公告诫成王之语："其克诘尔戎兵以陟禹之迹，方行天下，至于海表。"劝诫成王要追随前代圣王的足迹，巡狩天下，甚至直至海外之地，以发扬先祖之光烈。据《竹书纪年》中的记载，成王十九年巡狩"侯甸方岳"，康王十六年南巡至"九江庐山"；《史记》中记载周昭王"南巡不返"，周穆王"周行天下"；《墨子·明鬼下》记载周宣王"合诸侯，而田于圃，田车数百

---

① （清）阮元等校刻：《毛诗正义》诗谱序，见清嘉庆刊本《十三经注疏》，中华书局2009年版，第13页。
② （清）阮元等校刻：《毛诗正义》卷第十九，见清嘉庆刊本《十三经注疏》，中华书局2009年版，第1268页。
③ （宋）严粲撰，李辉点校：《诗辑》卷三十二，中华书局2020年版，第970页。

乘"，《左传》记载周幽王"为大室之盟，戎狄叛之"。文献中的记载表明，西周时期自立国之初直到西周末年，天子巡狩制度一直保持延续。

西周时期的天子巡狩大多与征伐相关，依赖于强大的王权和一定的军事实力。到了春秋时期，"礼乐征伐自大夫出"，周天子的地位和实力不断下降，已经失去了巡狩四方的物质基础和政治基础。据何平立在《先秦巡狩史籍与制度稽论》中考察，春秋时期关于巡狩的文献记载仅两例，一是庄公二十一年（公元前 673 年），"王巡虢守，虢公为王宫于王丰"；二是僖公二十八年（公元前 642 年），"天子狩于河阳"。① 随着巡狩制度在春秋战国时期的逐渐消失，与巡狩紧密相关的"献诗"活动也自然慢慢消亡了。

二、采诗途径之二："行人"与"道人"以木铎徇于路

上文可见，武王时代"采诗"之事就已经出现。但"采诗"正式形成制度，应与周公系统的"制礼作乐"相关。前文已述，为了配合新兴的各种礼仪，周公本人亲自作诗，卿大夫积极献诗，而另有一部分来自"采诗"。在《仪礼注疏》中，对于《乡饮酒礼》中"乐《南陔》《白华》《华黍》"一句，郑玄注曰：

> 昔周之兴也，周公制礼作乐，采时事之歌以为乐歌，所以通情，相风切也。②

周公制礼作乐后，曾广泛地"采诗"并配乐，以配合礼仪，达到陶冶民众性情，培育民众道德的目的。

"采诗"自武王周公时期就已开始，但关于"采诗"的具体实施又是如何呢？上节中《国语》关于"献诗"的记载，其中有一句关键的话："庶人传语。"说的就是普通百姓对王政的议论言语，这个"传"字表明，从庶人到天子之间，有一个联系的纽带。

庶人之语，凭谁而传？

---

① 何平立：《先秦巡狩史迹与制度稽论》，载《军事历史研究》2003 年第 1 期，第 79—87 页。
② （东汉）郑玄注，（唐）贾公彦疏：《仪礼注疏》卷 9，北京大学出版社 2000 年版，第 172 页。

关于这个问题，从《尚书》到《汉书》都有连续的记载。我们从最早的文献记载来看。《尚书》中记载羲和荒废职守，沉湎饮酒，胤国的国君奉仲康的命令前往征讨，史官因作《胤征》记述此事。在胤侯征伐之前的"出师动员"中，就提到了孟春之时，"遒人以木铎徇于路"，以获取民意的古老传统。其文曰：

> 告于众曰："嗟予有众，圣有谟训，明征定保，先王克谨天戒，臣人克有常宪，百官修辅，厥后惟明明，每岁孟春，遒人以木铎徇于路，官师相规，工执艺事以谏，其或不恭，邦有常刑。"①

这是最早提到"遒人"敲着"木铎"巡视于道路的史料。巡于路的目的是什么呢？其中并未言明，但后文说"官师相规""工执艺事以谏"，可见遒人的职能也与规谏相关。

《左传·襄公十四年》记载了晋国的乐师师旷的一段话，在谈及国君身边的规谏制度时，引用了这段话，同时又提到了负责乐仪的"瞽"作诗以献，规谏君王——"瞽为诗"之事：

> 自王以下，各有父兄子弟以补察其政，史为书，瞽为诗，工诵箴谏，大夫规诲，士传言，庶人谤，商旅于市，百工献艺。故《夏书》曰："遒人以木铎徇于路。官师相规，工执艺事以谏。"正月孟春，于是乎有之，谏失常也。天之爱民甚矣。②

在这段记载里，以"木铎"巡于路的"遒人"与"谏失常"更紧密地联系在一起，又和《诗》的关系推进了一步。

到了汉代，刘歆在《与扬雄书》中将"行人"巡路的目的和采集的素材更具体地描述出来，指其包括"代语、童谣、歌戏"。这些已经很接近民

---

① （清）阮元等校刻：《尚书正义》卷第七，见清嘉庆刊本《十三经注疏》，中华书局 2009 年版，第 331 页。

② （清）阮元等校刻：《春秋左传正义》卷第三十二，见清嘉庆刊本《十三经注疏》，中华书局 2009 年版，第 4251 页。

间的诗歌样式了：

> 诏问三代，周、秦轩车使者，遒人使者，以岁八月巡路，求
> 代语、童谣、歌戏。欲得其最目。①

之后的班固在《汉书·食货志》中则进一步直接提出了"行人振木铎
徇于路以采诗"说：

> 孟春之月，群居者将散，行人振木铎徇于路以采诗，献之大
> 师，比其音律，以闻于天子。故曰王者不窥牖户而知天下。②

在这段话里，班固根据前人文献的记载，直接推演出行人（遒人）在
初春时节，摇着木铃，沿路而行的目的——"采诗"。并且构造出关于"采
诗"制度的完整程序和根本目的。颜师古对此注曰："行人，遒人也，主号
令之官。铎，大铃也，以木为舌，谓之木铎。徇，巡也。采诗，采取怨刺
之诗也。"按照这样的说法，孟春之月，"行人"摇着木铃行走于民间，采
集百姓的歌谣上报给朝廷负责乐事的大师，大师为其协和音律，然后以诗
乐一体的形式上报于天子。故天子不出宫廷也能知晓各方的治理情况，听
到百姓的心声。

在先秦的典籍记载中，"行人"是掌管对外礼仪的官员。《尚书》中云，
"宾掌诸侯朝觐之官，《周礼》大行人是也"。《三家注史记》中，服虔曰：
"行人，掌国宾客之礼籍，以待四方之使，宾大客，受小客之币辞。"也就
是说，"行人"是负责中央政府与各个诸侯国之间交往接待的官员。既有接
待之仪，自然也免不了四方出使、宣读政令、交接诸侯，包括在往来各国
的路途中采集各国诗歌、民谣、代语，归来后呈送太师，整理后上报君王，
供天子掌握各地的民情和治理情况。《尚书》《左传》中以"行人"相称，
应是"宾掌诸侯朝觐之官"这类官员中较低的层级，负责奔波于各国上传

---

① 华学诚汇证：《扬雄方言校释汇证》，中华书局 2006 年版，第 1033 页。
② （汉）班固撰，（唐）颜师古注：《汉书》，中华书局 1962 年版，第 1122 页。

下达之人，并非《周礼》中之"大行人"之官，不过以"行人"统称之。综上，可以看出，"行人"采诗在文献中逐渐丰富定型的演变历程。负责结交宾客、传达王令、奔走于四方之地的"行人"之官，在出使途中，也肩负着采集民间诗篇、歌戏、童谣、代语的职责，在返回时报告朝廷，以帮助君王了解各国之民风民情，知晓社会治理之得失。

三、采诗途径之三：老而无子者民间求诗

"行人"这一类官员，还不是"采诗"最直接之人。往来奔波，又肩负使命的"行人"，并没有充足的时间深入闾巷乡里细细搜集。在"行人"之下，应还有一个层级，长期负责诗歌民谣的广泛采集上报工作。《春秋公羊传注疏》宣公十五年中的一段话，为我们提供了这类直接采集者具体身份的线索：

> 五谷毕入，民皆居宅。里正趋缉绩，男女同巷，相从夜绩，至于夜中，故女功一月得四十五日作，从十月尽正月止。男女有所怨恨，相从而歌，饥者歌其食，劳者歌其事。男年六十，女年五十无子者，官衣食之，使之民间求诗，乡移于邑，邑移于国，国以闻于天子，故王者不出牖户尽知天下所苦，不下堂而知四方。[1]

按照这样的说法，闾巷中采诗的具体承担者就是年满六十岁的老而无子的男子和年满五十岁的老而无子的女子。这些人由官家供给衣食，使之在民间求诗，然后逐级上报，乡报于邑，邑再上报给诸侯国，各国再上报给天子。这样一层一层传递到天子堂前。

这样的说法是较为可信的。若是由中央派出"采诗"之官，往来路途遥远，且采集范围和深度均有限，不可能大面积地采集到各国的风诗。而若是单纯等待"天子巡守"各国献诗，那么周代的"天子巡守"十二年一次，采诗也必不能成规模和气候。只有依靠民间的百姓自行采诗，才能有

---

[1]　（清）阮元等校刻：《春秋公羊传注疏》卷第十六，见清嘉庆刊本《十三经注疏》，中华书局 2009 年版，第 4965 页。

深度地、广泛地收集到各地的歌谣，然后依靠政府的体制逐级上报，最后由大师编乐，统一呈现到天子的面前。

然而这样的记载与前文所述"行人""遒人"采诗的记述似有出入。在《公羊传》的"采诗"程序中，并没有"行人"这一环节，而是直接通过不同层级的政府机构上报朝廷。笔者认为，其实两者并不冲突。"行人"采诗是中央政府临时性的机制，因为"行人"应是有诏方出使，听令而行，并非长期奔波于外专责采诗，应是在出使诸侯国的时候肩负临时性采诗的责任，归来则将这一时所采之《诗》上报天子，便于天子察政。而由官家供给衣食，使之于民间采诗的"男六十，女五十，而无子者"，则是政府一项长期的保障制度：一方面令孤寡老人"老有所养"，不至于衣食无着；另一方面也赋予他们一定的责任，就是采集街头巷尾的民间歌谣、言语、诗歌，然后上报政府。这是一项长期的、固定的采诗制度。

《国风》中的大部分篇章都是"采诗"而来。民间男女的"饥者歌其食，劳者歌其事"，通过采诗的渠道达于天子的案前。采诗制度从西周初期"武王巡守"之时就形成，周公制礼将其进一步规范化，形成了孟春行人采诗，而后层级报送于天子的制度，各级地方政府也制定了"老而无子"者由政府负担生活，令其采诗的常规化制度。两者相结合，共同构成了周代的"采诗"制度。直到周天子权威泯灭，中央行政体系不再正常运作，"王者之迹熄"，采诗制度才告一段落。自此，《诗》的采集、配乐与结集也随之消亡。正如孟子所说："王者之迹熄而诗亡。"

自《诗》的创作群体从周公这样的顶层贵族到公卿大夫及士，再到民间百姓，《诗》带有政教性目的的教化功能也在逐渐减弱。政权统治者亲自引领创作的《诗》，密切配合着王权的建立、稳固的历程，目的是巩固王权、维持国家的秩序和稳定，参与政治的公卿大夫及士阶层所创作的《诗》，无论是为朝廷礼仪所作，或是为表达意见所作，无论是赞颂抑或讽喻，仍然是以维护政治秩序为目的。而《风》诗中大部分诗篇，皆是百姓出于"饥者歌其食，劳者歌其事"的目的而作，创作动机中的政治性淡薄了许多，多是由心而发，抒发情感的动机较多。与之相配的"乐"也逐渐失去了"政象乐，乐从和，和从平"的政教特性，多轻快散漫，以愉悦心情、抒发情感为主。这是后世将"雅乐"与"郑卫之风"对立而论的根本原因。

可以说，"发愤抒情"（屈原语）的《国风》是真正意义上的文学作品，开启了"诗言情"的文学创作路径。这一点，与《颂》《雅》的创作动机迥然相异。后世陆机在其《文赋》中提出"诗缘情而绮靡"，所描述的对象其实是基于《诗》中的《国风》。历来学者对政教性浓重的"诗言志"和文学性浓重的"诗言情"两种观点多有争论。笔者认为，其实这是《诗》在创生形成过程中同时存在的两大特征，《颂》《雅》言志，而《国风》多言情，它们并蒂而生，一枝两花。"言志"之《诗》开启了后世儒家《诗》教的理论根基，而"言情"之《诗》成为后世文学创作的源头活水。关于《国风》对后世文学创作的启迪和影响，自然也是十分值得探究思考的问题，因篇幅所限，在此不再详论。但值得注意的是，文学性浓厚的《风》诗启示仍与政治有关联，这表现在其被收录入《诗》的动因所在。自武王巡狩采诗以观民风起，西周的礼乐制度中便包含了"采诗"这一制度，其初衷正是为了借《诗》中百姓所歌咏的事件、抒发的情感，了解各国为政的好坏、国君的贤否，从而帮助天子了解民情、赏罚升陟、制定国策。遗憾的是，在王权衰落的时代，采诗的初衷并没有实现，衰落的王室和困窘的天子已经失去了发布政令的平台和实力，知晓各国之为政得失，也无力对国君进行相应的赏罚，更无力发布通行天下的政令，至此，《风》便逐渐成了民间流行的小调①。

依赖于《风》诗的采集，民间的诗歌得以进入朝堂，被之以乐，编之以序，其中一部分也应用于典礼仪式。在汉代，《风》与《雅》《颂》一道，统一被经学家赋予了道德象征的含义，从此每一篇皆微言大义，成为礼乐教化的一部分。但《风》与《雅》《颂》不同，其产生根源并非制礼的驱动，也非作乐的附属，不是"自上而下"的礼乐传播，而是"自下而上"的收录和编排。

---

① 此处说的《风》，不包括《二南》。《二南》中的部分篇章一直配合礼乐，用之于邦国，用之于乡人。

第四节　小结

法国学者让·皮埃尔·韦尔南说："只有通过符号的运作，通过中介媒体体现出来，精神才能运作。"① 皮埃尔·布迪厄在《实践与反思——反思社会学引导》中也谈到"符号权力"的观点，所谓"符号权力"，"就是这样一种权力，即在一特定的'民族'内（也就是在一定的领土疆界中）确立和强加一套无人能够幸免的强烈性规范，并视之为普遍一致的和普遍适用的。"②

通观《诗》的形成过程，配合西周的政治变革，《诗》所发挥的正是皮埃尔所说的"符号权力"的作用。西周统治者为了巩固政权，以《诗》乐为载体，不遗余力地向天下宣扬王权的威权、正统、合理与合情，因此周人部族筚路蓝缕的艰难历程，先祖圣王仁德淳厚的优秀品格，军事上征伐四方的重大胜利都是其诗歌咏唱的主题和内容。在西周早期的政治环境中，通过《颂》配合乐舞的表达，在庄严盛大的祭祀仪式中一遍遍吟诵歌唱，强化认同、深入人心，宣扬了攻伐殷商的赫赫武功，传递了以德治国的怀柔政策，在四方诸侯和天下百姓心中"确立了普遍一致和普遍适用的""强烈性规范"，在政权初定的时候构建了新的适合当时政治环境的话语结构，为西周政权的稳定发挥了重要作用。周公制礼作乐，之后成康昭穆不断完善礼乐，到宣王时期达到礼乐发展的第二个高峰，这期间《雅》《颂》配合着逐渐完备的各类仪式，强化着礼乐制度中关于人伦秩序、国家秩序和社会秩序的观念，为西周国家上下树立了思想规范和行为准则。正如反思社会学理论中所说的，国家是"符号暴力"的集大成者，"不仅垄断着合法的

---

① 〔法〕让·皮埃尔·韦尔南著，余中先译：《神话与政治之间》，三联书店 2005 年版，第137 页。

② 〔法〕皮埃尔·布迪厄著，李猛、李康译：《实践与反思——反思社会学引导》，中央编译出版社 1998 年版，第 153 页。

有形暴力，而且同样垄断了合法的符号暴力"①。在西周社会发展的不同时期，《诗》所扮演的正是这种承载着国家政治精神的"符号"的作用。通过《诗》的"符号"，宗法秩序得以维持，礼乐文明得以构建，社会秩序得以形成。

《诗》中诗篇的创作过程与西周政治发展紧密联系，西周政治的跌宕起伏、顿挫转折，直观反映在《诗》中不同时段的创作意图和诗意主旨中。西周建国初期在大量的宗教祭祀活动中形成了大量《颂》的诗篇，随着国家政权的稳定，王朝政治的重心逐步从祭祀神灵和祖先，转移到燕享、征伐、朝聘、嘉赏等诸多方面，和睦君臣关系、维系邦国向心力等逐渐成为政治生活的首要大事，此时为配合各类政教礼仪的需要，《大雅》中的部分诗篇逐渐产生；西周中晚期，国势衰微，君主或暴虐或昏庸，《小雅》中指摘时事、哀叹不公、讽谏君王的诗篇逐渐涌现。至于风，除《二南》之外，邶鄘之下则多是民间诗歌，朝廷以"采诗"的方式收集上来，经"太师"润色呈报于上，以"观民风耳"。

正如王冕在《竹斋集》卷九中云：

> 《诗》三百篇，惟《颂》为宗朝乐章，故有美而无刺，二《雅》为公卿大夫之言，而《国风》多出于草茅间巷贱夫怨女之口……②

通过上文对《颂》《雅》《风》形成的文化渊源追溯即政治制度考辨，可以明显看出《诗》中篇章的创作与政治变革之间的紧密联系，也可以看出社会意识形态是如何作用于《诗》的创作，以及《诗》的创作又如何反作用于社会意识形态，起到维护社会政治稳定的作用。

从武王时期第一篇《时迈》的创作开始，到陈灵公时期最后一篇《株林》的创作结束，在《诗》的形成时期，其实《诗》之教化也同步开始。

---

① 〔法〕皮埃尔·布迪厄著，李猛、李康译：《实践与反思——反思社会学引导》，中央编译出版社1998年版，第302页注释。

② （元）王冕著，寿勤泽点校：《竹斋集》，西泠印社出版社2011年版，第288页。

我们将这段时期的《诗》教定义为"原始《诗》教"。

在这一段时期，《诗》之教主要是同步配合不同阶段政治的需要，发挥教化的作用。西周早期（武王至成王时期），《诗》的教化对象包含了西周社会的各个层面：受封的周人的血亲诸侯、殷商旧民与上层诸侯臣僚、其他宗族的诸侯与四方百姓，教化的宗旨是安抚、引导与警示，最终目的是维护新生政权的稳定和权威。西周中期，随着政治制度和礼乐制度的逐渐完备，伴随着燕享、征伐、犒赏、农事等国家大事的发生，配合政治事件与礼乐的推行，《诗》中《大雅》的小部分诗篇和《小雅》中大部分诗篇应运而生，伴随着礼乐的传播和深入，这些配合礼乐反复吟唱的篇章起到了凝聚邦国对王朝的向心力、聚拢和稳定民心、传播关于人伦的秩序和人性的美德等重要功能，对维护社会秩序、培育纯净民风起到了重要作用。此阶段，教化的对象是西周百姓。《大雅》中有一部分诗歌作于厉王时期，《小雅》中还有很大一部分诗歌作于宣王、幽王时期。这些诗篇多为讽谏之诗，是当朝公卿大夫针对君王的失德、王政的弊端进行的哀叹和讽谏。这些诗篇"教化"的对象直指君王。西周晚期到春秋末期，《风》诗中大部分诗篇出现，反映百姓生活、情感的诗篇彰显了王道政治的兴衰，反映出时代的变迁，而这一部分《风》诗采集于《诗》的最初目的是"观风俗""知得失"，为君王资政的参考，但鉴于周王室日益衰落的现实，本来针对君王的"教化"失去了其本身的功能和意义。当然，我们必须注意到，《国风》中大部分诗篇与政治关联已经削弱，由"诗言志"发展到了"诗言情"的阶段，许多表达怨懑、爱慕、思念、哀叹的篇章由心而生，自然质朴，千百年后仍然给读者带来共情与震撼。与《颂》《雅》中浓重的政教性特质不同，《风》开启了"诗言情"的文学创作路径，是中国璀璨夺目的古典文学形成发展的丰厚土壤。

正如刘勰在《文心雕龙》中说："时运交移，质文代变。""歌谣文理，与世推移，风动于上，而波震于下也。"时代的变迁，政治变革像风一样吹拂于上，文学的创生发展就像水波那样随之而震荡于下。这充分反映了《诗》的创生与时代和政治之间的相互关系，也说明了原始《诗》教与政治变革互生互动、交叉影响的关系。

第二章

德性与政教性：《诗》的两大天然属性

18 世纪的意大利法学家、历史哲学家、美学家维柯在其著作《新科学》中，提出了关于"本性"的思想。他说："出生和本性是一回事，一种东西的本性，也就是它的起源。"① 也就是说，事物的起源决定了事物的本质。按照这样的理论，《诗》的重要属性决定于《诗》的起源。从这样的角度，我们可以更清晰地理解《诗》的重要属性。

从神灵祭祀中的祈福祷告，到朝廷运作中的宴赏征伐，再到民间百姓的生活与情感，沿着《诗》的形成轨迹，两条关于《诗》的属性脉络逐渐清晰。发源于神教祭祀的诗，为了昭显西周取代殷商改朝换代的正当性和合理性，早期《诗》的创作者们在文辞中尽力凸显先祖之"德"可以配天，又反复叮咛继位之主以"德"治民，方可延续天命国脉，因此"德性"从一开始就存留在《诗》的血脉中。另一方面，同样为了保持政权的长久稳固，西周开国的统治者们立国之初就注重吸纳群臣的谏议，倾听民间的声音，通过献诗与采诗的渠道，及时检视自身之过，修正王政之得失，这使得《诗》从一开始也就带有浓厚的政教目的性。后世学者评论儒家《诗》教，常以汉儒刻意解诗靠拢政教为指摘。其实，《诗》自形成之日起，就天然带有政教性的因素。从《诗》的形成过程中厘清这一点，不仅对整体性考量和理解《诗》教的传承与发展十分必要，也可以帮助我们理解《诗》对于政治的反作用及影响力。

---

① 〔意〕维柯：《新科学》，人民出版社 1986 年版，第 32 页。

第一节　以德配天：《诗》中天然的"德"性

　　殷商时代对"上帝"的敬畏是卑微而盲目的，对"天命"的理解也是朦胧而模糊的，"上帝"为何赐福，又为何降祸，一切似乎都是不可确定不可捉摸的。① 周人则大胆提出了"以德配天""皇天无亲，惟德是辅"的理论，意即，上天支持有德行的君王，护佑品德高尚的君王所建立的王朝。在被动接受神灵恩赐、卑微祈求神灵护佑的传统的人神关系中，周人的理论提升了人的主体地位。在这个理论体系中，神灵的护佑不再是不可预测的、"随机"性的，人通过提升自身德行就能够获得神灵的护佑、天命的指引。

　　这样的理论产生，是当时周人所处的历史环境和政治形势的实际需要。殷商末年，商纣残暴无道，诸侯怨声四起，百姓流离失所。而西周的文王，却以仁厚、宽容的品质，广泛地施行仁政，富国强民，得到了百姓的拥护与四方诸侯的爱戴。到武王接替王位时，西周已如喷薄而出之朝日，国力强盛众望所归；而商纣却似摇摇欲坠之危楼，民生凋敝人心涣散。文王一直在为灭商做准备，却并未在有生之年出兵伐纣。伐纣灭商，成为摆在武王面前的首要大事与首要难题。从西周的角度来讲，伐纣是大势所趋，但在当时的环境下，却必须为这个大势所趋找到一个正当而令人信服的理由。殷商也曾是"天命"所归，从成汤到中宗，也曾有过威名赫赫、功勋卓著的先祖贤王，有过天下安定、百姓和乐的辉煌政绩。曾经是西南一隅的小小方国，如何以一己之力挑战天下共主的权威地位，如何赢得四方诸侯的支持与认同？这是武王迫切需要解决的问题。正如刘泽华在《中国政治思

---

　　① 关于这个观点，学界也有不同看法。孟天运在《先秦社会思想研究》第三章"《尚书》中所见的夏商社会思想"中根据《尚书》中的记载提出，"以德配天"的思想在殷商时期就已经有了基础，以"天命有德"为理论解释朝代更替并不是周公的创建。《尚书》成书年代及真伪在此不辨，但孟天运提出的"关于人们之所以认为是周公提出这个理论，周人由此远神而重民，主要是因为殷周之际的巨大反差"这个观点笔者认为是非常合理的。我们可以认为，殷商时代或已有"以德配天"的理论雏形，但真正系统化、体系化并且常态化地推广这个观念，还是源于周公，始于西周。

想史》中所说:"在殷人看来,上帝是殷王的保护神,而且到殷晚期出现了帝王合一。于是便有一个极大的矛盾摆在周人面前:一方面上帝不可能被抛弃,另一方面如何把上帝从殷王手里夺到自己手中,成为自己的保护神呢?周公解决了这一问题。"①

在王朝更替的关键时刻,周公提出了新的"天命"理论,解决了兴兵伐纣的理论难题。《逸周书》中记载了这样一段:

> 维王一祀二月,王在酆,密命。访于周公旦,曰:"呜呼!余夙夜维商,密不显,谁知。告岁之有秋。今余不获其落,若何?"周公曰:"兹在德,敬在周,其维天命,王其敬命。远戚无十,和无再失,维明德无佚。佚不可还,维文考恪勤,战战何敬,何好何恶,时不敬,殆哉!"②

关于"以德配天"理论的提出,我们可以从这段话中窥见端倪。武王伐纣之前,忧心忡忡、如履薄冰,在"天命"观尚未革新的大环境中,他担心无法为推翻商王朝找出正当的理由,不但不能说服四方诸侯响应,甚至也不能说出他自己此战的必要性和正当性。此时周公提出了"天命"之说,解开了武王心中的困扰,也为周王朝建立的合法性提出了全新的理论根基。周公提出,由于周之文王德行深厚,昔日属于商纣的"天命"现在已经转向周邦——"兹在德,敬在周",以此来鼓励武王听从新的天命,敬畏新的天命。这个理论得到了武王的认可,消解了武王的困惑,当即表示自己要"夙夜战战",秉承天命,建立新的王朝。

这是"以德配天"理论的雏形。到武王成功伐纣取代殷商,建立了新的周王朝。在崇尚祭祀、迷信神灵的整体环境中,新建立的周王朝又迫切需要借助"以德配天"的理论进一步强化政权的合法性。新的王朝需要不断向天下证明自己才是"天命所归",并且确保已经取得了上帝的认可,未来还将得到神灵的护佑。在这个过程中,"以德配天"的理论逐渐完整和清

---

① 刘泽华:《中国政治思想史》先秦卷,浙江人民出版社 1996 年版,第 18 页。
② 黄怀信:《逸周书校补注译》,三秦出版社 2006 年版,第 123 页。

晰。商纣是因为"失德"，所以失去了上天的护佑，而周人先祖之高贵德行，文王之仁义善政，赢得了上天的护佑青睐，所以赢得了"天命"，得以建立新的宏大的王朝。《大雅·文王之什》中的诗句可视作对这个理念直观的描述：

> 穆穆文王，于缉熙敬止……侯服于周，天命靡常。

"天命靡常"一句，点出了西周所创建的"天命"新理论。上天的旨意并非一成不变的，而是根据人的品性德行来决定是否给予"天命"。只有德行仁厚、敬天厚民之人才能够得到"天命"，成为上天的代言人，万民之主。

《大雅·皇矣》中对此有细致的描述，开篇即说：

> 皇矣上帝，临下有赫。监观四方，求民之莫。维此二国，其政不获。维彼四国，爰究爰度。上帝耆之，憎其式廓。乃眷西顾，此维与宅。

诗中，天帝监观四方，护佑百姓，发现先后授命的夏和商都不能再担负治理天下的使命，于是"乃眷西顾"，发现了拥有高尚德行的周人，于是"帝迁明德"，将天命交给了周。

在周代中期的出土铭文中，也可以找到周人关于"德"与"天命"之间的因果联系的逻辑建立的痕迹。西周铭文中有大量的关于文王之德的歌颂。武王时期的青铜器铭文《朕艮》中提道："文王德在上。"唐兰对此释文："文王有□□的德行。"①《大盂鼎》中有："王显文王受天有大命。"从"德在上"到"受天有大命"，已经隐约可见其中内在的逻辑。到了穆王时期，这个逻辑更为明确和清晰，在《西周墙盘铭文》中即有"古文王初……上帝降懿德大曾，匍有上下，迨受万邦"的句子，对此，徐中舒在

---

① 唐兰：《西周青铜器铭文分代史征》，中华书局1986年版，第21页。

《西周墙盘铭文笺释》中做出这样的解释："此节叙文王初年周和于政，在政治方面，得到周之臣民普遍的拥护。上帝给予有美好文化的江山，光广有天下臣民，合受万邦的朝贺。"[1] 从文王的"懿德"到"上帝"给予"匍有上下，迨受万邦"的待遇，其逻辑理论已经非常明确和清晰。

"天命"观念，可谓是商周时代的最高哲学，但殷商时期的统治阶级并未对"天命"理论进行深入的思考，纣王之暴虐无忌，其实是一种消极的天命思想。周朝的开创者们对"天命"进行了重新诠释，为王朝更替找到了合法性依据，通过君主之"德"，为"天命"与"王权"之间建立了神圣又隐微的联系。这个理论不仅成为后世新兴王朝宣扬合法性的权威理论，也成为后世儒家们制衡王权、维系政治清明的有力武器。

在周人的观念里，关于"德"与"天命"有一套完整的理论。不但受命由"德"，维系天命，仍然得依靠德行。周朝的统治者一开始就意识到"天命靡常"，同时时刻提醒自身要保有德行，以维系天命。在《周书·君奭》中，记载了周公对召公说的一段话：

周公若曰：

> 君奭，弗吊，天将丧于殷，殷既坠厥命。我有周既受，我不敢知曰厥基永孚于休。若天棐忱，我亦不敢知曰其终出于不祥……亦惟纯佑秉德……惟时时受有殷命。[2]

在这段话中，周公反复劝导召公说，前朝殷商就是因为不行善，而导致丧失了天命。现在周人接续天命，但我也不知道它能否长久地延续下去。只有"纯佑秉德"，始终保持美好纯良的德行，才能维持这个由殷朝转过来的天命——"惟时时受有殷命"。

因先王有"德"而受天命，建立了气象恢宏的新兴王朝，这确保了政权的合法性；又因后王之"有德"而延续天命，避免了重蹈前代沦亡之覆辙，确保了政权的延续性。可以说，"德"的观念贯穿周人建国治国理念的

---

① 徐中舒：《西周墙盘铭文笺释》，载《考古学报》1978 年第 2 期，第 28 页。
② 李民、王健译注：《尚书译注》，上海古籍出版社 2000 年版，第 89 页。

始终。

通过神圣庄严而又频繁宏大的祭祀活动，周人统治者将这种理论不断强化和传播。从周武王至周康王数朝，周王朝频繁举行大量隆重的祭祀典礼，一方面是依照殷商旧俗，以传统祭祀祈求神灵护佑，另一方面是借这种人神沟通的仪式向天下宣告新生政权的正当性和合法性。灭殷之师兴师之前举行祭祀山川神灵的"类祃"之祭、灭殷之后举行"以成功告于神明"的祭祖典礼、新王即政后"以朝享之礼告于祖考"，政权逐步稳定后，祭祀的对象又从山川河岳等自然神灵演变成了周人的先祖和逝去的先王等"祖灵"，颂扬先祖的德行和政绩。

作为这个理论的推演，周人提出了"以祖配天"的新的祭祀体系，有着赫赫功绩、高贵德行的周人的先祖，如公刘、王季、文王等，都得以享有与天帝同等的祭祀机会。

诗是时代的反映，诗中的思想观念亦是时代中主流思想观念的直观反映。我们在这里之所以如此浓墨重彩地厘清周代建立的新的"天命"观，因为它提出了"德"的观念，这个观念不仅影响到《诗》中最初一批诗篇的创作目的和创作风格，也在后续《诗》的创作中成为一脉相承的道德标准，是构建《诗》的整体价值体系和话语体系的重要支柱。

既然"德行"与"天命"之间有如此密不可分的联系，祭祀仪式中的祝祷之词的首要任务就是突出周人先祖的"德"。反复敬禀上天周人之德，强调天命所归，不仅是宗教意义上向上天的祝祷，同时也具有了政治上的意义，这也是向方国诸侯和天下百姓不断宣告和强化周王朝的合法性。

在《诗》早期的祭祀之诗如《周颂》中，"天、德、王、神"等意义关联的关键词反复出现，"天命""德行""文王受命""周支百世""周德敬诫""侯文王孙子"等命题就在一次一次的隆重祭祀中，随着《诗》乐的传播不断强化和反复演义。

在《周颂》中，可以看到关于"文王之德"颂扬之声的反复出现。《清庙之什》中："济济多士，秉文之德"；《维天之命》中"维天之命，于穆不已""于乎不显，文王之德之纯"；《烈文》中"不显维德，百辟其刑之"……在"文王有德"的前提下，周人希望天命归周，且福佑子孙万代，于是顺理成章地有"骏惠我文王，曾孙笃之""惠我无疆，子孙保之""畏天之威，于时保之"这样的祈愿和结果。

从《诗》中篇章的成文年代来看，武王时代提出了"文王受命""以德配天"的理论，《维天之命》中云"维天之命，于穆不已。于乎不显！文王之德之纯。"周人认为，周人之所以能统一天下、建立新的王朝乃是上天的旨意，是因为其先祖文王高尚的品德和敦厚的美德可"与天相配"，"德"与"天命"相辅相成，故此上天必定给予德行高尚的圣君重要的任务，给予其发挥才能的平台，并福佑荫庇其子孙。到成王时期，这个理论已经得到普遍的认同并已成为既定的法则，文王之德行已经等同于"天命"，在祭祀的典礼中，周人的先祖后稷、先王文王等已经取得了配享上帝的崇高地位，《周颂·思文》中称"思文后稷，克配彼天"，《周颂·我将》中有"我将我享，维羊维牛，维天其右之""伊嘏文王，既右飨之"之句，就是对祭祀文王于明堂以配享上帝的描写。《大雅》中有"文王陟降，在帝左右"；《皇矣》中则有"帝谓文王"等反复出现的句子；到昭王、穆王之时，敬德违亡成为常法，文王是以美德受命的君王。

在西周王朝建立初期，前几代君王均励精图治，拥有突出的政绩与良好的名声。在这一阶段，敬天畏神与崇德尚礼在内容上基本是一致的，因为君王本身德行高尚，治理下的国家百姓和乐，王权集中，权威甚隆，在"以德配天"的大旗下，王权赫赫、神性昭昭，君王责无旁贷地担当着沟通人神的神圣职责。这一阶段，《诗》中《周颂》中大量出现了"天命"与"德"的阐述。

随着时代的推移，《诗》的形式从《颂》扩展到《大雅》《小雅》，再到《风》，内容也逐步走下神坛，从歌功颂德以娱神享祖深入到政治生活中的征伐宴飨，再到"匹夫匹妇"的生活情感。但其中关于"德"的观念却一脉相承地延续下来，深刻影响到《雅》与《风》的创作。"德"不仅成为评判君王个人道德素养、执政能力的标准，也成为从士大夫阶层到普通百姓的道德准则与行为准则。凡符合文王之德的则"美之"，不符合的则受到批评。《诗》中建立和蕴含的关于"德"的标准和体系，使之成了社会价值的典型文本。

通观《诗》，关于"德"的诗句共有71句，现列举如表4所示。

表4　《诗》中关于"德"的具体篇章与诗句一览表

篇名	有"德"之句
邶风 日月	乃如之人兮，德音无良。
雄雉	百尔君子，不知德行。
谷风	德音莫违，及尔同死。 既阻我德，贾用不售。
卫风 氓	士也罔极，二三其德。
郑风 有女同车	彼美孟姜，德音不忘。
魏风 硕鼠	三岁贯女，莫我肯德。
秦风 小戎	厌厌良人，秩秩德音。
豳风 狼跋	公孙硕肤，德音不瑕？
小雅 鹿鸣	我有嘉宾，德音孔昭。
小雅 伐木	民之失德，干糇以愆。
小雅 天保	群黎百姓，遍为尔德。
小雅 南山有台	乐只君子，德音不已。 乐只君子，德音是茂。
小雅 蓼萧	其德不爽，寿考不忘。 宜兄宜弟，令德寿岂。
小雅 湛露	显允君子，莫不令德。
小雅 雨无正	浩浩昊天，不骏其德。
小雅 谷风	忘我大德，思我小怨。
小雅 蓼莪	欲报之德。昊天罔极！
小雅 鼓钟	淑人君子，其德不回。 淑人君子，其德不犹。
小雅 车舝	匪饥匪渴，德音来括。 辰彼硕女，令德来教。 虽无德与女？式歌且舞？
小雅 宾之初筵	醉而不出，是谓伐德。

篇名	有"德"之句
小雅 隰桑	既见君子,德音孔胶。
小雅 白华	之子无良,二三其德。
大雅 文王之什	无念尔祖,聿修厥德。
大雅 大明	乃及王季,维德之行。 厥德不回,以受方国。
大雅 思齐	肆成人有德,小子有造。
大雅 皇矣	帝迁明德,串夷载路。 貊其德音,其德克明, 比于文王,其德靡悔。 帝谓文王:予怀明德,不大声以色, 不长夏以革,不识不知,顺帝之则。
大雅 下武	王配于京,世德作求。 媚兹一人,应侯顺德。
大雅 既醉	既醉以酒,既饱以德。
大雅 假乐	假乐君子,显显令德。 威仪抑抑,德音秩秩。
大雅 卷阿	有冯有翼,有孝有德。
大雅 民劳	敬慎威仪,以近有德。
大雅 板	怀德维宁,宗子维城。
大雅 荡	天降滔德,女兴是力。 女炰烋于中国,敛怨以为德。 不明尔德,时无背无侧; 尔德不明,以无陪无卿。
大雅 抑	抑抑威仪,维德之隅。 有觉德行,四国顺之。 颠覆厥德,荒湛于酒。 无言不雠,无德不报。 辟尔为德,俾臧俾嘉。 温温恭人,维德之基。 告之话言,顺德之行; 回遹其德,俾民大棘。

续表

篇名	有"德"之句
大雅　崧高	申伯之德，柔惠且直。
大雅　烝民	民之秉彝，好是懿德。 仲山甫之德，柔嘉维则。 德輶如毛，民鲜克举之，我仪图之。
大雅　江汉	矢其文德，洽此四国。
周颂　清庙之什	济济多士，秉文之德。
周颂　维天之命	文王之德之纯。
周颂　烈文	不显维德，百辟其刑之。
周颂　时迈	我求懿德，肆于时夏，允王保之。
周颂　敬之	佛时仔肩，示我显德行。
鲁颂　泮水	穆穆鲁侯，敬明其德。 济济多士，克广德心。
鲁颂　閟宫	赫赫姜嫄，其德不回。

从表 4 可以看出，"德"的诗句在《颂》《雅》《风》中均有出现。《周颂》中有 5 条，《鲁颂》中有 3 条；《大雅》中有 34 条，《小雅》中有 19 条；《国风》中共有 9 条。下面我们来看看《诗》中不同层次的"德"及其内涵。

一、文王之德：保有天命之根本

《颂》中提出了"德"的概念，并以"文王之德"将其具体化，其"德"的含义主要集中在政教层面的君王之德，关于何为"德"，并无具体阐述。但关于《诗》中所赞颂的"文王之德"，可从其他史料中找到具体的材料。

文王之"德"的表现之一是品德高尚，齐家至严。《礼记・文王世子》中记载：

（文王）鸡初鸣而衣服，至于寝门外，问内竖之御者曰："今日安否何如？"内竖曰："安。"文王乃喜。及日中又至，亦如之。
及莫又至，亦如之。①

　　文王一日三问其父安否，若是得到肯定的回答则欣喜非常，若是得到
否定的回答，则担忧不已，侍奉父母尽心尽力。不仅如此，文王对兄弟友
爱，对儿子慈祥，与妻子相处不失礼法，人格品行可谓完美。如《国语·
晋语》中说："文王在母不忧，在傅弗勤，师处弗烦，事王不怒。孝友二
虢，而惠慈二蔡。刑于大姒，比于诸弟。"② 并且文王将治理家族的经验推
广到国家，以此治理邦国，由齐家而至于天下。《大雅·思齐》中说文王：
"刑于寡妻，至于兄弟，以御于家邦。"在家族中推行礼法，由此而教化治
理天下之人。文王以自身的德行教育百姓，淳化民风，取得了很好的效果。
治理之下的西周之土"耕者让畔，行者让路"，民风淳朴，百姓的道德都很
高尚。
　　文王之"德"的表现之二是心怀万民，勤于政事。《尚书·无逸》篇中
说："文王卑服，即康功田功。徽柔懿恭，怀保小民，惠鲜鳏寡，自朝至于
日中昃，不遑暇食，用咸和万民。"《国语·楚语》中也说："文王至于日
昃，不遑暇食，惠于小民，唯政之恭。"都说的是文王心怀百姓，体恤下
民，自己从早到晚参与田间劳动，了解百姓的劳苦，知晓稼穑的艰难。
　　文王之"德"的表现之三是任用贤才，人才归之。西晋时期的皇甫谧
在其《帝王世记》中记载："文王晏朝不食，以延四方之士。"《国语·晋
语》中也说："及其即位也，询于八虞，而咨于二虢，度于闳夭而谋于南
宫，诹于蔡、原而讨于辛、尹，重之以周、邵、毕、荣。"③ 文王极为重视
人才的选拔和任用，其在位期间，身边人才济济，各司其职，辅佐文王将
国家治理得很好。《诗》中有很多篇章也描写了文王任用贤才，天下贤人皆
归附之的场景。《大雅·思齐》中的"肆成人有德，小子有造。古之人无

---

　　① （清）阮元校刻，《礼记正义》卷第二十，见清嘉庆刊本《十三经注疏》，中华书局 2009 年
版，第 3040 页。
　　② 徐元诰撰，王树民、沈长云点校：《国语集解》，中华书局 2002 年版，第 361 页。
　　③ 徐元诰撰，王树民、沈长云点校：《国语集解》，中华书局 2002 年版，第 361—362 页。

致，誉髦斯士"，说的就是文王致力于人才的培养。

文王之德的表现之四是文武兼备，功勋彪炳。文王不仅以仁德治理国家，取得了社会安定、百姓和乐的成就，在武功方面也颇有建树。据《尚书大传》等记载，文王七年五伐，击破或消灭了邘、密须、畎夷、耆、崇，剪除了商纣的枝党，为武王克纣打下了坚实的基础。《文王有声》中有句："文王有声，遹骏有声。遹求厥宁，遹观厥成。文王烝哉！文王受命，有此武功。既伐于崇，作邑于丰。文王烝哉！"就是歌颂文王伐崇的功绩。《大雅・皇矣》篇更是详细描述了文王伐崇的功绩。

文王之"德"，涵盖了个人的完美品行，家庭家族关系中的和谐处理之道，以及天下国家治理之道，为后世君王树立了"明君"的典范。这也成为后世君王"贤""愚"与否的参照标准，为后世儒家以《诗》为谏提供了完美的可供参照的正确模板。

文王之德，在西周时期得到继承与发扬。周初统治者一再强调"天命无常"，唯有修德敬德，方可保有天命。在《尚书・召诰》中，周公也反复强调不守德，则将失去天命的危机：

> 我不可不监于有夏，亦不可不监于有殷。我不敢知曰，有夏服天命，惟有历年；我不敢知曰，不其延。惟不敬厥德，乃早坠厥命。我不敢知曰，有殷受天命，惟有历年；我不敢知曰，不其延。惟不敬厥德，乃早坠厥命。今王嗣受厥命，我亦惟兹二国命，嗣若功。①

在《君奭》中，周公对其所秉承的德，作出了明确的阐释，这个后继统治者必须秉承和发扬的"德"，乃先祖文王之德，天命不可信，后继者唯有延续文王之德，才能延续文王所继承之天命：

> "嗣前人，恭明德，在今予小子旦非克有正，迪惟前人光施于

---

① 李民、王健译注：《尚书译注》，上海古籍出版社 2000 年版，第 90 页。

我冲子。"又曰:"天不可信,我道惟宁王德延,天不庸释于文王
受命。"①

周初统治者将"文王之德"的继承放在重要位置,《左传·定公四年》
中记载了宋国太宰子鱼的一段话,其中提及周初帝王"尚德"之施政特点:

> 子鱼曰:以先王观之,则尚德也。昔武王克商,成王定之,
> 选建明德,以蕃屏周。

周初统治阶层,武王、周公、成王以"尚德"为执政之方略,周公制
礼之根本目的,其实也是为了以制度保有德行,以保持周之天命不坠。

反映在《诗》中,我们看到有许多诗篇是对文王之德的歌颂,以及继
承这种德行的表达。《周颂·维天之命》是典型的一首:

> 维天之命,于穆不已。
> 于乎不显,文王之德之纯。
> 假以溢我,我其收之。
> 骏惠我文王,曾孙笃之。

诗中说,天道运行,多么肃穆;文王之德,多么纯粹。我子孙后代,
要继承祖先嘉美之德,世世代代永远保持。

这类诗歌在《雅》《颂》中还有很多。如《周颂·清庙》中"济济多
士,秉文之德。"《周颂·烈文》中"不显维德,百辟其刑之。于乎,前
王不忘!"《周颂·天作》"天作高山,大王荒之。彼作矣,文王康之。彼
徂矣,岐有夷之行。子孙保之。"《大雅·文王》中说"无念尔祖,聿修
厥德。永言配命,自求多福。"《大雅·皇矣》中"帝谓文王:予怀明德,
不大声以色,不长夏以革。"《大雅·文王有声》中云:"文王有声,遹骏

---

① 李民、王健译注:《尚书译注》,上海古籍出版社 2000 年版,第 89 页。

有声。遹求厥宁，遹观厥成。文王烝哉！文王受命，有此武功。既伐于崇，作邑于丰。文王烝哉！"在早期西周统治阶层所创作的《颂》《雅》诗篇中，歌颂文王之德，并且反复告诫、劝勉后世君王要保有文王之德，继承文武之志的诗篇，占到了很大的比例。前文已述，《诗》的创生本就与西周王朝巩固政权、保有天命的政治目的密切相关，而作为保有天命的具体举措之一，就是延续先王的美德，不再无德商纣之重蹈覆辙，这一点在《诗》的《周颂》《大雅》等诸多篇章中得到淋漓尽致的展现。文王之德，天然蕴含在《诗》中篇章中，是《诗》创生之时就存在的重要精神力量。

二、君子之德，修身之本

随着西周政权逐渐稳固，礼乐制度不断完善，祭祀神灵先祖不再成为国家的中心，燕享、征伐、策命、嘉赏等国家典仪逐渐占据重要地位，《雅》诗的创作逐渐繁荣，篇章内容也随之不断丰富。大量的配合乐仪、内容丰富、充满教化意义的诗篇由当时的统治阶层、卿士大夫等贵族阶层创造出来，以配合逐渐完善的礼乐制度，完成周代国家制度和精神体系的塑造。《大雅》与《小雅》中，关于"德"的诗篇有42篇。在《雅》中，有"德"之人从文王、武王等明君圣王扩展到守成之君如成王，贤能之臣如召穆公、仲山甫、申伯，或"君子""嘉宾"等泛指的有德行的社会上层人物。这些人物在《诗经》中都可涵盖在"君子"的称谓之中。[①]"德"的内涵更加广泛，"德"的内涵逐渐清晰。

《既醉》篇中说："既醉以酒，既饱以德。君子万年，介尔景福。"《既醉》据《毛序》，是祭祀祖先时，工祝代表神尸对主祭者周王的祝词。在祭祀燕享的过程中，仍不忘强调德行。这是对君王个人修为的赞扬和期许。《郑笺》中说："成王祭宗庙……乃见十伦之义，志意充满，是谓之

---

① 此观点为学界所普遍承认。日本学者日原利国在《中国思想辞典》中提出："从《诗经》《书经》的用例中可以指导，上古时期的'君子'是对周王朝贵族统治者的一种身份称谓，也是对体现一定生活行为方式（贵族文化）的王、侯、大夫、贤者等人群的美称。"翟相君在《诗经新解》中也提出："诗经中的君子，多数可断定为周王、诸侯、大夫、贤者。"

饱德。"

《假乐》篇中说："假乐君子，显显令德。宜民宜人，受禄于天。……威仪抑抑，德音秩秩。"《毛序》中称，《假乐》是"嘉成王"之诗，赞赏成王的美好德行。具体而言，其令德是能够安抚百姓，任用贤能，威仪赫赫，政令有序。

《大雅·烝民》中描述"仲山甫之德"，称其"柔嘉维则""令仪令色""小心翼翼"。"柔嘉维则"，是气质温柔、品行良善；"令仪令色"是指外在的容貌和仪表都很美好；"小心翼翼"是其态度谦逊有礼、谨慎细致。

《大雅·崧高》中描写了申伯之德，称其"柔惠且直"。柔惠，指态度温和，待人友好；直，品行忠诚正直。

《大雅·抑》中对"恭人"之德进行了描述："温温恭人，维德之基。"温温恭人，指的是态度温和谦逊有礼之人，说明在"德"的范畴下，"温"与"恭"也是必备之品质。

《大雅·民劳》中，有"敬慎威仪，以近有德"，意思是，为人严肃谨慎有威仪，就与"有德"很接近了。《大雅·卷阿》中，有"有冯有翼，有孝有德"，将"孝"也增加到"德"的范畴内。

综合来看，《诗经》中对于"君子之德"的描述包含了安民选贤的才能、仁爱勤政的素质、威仪赫赫的风度、正直良善的品格、温和恭敬的态度等，涵盖了内在德行修养与外在仪表风度、行为态度等诸多方面。《诗经》中的君子之德，提供了从个人修养提升到人伦关系处理的典范模式。春秋时期，孔子进一步丰富了"君子之德"的内涵，提出"君子之德风，小人之德草，草上之风必偃"，推崇君子之德对于社会风气引导和塑造的重要作用，以"仁"统率君子应具备的各种美好德行，提倡克己复礼、孝悌忠信、乐天知命、恭宽敬敏惠等优秀品质，使得"君子"成了儒家思想中理想人格的代表。子思丰富了君子之德的纲目，使其更加系统化，推行"仁义礼智圣"之"五行"，认为只有"五行"内化于心，才能成为"德之行"，才能称之为德，才符合"天道"①；孟子主张"仁义礼智"四德；荀子在此基础上突出"礼"的核心作用，提出以"礼"达"仁"，隆礼重法，以此调和个体与个体、个体与群体之间的关系，将德从个人德行推广到人伦关系的范畴。

经由儒家学派对《诗经》中君子之德的推崇与诠释，《诗经》中的君子之德范畴与内涵不断扩充和完善，对中国文化人格的塑造和文化品格的定型起到了重要作用。

三、庶民之德，伦理之源

《风》诗中大部分诗篇的创作，出于民间百姓"饥者歌其食，劳者歌其事"的创作目的而作，创作动机中的政治性淡薄了许多，多是由心而发，抒发情感的动机较多。《风》中提及"德"的诗篇有9篇。在《风》中，与"德"有关的颂扬对象则扩展到"孟姜""良人"等民间男女上。《风》中关于"德"的诗篇多与恋爱、婚姻、家庭生活相关，从诗篇内容来看，《风》中所言之"德"，其内涵对男子而言，意味着对爱情的忠贞、坚定，始终如一。《邶风·日月》中"乃如之人兮，德音无良。"《毛序》称此诗主旨是"卫庄姜伤己也。"② 庄姜是卫国国君卫庄公的夫人，其婚姻生活非常不幸。对于"德音无良"，《郑笺》解之为："无善恩意之声语于我也。"③此句是妻子控诉丈夫对自己的冷漠。再如《邶风·谷风》中有"德音莫违，及尔同死"的句子，对于"德音莫违"，《郑笺》释之为"夫妇之言无相违者"④，强调夫妻应"黾勉同心"，秉承夫妻之德，白头偕老；又如《卫风·氓》中女子指责负心的丈夫"士也罔极，二三其德"，很明显这里的

---

① 李零：《郭店楚简校读记》，人民出版社2014年版，第78页："仁行于内谓之德之行，不形于内谓之行；义行于内谓之德之行，不形于内谓之行；礼行于内谓之德之行，不形于内谓之行；智行于内谓之德之行，不形于内谓之行；圣行于内谓之德之行，不形于内谓之行。德之行五谓之德，四行和谓之善。善，人道也，德，天道也。"

② （汉）毛亨传，（汉）郑玄笺，（唐）陆德明音译：《毛诗传笺》，中华书局2018年版，第40页。

③ （汉）毛亨传，（汉）郑玄笺，（唐）陆德明音译：《毛诗传笺》，中华书局2018年版，第40页。

④ （汉）毛亨传，（汉）郑玄笺，（唐）陆德明音译：《毛诗传笺》，中华书局2018年版，第50页。

"德" 指的是对婚姻的忠诚。对女子而言，"德" 则是指贤良的品行，《郑风·有女同车》中描述了同车之女 "颜如舜华" "颜如舜英" 的美貌后，以 "彼美孟姜，德音不忘" 结束全诗，赞扬女子才貌双全，既有如花朵般的美貌，又有贤良的美名。《郑笺》解之为："不忘者，后世传道其德也。"①《国风》中9篇关于 "德" 的描述诗篇中，有5篇都是婚姻家庭，强调夫妇相处之道中的忠贞、贤惠的品行。

从上可见，《诗》文本中 "德" 的内涵包括了柔、嘉、惠、温、恭、敬、威、孝、忠、贞等美德。从《颂》到《风》，"德" 内涵从政教之德到品行之德，从君王之德到庶人之德，德的含义更为普遍，"德" 的内容也更为扩展。总的来说，《诗经》中不同层次的 "德"，为后世从天子到庶民的阶层都提供了 "德" 的范本：文武圣王之 "德"，为后世统治者树立了明君的典范和标准；而延伸到卿士大夫阶层之 "德"，则为后世树立了立身成人的标准，孔子所提倡的 "君子" 人格，也是依此而来；匹夫匹妇之 "德"，则为婚姻家庭中夫妇之伦的相处方式提供了正确的路径，也成为后世婚姻爱情诗的母题。

从西周初年《诗》的形成到春秋中期《诗》文本的基本定型，在传播的过程中，《诗》所承载的价值体系也得到广泛的接受和认可，"德" 是这个价值体系中标志性的特征。《诗经》德论的重要价值在于，将 "德" 视作联通天、人的中介和桥梁，提出 "明德" "顺德" "怀德" 等概念，将 "天道" 落实于 "人道"。可以说，"德" 称得上是《诗》自产生之日起就具备的天然属性。这个天然属性深刻影响到儒家政治伦理体系的构建，塑造了中华民族自上而下的全面道德体系。

从接受者的角度来看，我们也可找到例证。《左传·襄公二十九年》记载了吴公子季札来鲁国 "请观于周乐"，鲁国的乐工为其依次演奏了《周南》《召南》《邶》《鄘》《卫》《郑》《齐》《豳》《秦》《魏》《唐》《陈》《小雅》《大雅》《颂》。除《曹》风未提及，其他部分基本是今传《诗经》的全部。分析季札观乐之后，对各部分的评论，基本都是围绕着

---

① （汉）毛亨传，（汉）郑玄笺，（唐）陆德明音译：《毛诗传笺》，中华书局2018年版，第114页。

"德"在评价。如闻《周南》《召南》，季札评为"始基之矣"，意其为周德之始；闻《邶》《鄘》《卫》，季札感叹"卫康叔、武功之德"；闻《魏》风，感叹"以德辅此，则明主也"；闻《唐》风，而知"令德之后"；闻《小雅》，而知"周德之衰"；闻《大雅》而知"文王之德"；闻《颂》，而知"盛德之所同"。几乎对所有部分的评论都与"德"联系在一起。这个事件发生的时间在鲁襄公二十九年，也就是公元前 554 年，此时孔子尚未出生，儒家文化还未开创，季札直观的感受和评论并未受到孔子以仁德说诗、解诗的影响。这说明《诗》中诗乐一体的篇章，正是围绕"德"为主旨进行创作。

从中可见，"德"性是化融于《诗》，并且贯穿始终的特性。

从西周初年《诗》的形成到春秋中期《诗》文本的基本定型，在传播的过程中，《诗》所承载的价值体系也得到广泛的接受和认可，"德"是这个价值体系中标志性的特征。可以说，"德"称得上是《诗》自产生之日起就具备的天然属性，我们必须强调这一点，因为这个天然属性深刻影响到后世对《诗》的应用，是后世《诗》教形成和发展的根基所在。

第二节　诗与政通：《诗》中天然的政教属性

除去"德"性之外，《诗》自诞生之日起，还有另外一个显著的特征，就是政教性。我们从以下几个方面来看这个问题。

一、《诗》从乐起，乐与政通

前文已述，源于神教祭祀的诗，原本就附丽于乐。而上古之乐，自产生之时就带有明显的政教性。乐最初的制定，是舜用来奖赏有功之诸侯。《礼记·乐记》记载：

> 昔者，舜作五弦之琴以歌南风，夔始制乐以赏诸侯。故天子之为乐也，以赏诸侯之有德者也。德盛而教尊，五谷时熟，然后

赏之以乐。故观其治民劳者,舞行缀远;其治民逸者,其舞行缀短。故观其舞,知其德;闻其谥,知其行也。①

诸侯有崇高的德行,在所辖之地推行教化,治理的国家风调雨顺,五谷按时成熟,那么就会得到天子赐乐的赏赐。对于不同的诸侯,依据其为政的水平,所赐之乐也不同。若是诸侯治理民众治理得不好,让民众劳苦,那么天子赏赐的歌舞行列就稀疏——"舞行缀远";若是诸侯治理民众治理得好,百姓安逸舒适,那么天子赏赐的歌舞行列就密集——"舞行缀短"。因此观其乐舞,就知道诸侯的德行是否高尚。

乐舞与政治的关系可以如此直观地表现出来。《国语·周语》中关于"政象乐"的记载,更加清晰地说明了政治、音乐与诗三者之间的关系。政为根本,是"乐"与"诗"的表现对象,而"乐"与"诗"皆是"政象"——政治的表现形式。

夫政象乐,乐从和,和从平。声以和乐,律以平声,金石以动之,丝竹以行之,诗以道之,歌以咏之,匏以宣之,瓦以赞之,革木以节之。物得其常曰乐极,极之所集曰声,声应相保曰和,细大不逾曰平。如是,而铸之金,磨之石,系之丝木,越之匏竹,节之鼓而行之,以遂八风。于是乎气无滞阴,亦无散阳,阴阳序次,风雨时至,嘉生繁祉,人民和利,物备而乐成,上下不罢,故曰乐正。②

《周礼·春官·大司乐》中说:

以六律、六同、五音、八音、六舞大合乐,以致鬼、神、示,以和邦国,以安宾客,以说远人,以作动物。③

---

① (清)阮元校刻:《礼记正义》卷第三十八,见清嘉庆刊本《十三经注疏》,中华书局 2009 年版,第 3325 页。

② 徐元诰撰,王树民、沈长云点校:《国语集解》,中华书局 2002 年版,第 111 页。

③ (清)阮元等校刻:《周礼注疏》卷第二十六,见清嘉庆刊本《十三经注疏》,中华书局 2009 年版,第 1701 页。

六律，指的是黄中、太簇、姑洗、蕤宾、夷则、无射六阳律；六同，指的是大吕、夹钟、林钟、南吕、应钟六阴律。八音，指的是金、石、土、革、丝、木、匏、竹八种乐器。这句话说明了上古时期在人们的认识中，音乐和舞蹈配合，功能强大到囊括天地万物，不但可以沟通到人鬼、天神和地神而举行祭祀，还可以使邦国和睦、民众和谐、宾客安定、远人来服、动物繁衍。

在先秦时期，乐之所以神圣，一方面是乐能沟通人神，另一方面是乐因功成德隆而产生。制乐的目的均为歌颂有大功德于民的圣王，如黄帝时期所制《云门》《大卷》，用以歌颂黄帝"其德如云之所出，民得以有族类"；尧时期所制《大咸》《咸池》，颂尧之德"无所不施"；禹时期有乐《大夏》，颂禹之德"能大中国"；成汤时期有《大濩》，颂汤之德"能使天下得其所"；周武王时期有乐《大武》，主要是歌颂武王之德"能成武功"。所谓"王者功成作乐，乐其成也。"乐的诞生，本身就是圣王述其功成的产物，乐的功能，则是君王以此来教化民众。这种教化，不是自上而下的灌输，律令规范的强制，而是沁入心脾、深入灵魂，令人发自内心愉悦接受的，所谓"声发于和而本于情，接于肌肤，臧于骨髓"是也。如董仲舒所说：

> 王者未作乐之时，乃用先王之乐。宜于世者，而以深入教化于民。教化之情不得，雅颂之乐不成。故王者功成作乐，乐其德也。乐者，所以变民风，化民俗也；其变民也易，其化人也著。声发于和而本于情，接于肌肤，臧于骨髓。[①]

《礼记·乐记》中将"声音之道"与政治兴衰的关系进行了具体的联系与分析：

> 声音之道，与政通矣。宫为君，商为臣，角为民，徵为事，

---

① （汉）董仲舒：《春秋繁露义证》，中华书局 1992 年版，第 17 页。

羽为物。五者不乱，则无怙滞之音矣。宫乱则荒，其君骄；商乱则陂，其官坏；角乱则忧，其民怨；徵乱则衰，其事勤；羽乱则危，其财匮。五者皆乱，迭相陵，谓之慢。如此，则国之灭亡无日矣。①

在这段记述中，声音的五阶"宫商角徵羽"各自代表着政治社会生活中的不同角色，"宫为君，商为臣，角为民，徵为事，羽为物"，五音各司其职，如同社会各阶层各本其分。和谐庄重之乐，是政通人和的表现，而五音不谐，则是"亡国之音"。乐道与政道是如此紧密地联系在一起，乐教与政教密不可分。

声音之道与治世之兴衰能够联系在一起，在今人看来似乎有点不可思议。但无独有偶，西方哲学史上，毕达哥拉斯也从声音的谐律中领悟到世界运行的规律，与我们古人所说的"声音之道与政通"颇有相似之处。《希腊哲学史》中记载了这样的故事：

> 据说，毕泰戈拉又一次走过铁匠铺，他从铁匠打铁时发出的谐音中得到启发；他比较了不同重量的铁锤打铁时发出不同谐音之间的关系，从而测定出不同音调的数的关系。以后，他又在琴弦上做了进一步的实验，找出了八度、五度、四度音程之间的比例关系……②

由此，他联想到，在万物的区别后，就像在铁锤与琴弦的区别之后，是共通的数的关系，所以他相信在整个世界的所有区别的背后都有一个数的和声关系。这就是"数是万物本原"的哲学思想，这是西方哲学思想发端的重要源头之一。同样由声律出发，西方哲学推论出世界本原的哲思，

---

① （清）阮元校刻：《礼记正义》卷第十四，见清嘉庆刊本《十三经注疏》，中华书局2009年版，第2931页。

② 炎兵：《科学划界思想的萌芽》，载《扬州大学学报（社会科学版）》2002年第4期，第30页。

东方的先民们联想到当下治世的兴衰。追根溯源，其依据的原理其实都是一致的。

诗从乐起，乐与政通。从这一点来讲，缘起就附丽于乐的诗，天然就带有政治的印记。

二、《诗》之兴灭关联于王道

（一）《诗》之兴：源自纳言，政教之资

据文献记载，早在帝舜时期，就形成了"纳言"制度，主要是搜集民众意见以帮助天子实施政治教化，同时将天子之命令下布民众，宣扬教化。而纳言的基本形式之一，就是诗歌。这种纳言制度传承到周代，是《诗》形成的动力之一。

《尚书·虞书》中《舜典》记载帝舜命龙担任"纳言"的职位，向民众布宣王之教化，注重信义：

> 帝曰："命汝作纳言，夙夜出纳朕命，惟允！"

纳言的职责，是"出纳朕命"。"出纳朕命"，曰"出"曰"纳"，包含两方面的内容，一是将民众的意见上报天子，二是将天子的命令下传民众。《尚书正义》中对此注解：

> 此官主听下言纳于上，故以"纳言"为名。亦主受上言宣于下，故言出朕命。"纳言"不纳于下，"朕命"有出无入，官名"纳言"，云"出纳朕命"，互相见也。①

《尚书正义》中称"纳言"为"喉舌之官"。纳言担负"出纳王命"之责，需要明晰两个问题，一是搜集民众意见（下之言），上报于王，是以什么形式？二是将王命（上之言）下布于民众，施行教化管理，又是以什么

---

① （清）阮元校刻：《尚书正义》卷第三，见清嘉庆刊本《十三经注疏》，中华书局2009年版，第277页。

形式? 是否与诗相关联?

关于天子之"言",广布天下,须与乐相配。《礼记·乐记》中,记载帝舜时期,天子制乐以赏诸侯之有德者,传布教化:

> 昔者,舜作五弦之琴以歌南风,夔始制乐以赏诸侯。故天子之为乐也,以赏诸侯之有德者也。德盛而教尊,五谷时孰,然后赏之以乐。故其治民劳者,其舞行缀远;其治民逸者,其舞行缀短。①

这里赏赐给有德之诸侯的,必不仅仅是乐舞本身,因其要传布教化,"德盛而教尊",必然有与乐舞相配合的言辞。更为明确地将天子之言与乐相关联的,是《尚书·益稷》中的这一段:

> 予欲闻六律五声八音,在治忽,以出纳五言,汝听。予违,汝弼,汝无面从,退有后言。钦四邻!……工以纳言,时而飏之,格则承之庸之,否则威之。②

这是帝舜对大禹所说的话。这段话有两处需要注意。一是舜帝将"六律五声八音"与"出纳五言"并提,说明"出纳"之言须配合"六律五声八音",从乐的角度考察治乱之道,以仁五德之言教化民众、颁发政令。二是提到"工以纳言,时而飏之""工,乐官,掌颂诗以纳谏,当是正其义以乐道之"。需要乐工进行加工的言,应是"下之言",即从民间搜集的意见,须由乐工修改完善词句使之成诗,并配以适当的乐曲,向天子进谏,以助天子了解民情、考察官员政绩。顾颉刚就认为"此出纳五言,即《尧典》之纳言。而纳言之术在于用六律、五声、八音,其为借歌咏以明讽谏明

---

① (清) 阮元等校刻:《礼记正义》卷第三十八,见清嘉庆刊本《十三经注疏》,中华书局2009年版,第3325页。

② (清) 阮元等校刻:《尚书正义》卷第三,见清嘉庆刊本《十三经注疏》,中华书局2009年版,第298页。

矣"①。顾颉刚的这一论断，道出了纳言以乐歌为载体，以讽谏为目的的关系。

能够与乐舞相配的言辞，必然有一定节律，具备诗体。这一点，从《尚书·益稷》中帝舜与臣子皋陶的对话中可以看出。两者对话以"歌"的形式，歌词多以四字一句，言辞达雅，节律明晰，与今本《诗经》中早期诸篇形式相类：

> 庶尹允谐，帝庸作歌。曰："敕天之命，惟时惟几。"乃歌曰："股肱喜哉！元首起哉！百工熙哉！"皋陶拜手稽首飏言曰："念哉！率作兴事，慎乃宪，钦哉！屡省乃成，钦哉！"乃赓载歌曰："元首明哉，股肱良哉，庶事康哉！"又歌曰："元首丛脞哉，股肱惰哉，万事堕哉！"帝拜曰："俞，往钦哉！"②

这里，君臣之间以歌对答，且皋陶在作歌之前的"言"，除去感叹词之外，"率作兴事……屡省乃成"，也多以四字一句，已近诗体。

帝舜本人善诗，在现存文献及出土文献中均有记载。上博简《子羔》第4号简记载舜为"乐正瞽瞍之子"，其父即为执掌乐仪之人，担负"颂诗以纳谏"的职责，可见舜善诗乐具有深厚的家学渊源；《礼记》《淮南子》《史记》等书均记载舜弹五弦之琴，造《南风》之诗，王肃所作《孔子家语》中还首次记载了《南风》之诗篇词句，尽管后世学者多疑王肃所记《南风》之词句为伪作，但舜作《南风》之诗多见于不同文献，并无争议，《史记·乐书》记载：

> 舜作五弦之琴，以歌《南风》，其诗曰："南风之时兮，可以阜吾民之财兮，南风之薰兮，可以解吾民之愠兮。"

---

① 顾颉刚、刘起釪：《尚书校释译论》第一册，中华书局2005年版，第452页。

② （清）阮元等校刻：《尚书正义》卷第三，见清嘉庆刊本《十三经注疏》，中华书局2009年版，第304页。

　　此外，《吕氏春秋·孝行览·行人》中还记载"普天之下，莫非王土，率土之滨，莫非王臣"为舜之"自作诗"；又郭店简《唐虞之道》中有一首《虞诗》："大明不出，万物皆暗。圣者不在上，天下必坏。"虽无明确证据表明其诗为舜之自作，但亦可见唐虞时期诗歌流传广布，并已载之于文。

　　从以上诸条文献，可以推见帝舜时期"纳言"之情形。民众之言经乐官修缮配乐，呈送天子进谏，这是"纳言"；天子之言，同样须经由乐官配以乐舞，广布天下，以传播政令，广行教化，这是"出言"。而"出纳之言"的形式，是节律合乐、词句明晰之诗句。

　　纳言的目的，是"下情上达"，将民间的意见搜集上报给天子，以观为政之得失，以便及时调整国家政策，然后将民间好的建议、君主的政策命令下发四方，如王志在《周代诗歌制度与文化研究》中所说，"所纳者一，所出者二"[1] 与为政联系紧密，息息相关。

　　这样的传统，自帝舜时代起，一直延续到周代。夏代纳言制度的记载较少，《尚书·夏书》载："每岁孟春，遒人以木铎徇于路，官师相规，工执艺事以谏。"《左传》昭公十四年引《夏书》之言，杜预注曰："徇于路，求歌谣之言。"这是帝舜时期"纳言"形式的延续，所求民间之言是正式接近诗体的"歌谣"的形式。

　　商代的纳言制度，文献亦有记载。贾谊《新书》中云："于是有进善之旌，有诽谤之木，有敢谏之鼓。瞽史诵诗，工诵箴谏，大夫进谋，士传民语。习与智长，故切而不愧，化与心成，故中道若性，是殷周之所以长有道也。"[2] 可见瞽史颂诗是殷商进谏的形式之一。

　　周代关于"纳言"的制度记载较多，且大都与诗乐相关。《史记·晋世家》中记载，周成王时期，成王戏以桐叶封叔虞，史佚就曾告诫云："天子无戏言。言则史书之，礼成之，乐歌之。"这说明在周代，天子之"言"需要记录、施行，并且将之配以乐曲，正式公告天下，与舜时期纳言的基本形式一致。

　　《诗经》中记载了仲山甫就担任过纳言之官，前往诸侯国宣告王命，四

① 王志：《周代诗歌制度与文化研究》，社会科学文化出版社 2021 年版，第 53 页。
② （汉）贾谊撰，闫振益、钟夏校注：《新书校注》，中华书局 2000 年版，第 184 页。

方诸侯都唯命是从。《大雅・荡之什・烝民》中赞扬仲山甫"出纳王命，王之喉舌。赋政于外，四方爰发"。对此诗，郑玄《毛诗传笺》云："出王命者，王口所自言，承而施之也。纳王命者，时之所宜，复于王也。"正是帝舜时期纳言制度的延续。

而纳言之言的基本形式，仍然是诗歌。《左传・昭公十二年》记载了周穆王时期，祭公谋父以《祈招》之诗进谏，劝阻穆王"周行天下"的想法：

> 周行天下，将皆必有车辙马迹焉。祭公谋父作《祈招》之诗，以止王心，王是以获没于祗宫也……其诗曰：祈招之愔愔，式昭德音。思我王度，式如玉，式如金。形民之力，而无醉饱之心。①

《国语・楚语上》记载卫武公九十五岁仍然虚心受谏，严谨自律：

> 昔卫武公年数九十有五矣，犹箴儆于国，曰："自卿以下至于师长士，苟在朝者，无谓我老耄而舍我，必恭恪于朝，朝夕以交戒我；闻一二之言，必诵志而纳之，以训导我。"在舆有旅贲之规，位宁有官师之典，倚几有诵训之谏，居寝有亵御之箴，临事有瞽史之导，宴居有师工之诵。史不失书，矇不失诵，以训御之，于是乎作《懿》戒以自儆也。②

在这段话中，"闻一二之言，必诵志而纳之"，此处"志"通"诗"③，卫武公虚心采纳卿士的进言，听到好的进言，要让乐工以诵诗的方式讲给自己听，帮助提醒自己接纳好的建议。"倚几有诵训之谏""宴居有师工之诵"这两句，"诵训之谏"与"师工之诵"都是诗化了的进言，以诵、训的

---

① （清）阮元等校刻：《春秋左传正义》卷第四十五，见清嘉庆刊本《十三经注疏》，中华书局 2009 年版，第 4483 页。

② （春秋）左丘明撰，徐元诰集解，王树民、沈长云点校：《国语集解》，中华书局 2002 年版，第 500 页。

③ "志"通"诗"，前人已有许多论述。《左传・昭公十六年》记载郑国六位公子为宣子践行，宣子请六人赋诗明志，六人所赋皆《郑风》中各诗，宣子回复中，就将郑诗称之为"郑志"："夏四月，郑六卿饯宣子于郊。宣子曰：二三君子请皆赋，起亦以知郑志。"

方式在不同场合提醒卫武公从善如流，时刻自省。

《诗》中有许多诗篇，都与进谏、规劝相关。在《小雅》中，《节南山》一诗有句："家父作诵，以究王讻。"这表明了作诗之人的目的，这是"家父"这个人针对大师尹的昏聩无能、祸乱国政所作的讽谏之诗，目的是希望"以究王讻"——用以探究国家政乱、天子"不宁"（上文中提到"我王不宁"）的根源。可见作诗的目的是呈送天子，提出对朝政的批评和建议。这里的"诵"正印证了上文记载卫武公"倚几有诵训之谏"中提到的"诵"的作用，正是下对上的讽谏、批评的诗歌，期望能够寻找国家衰败的根源，拨乱反正，帮助君王振兴国家，重回政治清明。

《陈风·墓门》中有句："夫也不良，歌以讯之。"字面意思是，国君你作恶多端，我唱首歌儿来规劝你。《毛诗序》中解释此诗："墓门，刺陈佗也。"这是陈国国民为规劝、批评当时的国君陈佗所作。陈佗是陈国国君陈文公之子，在兄长陈桓公病重期间，杀死桓公的太子，篡夺国君之位，后为蔡人所杀。陈佗作恶多端，引起国民不满，因此做了《墓门》一诗，以歌谣的形式讽刺、批评他。诗中所反映的"歌以讯之"，是民众以诗歌的形式表达对君王的批评和劝谏，正是纳言制度和传统的传承和发扬。

自帝舜时期就形成的纳言制度一直流传到周代。纳言的目的是提出关于政教的建议或意见，为君王提供执政的参考，而从上可见，纳言的基本形式是有韵律、词句雅达的诗歌的语言。对于这些有助于政教的进言，君王常常以诵、歌的形式配以诗化的语言进行传播，一方面提醒自身要牢记善言，一方面广布四方以淳风化俗。这是《诗》最初形成的动因之一。从第一章中我们可以明显看出，《诗》的起源发展与政治教化关系密切。《颂》《雅》《风》的渐次形成，本就与王道政治的兴起、成熟和衰亡密不可分。从其产生的目的性来讲，最初就是天子为了解政治之得失，而使臣下献诗。《益稷》中记载舜云："工以纳言，时而飏之，格则乘之庸之，否则威之。"孔颖达在《毛诗正义》中对此阐释说，"舜诫群臣，使之用诗"。在舜的时代，就已经有用诗规谏的成例了。当然，当时的"诗"，应是"歌诗"，是《诗》的雏形，与《诗经》中的诗歌篇章有所不同。孔颖达认为，《皋陶谟》中记载的皋陶与舜相答为歌，"即是诗也"。这说明《诗》在形成之初，也是帝王为了"诫群臣"才"使之用诗"，与政治教化关系密切。

到西周时期，随着周公制礼作乐，周代的礼乐制度逐步完备，在这个过程中，逐步形成了"献诗"与"采诗"的规范化制度。"献诗"的完成人是贵族阶层的卿大夫，主要目的是对君王的品德和行为作出评价和规谏，规范和保证最高权力者保持"德行"，施行"仁政"，以发扬西周先祖圣王的优秀传统，维持政权的稳定性和长久性。"采诗"则主要采集来自下层民间的诗歌谣语，一则统治者可借此了解诸侯国国君的地方行政治理能力和社会状况；二则可借此了解民风民俗和老百姓的呼声愿望，以此调整政策，达成社会和谐。

正如唐代成伯玙所说：

> 古之王者，发言举事，左右书之，犹虑臣有曲从，史无直笔，于是省方巡狩，大明黜陟；诸侯之国，各陈诗以观风。又置采诗之官，而主纳之，申命瞽史习其箴诵，广闻教谏之义也。人心之哀乐，王政之得失，备于此矣。①

可以看出，《诗》形成的两大主要来源"献诗"与"采诗"都与王政施行密切相关，或者我们可以说，《诗》本身的形成，也是应运而生，是为了维护政治稳定的实际需要而产生。从这一点来讲，《诗》本身就具有不可磨灭的政教性。

（二）《诗》之灭：王者之迹熄

《诗》的泯灭也与王政密切相关。孟子曾云："王者之迹熄而诗亡，诗亡然后春秋作。"关于这句话，历来学者有许多不同的解读。有学者认为《诗》亡，指的是《诗》的不同类别的消亡，如有以《风》《雅》《颂》中一种或几种之亡为《诗》之亡：如赵岐认为"颂声不作"为《诗》亡，朱熹认为"王者之迹熄，谓平王东迁，而政教号令不及于天下也。诗亡，谓黍离降为国风而雅亡也"等皆是此类。有学者认为随着天子巡狩制度的终

---

① （唐）成伯玙：《毛诗指说·兴述第一》，转引自纪昀《四库全书》文渊阁影印本第70册，台湾商务印书馆1986年版，第170页。

结，带来的采诗、陈诗制度的消亡为《诗》亡。有学者从《诗》之用的角度，认为是"赋诗"制度在春秋时代的终结，意味着《诗》之亡，如当代学者俞志慧在《君子儒与诗教》中所提出的观点。

这些观点，从不同角度反映了《诗》亡的某一侧面："颂声不作"意味着国家大型的祭祀典礼不再举行，事实上反映的是中央王权的削弱；"黍离降为国风"意味着周天子的实际地位已经沦落到与诸侯国无异，是王权的进一步衰弱的表现；而随着王权的衰落，中央既有的包括礼乐制度在内的行政体系开始溃败崩塌，天子无力四方巡狩，中央朝廷的乐官、瞽史四散流落，礼乐制度中的采诗、献诗制度不再运行，《诗》便失去了不断更新、补充、结集、配乐传播的制度根源；到春秋晚期，不但《诗》本身不再完善发展，长期以来形成的礼乐传统中歌《诗》、诵《诗》、赋《诗》、引《诗》等用《诗》的氛围和环境也随着礼坏乐崩而消亡，《诗》所代表的礼乐制度，所蕴含的德义之道、所参与的政教之用至此全部终结。孟子所云，王者之迹熄，一方面，是如巡狩、采诗、献诗此类代表着王权的制度的消失；一方面是西周王权制度中所蕴含的礼义思想的全面崩塌。① 宋代蔡卞在《诗序统解》中说："所谓《诗》亡者，非《诗》亡也，礼义之泽熄而已矣……唯其礼义之泽熄，然后《诗》之道亡矣。"② 《左传》中记载赵衰言："诗书，义之府也。"《诗》中包含着丰富的德教元素，是公认的礼义的承载体和依托者。徐复观在《两汉思想史》中言："《诗》亡是指在政治上的'《诗》教'之亡……诗在当时是反映政治社会的典论与真实，即《王制》所说的'命太师陈诗以观民风'，所以成为政治上的重大教育工具。"③ 《诗》之道亡，即是《诗》中的德教功能和政教功能的消退，也就是西周所建立起来的《诗》教的衰亡。

到了春秋末期，礼坏乐崩，纲纪混乱，"上无天子，下无方伯""善者谁赏，恶者谁罚"。宗法等级制度已经被完全破坏，自西周初期所形成的自

---

① 刘向《说苑》篇中解释王者之迹云："'亲亲者，先内后外，先仁后义也。'此王者之迹也。"这其实是强调规范明晰的社会秩序、施行仁义的政治制度为王者之迹的表现。

② （宋）蔡卞：《毛诗名物解》卷二十，转引自纪昀《四库全书》文渊阁景印本第70册，台湾商务印书馆1986年版，第609页。

③ 徐复观：《两汉思想史》第三卷，华东师范大学出版社2001年版，第155—156页。

上而下自我约束的道德体系已经崩溃，没有强有力的中央政权来确保社会的有序和道德伦理的推行。在这样的情况下，原本用于"观民俗""考得失"，为天子资政做参考的《诗》也失去了陈述的对象和实际的功用，《诗》遂绝迹。

蒙文通在《周代学术发展论略》中对《诗》中各《风》的创作终结时间做过一个详细的统计："《王风》终于庄王（公元前701—682年）；《齐风》终于襄公（公元前702—691年），当周桓王、庄王时；《唐风》终于晋献公（公元前676—651年），《郑风》终于文公（公元前672—628年），《鲁颂》终于僖公（公元前659—627年），《卫风》终于文公（公元前659—635年），《秦风》终于康公（公元前620—609年），都在周襄王、惠王之间；《曹风》终于共公（公元前652—618年），都在周顷王、襄王之际；《陈风》最晚，终于灵公（公元前613—599年），在周定王时。可见《诗》的一般终点都在公元七八世纪之际，也正是孔子的《春秋》开始的时期。"①

由上可见，《诗》的兴起，与上古先王制定的"纳言"制度紧密相关，其目的是提供有助于治理国家的建议，帮助君王明得失、知民情；《诗》的衰亡，与政教体系的衰亡密切相关，随着西周王权制度及其所蕴含的礼义道德内涵的消亡，《诗》不再得到采集与制乐颁行，《诗》中篇章不再增加，就此定型流传；《诗》也不再应用于政治外交场合，《诗》之用转入全新的领域。《诗》的兴亡，均与政教紧密联系，所以我们说，从《诗》的缘起来看，其天然具有浓厚的政教性。

第三节　小结

中国完善的政治制度自西周始，《诗》的形成也是西周礼乐制度的重要一环。而有赖于文本的记载和讽颂的传播，《诗》中关于"文王之德""文

---

① 蒙文通：《周代学术发展论略》，载《学术月刊》1962年第10期，第45—51页。

王仁政"的观念深入人心，贤明君王缔造太平盛世、礼乐昌明、百姓安乐，颂扬之诗兴；昏庸君王治理下社会无序、政治混乱、百姓苦难，怨刺之诗出。《诗》中的篇章不但为后世君王树立了明君的典范，为中国政治的理想状态提供了可供参照的模板，也同时提供了反面的借鉴。君王德行成为政治中重要的一环，后世论政，多将"政事"与"伦理"联系起来，将君王的德行作为政治清明的一大表现。《礼记》中说：

> 圣人南面而听天下，所宜先者五，一曰治亲，二曰报功，三曰举贤，四曰使能，五曰存爱。①

治亲，由《诗》中《大雅·思齐》之句"刑于寡妻，至于兄弟，以御于家邦"推广而得；报功，与《诗》中《颂》的功能，所谓"功成告于神明"一脉相通；举贤使能，按照《诗序》中的阐释，如《二南》之《卷耳》、《大雅》之《卷阿》、《周颂》之《小毖》等篇章皆与"求贤""使能"相关；而存爱，则可从《诗》中一系列颂扬文王之德、文王之仁的篇章中找到渊源。说《诗》影响了中国特有的"伦理政治"的形成，并非虚言。

这种影响力发生的根源，与《诗》的重要属性相关。德性与政教性，这两种《诗》自产生之时就具备的天然属性，成为后世儒家解诗、用诗的理论来源，也成为培植儒家《诗》教不断蓬勃发展、开枝散叶的丰厚土壤。正是基于《诗》中的天然具备的这两种特性，随着时代的发展和演进，后世在用诗和解诗的过程中，逐渐形成和发展了蕴含着丰富教化意义和深厚文化根基的儒家《诗》教。

西周时期的乐教中，着力培育贵族子弟的品行与修养，以养成"中、和、祗、庸、孝、友"等"乐德"，与教材之一的《诗》中篇章的德教意义密不可分，而卿士大夫等贵族阶层在邦交中引诗、赋诗，展现个人风采和达成邦国利益；则是政教性的发展延续。尽管这一时期，并没有《诗》教

---

① （清）阮元等校刻：《礼记正义》卷第三十四，见清嘉庆刊本《十三经注疏》，中华书局2009年版，第3264页。

的概念和理论的具体指导，但人们在"用诗"的过程中已经自觉利用《诗》之属性进行教化和参与政治；春秋末期，孔子正式提出《诗》教的概念，并在实际教化中，以《诗》的文本为载体，培育弟子"温柔敦厚"的性情，实现"出使四方，达政专对"的目的，使得《诗》之"德性"与"政教性"进一步运用于《诗》教实践，《诗》教之概念、方法逐步清晰。在承前启后的过渡时期，孟荀沿着孔门《诗》教之路径，在《诗》的文本与音乐分离之后，大胆利用《诗》中篇章、章句对国君进行讽谏、劝说，以实现王道政治中"仁政"的最高理想，迈出了儒家《诗》教"谏上"政治实践的开端之步。到了汉代，四家《诗》出，儒家《诗》者敏锐捕捉政治契机，积极适应新形势下的政治需求，在先秦儒家学者对《诗》的诠释基础上，大胆调整和创新，全力构建了《诗》的新的诠释理论体系，将三百〇五篇纳入了历史的序列，并正式赋予了政教的意义。随着《毛诗》和《郑笺》的广泛流传和普遍接受，《诗》教的理论逐渐成形并广为接受，一方面，延续"德性"的脉络，"上"可以之"化下"，《诗》具有"经夫妇，成孝敬，厚人伦，美教化，移风俗"的重大作用；另一方面，沿着"政教性"的脉络，"下"可以之"谏上"，以"温柔敦厚""主文而谲谏"的方式，达到匡正君心、纠正时弊，实现儒家理想王道政治的目的。后世儒家《诗》教，基本都延续着《诗序》所确立的这一主线发展，或有创新，或有补充与修正，但都不曾脱离"上以风化下，下以风谏上"的基本框架。唐代《毛诗正义》指出，以孔颖达为代表的当时最杰出的儒士群体在君王的支持和授意下，编订《毛诗正义》，并将之应用于科举，将士人的命运与经典密切联系在一起，《毛诗》正式成为官方教育读本，而毛诗所承载的《诗》教也更为深刻地在读书人心中打下深刻的烙印。不仅如此，唐代数代君王对净谏行为所持的开放、包容、鼓励的态度，给予了《诗》教发展滋生的丰厚土壤，《诗》教中主要功能之一"下以风谏上"得到了充分的发挥，并且对宋初《诗》教和士人习气带来了巨大影响。

第三章

贵族《诗》教的应用与实践

自《诗》创作并应用以来，到孔子正式提出《诗》教概念之前，有很长一段时间，《诗》在周代贵族子弟的教育体系和政治体系中，已经发挥着教化和政治的功用。这个时间段起点不详，终止点我们采用公元前 506 年《左传》中最后一次赋诗引诗的时间。

我们将这一段时间的《诗》教称为"贵族《诗》教"。称其为"贵族《诗》教"，是因其教化对象集中于社会上层——士阶层以上的贵族子弟（还有极少部分的平民阶层的优秀杰出者），其教化目的，是为国家培养熟悉并熟练掌握各类礼仪规范，能够胜任各类国家重大事务的政务性人才。所谓"礼不下庶人"，以礼乐培养为主要方式和最终目的的此阶段的《诗》教，与平民阶层关联甚微，这也与孔子所提出的《诗》教广泛地面向社会各个阶层进行教化培育相区别。

在这个时期，"《诗》教"的概念没有明确提出，但当时的贵族阶层已经在实际生活中"以《诗》为教"。此阶段"以《诗》为教"仍然以《诗》两大重要属性为依托和脉络。《诗》中之"德"性，成为当时乐教中培育贵族子弟品德性情的重要载体，《诗》与乐舞紧密联系，在贵族子弟的教育中扮演着重要角色，塑造其中正平和的品格，培养其合乎规范的言行，锻炼其主持和参与礼仪活动的能力，使之成为个人修养深厚，且能够胜任国家政务的"君子"。《诗》中之"政教性"特征，其明显表现是在邦国之间的朝聘会享等政治生活中，贵族阶层以《诗》言事，表情达意，完成政治生活中的各项事宜。

第一节　贵族《诗》教时代的政治背景

我们所说的"贵族《诗》教"，依附于两大因素而存在：其一是乐教的存在；其二是宗法体制的存在。它的教授与实施全需与乐配合，而其应用的场合，又与严密的宗法制度密不可分。这两个因素中，任何一方面的缺失，都将导致"贵族《诗》教"在历史中的消亡。

其实我们也可以直接说，此阶段的《诗》教最根本的依附因素，还是宗法制度。乐，本也附着于宗法制度之上。西周建立的宗法制度，确立了宗子与别子、大宗与小宗，君与臣的上下等级，并以此规定了统治阶级家族内部的政治权力和财产权利的再分配，将血缘宗法上的宗子与政治关系上的大宗两者有机结合起来。建立起一个由"亲亲"到"尊尊"，由天子到诸侯，到卿大夫，最后到士阶层的源于血缘宗法的政治等级制度。在嫡长子继承制度之下，宗子与别子、大宗与小宗，各个等级之间是相对固定的，流动性较小，宗法血缘关系决定了一个人一生的等级地位，也限定了其政治活动范围，由此推及，整个社会结构也相对固定，社会政治事务同样也相对固定，以《左传》中的话来概述之，就是"国之大事，惟戎与祀"。礼乐制度正是建立在这个政治等级制度之上。礼乐制度之中对不同等级之人的"名物度数"——宫室、衣服、器皿、装饰的大小、多寡、高下、华素等不同的使用规则；以及不同等级之人的"揖让周旋"之仪——进退、登降、坐卧、俯仰上的不同方式进行了详细的规定，而《诗》的应用规定也从属于礼制中的等级规定。这是《周礼》中记载的各类包含《诗》教在内的礼乐之教存在和衍生的根本。当礼乐制度昌盛、宗法制度被严格遵守时，在从朝廷到民间的各种礼仪制度中，《诗》乐配合，成全着"礼制"要求的外在形式；而随着王室权威的降低，生产力加速发展，新兴贵族大量出现，打破了原有的社会等级框架，宗法等级制度不再被严格遵行，出现了礼乐使用不按礼制的局面，《诗》也逐渐开始脱离乐舞，成为表情达意、抒发意志的工具，逐渐地，"贵族《诗》教"慢慢失去了生存的土壤和发挥的平台。

曹元弼先生曾云："考之《左氏》，卿大夫论述礼政，多在定公初年以前，自时厥后，六卿乱晋，吴越迭兴，而论礼精言，惟出孔氏弟子，此外罕出。"① 这说明在鲁定公初年之前，礼乐尚可维持，在定公之后，则礼乐与宗法制度一起，已经慢慢淡出历史舞台了。

第二节　西周教育体系中的《诗》教

自周公制礼作乐以来，礼乐成为西周贵族生活中不可或缺的重要部分。在祭祀仪式中四位一体的歌舞乐诗，也成为较为固定的礼乐仪式延续下来，继续在国家政治生活、社会生活中扮演着重要角色。西周贵族子弟从幼年起便开始接受系统的乐教，其中也包括对与之配合的《诗》中篇章的诵读、领悟和实践。

在西周时期，乐教是最重要的教化方式。《诗》乐一体，共同承载着周礼的秩序、规范和内在精神。周礼所创建的礼仪制度等级森严、阶层分明，从朝廷典礼到日常生活，各种规范细致周密，是刚性的约束。而如何将这种外在的、刚性的约束深入到人民的内心，使之主动、愉快地接受，将"礼"由外在的强制性规范内化为主动的接受与践行？——"乐教"发挥着桥梁的作用。《礼记·乐记》就提到"乐教"对于淳朴民风、教化百姓的重要作用：

> 凡音者，生于人心者也……是故先王之制礼乐也，非以极口腹耳目之欲也，将以教民平好恶，而反人道之正也。②

生于"人心"的音乐，发自性情之喜乐，是内心世界直观而外在的反

---

① 参见沈文倬《宗周礼乐文明考论》中转引曹元弼之语，杭州大学出版社 1992 年版，第 16 页。
② （清）阮元等校刻：《礼记正义》卷第三十七，见清嘉庆刊本《十三经注疏》，中华书局 2009 年版，第 3310 页。

映。音乐具备天然的陶冶性情、愉悦身心的属性，以音乐为载体，传播道德和价值体系，百姓也自然在和乐的环境中受到正确的引导和熏陶，明晰伦常，知晓对错。故此乐教具有"教民平好恶，反人道之正"的作用。西周确立的礼仪文化正是借助于"乐"作为辅助和手段，让人从内心深处将"他律"转为了"自律"。所谓"乐由中出，礼自外作"，"乐"天生就具备让人心生愉悦、渲染情绪的功能。《礼记·乐记》中对诗、歌、舞、乐之间的关系，以及乐教对于德教的辅佐作用，讲得非常清楚：

> 乐者，乐也。君子乐得其道，小人乐得其欲。以道制欲，则乐而不乱。以欲忘道，则惑而不乐。是故君子返情以和其志，广乐以成其教。①

音乐是使人快乐的，故此古人说"音乐"之"乐"，也就是"快乐"之"乐"。乐令君子喜悦，是因为君子从乐中得到了道德的修养，而乐令小人高兴，是因为乐令其得到了欲望的满足。所以君子推行"乐教"，根据人性情的不同，选择合适的音乐来教化，以和谐他们的意志，培育良好的品行。

而此时期的《诗》，正是音乐中传播的"唱词"，作为乐教的附属，也起着淳化民情、教化民心的辅助作用。发自内心的情绪，通过诗来表达志向，通过歌来咏唱其声，通过舞来形之于外，然后以乐器来配合这三者的表达，为其锦上添花。在诗歌乐舞的共同作用下，情绪得到表达，文采得到彰显，和顺的情感累积在心中，使人表现出美好的神采，从内心对礼仪的规范感到认同和肯定。

傅斯年在《诗经讲义稿》中指出："大约在孔子前若干年，《诗》三百已经从各方集合在一起，成为当时一般的教育。"② 早在周代，《诗》就与乐、舞在一起，作为贵族弟子成人的必修课进行传授。

---

① （清）阮元等校刻：《礼记正义》卷第三十七，见清嘉庆刊本《十三经注疏》，中华书局2009年版，第3310页。

② 傅斯年：《诗经讲义稿》，中国人民大学出版社2004年版，第7页。

西周的教育体系中，"乐教"是其主要的内容。而《诗》，则是"乐教"中不可或缺的一环。《诗》教在当时，是礼乐教化中的一部分。孔颖达在《礼记正义》中说：

> 诗为乐章，诗乐是一，而教别者：若以声音、干戚教人，是乐教也；若以诗辞美刺讽喻以教人，是《诗》教也。①

周代的教育，主要是训练贵族子弟如何更好地承担与其身份相应的社会责任，教授其扮演好自己社会角色的必备本领，使得其在祭祀、聘问、朝会等国家政治生活和社会生活中能够礼仪周全，合乎规范。在这个过程中，诗、礼、乐相生相伴，不可分割，既需要以声音、干戚的乐理来教育培育子弟，也需要以承载着美刺讽喻意义的诗词文本来教育子弟。

《周礼·春官》中记载了西周乐教的内容，提及《诗》的有数个环节。根据《周礼》，大司乐是国子教育的主要负责人，《周礼·春官·大司乐》中其记载了具体教授的内容：

> 大司乐掌成均之法，以治建国之学政，而合国之子弟焉。凡有道者，有德者，使教焉。死则以为乐祖，祭于瞽宗。以乐德教国子，中、和、祗、庸、孝、友；以乐语教国子，兴、道、讽、诵、言、语；以乐舞教国子，舞云门、大卷、大咸、大磬、大夏、大濩、大武。②

乐德、乐语、乐舞，是大司乐教授的三门主要课程。具体来看，这三门课程虽以"乐"名，但其中都包含着《诗》的学习。

---

① （清）阮元等校刻：《礼记正义》卷第四十六，见清嘉庆刊本《十三经注疏》，中华书局2009年版，第3493页。

② （清）阮元等校刻：《周礼注疏》卷第二十二，见清嘉庆刊本《十三经注疏》，中华书局2009年版，第1700页。

一、乐德与《诗》

乐德，是指在乐教的过程中培育塑造子弟的品德。乐德之教，是西周诗乐之教的基础。《大师》中云："以六德为之本，以六律为之音。"所谓乐德，《周礼・大司乐》中说，指的是"中、和、祗、庸、孝、友"六种品质。西周之乐教，最主要的目的之一是进行道德教育，用乐来调和人的情绪和品德，将诸如"中""和""孝""友""敬"等美德渗透于音乐的熏陶和审美，在潜移默化中完成对子弟品格的素在和行为的规范。

《乐记》中对乐教的这一本质说得十分清楚：

> 德者，性之端也。乐者，德之华也。金石丝竹，乐之器也。诗言其志也；歌咏其声也；舞动其容也。三者本于心，而后乐器从之①。

音乐自然具有陶冶性情、舒缓情绪的作用，但要教育子弟领悟具体品德的内涵和践行方式，还是需要依靠文字的传授和语言的诵读，也就是孔颖达所说的"诗辞美刺讽喻"的作用，《诗》在此中扮演了重要的角色。

前文已述，由"圣王之德"而推衍延续下来的"德性"的思想在《诗》中一脉相承，《诗》中许多篇章主旨正是关于"柔、嘉、惠、温、恭、敬、威、孝、友、贞"，这与乐德教育中的"中、和、祗、庸、孝、友"自然贴合。

乐德中的"中"，根据郑玄的注解"犹忠也"②，是忠诚、忠心之意，"和"是性情的温柔敦厚，情感的平和稳定，郑玄注"刚柔适也"，《礼记・中庸》中云："喜怒哀乐之未发谓之中，发而皆中节谓之和。"这与《诗》中篇章所赞美的"温""柔""嘉"的美好品质正相契合；乐德中的"祗"

---

① （清）阮元等校刻：《礼记正义》卷第三十八，见清嘉庆刊本《十三经注疏》，中华书局2009年版，第3331页。

② （清）阮元等校刻：《周礼注疏》卷第二十二，见清嘉庆刊本《十三经注疏》，中华书局2009年版，第187页。

是指恭敬，《诗》中《长发》有句"昭假迟迟，上帝是祗"，《诗》中篇章也有颂扬"恭"之美德，如《大雅·抑》中提到"温温恭人，维德之基"；乐德中提到之"庸"，郑玄注"有常也"，《诗》中也有对"忠贞不贰"的美德与情感的讴歌，对"士二其德"的抨击。"孝""友"之乐德，在《诗》中也是部分篇章宣扬的主旨。可以说，《诗》中的篇章作为"乐德"的载体和具体体现，在乐教的过程中对于美德的培育起到了将美德具体化、形象化的作用。

春秋战国时期，乐与德的联系在许多文献中反映出来。《左传·襄公十一年》记载，晋侯因大夫魏绛辅助其"九合诸侯"，成就霸业。因此将国家的乐队和乐器的一半赐给魏绛。魏绛在推辞回复的过程中，提出了"乐"的巨大功用："乐以安德，义以处之，礼以行之，信以守之，仁以厉之，而后可以殿邦国，同福禄，来远人，所谓乐也。"乐中包含德行，听乐的过程也是巩固美德的过程，要以道义来对待它，礼仪来推行它，诚信以保有它，仁义以实施它，才能够发挥乐的功能：稳固国家，怀柔万方。这段话充分说明了西周乐德之教在春秋战国时期的遗留和影响。

二、乐语与《诗》

根据《周礼》，"乐语"就是指的"兴、道、讽、诵、言、语"六类。这是教授国子在不同的政治、外交场合运用带乐的诗歌表情达志、完成使命的言语应用方法。《中国古典文学接受史》中说："乐语是对乐的诗歌文本的运用，所谓兴道讽颂言语是不同的运用方式，大抵是在政治、外交等场合引用乐的诗歌文本表情达志，类似春秋时的赋诗和引诗。"[①] 这一点，在毛诗序在对《鄘风·定之方中》进行阐释时的一句话中得到清楚的体现："建邦能命龟，田能施命，作器能铭，使能造命，升高能赋，师旅能誓，山川能说，丧纪能诔，祭祀能语。君子能此九者，可谓有德音，可以为大夫。"这里指出了西周时期政治人才的培养标准，可见能恰当使用不同类型的言辞完成各种使命，是其基本要求。"使能造命"是说出使四方能够微言

---

① 尚雪峰等：《中国古典文学接受史》，山东教育出版社 2009 年版，第 12 页。

相感，达成使命；"升高能赋"，指在燕享聘问的典仪上能够恰当赋诗，灵活应对；"师旅能誓"指在出征之前能够发表誓师之言，鼓励士气；"祭祀能语"指在祭祀典礼上能够恰当主持，引导流程。种种不同场合的典礼性言语，与乐舞相配合，以《诗》为载体。

郑玄在《周礼注疏》中认为："兴者，以善物喻善事。道，读曰导。导者，言古以剀今也。倍文曰讽，以声节之曰诵，发端曰言，答述曰语。"① 兴，就是欲言此事之前，先说别的物象、景观，以引出要讲述之事。道，通"导"，导引之意，以古讽今的用诗方式，贾公彦认为像《诗》中陈古之事以讽刺幽王、厉王之失德乱政，就是"导"的具体例子；倍通"背"，就是直接背诵诗文，不加以吟咏，这称之为"讽"；诵，指的是以乐配诗，依琴瑟之音律而吟咏诗文；以诗开启对话，称作"言"；以诗回复对话，称作"语"。

（一）兴

具体而言，关于"兴"，从语源学角度来看，兴的甲骨文为𦥑，像四手抬一长方形容器，赵诚在《甲骨文简明词典》中记录了关于𦥑的祭祀名称，多与祭祖相关，如"𦥑妣戊""𦥑母庚"等②；黄奇逸在《商周研究之批判》中记录了包含"兴"的更为完整的祭祀："辛亥卜𦥑祖甫""辛亥卜𦥑辛甫"③，这表明，兴最初与祭祀相关。学界有观点认为，"兴"本义是祭祀中用以沟通人神的歌舞。如朱自清在《诗言志辨》中说"兴似乎也本是乐歌名，疑是合乐开始的新歌。"④ 陈世骧以字源为线索，从"兴"的甲骨文出发，推论出"兴是早期古礼中一种舞蛹行为"，代表着"四手托物"，并且口中发出"邪""许"等呼声的舞蹈行为⑤。王小盾认为，"兴"就是一种号子歌，或称"相和歌"。何长文提出，"兴"可能源于巫术祭祀过程中大型巫乐舞的起歌部分，即巫乐开端起兴部分。由于资料欠缺，难以对

① （清）阮元等校刻：《礼记正义》卷第三十七，见清嘉庆刊本《十三经注疏》，中华书局2009年版，第3310页。
② 赵诚：《甲骨文简明词典》，中华书局1999年版，第245页。
③ 朱自清：《诗言志辨》，华东师范大学出版社1996年版，第49页。
④ 黄奇逸：《商周研究之批判》，巴蜀书社2008年版，第126—127页。
⑤ 陈世骧：《陈世骧文集》，辽宁教育出版社1998年版，第144、160—161、167、165、162页。

"兴"之歌舞具体形式作出进一步考证，但兴发端于祭祀，并应用于祭祀，在神道设教中发挥着重要作用，具有启发、感通、沟通神人的作用，此当确定无疑。这一点，为西周乐教体系中引申、感发、由此及彼的文学功能奠定了基础。

后世经学家郑玄、孔颖达均从表达技巧方面来理解"兴"之义。郑玄认为"兴"是"以善物喻善事"，孔颖达认为"兴"历来学者多持此论。朱熹在《诗集传》中说："兴者，先言他物以引起所咏之词也。"[1] 这是从文学创作的方面来阐释"兴"的意义。毛传标"兴"，在《诗经》三百〇五篇中有106篇标注了"兴"的使用和意义。《诗》借助常见的自然景象，婉转烘托如祖先之功、君臣之义、宗族之亲、夫妇和合等诸多美德美仪，将诸多抽象、复杂的礼仪人伦之内涵以自然界普遍、生动、美好的景象娓娓引入，自然亲切地将人伦道德点化为充满诗意的引导和阐述，伴随韵律悠扬之音乐与合拍生动之舞蹈，达到潜移默化、移风易俗之功能。《桃夭》以绚烂桃花喻品行端正，宜室宜家之妇；《大雅·绵》以绵绵瓜瓞喻周王室善德之基，国祚绵长；《卷阿》以凤凰灵鸟喻贤人志士……

以上是文学创作上的"兴"的意义，而在西周乐教体系中，"兴道讽颂言语"为一体系，更多的是结合乐舞对《诗》的运用方式的传授。西周的乐教体系中，主要分为两部分，一部分针对瞽史，他们学习的一套体系主要是"风赋比兴雅颂"，是对诗乐的演绎和歌唱的技能；一部分则针对将来要参与国家政治生活的国子，他们学习的就是"兴道讽颂言语"，这是对各种仪式、典礼、政治场合的主持技能。笔者认为这样的分析是合理的[2]。

笔者认为，兴，排在"讽颂言语"之前，是一种整体性诗性思维的培养和塑造。兴，指出了一种基础性、整体性的思维方式，即由此及彼、连譬引类。从春秋时期的政治外交场合用《诗》情况来看，讲究"微言相

---

① （宋）朱熹：《诗集传》，上海古籍出版社1980年版，第1页。
② 历代经学家阐释"风赋比兴雅颂"时，多从诗体（风雅颂）与作诗方法（赋比兴）两方面进行解释，颇多牵强之处；"兴道讽颂言语"的各类解释中，也多从作诗之法的方面理解"兴"，将"兴"与后五者"道讽颂言语"割裂开来。笔者认为，无论是"风赋比兴雅颂"还是"兴道讽颂言语"都应是同一层面的几个概念，同时从西周乐教的目的来看，乐语教授主要侧重于诗歌（乐歌）的应用层面，而不在诗歌创作方法层面。因此，兴，也应该是乐歌的应用方法之一。

感"，以《诗》中的一字、一句或某一点触发相关的情绪，表达双方都理解的含义。如朱熹所云"连譬引类"，这是一种整体的言说方式，也是一种普遍的思维方式，我们可称之为"诗性思维"。正是依赖于这种基于兴——启发、感通的诗性思维，西周到春秋时期政治外交场合的贵族们能够断章取义而又心领神会，达到微言相感、不辱使命的效果。

在《史记·孔子世家》中，记载孔子困于陈蔡之时，随行弟子均有动摇，包括子路、子贡在内的最忠实、最杰出的弟子都开始怀疑孔子一直所提倡的仁道是否正确，为何君子也会遭此困穷？孔子了解弟子的内心想法后，主动召集弟子进行了一次直接而深刻的谈话，分别与子路、子贡、颜渊进行了谈话。谈话的开篇，孔子都是以《小雅·何草不黄》中的诗句引出话题：

> 孔子知弟子有愠心，乃召子路而问曰："诗云'匪兕匪虎，率彼旷野'。吾道非邪？吾何为于此？"子路曰："意者吾未仁邪？人之不我信也。意者吾未知邪？人之不我行也。"孔子曰："有是乎！由，譬使仁者而必信，安有伯夷、叔齐？使知者而必行，安有王子比干？"
>
> 子路出，子贡入见。孔子曰："赐，诗云'匪兕匪虎，率彼旷野。'吾道非邪？吾何为于此？"子贡曰："夫子之道至大也故天下莫能容夫子盖少贬焉？"孔子曰："赐，良农能稼而不能为穑，良工能巧而不能为顺。君子能修其道，纲而纪之，统而理之，而不能为容。今尔不修尔道而求为容。赐，而志不远矣！"
>
> 子贡出，颜回入见。孔子曰："回，诗云'匪兕匪虎，率彼旷野'。吾道非邪？吾何为于此？"颜回曰："夫子之道至大，故天下莫能容。虽然，夫子推而行之，不容何病，不容然后见君子！夫道之不修也，是吾丑也。夫道既已大修而不用，是有国者之丑也。不容何病，不容然后见君子！"孔子欣然而笑曰："有是哉颜氏之子！使尔多财，吾为尔宰。"①

---

① （汉）司马迁撰，（南朝宋）裴骃集解，（唐）司马贞索隐，（唐）张守节正义：《史记》，中华书局 1982 年版，第 1931 页。

这次谈话中，孔子没有直接提出问题，而是先引《诗》中"匪兕匪虎，率彼旷野"之句，以"非犀非虎，却徘徊在旷野"的描写，类比自己和弟子在各国奔波辗转的境况，如同野兽般疲于奔命的狼狈，之后才提出问题："是我所尊行的道错误了吗？为何到这样困窘的境地呢？"以诗引入，类比同样的境遇，正是"兴"的言谈方式。这样的言谈方式，避免了直接提出尖锐的问题，引发对立的情绪，有助于谈话在和谐、探讨的方式中展开，这正是孔子的"循循善诱"的《诗》教方式。对于老师的问题，子路、子贡和颜渊给出了不同的回答。弟子们给出了自己的回答后，孔子分别针对弟子们真实的想法，作出了自己的回答和评价。这种谈话的方式，就是言谈中"兴"的典型例子。

另，《左传·闵公三年》记载：

狄人伐邢。管敬仲言于齐侯曰：戎狄豺狼，不可厌也。诸夏亲昵，不可弃也。宴安鸩毒，不可怀也。《诗》云：岂不怀归，畏此简书。简书，同恶相恤之谓也。请救邢以从简书。[①]

管仲劝诫齐桓公发兵救邢，在表达自己观点之前，用了三个其他事件引入，豺狼的贪欲不可能满足，兄弟之国的感情不能放弃，耽于安逸的情绪不可放纵，之后引诗"岂不怀归，畏此简书"。这里主要是集中在"简书"这个词上，以君王传令出征的文书"简书"为触发点，表达救邢之意。这里管仲的言说方式，就是"兴"的例子。

比较明显的在言语中使用"兴"的例子，还见于《左传·昭公二十年》晏子与齐景公关于"和"与"同"之区别的对话中：

侯至自田，晏子侍于遄台，子犹驰而造焉。公曰："唯据与我和夫！"晏子对曰："据亦同也，焉得为和？"公曰："和与同异乎？"对曰："异。"和如羹焉，水、火、醯、醢、盐、梅，以烹鱼

---

① （清）阮元等校刻：《春秋左传正义》卷第十一，见清嘉庆刊本《十三经注疏》，中华书局2009年版，第3876页。

肉，燀执以薪宰夫和，之以味；济其不及，以泄其过。君子食之，以平其心。君臣亦然。君所谓可而有否焉，臣献其否以成其可；君所谓否而有可焉，臣献其可以去其否。是以政平而不干，民无争心。故《诗》曰："亦有和羹，既戒既平。鬷嘏无言。时靡有争。"先王之济五味。和五声也，以平其心，成其政也。声亦如味，一气、二体、一三类、四物。五声、成律、七音、八风、九歌，以相成也；清浊。小大、短长、疾徐、哀乐、刚柔、迟速、高下、出入、周疏，以相济也。君子听之，以平其心。心平，德和；故《诗》曰："德音不瑕。"今据不然。君所谓可，据亦曰可；君所谓否，据亦曰否。若以水济水。谁能食之？若琴瑟之一专，谁能听之？同之不可也如是。[①]

这段记载中，晏子在回答齐景公关于"和"与"同"之间区别的问题时，没有直接讲述君臣之间相处的关系，而是先用了烹饪中调和五味的例子来引入，说厨工用水、火、醋、酱、梅子来烹饪鱼肉时，味道不够就增加调料，味道太过就减少调料，这样能够保证味道的恰到好处。用烹饪的技巧与君臣之间相处之道之间的相似性来阐述道理，君臣之道，国君认为可以的事情，里面可能也包含了不好的方面，臣子就需要进言指出那些不好的方面，好比烹饪时厨师对于味道过重时减少调料的处理方法；而国君认为不好的事情，但其中一定也包含着好的一方面，这时臣子就需要进言指出那些好的方面，避免国君矫枉过正，这就好比厨师在烹饪时对于那些味道过淡的食品，要加入调料。

其他在春秋时期邦交场合中，关于"兴"的例子较少。但在东汉时期《鲁诗》中，记载了郑交甫与"江妃二女"的对话，是明显的以"起兴"的方式引出话题的例子：

江妃二女者，不知何所人出。出游于江汉之湄。逢郑交甫，

---

① （清）阮元校刻：《春秋左传正义》卷第四十九，见清嘉庆刊本《十三经注疏》，中华书局2009 年版，第 4549 页。

见而悦之，不知其神人也。谓其仆曰："我欲下请其佩。"仆曰："此间之人，皆习于辞，不得，恐罹悔焉。"交甫不听，遂下，与之言曰："二女劳矣？"二女曰："客子有劳，妾何劳之有？"交甫曰："橘是柚也。我盛之以笥，令附汉水，将流而下，我遵其旁，采其芝而茹之，以知吾为不逊也。愿请子之佩。"二女曰："橘是柚也，我盛之以笥，令附汉水，将流而下，我遵其旁，采其芝而茹之。"遂手解佩与交甫。①

郑交甫江畔遇神女，欲求其佩，与之对答的言语中，郑交甫以"橘柚芬芳，以筐盛之，让其顺流而下，沿着河岸采食橘柚"发起对谈，引出"请子之佩"的要求，以芬芳之橘柚喻神女之佩，以采摘橘柚之举譬喻求取神女之佩的唐突举动，是由此及彼，以沿江采橘起兴，一诗意的语言引出主题话语。这是"兴"的言谈方式的典型例子。很明显《鲁诗》中的记载充满了神话主义和浪漫主义的色彩，记载并非史实，对话中的言辞是作者杜撰，但可看出"兴"这种言谈方式对于东汉诗经研究者的深刻影响。

（二）道

郑玄对"道"的阐释是："道，读曰导。导者，言古以剀今也。"借古讽今的谈话方式成为"道"。在《左传》中，有不少以"道"的方式展开言谈的例子。

《左传·僖公十九年》记载了子鱼劝阻宋公停止攻打曹国，子鱼以文王伐崇之故事启发宋公，称以文王之德行高贵，攻打崇国尚且连续三个月无法取胜，后只能退兵，继续培养德行，教化民众，之后再征伐崇国，方取得胜利，而宋公您德行不见得完美，还有很多缺陷，现在却贸然攻打别国，怎么能够取得胜利呢？

宋人围曹，讨不服也。子鱼言于宋公曰："文王闻崇德乱而伐之，军三旬而不降，退修教而复伐之，因垒而降。《诗》曰：刑于

① 王先谦：《三家诗义集书》，中华书局1987年版，第51页。

寡妻，至于兄弟，以御于家邦。今君德无乃犹有所阙，而以伐人，若之何？盍姑内省德乎？无阙而后动。"①

"刑于寡妻，至于兄弟，以御于家邦"出自《大雅·文王之什》，描写文王高贵的德行和治国的方略。意思是说，文王以身作则于妻子，使妻子也像自己那样德行高贵；然后又作表率于兄弟，使兄弟也为德所化；最后再推及家族邦国中去。这里借用文王之事，以引入当今之谏，是典型的"言古以剀今"的例子。这里子鱼的劝诫方式，就是"道"的典型例子。

（三）讽颂

郑玄对于"讽颂"的解释是：倍文曰讽，以声节之曰诵。这是指对《诗》中篇章的朗诵方式。讽，就是背诵；而抑扬顿挫、富有节律的背诵，称之为诵。

《左传》中"讽"的例子很多，试举一例：

> 齐侯使敬仲为卿。辞曰："羁旅之臣，幸若获宥，及于宽政，赦其不闲于教训而免于罪戾，弛于负担，君之惠也，所获多矣。敢辱高位，以速官谤。请以死告。《诗》云：'翘翘车乘，招我以弓，岂不欲往，畏我友朋。'"使为工正。②

此例中，田完在辞谢齐桓公任命他为卿的话语中，就背诵了《诗》中的篇章，此诗为逸诗，今本《毛诗》已不存。从记载中可见，逸诗为两人言谈中所引用，不可能特地加上铿锵的节律，按照郑玄的解释，属于"倍文"的范畴，是"讽"的例子。

---

① （清）阮元校刻：《春秋左传正义》卷第十四，见清嘉庆刊本《十三经注疏》，中华书局2009年版，第3929页。
② （清）阮元校刻：《春秋左传正义》卷第九，见清嘉庆刊本《十三经注疏》，中华书局2009年版，第3851页。

再举一例。

> 卫出公自城鉏使以弓问子赣，且曰：吾其入乎？子赣稽首受
> 弓，对曰：臣不识也。私于使者曰：昔成公孙于陈，宁武子、孙
> 庄子为宛濮之盟而君入。献公孙于卫齐，子鲜、子展为夷仪之盟
> 而君入。今君再在孙矣，内不闻献之亲，外不闻成之卿，则赐不
> 识所由入也。《诗》曰："无竞惟人，四方其顺之。"若得其人，四
> 方以为主，而国于何有？①

卫出公想回到卫国，于是派使者送给自贡弓箭，同时询问他对于自己
能否顺利回国夺回王位的意见。子贡的回答很委婉，说自己不知道。但是
私下对使者评论，暗示卫出公在卫国国内没有培植亲信，在国外没有网罗
人才，委婉表示回国夺位成功的可能性渺茫。这里子贡引用了《大雅》中
的《抑》的诗句："无竞惟人，四方其顺之"，意思是只有得到人才，才能
成为强者，拥有四方的拥戴和服从。背诵《诗》中的篇章词句，委婉表达
自己的意见，这也是"讽"的典型的例子。

而"诵"，是有节律地背诵《诗》等经典中的篇章。清代姜宸英在其
《湛园札记》中提到了"诵"的方式必然与"度数节奏"相配合："当时教
人诵诗必有其度数节奏，而今不传矣。"②《左传》中记载了一个关于"诵
诗"的典型例子：

> 卫献公戒孙文子、宁惠子食，皆服二朝，日旰不召，而射鸿
> 于囿。二子从之，不释皮冠而与之言。二子怒。孙文子如戚，孙
> 蒯入使。公饮之酒，使大师歌《巧言》之卒章。大师辞。师曹请
> 为之。初，公有嬖妾，使师曹诲之琴，师曹鞭之。公怒，鞭师曹

① （清）阮元校刻：《春秋左传正义》卷第六十，见清嘉庆刊本《十三经注疏》，中华书局
2009年版，第4741页。
② （清）姜宸英：《湛园札记》，转引自阮元《皇清经解》清道光九年广东学海堂刊本咸丰十
一年（1861年）补刊本卷一九四，第2页。

三百。故师曹欲歌之，以怒孙子，以报公。公使歌之，遂诵之。蒯惧，告文子。文子曰："君忌我矣。弗先，必死。"①

这是一个典型的"诵"的例子，"诵"的方式是配以有节律地背诵诗篇，相比较配乐的歌《诗》，与言谈中直接背诵的"讽"《诗》，"诵"的方式比"歌诗"更为清晰，比"讽诗"更为顿挫，是介于二者之间的用《诗》的方式。

（四）言语

关于"言语"，郑玄的解释是"发端曰言，答述曰语"。也就是说，以诗引起对话，称之为"言"；以诗回答问题，称之为"语"。成语中说"来言去语"，或源自此处。至于"言语"的使用场合，可从《礼记》中找到线索。《礼记·文王世子》中说："凡祭与养老，乞言、合语之礼，皆小乐正诏于东序。"仪式之中提及"合语"这一环节。又《乡射》中曰："古者于旅也语。"孔颖达对此注曰："言合语者，谓合会义理而语说也。"也就是说，在祭祀、养老等各类仪式中，有阐发义理这一环节。阐发义理，并非凭空而言，而是借助于《诗》中的篇章来阐述。《国语·周语下》中记载了一次燕礼中的"合语"的例子，为我们提供了很好的参考：

晋羊舌肸聘于周，发币于大夫及单靖公。靖公享之，俭而敬；宾礼赠饯，视其上而从之；燕无私，送不过郊；语说《昊天有成命》。②

说的是晋国的叔向到周室出使，周室的单公宴请他。席间，单公与之"语说"《昊天有成命》。从记载来看，单公宴请叔向，完全严格按照礼制来进行，而"语说"，则是宴请中的一环。孙诒让在《周礼注疏》中对此疏解，认为"《国语·周语》云：'晋羊舌肸聘于周，单靖公飨之，语说《昊天有成命》'。皆所谓乐语也。"也就是说，单公语说《昊天有成命》，就是

---

① （清）阮元校刻：《春秋左传正义》卷第三十二，见清嘉庆刊本《十三经注疏》，中华书局2009年版，第4248页。

② （清）孙诒让：《周礼正义》，中华书局2015年版，第2077页。

"乐语"的表现形式。那么，"语说"的内容是什么呢？叔向的评论如此说：

> 且其语说《昊天有成命》，《颂》之盛德也。其诗曰："昊天有
> 成命，二后受之，成王不敢康。夙夜基命宥密，於，缉熙！亶厥
> 心肆其靖之。"是道成王之德也。成王能明文昭，能定武烈者也。
> 夫道成命者而称昊天，翼其上也。①

从叔向对单公"语说"《昊天有成命》的评价来看，单公主要阐释了
《昊天有成命》的内容主旨，赞扬了文武二王开创周朝基业的大德。这一篇
洋洋洒洒的"语说"，涉及字词训诂、诗文主旨、背景阐释，几乎可以视作
《昊天有成命》首篇传笺。这个例子说明，在西周"乐教"体系中的"乐
语"一环，主要是教授如何在飨、射、旅、酬等仪式上对《诗》进行阐释
交流，而主要以阐发义理、谈论先王之道为主要内容。"乐语"所谈论的载
体，仍然是《诗》中的篇章。

西周乐教中教授的"言语"，言谈中"发端"与"答述"引《诗》的
方式，在战国时期的贵族言谈方式仍然可见。战国时期的《孟子》中，梁
惠王与孟子的对话，就是较为典型的一例。

> 王说曰：《诗》云："他人有心，予忖度之。"夫子之谓也。夫
> 我乃行之，反而求之，不得吾心。夫子言之，于我心有戚戚焉。
> 此心之所以合于王者，何也？②

梁惠王以《小雅·巧言》中的诗句"他人有心，予忖度之"开启话题，
来赞扬孟子能够明白他的心思，接下来他请教自己的这种心思与王道之间的
联系。孟子在层层深入的回答中，也引用《大雅·思齐》中"刑于寡妻，至
于兄弟，以御于家邦"的诗句，来表达以己及人，推广仁政教化天下的思想。

---

① 徐元诰撰，王树民、沈长云点校：《国语集解》，中华书局 2002 年版，第 102 页。
② （清）阮元校刻：《孟子注疏》卷第一下，见清嘉庆刊本《十三经注疏》，中华书局 2009 年
版，第 5808 页。

曰："挟太山以超北海，语人曰'我不能'，是诚不能也。为长者折枝，语人曰'我不能'，是不为也，非不能也。故王之不王，非挟太山以超北海之类也；王之不王，是折枝之类也。老吾老，以及人之老；幼吾幼，以及人之幼。天下可运于掌。《诗》云：'刑于寡妻，至于兄弟，以御于家邦。'言举斯心加诸彼而已。故推恩足以保四海，不推恩无以保妻子。"①

战国时期孟子与梁惠王之间这种以《诗》引起言语发端，在对谈中引《诗》以阐发的方式，应是西周乐语之教中"言语"方式的留存。

以上可知，"兴道讽颂言语"作为乐语的教授内容，是培养贵族子弟在政治、外交等不同场合引用诗歌文本表情达志的几种方式。运用不同的乐语的选择，与其外交、政治目的相关，可称之为委婉言谈的技巧，以彼喻此的"兴"、以古喻今的"道"、直接引用的"讽"、顿挫朗诵的"诵"、引出话题的"言"、承接话题的"语"，其实都是委婉言谈的谈话技巧，维持言谈的风度与顺畅，达成沟通交流的最终目的。其乐语的内容为《诗》《书》《易》等经典文本中的语句，其中大部分与《诗》相关，当然也有其他的经典内容，如《尚书》《周易》中的诸多词句。

三、乐舞与《诗》

关于国子所学"乐舞"，《礼记·内则》中记载：

十有三年，学乐、诵诗、舞《勺》。成童舞《象》，学射御。二十而冠，始学礼，可以衣裘帛，舞《大夏》，惇行孝悌，博学不教，内而不出。②

---

① （清）阮元校刻：《孟子注疏》卷第一下，见清嘉庆刊本《十三经注疏》，中华书局 2009 年版，第 5809 页。

② （清）阮元校刻：《礼记正义》卷第二十八，见清嘉庆刊本《十三经注疏》，中华书局 2009 年版，第 3186 页。

根据《礼记》中的记载，周代的贵族子弟十三岁开始正式学习诵诗。这里的学习不仅仅是文本的诵读，也与相关的乐和舞相配合。周代的宫廷乐舞，都是有乐器伴奏，并且有歌词伴唱的舞蹈形式。其中的伴唱之词，大部分为《诗》中的篇章。

童子最开始学习的乐舞是《勺》。《勺》舞中与之相配合的伴唱歌词，就是《诗三百》中《周颂》里的《酌》，以歌诗而言，其名为"酌"，以乐舞而言，其名则为"勺"。《仪礼》《礼记》皆言舞《勺》，《勺》即《酌》。其内容为歌颂武王夺得天下的丰功伟绩，为《大武》第五章，是灌祭祖先时所唱的歌。郑觐文在《中国音乐史》中认为："《勺》为武舞，其诗为《酌》之章。按诗歌之节以为舞，列为学校普通教科，故曰成童则舞《勺》舞《象》。"可见《酌》作为乐舞，在当时是与《象》舞一样颇具代表性的，它可以作为《大武》的一成与其他五成合起来表演，就像现代舞剧中的一场，也可以单独表演。《勺》全诗八句，较容易记诵和舞蹈，因此单独舞《勺》，便成为童子初学阶段的诗乐配合之舞。

十五岁以上的童子则学习舞《象》。《象》舞，是一种模拟战斗时刺、伐状态的舞蹈，据传是武王所制。《郑笺》中说："象舞，象用兵时刺伐之舞，武王制焉。"《象》舞可以配合的诗篇多是《周颂》中赞颂文武之德的诗篇，如《维清》《清庙》，以及《大武》中诗篇。《毛诗序》中云："维清，奏《象》舞也。"《礼记》中云："升歌《清庙》，下管《象》。"①《礼记·明堂位》郑玄注："《象》谓《周颂·武》也，以管播之。"《孔疏》："《象》谓象《武》诗也。堂下吹管，以播象《武》之诗。"据郑玄的注解，《象》舞，其伴唱的歌词是《周颂》中《武》一篇诗歌，而其配合的乐器为"管"。

二十岁行"冠礼"，标志着成人，此时期可以学习的舞蹈是《大夏》。《大夏》是沿袭夏朝的乐舞，内容是赞颂大禹的功绩，最初与之对应的是包含《禹崇生开》在内的三组九首诗，西周中期对应的唱词中加入了《诗经》中的《文王》《大明》《绵》等篇章。《大夏》是周代延续夏朝之乐舞，为

---

① （清）阮元校刻：《礼记正义》卷第二十八，见清嘉庆刊本《十三经注疏》，中华书局 2009 年版，第 3226 页。

天子之乐，其唱词包括多部篇章，舞蹈仪式较为复杂，使用的场合庄严神圣，因此是童子成人以后才教授的乐舞。

这些所学习的"乐舞"中都有《诗》（主要是《周颂》）中的篇章与之配合，而这些篇章的主旨，如第一章所述，皆是关于歌颂王朝开创者的赫赫功绩，用于祭祀先祖等重大仪式。一方面是教导"国子"了解先王创业的伟大功绩，另一方面，则是为"国子"参与祭祀等礼仪活动培养必备之能力。

四、乐仪与《诗》

除了"乐舞"之外，"国子"还要学习"乐仪"。"乐仪"指的是配合诗乐的容止、仪表、行为方式之教，"乐仪"也是与《诗》相配合的。《周礼·地官》中提及六仪之教："一曰祭祀之容，二曰宾客之容，三曰朝廷之容，四曰丧纪之容，五曰军旅之容，六曰车马之容。"这是乐仪的具体体现。教授乐仪的是乐师。具体而言，乐仪包含的是仪容、举止多方面的综合表现，是君子威仪的体现。

行步之仪。《春官·乐师》中说"教乐仪，行以《肆夏》，趋以《采荠》，车亦如之，环拜以钟鼓为节。"郑玄对此注曰："教乐仪，教王以乐出入大寝朝廷之仪。"《肆夏》与《采荠》在今之《毛诗》版本中已不见，应是逸诗。这是教导"国子"们熟悉在举行宗庙仪式和朝廷大型礼仪中应遵循的行为规范。慢行，配以《肆夏》之诗乐；快行，则配以《采荠》之诗乐。古代贵族因身份的不同，其行步之快慢节奏，与之配合的诗乐都有所不同。《礼记·曲礼下》记载了不同身份之人所行之状态："天子穆穆，诸侯皇皇，大夫济济，士跄跄，庶人僬僬"，郑玄对此注曰："皆行容止之貌也。"大致而言，地位越高的人，行步姿态越从容舒展，节奏缓慢；地位越低的人，行步姿态越急促快速。

典礼之仪。在特定的仪式中，不同等级之人，其行为方式依照不同的诗乐来配合。《礼记·射义》中记载：

古者诸侯之射也，必先行燕礼；卿、大夫、士之射也，必先行乡饮酒之礼……其节：天子以《驺虞》为节；诸侯以《狸首》为节；卿大夫以《采苹》为节；士以《采繁》为节。《驺虞》者，乐官备也；《狸首》者，乐会时也；《采苹》者，乐循法也；《采繁》者，乐不失职也。①

又《礼记·投壶》中记载："命弦者曰：请奏《狸首》，间若一"②，又《礼记·乐记》中记载："散军而郊射，左射《狸首》，右射《驺虞》"③。在射礼中，天子行射礼以《驺虞》之诗乐为节拍进行，诸侯以《狸首》之节拍进行，卿大夫以《采苹》为节拍进行，而士则以《采繁》为节拍进行。这之中记载的诗篇名，部分如《采繁》《采苹》仍然保留在今天的《诗经》版本中，其他大部分都逸亡不存了。射礼举行之时，以乐歌为射者之节拍，用于上弦、发矢的节奏，各节之间间隔一致，配合乐歌节拍进行，节奏整齐，氛围肃穆。

在祭祀的仪式中，所奏之乐又有不同。《周礼·春官·大诗乐》记载：

凡乐事，大祭祀……王出入则令奏《王夏》，尸出入则令奏《肆夏》，牲出入则令奏《昭夏》。④

孙诒让《周礼正义》中对此解释，说："此令奏并谓令乐官奏钟鼓，以为出入之节。"⑤ 在大祭祀的典礼中，王进入庙门，及祭祀完毕之后出庙门，所演奏的配合王之行步之乐皆为《王夏》。扮演受祭之祖灵的尸出入庙门时，与之配合的则是《肆夏》之乐。上述言《王夏》《肆夏》等乐章皆为"九夏"之篇章。"九夏"包含九乐章：一曰《王夏》，为"王出入所奏"；

---

① （清）阮元校刻：《礼记正义》卷第六十二，见清嘉庆刊本《十三经注疏》，中华书局2009年版，第3662页。
② （清）阮元校刻：《礼记正义》卷第五十八，见清嘉庆刊本《十三经注疏》，中华书局2009年版，第1665页。
③ （清）阮元校刻：《礼记正义》卷第三十九，见清嘉庆刊本《十三经注疏》，中华书局2009年版，第1543页。
④ （清）孙诒让：《周礼正义》，中华书局1987年版，第2144页。
⑤ （清）孙诒让：《周礼正义》，中华书局1987年版，第1780页。

二曰《肆夏》，为"尸出入所奏"；三曰《昭夏》，为"牲出入所奏也"；四曰《纳夏》，为"四方宾来所奏也"；五曰《章夏》，为"臣有功所奏也"；六曰《齐夏》，为"夫人祭所奏也"；七曰《族夏》，为"族人侍所奏也"；八曰《陔夏》，为"客醉出所奏也"；九曰《骜夏》，为"公出入所奏"。《周礼注疏》卷二十三中，《钟师》中注解，"九夏皆诗之大者，载在乐章，乐崩从而亡"，说明这部分诗篇当时是保存在乐章中，并没有记载在《诗》的文本中，故而随着春秋末期礼崩乐坏，乐师四散而消亡，所以没有流传下来。《肆夏》等篇因而成了逸诗，不见于今本之《毛诗》。

乘车之仪。"射"仪如此，"御"仪也是如此。《夏官・大驭》中提出了驾车之时所应遵守的礼乐规范："凡驭路，行以《肆夏》，趋以《采荠》，凡驭路仪，以鸾和为节。"这说的是天子在祭祀、会宾、朝觐、田猎、燕享之时所乘坐的各种不同的车辆（五路）和在不同场合下关于驾车的各种礼仪。其行止节拍，仍然需要与《诗》中篇章乐曲相配合。《礼记・仲尼燕居》中记载大飨之时："行中规，还中距，和、鸾中《采荠》，客出以《雍》彻，以《振羽》。"① 这句中"和、鸾中《采荠》"就说的是以车迎宾之时所奏的乐歌为《采荠》，而车中挂在车前横木上的铃铛"和"与挂在车驾上的铃铛"鸾"在车行时所发出的铃铛之音，其节奏要与《采荠》的节奏相配合。

可见，"乐舞"与"乐仪"的环节中，《诗》中篇章仍然是不可或缺的一环。由上可见，西周教育体系中的《诗》教，作为乐教的语言载体，与乐教一起，成为为国家培养从政人才德行、言语、仪容的基础教材。

可以想见，在王权尚未衰落之时，一代一代的"国子"们就是在这样的礼乐之教的体系下被培养出来，成为礼乐的传承者和实践者；也是在这样的体系下，《诗》与乐一起，参与到朝廷礼仪和政治活动的各个方面。此阶段，《诗》教的对象是包括"王大子、王子、群后之子、公卿大夫元氏之嫡子"以及"乡人子弟中俊选之士"在内的贵族阶层和平民阶层中少数极杰出者，教化的内容是《诗》篇章的学习、《诗》乐舞的演习等参与国家祭

---

① （清）阮元校刻：《礼记正义》卷第五十，见清嘉庆刊本《十三经注疏》，中华书局 2009 年版，第 3502 页。

祀等各类重大礼仪的基础技能的培养，教化的目的是为国家培养能够胜任各类重大政治事务的人才。

从文献记载来看，《周礼》中记载了西周乐教中应用相关的《诗》包括《周南·驺虞》《召南·采蘋》《豳风·七月》，逸诗有《采荠》《狸首》《九德》《九夏》等；《仪礼》中记载的与礼乐配合的《诗》有《小雅·鹿鸣》《四牡》《皇皇者华》《鱼丽》《南有嘉鱼》《南山有台》，《周南·关雎》《葛覃》《卷耳》《召南》，《召南·鹊巢》《采蘩》《采蘋》，逸诗有《南陔》《白华》《华黍》《由庚》《崇丘》《由仪》《陔》《新宫》；礼记中记载的与礼乐配合的《诗》有《周颂·清庙》《维清》《雍》《振鹭》。这些诗篇配合祭祀、乡饮酒礼、燕礼、大射礼等使用，是典礼仪式重要的组成部分。

值得注意的是，西周"诗乐"体系中关于《诗》的教育，是一种宏观的、通才的教育，并不是以培养作诗人才为目的，而是通过诗乐的教育，着重于培养贵族子弟的德行、容止以及在各类朝廷祭祀与典礼中正确应用诗乐的为政能力，这是一种"用《诗》"之学，而非汉代之后广泛应用的"解《诗》""作《诗》"之学。

第三节　春秋政治体系中的《诗》教实践

春秋已降，随着周王室政治影响力的下降，政治生活的形式也发生了剧烈的改变。随着井田制度的逐渐消亡，私有经济的逐步产生，大量的新兴贵族阶层涌现出来，原有的社会结构受到剧烈的冲击，以血缘宗族为基础的政治结构开始向以私有经济的个体家族为基础的地域性君主集权方式转变。转变的结果是：经济上的"富"与"贵"开始分离；政治上诸侯王国势力膨胀，中央王权开始萎缩。如《国语·郑语》中所言："及平王之末，而秦、晋、齐、楚代兴，秦景、襄于是乎取周土，晋文侯于是乎定天子，齐庄、僖于是乎小伯。"王室尊崇时期，各类政治活动以中央朝廷为政治中心，以天子为主导全面展开。然而王权衰落后，以国家名义进行的祭祀、征伐、嘉赏、宴飨、布政、宣令等政治活动都逐渐消失，取而代之的是诸侯国之间频繁的聘问往来。据马骕《春秋事纬》中做出的统计："春秋二百四十二年，周王来聘有七，锡命有三，归脤有四，来求有三……鲁诸公之朝齐、晋、楚三十有三，而朝周仅三，诸大夫之聘列国五十有六，而聘周仅五。"① 这些实力强大的诸侯国取代周王室轮流成为新的政治中心，也成为政治活动的主体。而原来西周教育体系中为宗法血缘体制下的政体所培养的"乐舞""乐仪"等用于大型祭祀、燕射之礼的各种技能，随着仪礼种类的减少（与天子有关的礼仪逐渐不再盛行）和礼仪方式的简化（舞的元素逐渐消失），乐的元素逐渐简化也逐步失去了展示的平台。在这样的大环境下，以说《诗》、解《诗》为基本方式，以言说义理和德行为主的"乐语"保留了下来，并进一步演化为在燕享朝聘中的"赋诗"和"引诗"等突出《诗》文意的阐释方式。班固在《汉书·艺文志》中对此做了非常详细的阐述：

> 古者诸侯卿大夫交接邻国，以微言相感，当揖让之时，必称诗以喻其志，盖以别贤不肖而观盛衰焉。故孔子曰："不学诗，无以言也。"②

《左传》中记载了大量赋《诗》言志、托《诗》言他的事实。《左传》中记载，在春秋 240 年间，各种人物在各个场合引用《诗》表情达意达 134 处。《诗》引用的次数远在《书》《易》之上。《诗》中蕴含的对德行的歌颂和内在对"德"行的要求，使得其成为约束和平衡春秋时期国际政治关系的"金科玉律"。在当时国家层面的社交场合中，贵族们借用《诗》中的词句蕴含的关于"德"性的意义，婉转表达自己的意见，或借以礼敬，或请求帮助，或加以劝谏，或表达感激或者讽刺，以维护邦国利益，完成政治使命。

这一段时期，随着王权的衰落，一方面以周王室为主导的教育体系开始逐步瓦解，《诗》与乐的教育不再如前期那样系统化和规范化，许多诸侯

---

① （清）马骕：《左传事纬》，齐鲁书社 1992 年版，第 549—550 页。
② （汉）班固撰，（唐）颜师古注：《汉书》，中华书局 1962 年版，第 1755 页。

国的贵族子弟不再熟悉礼仪的严格程序和应用方式；另一方面，礼制不再被严格的遵守，用《诗》的场合和方式也逐步发生了变化。春秋时期《诗》教的实践，主要反映在朝会聘享中的歌诗、赋诗、引诗、诵诗等对《诗》的实际应用中。在这样的政治环境下，《诗》教的目的也在悄然发生着变化。以配合天子权威、维护国家秩序为主的《诗》教，在春秋时期的政治社交舞台上，变成了维护各自邦国利益、完成政治使命的有力武器。

一、"歌《诗》"：礼制的遗存与僭越

前文已述，《诗》原本就是为了配合礼制而产生，又在形成后实际运用于各类礼制中。周代的贵族《诗》教体系中，也以配合完成各类礼仪作为《诗》的主要教授目的。但观之于《左传》，包含诗、乐、舞等完整礼制要素的礼仪场合中的"歌《诗》"的记载并不多，仅有两例。这充分说明随着宗法政治体系的逐步瓦解，礼乐制度也在逐步瓦解，《诗》的实际功用也在悄然发生着变化。

关于"歌《诗》"的记载，比较典型的一例，是《左传·襄公四年》中记载的鲁国的穆叔出使晋国，晋侯以盛大的飨礼招待他，其间按照传统的礼制模式，钟鼓齐鸣，乐人歌《诗》：

> 穆叔如晋，报知武子之聘也，晋侯享之。金奏《肆夏》之三，不拜。工歌《文王》之三，又不拜。歌《鹿鸣》之三，三拜。韩献子使行人子员问之，曰："子以君命，辱于敝邑。先君之礼，藉之以乐，以辱吾子。吾子舍其大，而重拜其细，敢问何礼也？"对曰："三《夏》，天子所以享元侯也，使臣弗敢与闻。《文王》，两君相见之乐也，使臣不敢及。《鹿鸣》，君所以嘉寡君也，敢不拜嘉？《四牡》，君所以劳使臣也，敢不重拜？《皇皇者华》，君教使臣曰：'必咨于周。'臣闻之：'访问于善为咨，咨亲为询，咨礼为度，咨事为诹，咨难为谋。'臣获五善，敢不重拜？"（《左传·襄公四年》）

《肆夏》为《九夏》中的一篇，在《周礼》中关于钟师职责的记载中提及："凡乐事，以钟鼓奏《九夏》：《王夏》《肆夏》《昭夏》《纳夏》《章夏》《齐夏》《族夏》《诫夏》《骜夏》。"而《九夏》，即为夏朝古乐《大夏》，为夏朝流传下来的古乐，是歌颂大禹丰功伟业的诵诗，最初是用于祭祀典礼的《诗》乐，是诗、乐、舞三位一体的。《左传・襄公二十九年》记载："见舞大夏者……"《周礼・地官司徒》中也云："以乐舞教国子，舞……《大夏》……"故此晋侯燕享穆叔，金奏《肆夏》之三，应是乐舞一体的。这是对西周初期传统礼制的全面展现，以显示郑重其事。但对于这样盛大规格的招待，穆叔却并没有还礼——"不拜"。这是因为晋侯以《肆夏》之乐舞来招待鲁国的使臣，其实已经僭越了传统的礼法。包含《肆夏》在内的《三夏》之乐舞，是天子用来招待诸侯的礼乐。《鲁语》中说："金奏《肆夏》，《繁》《遏》《渠》，天子所以享元侯也。"接下来，乐工又歌《文王》之三篇诗乐，穆叔仍然不答礼。因为按照《周礼》，《文王》等三篇诗乐，只能用在国君相见之时，穆叔不过是鲁国的使臣，也当不起《文王》的诗乐。直到乐工再歌《鹿鸣》等三篇诗乐，按照礼法，《鹿鸣》是晋国国君嘉许鲁国国君的，穆叔在此代表鲁国国君做出答谢；《四牡》和《皇皇者华》都是国君对使臣的慰劳和嘉许，符合礼制等级，因此穆叔也做出答谢。

此事发生在鲁襄公四年，仍属春秋初期，平王已经东迁，诸侯国开始发展壮大，晋国就是当时屈指可数的大国之一，此时西周盛行的礼乐还在诸侯国间有遗存的影子，像鲁国这样重视周礼的国家就保存得较为完整，从晋国能够"金奏《肆夏》，工歌《文王》，工歌《鹿鸣》"的礼仪形式来看，礼制在晋国仍有保留。至于为何以天子享元侯之礼、两君相见之礼来超越规格地接待鲁国的使臣，有可能是实力雄厚的晋国刻意为之，试探鲁国对自己"霸主"地位的态度。晋侯试探性地僭越礼法，彰显自己强国的地位。但也有可能，是诸侯国之间忙于发展和争霸，虽然保存了礼制的部分形式，但对于具体的使用规则，却早已漠然不晓了。

《左传》中另有一次"歌《诗》"的记载，发生在穆叔入晋之后的二十五年后，是鲁襄公二十九年，吴国公子季札到鲁国聘问，特地请求观赏周乐。鲁国的乐工为之系统完整地演奏歌唱了《诗》中的各篇，包括十四国风、二雅及诸颂。此间的记载也用了"歌《诗》"之语，可见是配乐而唱，而至于奏《颂》，如《大武》等诸多篇章本有相应的乐舞与之配合，鲁国是否完整展现了诗、乐、武三位一体的盛况，则不可确知。

"歌《诗》"的记载，表明了在春秋初期，诗、乐、舞一体的传统礼制虽在鲁国这样的周公直系治国、晋国这样的同姓大国之间仍有存留，但在其他诸侯国实则已经消失殆尽了，否则吴国的公子不会特地前往鲁国观赏周乐。而即便是存留着传统礼制的国家，在使用时僭越礼法的情形已经出现，《诗》与礼已经开始出现分离的趋势。

二、"赋《诗》"：断章取义，德义为先

"赋《诗》"所用的场合，多在燕享朝聘之时，尤以燕飨之礼时赋《诗》最多。《左传》中记载的赋诗共计32场次，涉及86篇①，始于鲁僖公二十三年重耳过秦赋《河水》，终于鲁定公四年秦哀公赋《无衣》，尤以昭襄时期为赋《诗》高潮。

赋《诗》，是与乐相配合地吟诵诗篇，杨伯峻在《春秋左传词典》中就认为春秋时期的赋诗为歌诗，也就是按某诗的曲调唱其歌词。笔者认为，"赋《诗》"与"歌《诗》"所不同的是，"歌《诗》"仪式感更强，或有舞相伴，而且多由乐工吟唱，是完整礼仪的正式部分。但"赋《诗》"多由贵族阶层本人配乐吟诵，吟诵内容根据实际需要自己确定某一篇章或某篇的某一段，并不固定。从"歌《诗》"到"赋《诗》"，礼仪的程度次第消减，用《诗》的方式更加灵活。赋《诗》应用为较为正式的场合，是宴飨仪式之中必备的一环。推其根源，应是周代乐教中涉及的"乐语"这一环节的发展演变。其最初的设定目的，是对仪式中所歌之《诗》的义理阐发，如上文"乐仪与《诗》"一节里所述单靖公"语说"《昊天有成命》一诗。发展到后来，形成了在政治外交活动中，借由赋《诗》委婉表达自己的意图、陈述自己意见，《诗》的运用更加灵活。

根据《左传》中的记载来看，春秋时期的赋诗，或委婉陈情，或直言

---

① 毛振华：《左传赋诗研究》，上海古籍出版社2011年版，第69页。

讽喻，达到了各种不同的政治社交目的，其断章取义而能心照不宣的应用原则，则依赖于《诗》的重要属性之一——德行。春秋时期，尽管王室衰微，诸侯相互征伐，有礼坏乐崩的苗头和弑君弑父的恶行，但在国家邦交层面，仍然主要以"德"为准则来处理邦交关系。《左传》记载僖公七年，"管仲言于齐侯曰：臣闻之，招携以礼，怀远以德，德礼不易，无有不怀"。又，文公七年，晋郤缺在劝说执政赵宣子归还卫国土地时，说："非威非怀，何以示德？无德，何以主盟？子为正卿，而不务德，将若之何？"可见当时的人们，普遍意识中，将德作为处理邦交关系的最高原则。在这样的前提下，邦交之间运用《诗》进行的劝谏、调和、周旋、请求和反对才有了效果的保证，只要言之成理，符合"德"中包含的礼、信、仁、义、忠，一般都会取得较好的效果。

（一）以《诗》表达礼敬与请求

春秋时期的外交宴会中，宾主相互表达恭维礼敬，常常用《诗》中的篇章来委婉地表达。《左传·僖公二十三年》记载：

> 他日，公享之，子犯曰："吾不如衰之文也，请使衰从。"公子赋《河水》，公赋《六月》。赵衰曰："重耳拜赐！"①

外逃的落难公子重耳到达秦国，受到秦穆公的热情款待。重耳借百川归海赞颂秦国的国势强盛，比喻小国家依附于秦国，就好像河水归附于大海一样。当时重耳尚在流亡途中，借用《河水》的诗句，巧妙而得体地表达了对秦穆公的称颂和礼敬之意。秦穆公也听懂了他的恭敬，以《六月》回敬他，取的是以尹吉甫辅佐宣王征伐之意，表达对重耳能回到晋国当上国君，并能辅佐周王匡正王国之意。

又《左传·昭公三年》记载：

---

① （清）阮元校刻：《春秋左传正义》卷第十五，见清嘉庆刊本《十三经注疏》，中华书局2009年版，第3942页。

宣子自齐聘于卫，卫侯享之。北宫文子赋《淇奥》。宣子赋《木瓜》。①

韩宣子从齐国到卫国访问，卫侯设礼款待。卫国大臣北宫喜赋了《淇奥》表示欢迎，《淇奥》是《卫风》中的诗篇，主旨是歌颂卫武公的品德和学问，有"有匪君子，如切如磋，如琢如磨"等句，此处是以此诗来赞扬宣子有武公之德，也是一位有品行有学问的谦谦君子，表示对宣子的礼敬。

春秋时期，各国之间经常发生战争，较为弱小的国家，需要请求别国出兵干预或者帮助时，使臣也常常借用《诗》中的篇章表达请求和催促。事关国家前途和命运的外交斡旋和请托，全部都以赋诗为媒介，在打哑谜一般的酬唱应答中悄然完成。如《左传·文公十三年》记载：

冬，公如晋，朝，且寻盟。卫侯会公于沓，请平于晋。公还，郑伯会公于棐，亦请平于晋。公皆成之。郑伯与公宴于棐。子家赋《鸿雁》。季文子曰：寡君未免于此。文子赋《四月》。子家赋《载驰》之四章。文子赋《采薇》之四章。郑伯拜。公答拜。②

这个事件的背景是，鲁文公到晋国朝见，重温衡庸之盟建立的友好关系。卫侯在沓地会见文公，请求鲁国帮助卫国和晋国讲和。鲁文公在回国的路上，郑伯在棐地会见鲁文公，也请求鲁国帮助郑国来跟晋国讲和。郑、卫两国都曾经背叛晋国，投靠楚国，这个时候又见风使舵，想要请鲁文公为中间人与晋国讲和。鲁文公这两个忙都帮了。但其中曲折，在诗歌对答中表现得很明显。在棐地的宴会上，郑国的大臣子家，赋了《鸿雁》，其首章说，"鸿雁于飞，肃肃其羽。之子于征，劬劳于野。爰及矜人，哀此鳏寡。"子家主要借用诗句中的"哀此鳏寡"一句，将郑国比喻为无依无靠、

---

① （清）阮元校刻：《春秋左传正义》卷第四十二，见清嘉庆刊本《十三经注疏》，中华书局2009年版，第4407页。

② （清）阮元校刻：《春秋左传正义》卷第十九，见清嘉庆刊本《十三经注疏》，中华书局2009年版，第4022页。

处境可怜的鳏寡，希望能唤起庄公的同情之心，请他返回晋国，去做晋国的工作。鲁国也很为难，因为鲁文公十二年秦晋在河曲大战，秦国在伐晋之前，曾派大臣来鲁国做过工作，鲁国态度暧昧。河曲之战，晋国失利，因此对鲁国多有不满。此次鲁文公到晋国朝见晋侯，重申昔日的盟约来缓和调整关系。所以对子家的《鸿雁》所表达的意思，鲁国的权臣季文子推辞了。季文子赋了《四月》作答，《四月》首章："四月维夏，六月徂暑。先祖匪人，胡宁忍予？"主要是讲大夫行役在外已经很久，想要回到家乡去祭祖。这是委婉拒绝的意思。而子家接着又继续表示请求，赋了《载驰》，这首诗里有"控于大邦，谁因谁极"，是表达小国有危难，想要请求鲁国这样的"大邦"伸出援助之手的意思。意思一次比一次恳切，言辞一次比一次恭敬。鲁国抹不过情面，终于答应为郑国奔走斡旋。此时季文子赋了《采薇》，其四章云，"岂敢定居，一月三捷"。表达愿意折回晋国，为其奔走的意思。

朱自清在《诗言志辨》中对此评论说："郑人赋诗，求而兼诵；鲁人赋诗，谢而后许。"① 这个如长镜头般的记录，将《诗》表述请求的功能作用层层深入，叙述得淋漓尽致。

（二）以《诗》表达劝诫与讽刺

借用《诗》表达劝诫的例子也很多。《左传·文公七年》记载：

> 先蔑之使也，荀林父止之，曰：夫人、大子犹在，而外求君，此必不行。子以疾辞，若何？不然，将及。摄卿以往可也，何必子？同官为寮，吾尝同寮，敢不尽心乎！弗听。为赋《板》之三章。又弗听。②

《板》见《诗经·大雅》，《板》之三章曰："我虽异事，及尔同僚。我即尔谋，听我嚣嚣。我言维服，勿以为笑。先民有言，询于刍荛。"荀林父

---

① 朱自清：《诗言志辨》，广西人民出版社 2004 年版，第 35 页。
② （清）阮元校刻：《春秋左传正义》卷第十九，见清嘉庆刊本《十三经注疏》，中华书局 2009 年版，第 4007 页。

劝诫同僚先蔑不要听从赵盾的命令，去迎回不合法的继承人公子雍，因为晋国的夫人和太子都还健在。这里用《板》中的句子，取的是你我同僚一场，故此见你行为有所不妥，特此规劝，希望你能听一听山野之人的意见。放在此处，符合荀林父的身份，规劝之意，表达也十分中肯和诚挚。

还有借用《诗》委婉表达讽刺之意的例子。《左传·襄公二十七年》记载：

> 齐庆封来聘，其车美。孟孙谓叔孙曰："庆季之车，不亦美乎？"叔孙曰："豹闻之：'服美不称，必以恶终。'美车何为？"叔孙与庆封食，不敬。为赋《相鼠》，亦不知也。①

齐国的庆封不知道礼仪、不通诗歌，是个不学无术的鲁莽贵族。因为他在接受鲁国宴请的时候，表现粗鲁，对叔孙不敬，因此叔孙用《相鼠》来直接嘲讽他。《相鼠》是《诗经》中骂人骂得最直接的一首诗，诗意也浅显易懂："相鼠有皮，人而无仪。人而无仪，不死何为！相鼠有齿，人而无止。人而无止，不死何俟！相鼠有体，人而无礼。人而无礼，胡不遄死！"直接讽刺庆封不知礼、不懂礼，然而庆封竟然听不懂。

值得注意的是，《左传》中还记载了一起"诵《诗》"的例子。与赋《诗》相比，诵《诗》没有音乐的配合，更加突出了言语的意义，表达的情感指向更为清晰。比较典型的一个例子，是《左传·襄公十四年》中记载，一名乐师为了陷害卫献公，故意违反命令用"诵"的方式将《巧言》读出来，激怒了孙文子。

> 卫献公戒孙文子、宁惠子食，皆服而朝，日旰不召，而射鸿于囿。二子从之，不释皮冠而与之言。二子怒。孙文子如戚，孙蒯入使。公饮之酒，使大师歌《巧言》之卒章。大师辞。师曹请为之。初，公有嬖妾，使师曹诲之琴，师曹鞭之。公怒，鞭师曹

---

① （清）阮元校刻：《春秋左传正义》卷第三十八，见清嘉庆刊本《十三经注疏》，中华书局2009年版，第4331页。

三百。故师曹欲歌之，以怒孙子，以报公。公使歌之，遂诵之。
蒯惧，告文子。文子曰："君忌我矣。弗先，必死。"①

卫献公让乐师将《巧言》的最后一章唱出来"歌之"，用以给孙文子难
堪。乐师没有答应这么做，师曹因为与卫献公有仇，想要激怒孙文子杀死
卫献公，故此时跳出来愿意做这件事。他害怕用歌唱的方式，孙文子会听
不懂其中的讽刺之意，特地用了更为清楚的朗诵的方式，成功地激怒了孙
文子。

诵《诗》，是从赋《诗》到引《诗》之间过渡的特例，它仍然与礼仪
相关联，但却再一次突破了礼仪的传统，脱离了"乐"的配合，更加直接
地表情达意。但《左传》中关于"诵《诗》"的例子不多，说明这种现象
并不普遍。

赋《诗》，是春秋时期特定的文化现象。与"歌《诗》"相比，它的
礼仪完备程度有所消减，而用《诗》的灵活性有所增加，借助于"断章取
义"的方式，《诗》的文本意义得到应用和阐释。在春秋时期的外交事件
中，《诗》的功能性得到了极大的发挥。出于不同的立场和目的，各种人物
引用诗经，或赋或诵，表达了各种丰富的情感，或委婉陈情，或直言讽喻，
达到了各种不同的社交目的。

三、"引《诗》"：脱离乐舞，语义独立

在春秋时期《诗》的应用中，引《诗》的例子最多，是赋《诗》场合
的 2 倍以上，共有 181 条。引《诗》不再需要乐、舞的配合，也不必在正
式的社交仪式上应用，而是深入到日常交谈、说文论道之上。可以说，从
赋《诗》到引《诗》，礼仪的因素进一步消退，而《诗》中的语义和意指
突破了乐舞的限制，进一步得到发挥。

引《诗》发生的场合，也多在诸侯国往来的君臣政治外交场合中，引
《诗》作为有力的论据，证明自己的观点以说服对方。这是利用《诗》自形

---

① （清）阮元校刻：《春秋左传正义》卷第三十二，见清嘉庆刊本《十三经注疏》，中华书局
2009 年版，第 4248 页。

成以来就在政治生活和社会生活中广泛传播所具有的权威性，来增强自己观点的说服力，颇类似于"引经据典"的功效。

《左传·襄公三十一年》中记载了北宫文子的一段话，说明"威严"的礼仪内涵，多次引用诗经来解读礼仪，把诗经作为礼仪的范本来解读，充分体现了诗经在春秋时代作为礼仪规范标尺的应用。

> 卫侯在楚，北宫文子见令尹围之威仪，言于卫侯曰：令尹似君矣！将有他志，虽获其志，不能终也。《诗》云：靡不有初，鲜克有终。终之实难，令尹其将不免？公曰：子何以知之？对曰：《诗》云：敬慎威仪，惟民之则。令尹无威仪，民无则焉。民所不则，以在民上，不可以终……①

北宫文子先用了《大雅·荡》中的句子"靡不有初，鲜克有终"来推断楚国令尹子围的下场，再用《大雅·抑》中"敬慎威仪，惟民之则"提出为人君者应该具备的德行和礼仪，解释"威仪"的含义和形成，北宫文子先后五次用诗经来阐释威仪的意思，体现了诗经在礼仪方面的权威性和准则性。

同样与礼仪相关，《左传·昭公二年》记载：

> 叔弓聘于晋，报宣子也……叔向曰：子叔子知礼哉……《诗》曰：敬慎威仪，以近有德。夫子近德矣。②

叔弓到晋国聘问，晋平公派人在郊外慰劳，叔弓的表现有礼有节，受到了晋国大臣叔向的欣赏。叔向引用诗经"敬慎威仪，以近有德"来褒扬叔弓的行为符合礼仪，是有德行的表现，阐明了忠义与卑让是礼的两个重要方面，

---

① （清）阮元校刻：《春秋左传正义》卷第四十，见清嘉庆刊本《十三经注疏》，中华书局2009年版，第4377页。

② （清）阮元校刻：《春秋左传正义》卷第四十二，见清嘉庆刊本《十三经注疏》，中华书局2009年版，第4407页。

进一步说叔弓辞不忘国和先国后己的举动正是忠义与卑让的具体体现。这也是明显用《诗》中"以近有德"的句子来突出论证子叔子"近德"。

此阶段的引《诗》不仅是将《诗》作为经典来强化自己的观点，此外还有一个重要的特点，就是在引《诗》的过程中，出现引《诗》之人为强化自己的观点，对《诗》进行的诗旨的解释。这种解释方式极大影响到后世儒家的系统解诗的观点。举一个比较典型的例子，《左传·襄公十五年》，记载了楚国政界的人事安排，作者认为这样的安排人尽其才，恰如其分，因此借用《诗》中《卷耳》的句子，来说明楚国"能官人"：

> 楚公子午为令尹，公子罢戎为右尹……以靖国人。君子谓："楚于是乎能官人。官人，国之急也。能官人，则民无觊心。"《诗》云：嗟我怀人，置彼周行。能官人也。王及公、侯、伯、子、男，甸、采、卫大夫，各居其列，所谓周行也。①

《卷耳》为《周南》第二篇，其诗旨为何，各家观点不一。但就其文辞字面意思而言，应为"怀人"之作。诗中有"嗟我怀人，置彼周行"一句，字面意思其实是说，女子思念行役在外的丈夫，将刚刚采集的卷耳放置在道路之旁。但自《左传》中将《卷耳》中此句解释为"能官人"——朝廷能够正确恰当地使用人才，将人才安排在合适的岗位——之后，《毛传》《郑笺》《正义》等解此诗，均以为此诗与"求贤审官"相关联，诗旨为"进贤"。如《毛诗序》云："卷耳，后妃之志也，又当辅佐君子，求贤审官，知臣下之勤劳。"②《正义》中进一步发挥，称："作《卷耳》诗者，言后妃之志也。后妃非直忧在进贤，躬率妇道，又当辅佐君子，其志欲令君子求贤德之人，审置于官位，复知臣下出使之勤劳，欲令君子赏劳之。"③

---

① （清）阮元校刻：《春秋左传正义》卷第三十二，见清嘉庆刊本《十三经注疏》，中华书局2009年版，第4253页。

② （清）阮元校刻：《毛诗正义》卷第一，见清嘉庆刊本《十三经注疏》，中华书局1980年版，第543页。

③ （清）阮元校刻：《毛诗正义》卷第一，见清嘉庆刊本《十三经注疏》，中华书局1980年版，第544页。

从《左传》到《毛诗》，此间的关联，清代经学家陈奂讲得十分清楚："思君子，以周为周之列为，皆本左氏说。"① 此类例子还有许多，在此不再一一列举。奠定后世儒家《诗》教基本纲领的《毛诗》解诗体系中，许多诗旨的理解和解诗的路径都来源于《左传》中的引《诗》阐释。

　　总而言之，在礼乐消退的大势之下，《诗》借助于文辞的存在，逐渐从礼乐中脱离出来，开始了文辞独立的应用。春秋时期盛行的引《诗》，为后世《诗》教脱离乐教独立发展，以义理解《诗》开辟了道路。另外，随着礼乐在历史场合中的消退，包含着深刻的文化关怀，强调道德与秩序的礼乐精神也逐渐湮没不闻，《诗》乐一体所传承的维系礼乐、强化礼乐、维系伦理与道德的政治和社会功能也随之消亡。士人所研习的言志之诗、达政之诗，失去了应用的场合，逐步蜕变为辞章训诂之学，尽管汉代经学家们努力从辞章训诂的关联中发掘寻求儒家义理的存在，失去了礼乐精神内涵的《诗》，其政治与社会功能的发挥已经大打折扣，以微言相感、连譬引喻、断章取义的方式直接达成的基于德义的政治目的变得难于实现，后世不得不从文本的婉转阐释和比附牵连中发挥义理，施于政教。

四、春秋时期《诗》教实践的变化与特点

　　与上一节中的《诗》教内容相对比，我们可以看出，春秋阶段的《诗》之用，其实已经逐渐偏离西周教育体系中最初的《诗》教目的。祭祀典礼已经渐渐从国家政治生活中淡出，《勺》《象》《武》《大夏》等配合祭祖的大型乐舞已经失去了演示的舞台。标志着天子、诸侯、卿士地位尊卑的不同等级的《肆夏》《采荠》《驺虞》等乐仪渐渐退出了政治生活。

　　这一时期《诗》教实践的第一个特点，是随着礼仪的简化，表现礼仪形式的"舞"与"乐"的功能逐渐消退，而带有明确意义指向的《诗》的功能得到强化。从《左传》中的记载来看，配合乐与舞的"歌诗"记载仅有 2 例，与燕享等礼仪配合的"赋诗"共计 68 例，言谈之间直接"引诗"共计 181 例，而不与音乐配合，直接以抑扬顿挫的声调朗诵诗篇的"诵诗"

---

① （清）陈奂：《诗毛氏传疏·附毛诗说》，中华书局 1984 年版，第 14 页。

的记载也只有 2 例。这说明从乐舞歌诗一体的崇神仪式，到乐歌诗一体的燕享仪式，到以乐配《诗》的歌诗，到无乐而诵的诵诗，再到消除了礼仪印记，在言谈之间直接引《诗》的范式中，可见《诗》的主体不断突出，而乐舞的功能则在不断消退。

第二个特点，是此阶段《诗》之具体词句意义不固定，各人在用《诗》的过程中断章取义，实用解《诗》。春秋战国时代，赋《诗》断章取义成风，只取诗经整篇中的一句之意，来表达自己的观点，完全不顾及诗歌整体的意思。这一点，春秋时期的蒲癸曾说，"蒲癸曰……赋《诗》断章，余取所求焉"（《左传·襄公二十八年》）。这在当时典籍的记载中数不胜数。因此，所引之诗，其义因人而异，正如曾异在《纺授堂文集》卷五《复曾叔祈书》中说"左氏引《诗》，皆非《诗》人之旨"。

不仅不同人，对同一首诗的引用发挥不同；同一人对同一首诗中的同一句，也可颠倒意思，根据自己的需要随意发挥。比如，《左传·成公十二年》中，有这样一段记载：

> 政以礼成，民是以息。百官承事，朝而不夕，此公侯之所以扞城其民也。故《诗》曰：赳赳武夫，公侯干城。及其乱也，诸侯贪冒，侵欲不忌，争寻常以尽其民，略其武夫，以为己腹心股肱爪牙。故《诗》曰：赳赳武夫，公侯腹心。天下有道，则公侯能为民干城，而制其腹心。乱则反之。①

此段中，将"赳赳武夫，公侯干城"先解释为公侯为德政是为人民造福，是人民的藩篱城池。而同一首诗中的"赳赳武夫，公侯腹心"被解释为公侯为了一己之私欲，网罗武夫，发动战争，是取乱之道。前后不一，偏离本意，不过是为己所需。这不过是最为典型的一个例子，从《左传》赋诗的例子来看，几乎没有一篇诗的本意与其原来的诗意完全相同。

第三个特点，是依托《诗》的天然属性——德性与政教性，基于此共

---

① （清）阮元校刻：《春秋左传正义》卷第二十七，见清嘉庆刊本《十三经注疏》，中华书局 2009 年版，第 4148 页。

同认知进行用《诗》的社交活动，表达和完成各种诉求。

春秋时期频繁的引诗、赋诗活动，其实是当时所公认的政治和社会准则，如明德讨罪、尊王攘夷、兴灭继绝的外在实践。这背后所蕴含的，是以德为先，善恶明晰、尊卑有序、秩序井然的西周礼乐制度的核心价值。所有的赋诗、引诗行为都是在这样的语义环境下进行的。正是在公认的这样一个价值标准体系下，尽管不同的人对《诗》中篇章词句的阐释不同，却能够最终达成心领神会、心照不宣的沟通和交流，实现赋诗、引诗的政治目的。

李春青在《诗与意识形态》一书中认为："诗在西周初年周公制礼作乐之后就渐渐获得了某种权威性，甚至神圣性，在春秋之时，诗的这种权威性和神圣性依然得到普遍的认可，只是诗的功能发生了某些变化。"① 这样的评论是中肯的，进一步说，这种神圣性，来自在《诗》产生过程中与神教祭祀密切绑定的神秘性，以及西周开国的统治者们刻意树立和弘扬的先王的"德"性；而权威性，则来自《诗》在产生过程中与礼乐文化互为表里的政教性。

正是基于这种神圣性和权威性，在春秋时期的邦交朝聘等各种国家政治活动中，在缺乏统一、系统的《诗》阐释理论的背景下，各类赋诗、引诗的行为能够圆满地完成其预定的功能，达成既定的目的。这一阶段的《诗》教，是借助《诗》中的语义指向和蕴含在其中的西周所建立的"德、忠、信、孝"等为社会所公认的文化和行为准则，达成和睦邦交、制止攻伐、颂扬德行等社交目的。在春秋时期这段长达三百年的动荡岁月中，尽管战争攻伐年年有之，政治谋算从未休止，然而当时的诸侯国之间没有一家独大的绝对实力，各国政治之间还是在寻求着相对的平衡。在这样的背景下，无论是武力扩张，还是政治策划，各国还是高举着"礼仪"的大旗，尽量在道德上占据制高点，力争名义上的"名正"与"言顺"。因此，如梁占先所言，在朝会聘问中表征着高度文明的"赋《诗》"与"引《诗》"，就成了维系这个动乱时代的"最佳国际'平衡'方式"。②

---

① 李春青：《诗与意识形态》，北京大学出版社 2004 年版，第 79 页。
② 梁占先：《左传赋诗言志义解》，贵州人民出版社 2009 年版，第 1 页。

第四节　小结

　　贵族《诗》教时代，《诗》与礼乐一体，暂时还没有获得独立的文本流传的地位。但随着王权的衰落，诸侯争霸的局面出现，礼乐已经出现衰落的趋势，而《诗》的文本脱离礼乐，独立出来的趋势也已经逐步显现。

　　在周初即通行的"国子"教育体系中，《诗》教的目的主要还是配合以天子为顶端的宗法血缘政治体系，以《诗》乐为载体，教育贵族子弟培育良好德行，熟悉各类礼仪环节，并能够在国家政务的各个环节合理、恰当地用《诗》用乐。此时的《诗》教附着于"乐教"，作为"乐教"中表情达意的文辞部分承担着培养性情仪容、传播礼乐教化、规范社会秩序、行使政治使命的部分功能。有赖于《诗》本身具有的"德"性，"乐教"中以《诗》的文辞歌颂圣王、教化人伦、传播美善，同时有赖于《诗》中天然的"政教性"特质，上层贵族以《诗》为社交手段、说服利器，完成政治生活领域中诸如规谏、请求、斡旋、威慑等诸多政治功能，在歌舞揖让、引诗赋诗中完成政治使命，促成国家大事。

　　随着礼制在政治生活中的逐渐消退，《诗》教的方式和目的都发生了改变。西周时期传统的"国子"教育中的《诗》教不再系统和完整，这导致了大部分的诸侯国的贵族阶层都逐步不再熟悉《诗》乐正确的使用方式。而在精简化的各类仪式中，《诗》的功用却逐步脱离乐舞凸显出来，从配合乐舞的角度，逐渐拥有了独立的主体地位，成为政治外交中表情达意、委婉陈词的必要工具。从"歌《诗》"到"赋《诗》"，舞的元素消退；从"赋《诗》"到"诵《诗》"，乐的元素消退；而从"诵《诗》"到"引《诗》"，礼的元素已经全部消退。《诗》的应用从礼仪场合已经扩展到言谈对话等生活层面，而《诗》的文本意义开始凸显，这也为后世儒家《诗》教脱离乐教的束缚，以文本阐释的路径独立发展奠定了基础。

第四章

孔门《诗》教：儒家《诗》教的发端

翁其斌在《中国诗学史》中说：

> 尽管中国的诗学在孔子之前就已萌芽，但很多观念基本上还处于潜在的并不明确的状态中。真正明确、成形还是在孔子"突破"之后，因为在此之前还没有人对于传统的诗乐作过认真自觉的思考反省，孔子是首开风气者。①

这句话讲得十分贴切。在孔子之前，尽管贵族阶层已经开始进行以《诗》为教的具体实践，但关于"《诗》教"的宗旨、方法、路径并未形成明确的理论，所有关于"《诗》教"的实践都是在约定俗成、不宣而知的统一的礼法道德观念下模糊地进行着。在诸侯国的势力相对均衡的春秋前中期，没有一个国家具有一扫六合的绝对实力，因此各国还是高举礼义的大旗，如齐国等实力较强的诸侯国大都以"尊王攘夷"为国策，借助周王室的权威和礼制的余威，在诸侯国间树立自己的权威。表现在《诗》教实践上，孔子之前的"歌《诗》""赋《诗》""诵《诗》""引《诗》"等《诗》教实践虽没有明确的理论指导，但在其实际效用上却是借助《诗》中描述的圣王之德、贤臣之行、孝子之思等西周社会确立起来的道德体系中的"德性"，来达成友睦、劝诫、警示、提醒等政治社交公用。这是一个模

---

① 翁其斌：《中国诗学史》，鹭江出版社 2002 年版，第85—86页。

糊化的德教时期。这一时期，《诗》中的篇章意蕴仍然是模糊的，其主要依据是《诗》的字面意思，其主要阐释方式是引诗者的个人理解和特定的环境氛围，并无明确的理论指导，在实际运用上也断章取义，同一篇章在不同的引诗者角度会有不同的语义指向，并没有对《诗》的统一规范的语义诠释。

到了春秋末期，孔子正式提出了"《诗》教"的概念。《礼记·经解》中首次提出"《诗》教"概念，并记载其言语出自孔子：

> 孔子曰："入其国，其教可知也。其为人也，温柔敦厚，《诗》教也……故《诗》之失愚……其为人也，温柔敦厚而不愚，则深于《诗》者也。"

从孔子提出《诗》教的观念，并且确立了《诗》教的主要内涵以来，《诗》教就朝着三方面层层递进，第一层是以审美愉悦为目的的审美培养；第二层是以道德向善为旨归的人格培养"导性情之正"，目的在于个人道德的养成和个人生命层次的提升；第三层也是最终目标，是通过《诗》的教育引导百姓知晓人伦、明晰善恶、淳厚社会风俗，同时以《诗》为谏，格正君心，确保君王施行"仁政"，政治环境由上至下的清明，最终实现儒家修齐治平的政治理想。《诗》教承载着儒家积极入世，参与政治生活，构建理想社会的政治理想。孔子的《诗》教观一开始就带有社会功用的色彩，涵养出后世读书人积极入世、兼济天下的抱负和胸怀。

第一节　礼乐之再造：孔子《诗》教形成的历史背景

自《诗》形成之日起，以《诗》为载体的教化就随之产生，"《诗》教"开始了漫长的演化。早期的《诗》与乐、舞三位一体，在各类祭祀、燕享、朝聘中发挥着致鬼神、和邦国、协万民、安宾客的重要功能。① 此阶段的《诗》教，是乐教的一个分支，其传授者是周王室乐官系列的"大司乐"，接受者是"王大子、王子、群后之大子、卿大夫元士之适子、国之俊选"等贵族子弟，其内容与乐舞紧密结合，是整体性乐教之中的一科。

随着时代的发展，"诗"教逐渐从乐教中剥离出来，取得相对独立的地位，到了孔子所处的春秋末期，周礼所依托的尊卑分明、等差有伦的政治体制已经到了崩坏的边缘，据《史记·太史公自序》记载，当时的社会环境"弑君三十六，亡国五十二，诸侯奔走不得保其社稷者不可胜数"。即便未曾亡国，诸侯国内的政治也山河日下，礼乐征伐不再出自天子，甚至不再出自诸侯，各国都出现了"陪臣执国命"的状况，周礼中所规定的金字塔似的等级制度遭到破坏，依附于等级制度之上的礼乐制度也岌岌可危。以孔子所处的鲁国为例，鲁国政在三桓，权臣季氏"八佾舞于庭"，公然以天子之礼用于家庙，孔子怒斥之"是可忍，孰不可忍"。鲁国三桓在彻祭时用了天子才能使用的音乐《雍》，亦引来孔子的批评："相维辟公，天子穆穆。奚取于三家之堂？"鲁国为周公封地，是当时诸侯列国中保存周礼最为完好的一个国家，鲁昭公二年（公元前 540 年）晋大夫韩宣子访鲁，曾赞叹"周礼尽在鲁矣！"——鲁国的政治环境尚且如此混乱，可见当时周礼所规定的社会秩序已经完全被颠覆。鲁国的政治环境只是当时整体政治环境的一个缩影，春秋末期三家分晋、田氏代齐，"礼坏"的历史大势已经形成。而礼制的瓦解，使得附着于其上的诗乐失去了根基。随着王室的败落，王室的乐官也四方流散，《论语》记载："大师挚适齐，亚饭干适楚，三饭缭适蔡，四饭缺适秦，鼓方叔入于河，播鼗武入于汉，少师阳、击磬襄入于海。"顶尖的乐师集体出逃，"乐崩"之说于是名副其实，附丽于乐的《诗》的官方教育也随之全面消亡。《汉书·艺文志》中对此阶段的《诗》的传授进行了准确的刻画："春秋之后，周道崩坏，聘问歌咏，不行于列国，学诗之士，逸在布衣。"

礼坏乐崩的现实使得《诗》的经典地位不再，《诗》逐渐从宴飨会盟、

---

① 周泉根：《新出战国楚简之〈诗〉学研究》，天津教育出版社 2010 年版，第 289 页。

礼乐教化的贵族政治生活中淡出。从《左传》中的记载来看，春秋时期的最后一次赋《诗》在鲁定公四年，即公元前 506 年。这之后，再无朝会燕享赋诗的记载。鲁哀公十一年（公元前 484 年），孔子从卫国回到鲁国，开始对《诗》重新整理与编订，自此"《雅》《颂》各得其所"。《诗》的文本定型，也是在这一阶段，孔子对《诗》文本进行了系统的主旨阐释，以"思无邪"为统领，将《诗》中的篇章意义归纳到礼义、德行的范畴，为后世《诗》教奠定了理论基础。这个时期，距离鲁定公四年有史可查的赋《诗》记载已经相隔二十余年了。从孔子出生的鲁襄公二十二年，到最后一次赋诗的鲁定公四年，这段时期《左传》中记载的赋诗事件仍有 11 次（表5）。

表5　鲁襄公二十二年至鲁定公四年赋《诗》情况一览表

时间	事件	赋《诗》
襄公二十六年	齐侯、郑伯为卫侯故如晋，晋侯飨之。	《嘉乐》《蓼萧》《缁衣》《淇之柔矣》《将仲子兮》
襄公二十七年	齐庆封来聘	《相鼠》
襄公二十七年	郑伯享赵孟	《草虫》《鹑之贲贲》《黍苗》《野有蔓草》《蟋蟀》《桑扈》
襄公二十七年	晋侯享楚令尹	《既醉》
襄公二十九年	季武子取卞，公欲无入国	《式微》
襄公二十九年	吴公子札观周乐	《国风》《二雅》《颂》
昭公元年	令尹享赵孟	《大明》《小宛》《瓠叶》《采蘩》《野有死麕》《常棣》
昭公二年	韩宣子来聘	《角弓》《甘棠》《淇奥》《木瓜》
昭公二年	晋伯如楚，楚子享之	《吉日》
昭公十二年	宋华定来聘	《蓼萧》
昭公十二年	郑六卿饯韩宣子	《野有蔓草》《羔裘》《褰裳》《风雨》《有女同车》《萚兮》《我将》
昭公二十五年	宋公享昭子	《新宫》《车辖》
定功四年	申包胥哭于秦廷	《无衣》

也就是说，孔子经历过在朝会聘问中引诗赋诗最后的繁荣时期，也见证了随着礼坏乐崩，《诗》在政治活动中逐渐消亡的过程。鲁定公四年（公元前506年），秦哀公赋《无衣》，这是文献所见最后一次赋诗，是年孔子四十六岁。朝会聘享之时"登高赋诗"的礼乐传统，在孔子身上及身而没，于他而言更有切身体会与切肤之痛。对于孔子而言，"恢复"《诗》在政治生活中的应用，也是恢复礼乐文化，重建政治秩序的重要部分。

鲁哀公十一年（公元前484年），孔子"自卫反鲁"，开始着手重新整理《诗》的文本与音乐。我们以鲁定公四年到鲁哀公十一年为时间段来检视其前后时间段所发生的政治现象，就可以了解到孔子"归而正乐"的历史背景和初心。（表6）

表6　公元前506年—公元前484年重大政治事件一览表

时间	重大政治事件
公元前506年	《左传》记载中春秋时期最后一次赋《诗》。
公元前504年	季氏家臣阳虎擅权日重。
公元前501年	孔子为中都宰，治理中都一年，卓有政绩，四方则之。
公元前498年	孔子为鲁国司寇，隳三都。
公元前497年	晋国内乱，范氏、中行氏发动叛乱。
公元前495年	邾隐公朝鲁定公，朝会双方均不按礼行事。
公元前493年	卫国灵公去世，卫出公与其父蒯聩父子争位。孔子离卫去陈。
公元前492年	孔子居陈，晋国、楚国轮番攻伐陈国，孔子离陈。
公元前491年	晋国内乱。
公元前487年	宋景公灭曹国
公元前489年	齐国田乞政变，赶走国、高二氏，另立齐简公。蔡国国君蔡昭侯被杀。孔子困于陈蔡。晋灭中山国，晋灭鲜虞国。
公元前484年	季康子派人以币迎孔子归鲁。

就在这短暂的二十二年里，鲁国陪臣乱政，卫国父子争位，齐国田氏废君，晋国频频内乱，蔡国国君被杀，曹国为宋国所灭，中山、鲜虞为晋

国所灭。孔子周游列国时，到过卫、陈、蔡、齐、楚，亲身经历过当时政局混乱、纲纪无存的现实，对当时礼坏乐崩的现实有切实的体会和深刻的认识。

公元前 484 年，孔子回到鲁国后，就开始着手进行《诗》中正乐的工作。在西周时期，《诗》乐本是一体，每一诗篇都有乐歌与之相配，如《墨子·公孟》中说："颂诗三百，弦诗三百，歌诗三百，舞诗三百。"而到了孔子所处的春秋末期，与《诗》相配的乐歌已经逐步失传，用《诗》的礼仪场合逐渐不再通行，当世的贵族大多数已经不知正确的《诗》乐使用方式。孔子"自卫反鲁，然后乐正，雅颂各得其所"背后所蕴藏的，是孔子希望恢复礼乐制度，进而重建人伦道德，恢复社会纲纪的良苦用心。

司马迁在《史记·孔子世家》中对孔子在这一阶段接续周礼，传承文化的历史贡献进行了评述：

> 孔子之时，周室微而礼乐废，《诗》《书》缺……孔子语鲁大师："乐，其可知也。始作翕如，纵之纯如，皦如，绎如也，以成。""吾自卫反鲁，然后乐正，《雅》《颂》各得其所。"①

又云：

> 古者诗三千余篇，及至孔子，去其重，取可施于礼义……三百五篇孔子皆弦歌之，以求合韶武雅颂之音。礼乐自此可得而述，以备王道，成六艺。②

关于孔子删诗说，后世学者多有不同意见③，在此不再赘述。但司马迁

---

① （汉）司马迁撰：《史记》，中华书局 1982 年版，第 1935 页。
② （汉）司马迁撰：《史记》，中华书局 1982 年版，第 1935 页。
③ 从《左传》中记载"鲁襄公廿九年"（公元前 544 年，是年孔子 7 岁），吴公子季札聘问鲁国，在鲁宫观周乐，乐工依次歌《周南》《召南》《邶》《鄘》《卫》《王》《郑》《齐》《豳》《秦》《魏》《唐》《陈》《桧》《小雅》《大雅》《颂》之记载可知，当时乐工所歌秩序与今本流传《毛诗》已无大异，可见当时应已有《诗》之结集定本，孔子删诗说不足信。

评价孔子编订《诗》《书》的功绩："礼乐自此可得而述，以备王道，成六艺"是十分贴切的。在礼崩乐坏的混乱和无序中，孔子接续了周礼的教育传统，将包括《诗》教在内的"六艺"之教在民间发展起来，让几乎断绝的礼乐文化在乱世中得以传承。《诗》最早集诗、歌、乐、舞一体的特点，相比其他经典而言，天然就与礼、乐密切联系，本身就是礼乐文化中不可分割的一部分，因此成为孔子传承礼乐文化中最为重视的一门经典。

第二节 仁义与王道：孔子对《诗》教的理论贡献

孔子本人对于周代礼乐十分推崇，《论语·八佾》中记载，孔子曾云："周监乎二代，郁郁乎文哉！吾从周。"对于当时践踏周礼的行为，孔子亦明确表示过不满："八佾舞于庭，是可忍，孰不可忍？"孔子一生致力于恢复周礼，而且这种"恢复"，并不仅仅是在形式上再加复原，更是为周礼注入了深层次的内在动力，这就是"仁"的概念的首次提出。始于周公的礼乐制度，到春秋末期，已经沦为徒有其表的"仪"。即便徒有其表的这个"仪"，在礼崩乐坏的社会条件下，也已经丧失了政治权威，被肆意践踏和破坏。依靠政治顶层统治者的强力推行，在殷周社会变革时期，礼乐制度得以迅速、广泛地在社会上层传播并推行，然而这种依赖于政治体系强力维护的体制也有自身的不可避免的弊端，一旦失去强有力政治体系的庇护，礼乐制度也就失去了存在的基础。或许按照周礼设计者的初衷，"礼"与"乐"本应共生互补，"礼"规范人外在的行为，而"乐"强化人内心的认同。但"乐教"的功能显然并没有设计者想象中那样强大，抑或因其仅仅通行于贵族阶层，并未广泛深入社会深层次，因此柔和人心的"乐"并未能在社会动荡变革的时期发挥挽救礼制颓势的功效。致力于恢复礼乐之盛的孔子看到了这一点，因此孔子设教首次提出了"仁"的概念，将礼乐的重建与发自内心的自觉和自动联系起来。正如董运庭说："孔子的理论贡献……在于他为外在的礼仪规范找到了内在的心理依据。"①

正是在"仁"这个博大而宏伟的主旨和目标下，孔子以《诗》《书》为蓝本，承王官之学而开百姓之智，旨在恢复周礼、传承礼乐，培养内怀德行、外具政才，能够"经世济用"的"士"。值得注意的是，孔子《诗》教中的"仁"，一方面是对周代王官教育制度下所涵养的人格精神，如"中、和、祇、庸、孝、友""知、仁、圣、义、忠、和"等德行的进一步归纳和发展；另一方面，则已经从"独善其身"的个人修养提升到"兼济天下"的经世济民，是概念的扩大和境界的提升。在孔子的观念中，"仁"有"长短大小"之分。个人的品德完善、修养提升是"小仁"，譬如南容的"一日三复白圭"，以及《谷风》中所说"我今不阅，皇恤我后"；而惠及数世，惠及天下百姓的德行善举则是"大仁"，如《文王有声》中赞颂武王的"诒厥孙谋，以燕翼子"，以及孔子屡次提到的"仁之大"的"岂弟君子，民之父母"。正是在这种"仁"的大视野下，儒家"修齐治平"理想人格的形成逐渐有了清晰的路径，《诗》教的目标也逐渐清晰。小而言之，是要培养具备"仁"心、知礼守节、温柔敦厚的君子；大而言之，是要通过对个人的培养教化实现礼乐昌隆、民心淳朴、秩序井然的理想社会。

正是基于以上《诗》教的初衷，孔子在《诗》的诠释上，也体现了以培育德行和彰显王道两方面的倾向。孔子将《诗》中歌咏的对象从现象抽象到理论，将诗篇中的事迹升华为关于德行的文化符号，对诗的主旨思想和核心情感进行了概括，为后世儒家《诗》教的进一步阐释奠定了基础，指明了方向。

一、从模糊到清晰：首次明晰了《诗》篇的主旨

研究孔子对《诗》中篇章具体的论述，要从《孔子诗论》入手。这部由上海博物馆发现并整理的战国楚竹书，共 29 支 1006 字，其内容多是孔子对《诗经》的评论。《孔子诗论》中说：

---

① 董运庭：《论三百篇与春秋诗学》，中国社会科学出版社 2013 年版，第 108 页。

　　《关雎》之改，《樛木》之时，《汉广》之知，《鹊巢》之归，《甘棠》之报，《绿衣》之思……《邶·柏舟》闷。《谷风》悲……《青蝇》知患而不知人。①

　　《关雎》以色喻于礼……以琴瑟之悦，拟好色之愿；以钟鼓之乐，……好，反内于礼，不亦能怡乎？②

　　《汉广》之知，则知不可得也……可得，不攻不可能，不亦知恒乎？③

　　《甘棠》……及其人，敬爱其树，其报厚矣。④

　　在孔子之前，《诗》虽然已经结集，并且在贵族阶层的教育中作为乐教的文辞载体进行了普及，也在贵族阶层的政治生活中得到了广泛的应用，但个体诗篇的主旨从未有人进行过归纳和总结。《孔子诗论》的出现，让我们了解到孔子对《诗》文本语言的系统论述，孔子首次对《诗》中篇章的主旨意义进行了归纳。这种归纳有两个特点。

　　第一点，高度概括了诗的主旨。在孔子的说《诗》体系中，每一个篇章都有明确的意义。如《邶风》中的《柏舟》之诗，根据字面意思的描述，是一位女子因忧思而泛舟河上，心事重重，却又无处倾诉，想要向兄弟倾诉，却正逢其怒，开不得口——"薄言往诉，逢彼之怒"，只得思来想去，愁肠百结，无可解脱——"心之忧矣，如匪浣衣。静言思之，不能奋飞"。孔子用"闷"字来概括主旨，非常传神地归纳了诗篇蕴含的情绪。又如，《谷风》之诗，以女子口吻自述了与男子相恋又被无情抛弃的往事，全诗基调哀婉，充满了悲苦之情，诗中有"谁谓荼苦？其甘如荠"之句，直接描述自己的心情比苦菜还要苦涩。孔子用"悲"字来概括全诗主旨，十分切合诗篇本意。

　　第二点，孔子在理解和诠释诗篇主旨的时候，已经有刻意向礼仪道德

---

①　郭沂校注：《孔子集语校注》，中华书局 2017 年版，第 908 页。
②　同上。
③　同上。
④　同上。

179

方向解释的倾向。《诗》作为"义之府"，在孔子的诠释体系里已具有了基本的思想体系。如《关雎》之主旨，孔子归纳为"改"。意即《关雎》所吟咏之事，从"窈窕淑女，君子好逑"到"琴瑟友之""钟鼓乐之"，从最初的为情所困到最后的婚礼之仪，这是从炽烈奔放的情感到收敛规范的礼仪，最终"反入于礼"，以一字来归纳，其核心就是"改"，由"色"入"礼"，起到了纠正色与礼关系的作用，在诗篇的解释上引入了礼仪规范的教育，将情感的自由阐发最终引导到"发乎情而止乎礼"的道德规范上来。又如《汉广》篇章，根据字面意思的理解，是一位青年樵夫思慕江对岸一位美丽的姑娘，却知道横亘在两人之间的距离，爱慕之花终究不能结成婚姻的果实——"汉有游女，不可求思"。于是他收拾心情，用草料将马驹喂得壮壮的，将荆条和蒌蒿捆扎成束，为她的婚礼送上真挚的祝福。——"翘翘错薪，言刈其楚。之子于归，言秣其马"。孔子用"知"来概括篇章主旨，并进一步阐发说："知不可得也，不攻不可能，不亦知恒乎？"意思是说，对于明知不可能的事情不要强求，攻不破的事情不要蛮横，赞扬诗篇中的男子知礼守节，进退有度，智慧豁达。这也是将情感的抒发最终归拢到礼仪道德的层面。

再如《唐风·蟋蟀》，《孔丛子》中记载，孔子对此诗的主旨解释为赞扬陶唐氏之"俭德"：

> 孔子读诗……喟然而叹曰："于《蟋蟀》，见陶唐俭德之大也。"①

《蟋蟀》是《唐风》中的篇章，唐为帝尧之故都，郑玄在《诗谱·唐谱》中记载"唐者，帝尧旧都之地"。《蟋蟀》诗中有"好乐无荒"之句，意为"有节制的欢乐"，据此可引申出"俭"之意。但观其全篇，反复吟咏"岁聿其莫""日月其除"，其主旨是珍惜光阴，而孔子赞其主旨为"陶唐氏之俭德"，体现了孔子在解《诗》中刻意强调德行的倾向。

经过孔子以自己的话语体系系统地解《诗》，《诗》的主旨初步形成，

---

① 傅亚庶：《孔丛子校释》卷一《记义》，中华书局 2011 年版，第 54 页。

《诗》中承载的礼仪道德的倾向化也初步显现，为后世儒家政教化解诗提供了方向，奠定了基础。综观《孔子诗论》对于诗篇主旨的归纳，有一些关键词频频出现，这些词是德、智、情、礼、性、孝、信等，也即孔子立教中关于君子之教的关键词汇。

二、援《诗》说"仁"：孔门《诗》教"内圣"之方

在礼坏乐崩的大趋势下，孔子将《诗》作为教化的蓝本，希望以《诗》承担起整合思想，沟通关系，建立统一社会意识形态，恢复郁郁乎文哉的周代礼乐的重要使命。孔子解《诗》，继续延续了《诗》中自西周初建以来就逐步形成和固化的"德"性，提倡以"德"为宗旨进行解《诗》，并以《诗》为载体进行德育的培养。而在孔子致力于培养的诸多美德中，"仁"是其中最高目标，也是最难以达到的美德。在《诗》的阐释和教授过程中，孔子也一以贯之地将知"仁"与成"仁"作为培养目标。借由《诗》的阐述和引用，引导学生了解"仁"的意义，培养"仁"的品格。

"仁"是孔子《诗》教的着眼点和出发点，也是孔子"《诗》教"的最终目的。"仁"一贯是孔子设教的最高目标。《论语》中对"仁"的含义与如何成"仁"有许多经典的论述。"仁"的内涵丰富，既有美德，亦有美行。美德，孝、悌、忠、信尽在其中；美行，恭、宽、敬、敏、慧皆在其列。孟子就曾引用孔子的话，对孔门之"道"作出精辟总结："道二，仁与不仁而已矣。"（《孟子注疏卷七》）在《诗》教的实践中，孔子仍然以"仁"的观照视野来说《诗》、教《诗》。

《礼记·表记》中记载了孔子以"仁"论《诗》的一段话，可视作对《诗》主旨的总结：

> 子曰："中心安仁者，天下一人而已矣。"《大雅》曰："德輶如毛，民鲜克举之；我仪图之，惟仲山甫举之，爱莫助之。"《小雅》曰："高山仰止，景行行止。"子曰："《诗》之好仁如此……"①

---

① （清）阮元校刻：《礼记正义》卷第四十六，见清嘉庆刊本《十三经注疏》，中华书局 2009 年版，第 3559 页。

"德辅如毛，民鲜克举之；我仪图之，惟仲山甫举之，爱莫助之"一句出自《大雅·烝民》，意为，德行之轻虽如鸿毛，却罕有人能够举起，依我看来，唯有仲山甫这样的贤人才能胜任此举，可惜我莫能助之以力。"高山仰止，景行行止"出自《小雅·车舝》，意为，高山仰之弥高，大道行之弥远。孔子从诗句中体味到了《诗》中对于"仁"这种高贵德行的钦慕和赞赏，因而评论"诗之好仁如此"，将"仁"作为《诗》的整体思想倾向。

在"诗之好仁如此"这样的整体视野下，孔子在《诗》的篇章中体味出不同类型的"仁"。

《礼记·表记》中还记载了孔子的一段话，通过《诗》中不同篇章，阐释了不同人所行的"仁"道有"长短小大"之分：

> 子言之："仁有数，义有长短小大。中心憯怛，爱人之仁也；率法而强之，资仁者也。《诗》云：'丰水有芑，武王岂不仕。诒厥孙谋，以燕翼子。武王烝哉，数世之仁也。'国风曰：'我今不阅，皇恤我后。'终身之仁也。"

其中所论之"丰水有芑，武王岂不仕。诒厥孙谋，以燕翼子。"出自《大雅·文王有声》，是追述周文王、武王先后迁丰、迁镐京之事，此句意思是，武王的功绩和治国策略可以惠及子孙，给子孙后代带来庇护。孔子取"武王行仁道，遗及子孙后代"，称之为"数世之仁"，这样的"仁"是"仁之长"。"我今不阅，皇恤我后"出自《国风·邶风·谷风》，今本《毛诗》作"我躬不阅，遑恤我后"，本意是"我自身尚不见容，何暇忧虑我的后人呢。"孔子引用这句诗，旨在取"只能自身施行仁道，而不顾后世是否也行之"之意，认为这只是"终身之仁"，是"仁之短"。《论语》中记载，樊迟问仁，子曰："爱人。"（《论语·颜渊》）"仁"的核心思想是"爱"，而"爱"亦有大小，爱家国，惠及天下人者，为大爱，因此在孔子眼中，武王之"以燕翼子"的"数世之仁"是"仁"之"长"也；爱己则是小爱，因此《谷风》中自顾不暇的弃妇"皇恤我后"的"终身之仁"是"仁"之短也。

《礼记·表记》还记载：

> 子言之："君子之所谓仁者其难乎！《诗》云：凯弟（岂弟）君子，民之父母。凯以强教之；弟以说安之。乐而毋荒，有礼而亲，威庄而安，孝慈而敬。使民有父之尊，有母之亲。如此而后可以为民父母矣，非至德其孰能如此乎？[①]"

"岂弟君子，民之父母"一句，出自《诗经·大雅·泂酌》，意为，品德高尚的执政者，好比百姓的父母一般。孔子借用此句，说明对待百姓，要做到"仁"的境界是很难做到的，既要以威严的权威规范其行，又要以平易的态度安抚其心，要使百姓"快乐而不荒废事业，彬彬有礼而相亲相爱，威严庄重而安宁，孝顺慈爱而恭敬，使人民像尊敬父亲一样尊敬自己，像亲近母亲一样亲近自己"。这需要提高自己的修养到"至德"的境界方才能达到。

"岂弟君子，民之父母"这句诗，在各类关于孔子论诗的记载中多次出现。孔子将这句话作为达到"仁"这个境界的标准，并以此多次阐述"仁"的道理。《孔子家语·七十二弟子解》中也记载孔子借此诗对弟子的评价：

> 美功不伐，贵位不善，不侮不佚，不傲无告，是颛孙师之行也。孔子曰："其不伐则犹可能也，其不弊百姓，则仁也。诗云：'恺悌君子，民之父母。'"夫子以其仁为大。[②]

颛孙师即子张，他品行高贵，有大功不夸耀，处高位不欣喜，不贪功不慕势，不在贫苦无告者面前炫耀。孔子很欣赏他，认为他在贫苦无告者面前不炫耀，正是"仁"的表现。在此孔子借用"岂弟君子，民之父母"这句话，赞扬子张"不弊百姓"这种仁厚宽和的行为，已经达到了"仁"

---

① （清）阮元校刻：《礼记正义》卷第四十六，见清嘉庆刊本《十三经注疏》，中华书局2009年版，第3562页。

② 杨朝明、宋立林主编：《孔子家语通解》，齐鲁书社2013年版，第139页。

的境界。"夫子以其仁为大"此句，正反映出孔子对"仁"的评判标准，即能够做到"岂弟君子，民之父母"的，就是最大的"仁"。

在《孔子家语》中，孔子与子夏之间还有一大段十分详细的关于《诗》与"仁"的论述，也是围绕"岂弟君子，民之父母"这句诗展开的：

> 子夏侍坐于孔子曰："敢问诗云'恺悌君子，民之父母'，何如斯可谓民之父母？"孔子曰："夫民之父母，必达于礼乐之源，以致五至而行三无，以横于天下，四方有败，必先知之，此之谓民之父母。"子夏曰："敢问何谓五至？"孔子曰："志之所至，诗亦至焉；诗之所至，礼亦至焉；礼之所至，乐亦至焉；乐之所至，哀亦至焉。诗礼相成，哀乐相生，是以正明目而视之，不可得而见，倾耳而听之，不可得而闻，志气塞于天地，行之克于四海，此之谓五至矣。"子贡曰："敢问何谓三无？"孔子曰："无声之乐，无体之礼，无服之丧，此之谓三无。"子夏曰："敢问三无何诗近之？"孔子曰："夙夜基命宥密，无声之乐也；威仪逮逮，不可选也，无体之礼也；凡民有丧，扶伏救之，无服之丧也。"①

如前文所讲，孔子认为"仁"的至高境界，就是为君者将百姓放在心中，借用《诗》中的话来阐释，就是"岂弟君子，民之父母"。大概因为经常在讲授中提到这句诗，故引起子夏的进一步发问。孔子对此详细阐释了如何才能够成为"岂弟君子"，其中具体的操作方法就是"致五至"与"达三无"。

在"达三无"的阐释中，根据子夏的提问，孔子具体用《诗》中的不同篇章来说明"三无"的境界。"夙夜基命宥密，无声之乐也；威仪逮逮，不可选也，无体之礼也；凡民有丧，扶伏救之，无服之丧也。"第一句"夙夜基命宥密"出自《周颂·昊天有成命》，根据郑玄的注解，意思是国君夙夜不眠谋划如何为政教以安百姓，孔子认为这样的行为就是"无声之乐"，

---

① 杨朝明、宋立林主编：《孔子家语通解》，齐鲁书社 2013 年版，第 324 页。

国君爱国爱民的行为本身已经如同乐教一般，足以安抚教化百姓；第二句"威仪棣棣，不可选也"出自《邶风·柏舟》，根据郑注，意思是"君子望之俨然可畏，礼容俯仰各有威仪耳"，孔子认为国君这样的仪容风度，虽然"非有升降揖让"的表现，但本身就是高度的礼仪；第三句"凡民有丧，扶伏救之"，出自《邶风·谷风》，孔颖达对此疏"人君见民有死丧，则匍匐往赒敬之，民皆仿效之，此非有衰经之服，故云无服之丧也"。孔子以《诗》中《颂》《风》中的不同篇章具体阐释了"乐""礼""丧"的至高境界，进一步说明了孔子观念中《诗》中所蕴含的关于"仁"的道理。

清人孙希旦《礼记集解》对此的评述为我们进一步揭示了孔子观念中《诗》与"仁"的内在联系：

> 无声之乐，谓心之和而无待于声也。无体之礼，谓心之敬而无待于事也。无服之丧，谓心之至诚恻怛而无待于服也。三者存乎心，由是而之焉则为志，发焉则为《诗》，行之则为礼、为乐、为哀，而无所不至。[1]

"和、敬、诚"正是"仁"所包含的美德要素，只要内心有了向上向善的根源"仁"，具备了"和、敬、诚"这样的美德，其实也是领悟了"礼"与"乐"的精神实质，在内心已经培养出合于人情的宽容精神和仁爱精神，那么"礼"与"乐"的外在表现也就不需要生硬死板地规范了，源自心的"礼""乐"的表现应该是自由的，这正是孔子所说"无声之乐""无体之礼""无服之哀"的真正内涵。正是以内心"仁"的根基，"发焉则为《诗》，行之则为礼、为乐、为哀，而无所不至"。

无论是"诒厥孙谋，以燕翼子""使民有父之尊，有母之亲"，还是"不弊百姓""夙夜基命宥密"，抑或"凡民有丧，扶伏救之"，孔子赞扬的《诗》中的"仁"都是为政者施政时体恤百姓、优抚百姓的良政与善举，也就是后世孟子所言"仁政"的雏形。可见孔子《诗》教中，最高程度的

---

[1] （清）孙希旦：《礼记集解》，中华书局 1989 年版，第 1276 页。

"仁"是思及百姓、惠及万民的"仁"，这是"大仁"。

《诗》中不仅有"大仁"，亦有"小仁"。《孔子家语·七十二弟子》中记载：

> 独居思仁，公言仁义，其于《诗》也，则一日三覆"白圭之玷"，是宫绍之行也。孔子信其能仁，以为异士。①

这则事例在《论语》中也提到，"南容三复白圭，孔子以其兄之子妻之"（《论语·先进》）。"白圭"之句，出自《诗经·大雅·抑》，原文是"白圭之玷，尚可磨也；斯言之玷，不可为也"。意思是，白圭上的污点，还可以去除掉，可言语上的错误，却无法挽回。南容一日三次反复诵读此句，旨在提醒自己要时刻注重言行。孔子认为南容在三百〇五篇《诗》中，选中了这一句反复吟诵，正是以"仁"的标准时刻提醒自己注重言语行为，因此"信其能仁"，对其大加赞赏。可见在孔子看来，"白圭之玷"这一句诗，也包含了关于"仁"如何实践的道理。南容的"三复白圭"，是对自身品行修养的自我要求，这也是孔子所赞赏的"仁"，但这种"仁"，如同前文孔子对《谷风》中"我今不阅，皇恤我后"的评价一般，只能算作"终身之仁"，是关于个人修为的小"仁"。

关于孔子以"仁"解《诗》，在《论语》中也可看出其一贯的思路。《论语·八佾》记载了孔子与子贡论诗的这样一段话："子夏问曰：'巧笑倩兮，美目盼兮，素以为绚兮。'何谓也？子曰：绘事后素。曰：'礼后乎？'子曰：起予者商也，始可与言诗已矣。""巧笑倩兮，美目盼兮"一句，出自《诗经》中的《卫风·硕人》，后一句"素以为绚兮"不见于今本《毛诗》，或为子贡当时所见之版本与《毛诗》不同之故②。子贡将这一句求教

---

① 杨朝明、宋立林主编：《孔子家语通解》，齐鲁书社2013年版，第141页。
② 关于"素以为绚兮"为何不见于《毛诗》，学者历来有不同看法。宋周子醇《乐府拾遗》云："孔子删诗有删一句者，'素以为绚兮'是也。"他认为此句是《硕人》中原有的诗句，只是孔子在整理《诗经》时，将此句删掉。宋朱熹《论孟或问》云："此句最有意义，夫子方有取焉，而反见删，何哉？且《硕人》四章，章皆七句，不应此章独多此一句而见删，必别自一诗而今逸矣。"认为是《诗经》中其他篇章的逸诗。笔者认为，孔子时期的《诗》传播体系有两个，一个是乐官体系，一个是史官体系。子贡所见的或为乐官体系中流传的《诗》的版本。

于孔子，孔子回答很简明："绘事后素。"子贡结合孔子一贯的教化观点，立刻领悟到老师更深层次的含义，得出了"礼后乎"的结论。孔子对此十分满意，称子贡不但领会了自己的意思，且进一步给予了自己新的启发，赞其"始可与言诗已矣"。

在这言简意赅的一问一答中，孔子与子贡之间完成了心领神会、不必细说的一次思想碰撞。这当然是基于子贡对老师"一以贯之"的教化思想的理解，也是基于孔子对学生的品行和操守的了解。而"礼后乎"三字，留给后世的却是一个模糊的疑团，历来各家持论不一，问题的关键是，孔门《诗》教中，礼后乎，何为先？

要解决这个问题，需要先理解"素以为绚兮"在诗文中的含义。结合上下文来理解这句"素以为绚兮"，其接续"巧笑倩兮，美目盼兮"这两句，应是进一步称赞庄姜的美貌和高贵，从字面上看，是说庄姜巧笑嫣然，美目灵动，本就具备天然的美貌，再饰之以"华彩之饰"，于是更加显得绚丽夺目，这是以"素"衬"绚"的表面意思；而结合历史记载，庄姜不但美貌，且十分贤德，其嫁到卫国后无子，卫庄公宠幸陈女戴妫，庄姜不但以宽容之心"与其相善"，而且对陈女所生之子视如己出，尽心抚养，其高贵德行与不幸遭遇深得卫国百姓的爱戴和同情。《小序》中对此诗就解读为"《硕人》，闵庄姜也。庄公惑于嬖妾，使骄上僭。庄姜贤而不答，终以无子，国人闵而忧之"。（《毛诗故训传》）结合这样的背景，我们对"素以为绚兮"的深层次含义就有了进一步的理解。这是说，庄姜本人心灵纯洁、品行高贵，正是有这样纯良的内在（素），才越发衬托出她无瑕的美貌（绚）。

"素"与"绚"，正是内在与外在的两个表现，互为表里。在这样的背景下，孔子所说"绘事后素"的深层次含义就呼之欲出。《礼记·礼器》中说："素言白地，而后施绘。"也就是说，在纯素的白底上作画，才能更加显出绚丽多彩；引申之意，是人拥有了淳厚、坚实的内在，再加以文采礼乐的熏陶，才能内外相彰，文质彬彬。正如朱熹在对此的注解中所说："谓先以粉地为质，后施五采，犹人有美质，然后可加文饰。"① 而子贡由此领悟的"礼后乎"，显然是说"礼"为表，是外在的制度与规范，而在礼之先的，则应是奠定个人修为与社会稳定的核心因素，即孔子在实践和教学中反复强调、一以贯之的"道"，也就是"仁"。

以"仁"解《诗》，体现出孔子《诗》教中的第一层目的，即培育有德行、有仁心的君子。从孔子以"仁"解《诗》的内容来看，孔子所谓之"仁"有大小之分，我们可以这样讲，小"仁"为君子之"仁"，是个人修养的最终目标；而大"仁"为君王之"仁"，是仁政施行的基础，政治清明、百姓安乐的保障。

援"仁"以教《诗》，培养弟子温柔敦厚的性情、孝悌忠信的德行、博物致知的能力，这是孔门《诗》教实现"内圣"的途径。

三、王道解《诗》：孔门《诗》教"外王"之方

孔子解《诗》的另外一层路径，是注重从王道政治层面理解诗篇，力图寻求其中治国安邦的道理。《孔丛子·记义》中说：

> 吾于《周南》《召南》见周道之所以盛也；于《柏舟》见匹夫之志不可易也，于《淇奥》见学之可以为君子也；于《考槃》见遁世之士而不闷也；于《木瓜》见苞苴之礼行也；于《缁衣》见好贤之心至也；于《鸡鸣》见古之君子不忘敬也；于《伐檀》见贤者之先事后食也；于《蟋蟀》见陶唐俭德之大也；于《下泉》见乱世之思明君也；于《七月》见豳公之所以造周也；于《东山》见周公之远志所以为圣也；于《鹿鸣》见君臣之有礼也；于《彤弓》见有功之必报也；于《羔羊》见善政之有应也；于《节南山》见忠臣之忧世也；于《蓼莪》见孝子之思养也；于《楚茨》见孝子之思祭也；于《裳裳者华》见古之贤者世保其禄也；于《采菽》见古之明王所以敬诸侯也②。

---

① （宋）朱熹撰：《四书章句集注》之《论语集注》卷二，中华书局 1983 年版，第 63 页。
② 傅亚庶撰：《孔丛子校译》，中华书局 2011 年版，第 54 页。

从这段话中我们可以看到，除去在《诗》意中归纳出"学之可以为君子""君子不忘敬""贤者先事而后食""孝子之思养"等"君子"品格，孔子从《诗》意中归纳出的另一个重要方面，就是关于如何"造乎盛世"的王者之道。他认为，《周南》《召南》二部分中的诗篇讲述的乃是"周道之所以盛"的道理，《豳风·七月》讲述的是周之先祖公刘如何率领部族发展壮大，为周朝的建立奠定良好基础；《小雅·鹿鸣》讲述的是君臣关系，有礼而和睦；《羔羊》中则讲明了"善政之有应"；而《采菽》则讲述了"古之明王所以敬诸侯"。

孔子一向推崇《周南》与《召南》。《论语》中记载，孔子曾云："人而不为《周南》《召南》，其犹正墙面而立也与。"意思是，人学《诗》而不读《周南》《召南》，就好比面向墙壁站立一样，什么也看不到，一无所获。《周南》《召南》是《国风》中先列的两部分，排在诸风之前。为何孔子如此看重这两部分的诗篇？《孔丛子》中的记载给出了答案："吾于《周南》《召南》，见周道之所以盛也。"孔子从这两部分的篇章中，悟出了周王朝之所以兴盛的原因。正因为《周南》《召南》承载着西周王道制度兴盛的因素，所以孔子尤其重视这两部分的篇章。在先秦文献的记载中，提到《周南》与《召南》，多关于其在礼乐中的功用，为乡饮酒礼和燕礼上所用之乐歌。季札观周乐时虽也曾评论《周南》《召南》为"始基之矣"，但其更多的是从音乐方面来感受，并不涉及具体的诗篇内容。从孔子对《诗》中其后诸篇的评论来看，其作出于《周南》《召南》而见"周道之兴"的评论，主要是从诗篇本身而言，非关于乐。

如，关于《七月》，其诗本身记载的是周之先民一年四季的劳动生活，记述了春耕、秋收、冬藏、采桑、染绩、缝衣、狩猎、建房、酿酒、劳役、宴飨等方方面面。在先秦文献的记载中，《七月》之诗并没有关联到周王朝兴盛的原因。《左传·昭公四年》中记载季武子问于申丰"雹可御乎"时，申丰的回答中就提到了《七月》之卒章，不过说的是《七月》卒章记载了"藏冰之道"——"二之日凿冰冲冲，三之日纳于凌阴"。很显然是就诗中字面的意思进行阐述，并无将其提升到"豳公所以造周"的高度。而孔子由周朝先民一年四季勤恳耕作的描述，将之引申为豳公施行教化的结果，推断出豳公由此

"奠定周王朝基业"的结论，通过引申联想，得出与王道政治相关的结论。

又如，关于《采菽》，诗篇记载了诸侯朝见周天子，周天子赐之以丰厚的犒赏之盛况。诗篇中有句"君子来朝，何锡予之？虽无予之？路车乘马。又何予之？玄衮及黼"，充分展现了天子对于来朝诸侯的重视，天子待诸侯以充分礼遇，殷勤厚意尽显诗间。天子对诸侯的重视和尊重，赢得了诸侯的尽心效命，忠心耿耿镇守边疆："乐只君子，殿天子之邦。"全诗描绘了君臣相得、其乐融融的政治氛围。孔子总结其大意为"明王敬诸侯"，昭显诗篇本义，同时点出了敬重臣下之君主为"明君"，君敬臣忠，则家邦稳固的政治智慧。君敬臣忠，或者说君主对待臣下要待之以礼，这个观点是孔子一贯的政治观点，在《论语》中也有体现，《八佾》中记载："定公问：君使臣，臣事君，如之何？孔子对曰：君使臣以礼，臣事君以忠。"君王对待臣下要以礼相待，尊重敬爱，臣下则自然全心全意为国家和君王效命。在对《采菽》的主旨总结时，孔子秉承自己一贯的政治观点，将这首以赋为主的诗篇与王道政治紧密相连。

值得注意的是，将《采菽》的主旨定为"明王敬诸侯"，孔子首开先河。据《左传》记载，昭公十七年春（公元前525年），小邾穆公来鲁国朝见，昭公和他一起饮宴。季平子赋了《采菽》，穆公赋了《菁菁者莪》。叔孙昭子对此评论说："不有以国，其能久乎？"季平子赋诗之意是在嘉许称赞小邾的穆公来朝鲁国，主要取《采菽》中"君子来朝"之直观意义，而小邾的穆公的回诗则取《青青者莪》中"既见君子，乐且有仪"之句字面意思，表达相见的喜悦和对鲁国君臣的赞颂。在宴饮这样的场合下，双方的引诗非常得体，故此鲁国的重臣叔孙昭子赞扬说国家有贤臣，国运才会长久。这个记载中，知礼懂礼的鲁国也不可能自比于天子，而将小邾国视作诸侯来朝，这个场合中季平子对《采菽》的引用仍然依据字面意思，并没有"明王敬诸侯"的引申义。

涉及其他诗篇也是如此。概言之，孔子首次将具体的篇章内容与王道政治联系起来，将诗篇对具体事件的记述上升到王道兴盛的高度。

孔子有意识以王道解《诗》，在《孔子诗论》中亦可见端倪。《孔子诗论》中，孔子就《讼》《大夏》《小夏》《邦风》的主旨进行了概括和归纳，从中亦可见孔子将《诗》与王道紧密联系的思想。《讼》即今本之《颂》，

《大小夏》即今本之《大小雅》，《邦风》即《国风》。《孔子诗论》第二简，归纳了《讼》的主旨："《讼》，坪德也，多言后，其乐安而迟，其歌绅而易，其思深而远，至矣。"《讼》即今本毛诗之《颂》，孔子认为这部分诗篇是歌颂圣王之"德"，其文辞、乐曲与意蕴都达到了尽善尽美的地步。又《诗论》第二简评论《大夏》，称其"盛德也，多言……"，意即《大夏》部分的篇章主要是称颂王德；第三简概括《小夏》主旨，称其"多言难，而捐怼者也，衰矣，少矣"，指出《小夏》部分篇章是在王道衰微的背景之下而作，其主旨多为"捐怼"，讽刺统治阶层的失德和国事的艰难。对于《邦风》，《诗论》第三简称其："邦风其纳物也，博观人俗焉，大敛才焉，其言文，其声善。"指出《邦风》篇章之内容广泛反映了民风民俗，可借之观民俗，选拔人才。这是儒家历史上首次对《诗》的各部分篇章予以总结概括，奠定了《诗》学研究走向体系化的基础，为汉代"四始"说奠定了理论基础。

关于孔子以王道解《诗》的初衷，我们从《论语》中可以找到答案。《论语·子路篇》中说："子曰：'诵诗三百，授之以政，不达；使于四方，不能专对。虽多，亦奚以为？'"孔子对弟子教授《诗》，还是希望弟子能够学以致用，在朝会聘享的政治事务之中以《诗》交接应对，完成政治使命，实现维护国家利益的政治目的。正是基于这种"达则兼济天下"的使命感和责任感，孔子力图从《诗》的经典文本中发掘与王道仁政相关的经验和教训，以作为当前政治的参考。关于这一点，朱熹在《诗集传序》中概括得比较清楚：

　　降自昭穆而后，寝以陵夷。至于东迁，而遂废不讲矣。孔子生于其时，既不得位，无以劝惩黜陟之政，于是特举其籍而讨论之，去其重复，正其纷乱。而其善之不足以为法，恶之不足以为戒者，则亦刊而去之；以从简约，示久远，使夫学者即是而有以考得失，善者师之，而恶者改焉。是以其政虽不足以行于一时，而其教实被于万世。是则诗之所以为教者然也。①

---

① （宋）朱熹集撰，赵长征点校：《诗集传》，中华书局 2017 年版，第 1 页。

从中可见，孔子《诗》教的主要动因，还是"劝惩黜陟之政"，选择内容向上、积极的诗篇引导百姓，选择内容中包含不良之举、可为警诫的诗篇劝导君王，以达成政治清明的三代之治。孔子提出的《诗》教，肩负着接续和传承礼乐文化，重新构建精神家园的重任。

以王道解《诗》，是孔门《诗》教的外王之方，借由《诗》的教授，孔子塑造了儒者的政治担当和社会责任，以"治平"为最终理想的儒家君子人格得以完成，也为后世儒家以政教观念全面系统阐释《诗》建立了思想渊源。

仁义与王道，这两条孔子教《诗》的不同途径，是孔子所建立的理想君子人格"内圣外王"的成就方式，也塑造了后世儒家《诗》教发展的主要脉络。正是在这条主干线上，后世《诗》教或扩展，或收缩，或偏重于外王之道，或着眼于内圣之修，而其核心精神，则与儒家知识分子的家国情怀与政治担当紧密相关。

第三节　原则与宗旨：孔子《诗》教的几个关键词

孔子对《诗》的价值进行了整体界定，为后世《诗》教奠定了基础，指明了方向。孔子在《诗》的文本编订、阐释和流传方面做出了重要贡献。《诗》在与乐舞逐渐分离的过程中，其文本通过孔子的编订和传播，逐渐成为对后世有重要影响的经典之一。《论语》中记载了孔子对《诗》的评论，体现了孔子《诗》教的具体实践宗旨。

一、思无邪：确立后世儒家系统解《诗》的原则

《论语·为政》中记载："子曰，诗三百，一言以蔽之，曰'思无邪'。"这是孔子对《诗》的总体评价。以《诗》为蓝本进行教育，就要先阐释清楚《诗》中的篇章的主旨，这是关乎"教什么"的问题。孔子用"思无邪"三字，对《诗》中的篇章主旨进行了概括。

关于"思无邪"，后世儒家对此进行了诸多解释。最早对这句话做出注

解的是东汉的包咸。他在注《论语》时对此句解释："蔽，犹'当'也。思无邪，归于正也。"西晋的卫瓘在《论语注》对此作了进一步的解释："不曰思正，而曰思无邪，明正无所思邪也，邪去则和于正也。"意思是，《诗》中思想和情绪并非最初的产生就全部合乎礼仪，但要"去邪存正"，努力将思想和情感规范在合乎"正道"的范围内。这里的"正"，就是周礼所宣扬的品德和礼仪。简而言之，孔子承认《诗》中有不由自主产生的各种自然情绪，诸如爱恋、怨懑、哀愁、喜悦等，但强调要对各种自发的情绪加以节制，使之符合道德和礼仪的标准，这就是"发乎情而止乎礼"。朱熹在《论语集注》中对此的解释更为明确：

> 凡《诗》之言，善者可以感发人之善心，恶者可以惩创人之逸志，其用归于使人得其情性之正而已。然其言微婉，且或各因一事而发，求其直指全体，则未有若此之明且尽者。故夫子言《诗》三百篇，而惟此一言足以尽盖其义，其示人之意亦深切矣。①

朱熹认为，《诗》中的情感有"善"有"恶"，所谓"善"的情感，能够激发人的善心，而"恶"的情感则能够使人警惕，自觉约束内心的散漫"逸志"，起到引以为鉴的作用。《诗三百》篇，无论表达的是什么样的情感，都能使人规范内心道德和情绪，起到"得其性情之正"的作用。

笔者认为，以上诸家对孔子"思无邪"的理解是合乎孔子本意的。《诗》本源于生活，诗人的情志受到历史条件和社会环境的影响，可称得上是"时代的生活和情绪的历史"，《诗》中的篇章反映的是不同阶段、不同阶层人们的生活状况和思想风貌，丰富多彩，各不相同。孔子当时所说的"无邪"，自然是指的情感的收敛中和，要符合《周礼》的道德与礼仪。细数《诗》中三百〇五篇，并非篇篇都符合"性情之正"的要求，"思有邪"的反倒占到大多数。以恋爱之诗为例，《摽有梅》是女子恨嫁，希望意中人不要迟疑，白白浪费光阴，早日来迎娶自己，中有"求我庶士，迨其吉兮"

---

① （宋）朱熹：《四书章句集注》之《论语集注》卷一，中华书局1983年版，第53页。

"求我庶士，迨其今兮"等句，情感直接炽热；《野有死麕》中有"有女怀春，吉士诱之""无感我帨兮！无使尨也吠！"之语，讲述男女恋爱幽会，情不自禁；《静女》讲述男女相恋，互赠信物；《狡童》讲述恋爱中的烦恼和嗔怨；《褰裳》中更有"子不我思，岂无他士?"之语，活泼的举止与热烈的情感明显超出了"中和"的范围和礼法的约束。朱熹就明确将包括这些诗篇在内的三十首诗称作"淫诗"。从另一方面来看，如按照郑玄《诗谱序》中对《诗三百》篇章的"正变"分类，十五国风中除去《周南》《召南》是"正风"，其余十三国风皆为"变风"。《大雅》中《文王》至《卷阿》等十八篇、《小雅》中《鹿鸣》至《青青者莪》等十六篇为"正雅"，剩余篇目皆为"变雅"。《颂》中篇章当然全是"正经"。按照这样的标准，符合"性情之正"的篇目不过占到总篇目的32%。即便是郑玄归为"正风"中的篇章，亦有激荡热情的爱恋篇章，如《摽有梅》《野有死麕》等明显超出礼法范围。但在孔子"思无邪"的主旨观照下，《诗三百》的篇章都具有了教化的意义，美好积极的情感自然引人向善，不良肆意的情感也具有了反思警诫的功用，可以引为镜鉴，发人深省，通过《诗》的阐释教化，总之引导人回到"性情之正"的轨道上来。

孔子提出"思无邪"，并且在解《诗》的过程中完全贯彻了这一观点。如上文所述，在归纳诗篇主旨时，孔子已经以"发乎情而止乎礼"的视野来进行总结和归纳。《关雎》之主旨，孔子归纳为"改"。意即《关雎》所吟咏之事，从"窈窕淑女，君子好逑"到"琴瑟友之""钟鼓乐之"，从最初的为情所困到最后的婚礼之仪，这是从炽烈奔放的情感到收敛规范的礼仪，最终"反入于礼"，以一字来归纳，其核心就是"改"，由"色"入"礼"，起到了纠正色与礼关系的作用；又如《汉广》篇章，孔子用"知"来概括篇章主旨，并进一步阐发说："知不可得也，不攻不可能，不亦知恒乎?"意思是说，对于明知不可能的事情不要强求，攻不破的事情不要蛮横，赞扬诗篇中的男子知礼守节，进退有度，智慧豁达。这也是将情感的抒发最终归拢到礼仪道德的层面。

"思无邪"观念的提出，为后世儒家系统解《诗》划定了外围框架。这个框架就是"归于正"，无论篇章本意如何，在阐释上都要朝着"归于性情之正"的方向尽力靠拢，肆意奔涌的情感总归要回到礼法约束的框架内，回归到礼法系统的德育和美育的范畴内，如同孙悟空跳脱不出如来佛的手掌心。"思无邪"的观念，可视作汉儒阐释《诗三百》时"美刺说"的理论源头。

二、温柔敦厚：划定后世儒家《诗》教实践的宗旨

"温柔敦厚"，是孔子《诗》教观念中另外一个核心词汇。

语出《礼记·经解》："孔子曰，入其国，其教可知也。温柔敦厚，《诗》教也。"这句简单的论述，提出了孔子《诗》教的核心理念——"温柔敦厚"。后世儒家们对此进行了细致的解读。孔颖达在《毛诗正义》中对"温柔"二字进行了解读："温，谓颜色温润；柔，谓性情和柔。""温"与"柔"，都是儒家思想中对人性格与举止的要求，面部表情要和蔼端庄，性情要平和中正。孔颖达对"敦厚"二字并未作出解释，但在《汉书·哀帝纪》中，有"敦任仁人"之语，颜师古对此注解曰："敦，厚也。"①《说文解字》中对"敦"字解释："凡云敦厚者，皆假敦为惇。"②《礼记·内则》中有句："有善则记之为惇史。"孔颖达在对此句的注疏中，指出："有善则记之为惇史者，惇，厚也。言老人有善德行，则记录之，使众人法则为敦厚之史。"③由此可见，敦即厚之意，敦厚连用，意为宽容厚道。

孔子《诗》教中的"温柔敦厚"四字，有两层意义。

第一层，温柔敦厚，是孔子期望凭借《诗》的教化能够让弟子达到的儒家理想人格，它表现在四个方面：面容要平静和蔼，性情要中正平和，心胸要广阔宽容，为人要朴实厚道。孔子希望弟子们通过诵读《诗》篇，领会《诗》中蕴含的关于美德的要义，形成这样"温柔敦厚"的理想人格。温柔敦厚，本质上是儒家所强调的"中和"外在的直观反应。《礼记·中庸》："喜怒哀乐之未发谓之中，发而皆中节谓之和。"喜悦和哀伤都含而未

---

① （汉）班固撰：《汉书》第1册，鼎文书局1986年版，第343页。
② （东汉）许慎撰，（清）段玉裁注：《说文解字注》，上海古籍出版社1988年版，第126页。
③ （清）阮元校刻：《礼记正义》卷四十六，见清嘉庆刊本《十三经注疏》，中华书局2009年版，第3569页。

发，即便表露也有节制，绝不过分显露，这就是"中和"原始的意义。而情绪有所节制，含蓄蕴藉的内心，表现在仪容举止上，不正是"温柔敦厚"吗？这其实是对人心性的培养和教育，其风格并不在于强制性的要求和服从，而着重在于以理服人、以情感人的美育形式。通过《诗》、礼、乐三位一体的审美意识的渗透和熏染，让弟子成为知礼守节、心胸开阔、言语平和、性格温和的君子，实现儒家符合人伦道德、同时又富含审美精神的理想人格的塑造。在孔门《诗》教中，温柔敦厚，意味着人格的培育。

第二层意义，"温柔敦厚"是对《诗》中篇章意义的评价。孔子认为，《诗》中的篇章所表达的情感都是中和适当的，赞颂不阿谀，刺怨也不露骨。所谓"乐而不淫，哀而不伤"。这是对《诗》中诗篇表现方式的概括和总结。温柔敦厚是《诗》文学表现的重要方式，也是《诗》中文学手法的重要特征。通观《诗》的篇章，在文学表现手法上的确也符合"温柔敦厚"的特征。譬如，讽刺之诗《君子偕老》，虽为讽刺宣姜的不顾人伦，无德无耻，但全篇没有一句直接指刺之语，只是通过对其服色之华美，钗环之盛容，身份之高贵这些外在的"高贵华美"来反讽其内心的"卑劣丑陋"，具有"主文而谲谏"的"微言大义"之义。

这一点对后世文学的影响也是巨大的。在后世的《诗》教观中，提出了"主文而谲谏"，所谓"谲谏"，就是委婉进谏，不直接指刺。这是后世《诗》教实践中的一大重要原则。

后世儒家在此基础上，对"温柔敦厚"的《诗》教内容和意义进行了引申和扩展，将《诗》教的目的从个人品德的培养扩大到对国家政治的参与，《诗》教的意义于是逐步从"独善其身"发展到"兼济天下"，儒家的济世情怀进一步体现出来。汉儒在解释"温柔敦厚"时，就将其引申到臣子对君王的进谏风格和进谏方式上来。《毛诗大序》中提出："上以风化下，下以风谏上。主文而谲谏，闻之者足戒，言之者无罪，故曰风。""主文"，郑玄对其注解为："主与乐之宫商相应也。"就是说，诗篇之节律音韵要与乐调的高低起伏相配合，音声和谐。"谲谏"，郑玄释之为"咏歌依违，不直谏"。就是说，以诗为谏的方式要委婉，不直接指出君主的过失进行批评。按照这样的阐释，主文谲谏其实意味着，在以诗为谏的过程中，一方面诗乐的音韵和谐悠扬，一方面诗篇的言语曲折委婉，既不触犯君主权威，不惹怒君王，故此"言之者无罪"，又能够通过譬喻的方式委婉地提醒，使君主感而自省，引以为戒，这就是"闻之者足戒"，从而在和谐的氛围内达成进谏的目的。这之中的"谲谏"二字，就是对"温柔敦厚"之意义的推广。从为人的言语平和推及臣子进谏之时的方法委婉，温柔敦厚的内涵显然扩大了许多。

唐代，孔颖达进一步将"温柔敦厚"引申到《诗》的应用上，指出："《诗》依违讽谏不指切事情，故云温柔敦厚，是《诗》教也。"臣子在对君王、子辈对父辈、下级对上级提出进谏的时候，要采取"依违讽谏""不指切事情"的方式，也就是说表达方式要委婉平和、曲折隐晦，不直陈其事而温婉讽喻。"以《诗》为谏"如果采取了"温柔敦厚"这样委婉曲折的方式，既尽到了臣子的本分，达到"匡正君心"的目的，又维持了君主的颜面和尊严，暗合了礼法制度中的等级观念，又符合儒家提倡的"以礼节情"，这就是儒家《诗》教的宗旨，它既体现了无所不在的礼法等级观念，也包含着儒家积极入世、济世救民的理想情怀。

自此之后，"温柔敦厚"成为儒家《诗》教实践中一脉相承的重要原则，历代儒家士人以"温柔敦厚"的方式积极入世干政，纠正时弊，态度虽坚定，方式却委婉，这也是在皇权集中的政治体制下儒家进谏的一道"安全屏障"。后世儒家对此也有不同理解，但都没有脱离四字所蕴含的政教精神。可以说，温柔敦厚，划定了儒家《诗》教实践的宗旨。

三、兴观群怨：美刺与讽谏的理论根源

《论语·阳货》篇中，孔子说：

　　小子何莫学夫诗？诗，可以兴，可以观，可以群，可以怨，迩之事父，远之事君，多识于鸟兽草木之名。

这是对《诗》的实际功用的具体阐述。孔子认为，诗歌具有陶冶性情、抒发情感的功能，同时也具备观民俗、协调人际关系、表达对政治的意见

建议的功能。通过《诗》"兴观群怨"的功能实现，他希望建立一个上下沟通渠道顺畅、群体情感中和、社会秩序井然的和谐社会。

（一）兴：连类引譬，兴体之源

兴，被孔子放在第一位，说明他对"兴"这一功能的重视。关于"兴"的解释，孔子并未详细说明。在汉代，郑众曾云："兴者，讬事于物则兴者起也。取譬引类，起发己心，诗文诗举草木鸟兽以见意者，皆兴辞也。"照这样的说法，兴就是通过相似的意象触发了心中的情感，而进行联想和抒发之意。

汉代孔安国将其解释为"引譬连类"，不直言某事，而是借用与其相关的意象、景物来打比方，引发联想。朱熹则认为兴有"感发意志""兴起其好善恶恶之心"的作用，这是指"兴"有启发情感的作用，其最终结果是引起对良善的追求和对不良之事的反感排斥，达到纯净道德的目的。相较之下，孔安国的解释更贴合孔子的本意。孔子在《论语·雍也》中有云："能近取譬，可谓仁之方也。"意思是说，选取相近的义类来进行打比方举例子，让听者能够更好的接受，是达成"仁"的方法。这里的"仁"，一方面是个人道德修养上的最高境界，另一方面也是指治国之"仁政"。借物以引出话题，抒发情感，就是孔子"兴"之本意。

从孔门《诗》教之具体实践来看，孔子所言之"兴"，更多的是一种用《诗》的方法——一种启发、感通的诗性思维。在教学过程中以这种诗性思维微言相感，启发思考。比如《论语》中记载：

> 子贡曰："贫而无谄，富而无骄，何如？"子曰："可也。未若贫而乐，富而好礼者也。"子贡曰："诗云：'如切如磋，如琢如磨。'其斯之谓与？"子曰："赐也，始可与言诗已矣！告诸往而知来者。"

在子贡与孔子的问答中，探讨的是君子修身的道理。子贡请教孔子，说一个人贫穷，但是能够保持不对当权者、富贵者谄媚；一个人富贵，但能够保持谦逊平和，这应该很不错了吧，是君子的德行了吧。孔子提出君子修身进一步的要求，说这样的德行已经很不错，但是不如贫穷还能够保持快乐，富贵还能爱好礼仪的人德行高贵。接下来子贡引用了一句诗来表达自己闻言之后的感想"如切如磋，如琢如磨"，大概就是这个意思吧。孔子因此非常高兴地评价，说可以与子贡谈《诗》了，因为他举一反三，能够就《诗》的本意主动作出更多的联想和发挥。

"如切如磋，如琢如磨"是《卫风·淇奥》中的诗句，原意是说指制作玉器的工序，要切割、磋磨、雕琢，才能使玉由粗糙而至精细光华。《淇奥》以此来比喻君子的修养和文才，一样要经过不断的磨砺，才能达到华彩斐然的境界。子贡在听了孔子的回答后，意识到师徒二人探讨义理的这个一来一回的过程，正像玉石之琢磨切磋，在往来的言语中道理更加显明，对于君子修养的认识进一步提升。因此联想到"如切如磋，如琢如磨"这句诗，就是对这个场景的最佳描述。而孔子认为子贡自此可以"言诗"的态度，表明孔子认为《诗》的研究和应用正需要这种联想、发挥，由此及彼、连类引譬的方式。这是一个典型的孔门教学中"兴"的例子。

孔子本人也善于以《诗》其兴，开启探讨义理的谈话。在前文中我们举过一个例子，就是孔子困于陈蔡之时，以《小雅》中诗句类比自己的境遇，来开启谈话，纾解弟子的心结和疑惑：

> 孔子知弟子有愠心，乃召子路而问曰："诗云'匪兕匪虎，率彼旷野'。吾道非邪？吾何为于此？"子路曰："意者吾未仁邪？人之不我信也。意者吾未知邪？人之不我行也。"孔子曰："有是乎！由，譬使仁者而必信，安有伯夷、叔齐？使知者而必行，安有王子比干？"
>
> 子路出，子贡入见。孔子曰："赐，诗云'匪兕匪虎，率彼旷野'。吾道非邪？吾何为于此？"子贡曰："夫子之道至大也，故天下莫能容夫子夫子。夫子盖少贬焉？"孔子曰："赐，良农能稼而不能为穑，良工能巧而不能为顺。君子能修其道，纲而纪之，统而理之，而不能为容。今尔不修尔道而求为容。赐，而志不远矣！"

子贡出，颜回入见。孔子曰："回，诗云'匪兕匪虎，率彼旷野'。吾道非邪？吾何为于此？"颜回曰："夫子之道至大，故天下莫能容。虽然，夫子推而行之，不容何病，不容然后见君子！夫道之不修也，是吾丑也。夫道既已大修而不用，是有国者之丑也。不容何病，不容然后见君子！"孔子欣然而笑曰："有是哉颜氏之子！使尔多财，吾为尔宰。"①

这次谈话中，孔子没有直接提出问题，而是先引《诗》中"匪兕匪虎，率彼旷野"之句，以"非犀非虎，却徘徊在旷野"的描写，类比自己和弟子在各国奔波辗转的境况，如同野兽般疲于奔命的狼狈，之后才提出问题"是我所尊行的道错误了吗？为何到这样困窘的境地呢？"以诗引入，类比同样的境遇，正是"兴"的言谈方式。这样的言谈方式，避免了直接提出尖锐的问题，引发对立的情绪，有助于谈话在和谐、探讨的方式中展开，这正是孔子的"循循善诱"的《诗》教方式。对于老师的问题，子路、子贡和颜渊给出了不同的回答。弟子们给出了自己的回答后，孔子分别针对弟子们真实的想法，作出了自己的回答和评价。如前所述，这种谈话的方式，也是言谈中"兴"的典型例子。

孔子提出"诗可以兴"的观点，不仅深刻影响到后世的文学创作手法，对后世儒家《诗》的阐释也有巨大影响。《毛传》中就以是否"起兴"为标尺，逐一对三百〇五篇诗进行了分析，"标兴"者116篇。《郑笺》中，郑玄进一步对《毛传》中所标之兴"象"从相似、类比的角度做了比喻、比拟、象征等解释。

(二) 观：政教之镜，以观民风

孔子提出《诗》可以"观"，包含意义非常广泛。

其一，《诗》可以观政。这是《诗》最初形成时就具备的政教功能。有赖于采诗、献诗制度，王者得以观《诗》。又通过观《诗》之颂美与讽刺之内容，了解政治上的得失，以便及时作出调整。关于这一点，在第一部分

① （汉）司马迁撰，（南朝宋）裴骃集解，（唐）司马贞索隐，（唐）张守节正义：《史记》，中华书局1982年版，第1931页。

中我们已经详细论述过。《诗》最初的形成本来就依赖于天子"观风俗"的政治意图，采诗与献诗制度都因君王期望"观民风，知得失"而形成，而《诗》也的确具有反映地方风俗、了解为政得失的功能。孔子言"诗可以观"，正是基于对《诗》这一产生过程和实际功能的论述。

《诗》可以观，全面的官审，其所观者自然有好恶、良善、美丑之分。《诗》中所记载描述的，其为政之良善、仁爱者，民风之纯朴、质朴者，自然充满欣赏、赞美之意，这就是后世《诗》教理论中所确立的"美"诗；而其中所记载的关于政治之昏乱、民风之邪淫、百姓之苦痛之诗，这就是后世《诗》教理论中所确立的"刺"诗。关于"《诗》可以观"，历代诸家多有论述，尤以唐代白居易在《策林》中之论述最为准确精当：

> 臣闻圣王酌人之言，补已之过，所以立理本，导化源也，将在乎选观风之使，建采诗之官，俾乎歌咏之声，讽刺之兴，日采于下，岁献于上者也。所谓言之者无罪，闻之者足以自诫。大凡人之感于事，则必动于情，然后兴于嗟叹，发于吟咏，而形于歌诗矣。故闻《蓼萧》之篇，则知泽及四海也；闻《禾黍》之咏，则知时和岁丰也；闻《北风》之诗，则知威虐及人也；闻《硕鼠》之刺，则知重敛于下也；闻"广袖高髻"之谣，则知风俗之奢荡也；闻"谁其获者妇与姑"之言，则知征役之废业也。故国风之盛衰，由斯而见也；王政之得失，由斯而闻也；人情之哀乐，由斯而知也。然后君臣亲览而斟酌焉，政之废者修之，阙者补之，人之忧者乐之，劳者逸之。所谓善防川者，决之使导，善理人者，宣之使言。故政有毫发之善，下必知也；教有锱铢之失，上必闻也。则上之诚明，何忧乎不下达，下之利病，何患乎不上知？上下交和，内外胥悦，若此而不臻至理，不致升平，自开辟以来，未之闻也。老子曰："不出户，知天下。"斯之谓欤！①

---

① （唐）白居易撰，顾学颉校点：《白居易集》，中华书局 1979 年版，第 1369—1370 页。

这可谓"《诗》可以观"从现象到本质的全面的论述。孔子"诗可以观"的理论，为《毛诗序》中"美刺"说提供了理论根源。

其二，《诗》可以观人。通过赋《诗》，观察人的品性。这一点孔子是亲自实践的。《论语》中记载："南容三复白圭，孔子以其兄之子妻之"。南容反复吟诵《大雅·抑》中的"白圭之玷，尚可磨也。斯言之玷，不可为也"，孔子由此看出他是一个谨慎重礼之人，值得信赖和托付，因此把侄女儿嫁给他。这是典型的以《诗》观人的例子。

春秋时期各国聘问宴飨的邦交场合，有赋《诗》以言志，赋《诗》以陈情的惯例。通过对不同人所赋之《诗》的观察，可以判断该人的德行与命运。《左传》中有不少这样的例子。如襄公二十七年，记载赵孟请郑国的七位大夫宴飨时各自因情赋《诗》，以此来"观七子之志"，从中判断出各人的为人与命运：

> 郑伯享赵孟于垂陇，子展、伯有、子西、子产、子大叔、二子石从。赵孟曰："七子从君，以宠武也，请皆赋，以卒君贶。武亦以观七子之志。"
>
> 子展赋《草虫》。赵孟曰："善哉！民之主也！抑武也不足以当之。"
>
> 伯有赋《鹑之贲贲》。赵孟曰："床第之言不逾阈，况在野乎！非使人之所得闻也。"
>
> 子西赋《黍苗》之四章。赵孟曰："寡君在，武何能焉！"
>
> 子产赋《隰桑》。赵孟曰："武请受其卒章。"
>
> 子大叔赋《野有蔓草》。赵孟曰："吾子之惠也！"
>
> 印段赋《蟋蟀》。赵孟曰："善哉！保家之主也！吾有望矣。"
>
> 公孙段赋《桑扈》。赵孟曰："'匪交匪敖'，福将焉往！若保是言也，欲辞福禄，得乎！"
>
> 卒享，文子告叔向曰："伯有将为戮矣。诗以言志。志诬其上而公怨之，以为宾荣，其能久乎！幸而后亡！"叔向曰："然。已侈。所谓不及五稔者，夫子之谓矣。"

文子曰："其余皆数世之主也。子展其后亡者也，在上不忘降。印氏其次也，乐而不荒，乐以安民，不淫以使之，后亡，不亦可乎！"

这个场景中，子展所赋之诗为《召南·草虫》，取其"未见君子，忧心忡忡。亦既见止，亦既觏止，我心则说"之句，表达对远道而来的客人赵孟的欢迎，同时表达了郑国依附于大国郑国的既忧且信的忐忑。赵孟理解他的意思，称他这种忧国忧民之心无愧于百姓之主，同时谦虚地回复称自己还配不上君子的称号。子西所赋为《黍苗》，取其"肃肃谢功，召伯营之。烈烈征师，召伯成之"之句，将赵孟比作贤能勤政的召公，是赞颂之意。子产赋《隰桑》，取其"隰桑有阿，其叶有难。既见君子，其乐如何"，表达对赵孟来郑的欢迎，烘托宴会的和乐气氛；子大叔所赋为《野有蔓草》，取其"邂逅相遇，适我愿兮"，同样表达相聚之喜悦；印段所赋为《蟋蟀》，取其"无以大康，职思其居。好乐无荒，良士瞿瞿"，赞赵孟为"良士"；公孙端所赋为《桑扈》，取其"君子乐胥，受天之祜""彼交匪敖，万福来求"之句，表达对赵孟福禄来成的祝福。这六位贵族所赋之诗皆表达了对赵孟的尊敬与祝福，是合乎礼仪、与邦交宴饮场合相适宜的诗歌，展现了他们良好的文学修养与外交风度。只有伯有所赋之《诗》如和谐乐章中之刺耳乱音，与宴飨氛围和邦交礼仪格格不入。伯有所赋《鹑之贲贲》，其内容是讽刺卫国宣姜与其庶子公子顽淫乱之事，其中有句"人之无良，我以为君"，非常直接地讽刺国君德不配位。赵孟非常直接地表达了对此的看法，说描写床笫之间私事的诗不应该在重要的外交场合出现，这不是我能够听的。宴飨完毕之后，文子通过赋诗观察到了七人的人品与前程，预测伯有将不得善终，因伯有所赋之诗抱怨自己的国君，这是为臣不忠；在邦交场合不知礼仪，公开国内的矛盾，这是轻重不分，是非不明，因此文子预测伯有必将遭受杀戮。其余几人都能够保有福禄，因他们所赋之《诗》都展现出各自良好的品性作风，尤其是子展所赋展现了其忧国忧民且谦逊的品格，他的安稳是最长久的。

通过观察所赋之《诗》，判断其人人品、能力及命运，这是一个典型的例子。在《左传》中，这样以《诗》观人的例子还有很多。如昭公十六年，记载晋国执政大臣宣子（韩起）到郑国聘问，离开前，郑国六卿为其饯行。宣子请六卿赋《诗》言志：

> 夏四月，郑六卿饯宣子于郊。宣子曰："二三君子请皆赋，起亦以知郑志。"子齹赋《野有蔓草》。宣子曰："孺子善哉！吾有望矣。"子产赋郑之《羔裘》。宣子曰："起不堪也。"子大叔赋《褰裳》。宣子曰："起在此，敢勤子至于他人乎？"子大叔拜。宣子曰："善哉，子之言是！不有是事，其能终乎？"子游赋《风雨》。子旗赋《有女同车》。子柳赋《萚兮》。宣子喜曰："郑其庶乎！二三君子以君命贶起，赋不出郑志，皆昵燕好也。二三君子数世之主也，可以无惧矣"。宣子皆献马焉，而赋《我将》。子产拜，使五卿皆拜，曰："吾子靖乱，敢不拜德！"①

在这次的赋《诗》中，郑国六卿皆表现了良好的文学素养与君子风度，所赋之《诗》皆在《郑风》范围内，且表达了和谐邦交、敬重使臣的良好祝福和愿望。因此宣子评论说，"二三君子数世之主也，可以无惧矣"。各位大夫都是能够保享富贵，能够传承数代的人，可以不再担忧命运了。

其三，《诗》可以观国运。确切地说，是诗乐一体的礼乐展现，能够让人观出国运。最为典型的例子，是《左传·襄公二十九年》记载了吴公子季札前往鲁国观周乐，对每国之风都作出了点评，并且预测了其国的命运：

> 请观于周乐。使工为之歌《周南》《召南》，曰：美哉！始基之矣，犹未也。然勤而不怨矣。为之歌《邶》《鄘》《卫》，曰：美哉，渊乎！忧而不困者也。吾闻卫康叔、武公之德如是，是其《卫风》乎？为之歌《王》，曰：美哉！思而不惧，其周之东乎？为之歌《郑》，曰：美哉！其细已甚，民弗堪也，是其先亡乎！为

---

① （清）阮元校刻：《春秋左传正义》卷第四十七，见清嘉庆刊本《十三经注疏》，中华书局2009年版，第4516页。

之歌《齐》，曰：美哉！泱泱乎！大风也哉！表东海者，其大公乎！国未可量也。为之歌《豳》，曰：美哉！荡乎！乐而不淫，其周公之东乎？为之歌《秦》，曰：此之谓夏声。夫能夏则大，大之至也，其周之旧乎？为之歌《魏》，曰：美哉！沨沨乎！大而婉，险而易行，以德辅此，则明主也。为之歌《唐》，曰：思深哉！其有陶唐氏之遗民乎？不然，何忧之远也？非令德之后，谁能若是？为之歌《陈》，曰：国无主，其能久乎？自《郐》以下无讥焉。为之歌《小雅》，曰：美哉！思而不贰，怨而不言，其周德之衰乎？犹有先王之遗民焉。为之歌《大雅》，曰：广哉！熙熙乎！曲而有直体，其文王之德乎？为之歌《颂》，曰：至矣哉！直而不倨，曲而不屈，迩而不逼，远而不携，迁而不淫，复而不厌，哀而不愁，乐而不荒，用而不匮，广而不宣，施而不费，取而不贪，处而不底，行而不流，五声和，八风平，节有度，守有序，盛德之所同也。①

这个例子中，需要注意几点。一是"观"的意义，季札去鲁国"观"周乐，这应是诗乐一体的大型表演，既包含诗的文本的演唱，又包含与之相配的音乐。二是季札从这次对各国之风，以及《大小雅》和《颂》的演出中，推测除了国运。如观《齐风》，季札认为其音乐气势宏大，因此推测其国运长久；又观《陈风》，季札评论说"国无主"，因此推测其国运将不会长久。

孔子所在时代，赋《诗》的高潮已经过去，但编订《春秋》，熟谙鲁国历史的孔子，对这些赋诗言志、观《诗》知运的故事一定了然于胸。因此，孔子所言，《诗》可以观，应包含上述《诗》可以"观人"与"观国运"的多重功能性。这是从《诗》的应用角度出发，阐释《诗》可以观。

（三）群：切磋成德，微言相感

群，《说文解字》释为："群，辈也；从羊，君声。""群"字从羊，本

---

① （清）阮元校刻：《春秋左传正义》卷第三十九，见清嘉庆刊本《十三经注疏》，中华书局2009年版，第4355页。

义是指动物（如羊）相聚而成的集体。《国语·周语》中言："兽三为群，人三为众"。后来又引申为众人之集合，如《荀子·王制》中说："人能群，彼不能群也。""可以群"是孔子非常看重的君子品格之一，《论语·卫灵公》中，孔子言："君子矜而不争，群而不党。"关于这句话的解释，《论语集释》中皇疏引江熙云："君子以道相聚，聚则为群，群则似党，群居所以切磋成德，非于私也。"① 也就是说，君子因为志同道合而聚在一起，这就形成了"群"。

但群聚的目的是切磋学问，彼此相互学习探讨，以共同达到更高尚的品德，更纯净的德行，并不是为了结党营私，谋取小团体的利益。"可以群"，是君子结交良友的能力，这种群的目的最终还是"修身成仁"，在道德、修养和学问上达成更高的境界。在"群"的过程中，《诗》可以发挥重要的功能。孔子言"诗可以群"，第一层意思，说的是《诗》可以在群体集合中发挥融洽关系、表情达意等一定的社交功能。联系到春秋时期在朝会、聘问、宴飨等重大社交活动中贵族们赋《诗》、引《诗》的情况，就可以明白孔子所言《诗》可以群的社会背景。第二层意思，《诗》中本身就蕴含着关于君子必备的"德"行，如《板》《荡》之"忠"，《蓼莪》之"孝"，《棠棣》之悌，《伐木》之"友"。这些蕴含着君子美德的篇章正适合在友人相聚时共同探讨，切磋君臣父子、贵贱亲疏的礼仪之道，规范协调人际关系，了解"迩之事父，远之事君"的正确方式，从而由家庭宗族之间的亲和，上升到社会政治的协调，这就是孔子言《诗》可以群的真正内涵。

（四）怨：分别美刺，讽谏之基

怨，怨刺，借诗以讽上，揭露社会现实，表达实际诉求。

关于"诗可以怨"，这是孔子对《诗》的特殊功能的表达。之所以说特殊，是因为"怨"这种情绪，多少与"中庸之道"的"喜怒哀乐之未发谓之中，发而皆中节谓之和"颇有冲突，是一种比较激烈的情绪。在修身成仁的领域，孔子是不主张"怨"的。《宪问》中说："贫而无怨难，富而无骄易。"很显然，贫而无怨是孔子更为欣赏的品质，也是较之"富而无骄"

---

① 程树德：《论语集释》，中华书局1990年版，第1104页。

更难达到的层次。《颜渊》篇中，对于仲弓问"仁"，孔子回答："己所不欲，勿施于人。在邦无怨，在家无怨。""无怨"，是内在"仁"的外在表现。通观《论语》中，孔子言及"怨"者有 20 处，其主旨多是归于"不怨""远怨"或者"无怨"。但唯独谈及《诗》，孔子开放了"怨"的功能，认为"《诗》可以怨"。因为这并非关乎个人的修身，而是关于王道政治的清明和儒者的社会担当。当君王贤德、社会清明的时候，自然没有"怨"声的产生。《论语·季氏》中，孔子曰："天下有道，则庶人不议。"何晏在《论语注疏》中对此解释说："言天下有道，则上酌民言以为政教，所行皆是，则庶人无有非毁谤议也。"照此推论，当天下无道，政治昏暗的时候，自然"庶人可议"了。在前文"《诗》的形成发展与其重要属性"中已经讲到，王者施行采诗、献诗之制，本身也就是为了了解行政上的得失，尤其是政治上的失误或者不妥之处，以便及时修正，自我检束，以维持政治的清明和社会的稳定。这就是历来诸家多将"献诗"与"讽谏"相关联的原因。孔子言，"《诗》可以怨"，正体现了他所提倡的"士不可以不弘毅，任重而道远"的家国情怀和责任担当。

正是基于孔子所提出的"《诗》可以怨"的理论基础，在《毛诗序》中就明确提出了"王道衰，礼义废，政教失，国异政，家殊俗，而'变风''变雅'作矣"。变风以及变雅，便是"怨"的直接表达。从这个角度而言，"怨"，就是"刺"的雏形。孔子承认人具有情感、情绪的客观现实，但是强调要"发乎情，止乎礼"。情绪是多面的，有喜乐，自然就有哀怒。诗歌正是抒发、表达情绪的最好方式之一。针对个人的不平际遇和社会的黑暗现实，孔子赞成以诗歌的方式表达"怨"的情绪。但这种"怨"的情绪的表达也要符合"温柔敦厚"的标准，应该是有节制、有分寸，符合礼的范围的。这就是孔子所说的"怨而不怒"。这一点，在《毛诗序》中也有体现，其云："故变风发乎情，止乎礼义。发乎情，民之性也；止乎礼义，先王之泽也。"

可以说，"《诗》可以怨"是汉代儒家《诗》教"正变说"和"美刺说"的发端与缘起。

第四节　小结

孔子首次提出了"《诗》教"的概念，在春秋末期礼坏乐崩的环境下，借由《诗》的文本教育，接续和传播了西周的礼乐文化。《诗》作为礼乐文化精神的载体，承载的是孔子的政治理想和社会理想。经由孔子的改造和发展，《诗》教从乐教中分离出来，具备了独立的教化意义。孔子《诗》教充分挖掘了《诗》的自有属性：德性与政教性，一方面接续了西周礼乐教育中通过《诗》培育弟子德行的方式，着力由《诗》的教育培育弟子"温柔敦厚"的性情和成仁达仁的理想品格；另一方面强调了借由《诗》积极入世干政，参与国家政治事务的功能性，致力于培养弟子"达政专对"的从政能力。通过《诗》的教化，完善自身修养，同时积极入世匡君济民，这是孔门《诗》教所提倡的内圣与外王的两条显著路径。后世儒家《诗》教的系统化发展，正是在孔子《诗》教所确立的这两条基本路径的基础上的不断完善发展。

从历史的纵深来看，孔子《诗》教在历史长河中的意义，不仅在于它提出了《诗》教的概念，规划了《诗》教的方向，还在于它具体提出了《诗》教实践的具体宗旨。"思无邪"就是儒家《诗》教的总纲领，在这个总纲领下，解诗论诗都归于礼制德教的框架之下，三百〇五篇都具有教化的意义；"温柔敦厚"是其具体操作方式，无论是自身修养，还是在入世干政方面，以《诗》为用的具体实践从此都有了既定的目标和实践的方式，目标清晰而态度委婉，这是儒家在朝着匡君济世的刚性目标坚定前行时采取的智慧而柔性的策略；"兴观群怨"是其功能发挥，"兴"为后世"诗缘情"的观念提供了理论基础，"观"奠定了后世《诗》教理论中"正得失"的理论雏形，"怨"则为汉儒提出"美刺"说奠定了理论基础。

孔子《诗》教，上承西周礼乐教化的德音余韵，下启汉代系统解《诗》的理论根源，奏响了开启儒家《诗》教宏伟乐章的金玉之声。

第五章

战国《诗》教：儒家《诗》教的发展

在春秋末期，鲁定公四年（公元 506 年），朝会聘享上赋诗的传统已经绝迹。战国时期，礼乐彻底崩坏，《六经》有赖于孔子编订传授，在士人阶层得到继承和发扬。战国时期儒家学派的子思、孟子、荀子进一步延续孔门《诗》教，引《诗》发挥义理，说《诗》进谏君王，解《诗》明晰章句，为儒家《诗》教的发展和完善贡献了力量。

战国时期的儒家学者用《诗》，较之春秋时期的贵族用《诗》，有一个显著的区别，就是战国时期的学者已经不再用诗言己之志，而是以《诗》阐发儒家义理，引发出关于治国理政、个人修身或者道德伦理的思考。[①] 一方面，时事环境变化，在诸侯国邦交时基于对《诗》的共同掌握和"歌诗必类"原则的心领神会环境已经消失，达政专对的政治实践失去了应用场合；另一方面，由孔子首开其端，在与弟子谈《诗》论《诗》的过程中，开启了以《诗》词句连类引譬，探讨修身为政之儒家义理的先河。战国时期，其弟子及弟子传人对此用法渐至纯熟，推动了儒家《诗》教的发展。

第一节　子思学派之引《诗》、说《诗》

从现有资料引《诗》论《诗》的记载来看，孔门《诗》教及《诗》之

---

① 陈良运：《中国诗学批评史》，江西教育出版社 2021 年版，第 39 页。

用，七十子之后，以子思学派为最盛。① 子思学派继承和发扬了孔门重视《诗》教之传统，延续了孔门《诗》教中将《诗》主旨向仁义、王道方向靠拢的传统，进一步促进了《诗》的阐释道德化发展的趋势。《孔丛子·杂训》中记载：

> 子上杂所习，请于子思。子思曰：先人有训焉，学必由圣，所以致其材也，厉必由砥，所以致其刃也。故夫子之教，必始于《诗》《书》而终于《礼》《乐》，杂说不与焉。②

王应麟在《困学纪闻》卷七中也记载了子思这一段话：

> 孔庭之教曰《诗》《礼》。子思曰：夫子之教，必始于《诗》《书》，而终于《礼》《乐》，杂说不与焉。③

子思继承了孔子重视《诗》教的观念，提出《诗》《书》为求学之本，要从《诗》《书》的学习开始，而以《礼》《乐》为终，次第进行。

在子思学派的著作《缁衣》《中庸》《表记》《坊记》《五行》等诸篇文献中，引《诗》数量75次之多。其中，《中庸》引《诗》14篇，《缁衣》引《诗》17篇，23篇次；《表记》引《诗》16篇，17篇次；《坊记》引《诗》13篇，15篇次；《五行》引《诗》16篇。子思学派五部作品引《诗》以论证，解《诗》以明理，可见《诗》是子思学派深厚丰富的思想渊源。子思学派继承孔子所一贯推崇的以《诗》教为六艺之教根基的观念，重视《诗》中义理的发掘和阐述，在进一步发明关于君子修身之道、为臣之道，乃至于君王治国之道的观点方面，都反复引用《诗》中句子以强化观点，增加论证力度。子思从《诗》中挖掘出儒家的义理，提炼出关于表率、慎

---

① 张丰乾：《诗经与先秦哲学》，北京大学出版社2009年版，第127页。

② 傅亚庶：《孔丛子校释》，中华书局2013年版，第110页。

③ （宋）王应麟撰，（清）翁元圻辑注，孙通海点校：《困学纪闻注》，中华书局2016年版，第1046页。

独、仁义、礼智、忠信等关于君子德行操守的准则。从子思学派引《诗》的内容和方式来看，对《诗》中主旨、字词的直接阐述较少，所引之《诗》与前文观点之联系仍然带有"断章取义"的特点。子思学派对于《诗》教的贡献，是强调了《诗》在修身成仁中的重要性，在诸子百家引《诗》以明各家之"理"的纷繁芜杂的局面中，引《诗》以阐发儒家义理，为后世儒家《诗》教借《诗》之阐释儒家伦理开辟了道路。

一、子思学派引《诗》之内容

（一）引《诗》讲述为君为政的原则

《缁衣》讲述为君的原则和为君的行为规范。全篇 13 则，每则均引用《诗》《尚书》《易》中的句子以强化观点，强调权威性。而以引《诗》数量为最多，引《诗》以证理有 10 则，其形式多以"子曰"开头，而以《诗》云结尾。在这种句式中，对诗重词句之意并未做出直接解读。

《缁衣》中强调君王为政的原则，强调君王要作出"仁义"的表率。在论证这个观点时，先后引《诗》两次强化观点。

> 子曰：下之事上也，不从其所令，从其所行。上好是物，下必有甚者矣。故上之所好恶，不可不慎也，是民之表也。子曰：禹立三年，百姓以仁遂焉，岂必尽仁？《诗》云：赫赫师尹，民具尔瞻。《甫刑》曰：一人有庆，兆民赖之。《大雅》曰：成王之孚，下土之式。①

这段话中，首先以孔子的话开端，孔子说，为政者确立喜好要格外慎重，因为天下百姓都把君王的行为作为效仿的对象。大禹治理天下三年，百姓都讲求仁义，难道因为百姓个个本身都仁义吗？不过是因为大禹本人好求仁义，百姓追随遵从他罢了。为了进一步论证这个观点的权威性，子思引用《小雅·节南山》中的句子"赫赫师尹，民具尔瞻"，此句原意是说周太师尹吉甫出征，百姓都注视观望着这位位高权重的太师，此处借以证

---

① （清）阮元校刻：《礼记正义》卷第五十五，见清嘉庆刊本《十三经注疏》，中华书局 2009年版，第 3576 页。

明百姓一贯观望追随上层领导者；然后引用《尚书・甫刑》中的句子"一人有庆，兆民赖之"，说君王拥有了美德，亿万百姓都会深受福泽恩惠；最后再次引用《诗》中《大雅・下武》中"成王之孚，下土之式"，说成王的言行令人信服，天下百姓都以他为榜样。

这一则中先后引用了《小雅》与《大雅》中的诗篇，以尹吉甫与成王的言行为受百姓关注，为百姓所效仿为例子，论证君王应注重言行，做好表率，才能带动百姓的良好民风。所引之句原意与引用之意相切合，恰如其分，并未做过多引申发挥。

除了谨慎确立喜好外，《缁衣》中还提及，君王应该"慎言"，不讲做不到的话，不讲华而不实的话。因其位高权重，因此说话要谨慎，不然流传到民间，会被百倍放大，造成不好的影响。

> 子曰：王言如丝，其出如纶，王言如纶，其出如綍。故大人不倡游言。可言也，不可行，君子弗言也；可行也，不可言，君子弗行也。则民言不危行，而言行不危言矣。《诗》云：淑慎尔止，不愆于仪。①

在说明君王应谨慎言语的道理时，子思引用《大雅・荡之什・抑》的句子"淑慎尔止，不愆于仪"，意为谨慎行事，举止得体，不要超过了礼仪。《抑》是一篇刺诗，《毛诗序》中称其是卫武公刺周厉王，亦为"自警"之诗。后世学者对《小序》中称其"刺厉王"多有不同刊发，而卫武公以此诗提醒勉励自身以"自警"，多无异议。全诗讲述君王的为政之道，反复强调什么可以做，什么不能做。诗中特别强调了君王言语谨慎的重要性，其中更为人所熟知的是"白圭之玷，尚可磨也；斯言之玷，不可为也"的句子，《论语》中记载孔子弟子南容反复诵读此句，为孔子所赞赏。可见，《抑》的主旨是为政者的德行标准，提倡为政者要谨言慎行，在春秋时期是被普遍认可的。子思在论证君王要"慎言"的原则时，引用《抑》中

---

① （清）阮元校刻：《礼记正义》卷第五十五，见清嘉庆刊本《十三经注疏》，中华书局 2009 年版，第 3577 页。

的另外一句"淑慎尔止，不愆于仪"，既用其原意强调了言行符合礼仪的重要性和必要性，又贴合《抑》全篇的主旨。在接下来的论证中，子思进一步论证，君王出言必须考虑言语的结果，做事要考虑到不利的弊端，只有以身作则谨言慎行，老百姓才会仿效出言谨慎，行为规范。子思再次引用了《抑》中的句子"慎尔出话，敬尔威仪"，强调君王慎言，为百姓所尊重。最后引用《大雅·文王之什·文王》中赞扬文王举止谨慎的诗句，以圣王的言行再次强化观点。

> 子曰：君子道人以言，而禁人以行。故言必虑其所终，而行必稽其所敝；则民谨于言而慎于行。《诗》云：慎尔出话，敬尔威仪。《大雅》曰：穆穆文王，于缉熙敬止。①

《缁衣》中，子思讲述君王为政之道，除了强调君王自身品德的仁义、言行的谨慎规范，还谈及了君王仪表的合乎礼仪、实施奖惩的合理合情、尊重贤能之臣、爱护百姓、使民以时，等等。其所言条目中几乎每条必引《诗》，其篇目包括《缁衣》《巷伯》《大雅·文王》（引用2次）、《小雅·节南山》（引用2次）、《大雅·下武》《大雅·抑》（引用4次）、《小雅·都人士》《小雅·小明》《大雅·板》《小雅·巧言》，另引逸诗一首。从统计中可见，在讲述君王为政之道时，子思多引用《雅》中的篇章，尤以《大雅·抑》中诗句引用次数最多，如上文所述，《抑》本为卫武公自警之诗，其中诸多诗句正与为政为君的操守行为密切关联。

除去《缁衣》，《中庸》《表记》《坊记》中也有引《诗》以论证为君为政之道的许多例子。如《坊记》中：

> 子云：小人贫斯约，富斯骄；约斯盗，骄斯乱。礼者，因人之情而为之节文，以为民坊者也。故圣人之制富贵也，使民富不足以骄，贫不至于约，贵不慊于上，故乱益亡。子云：贫而好乐，

---

① （清）阮元校刻：《礼记正义》卷第五十五，见清嘉庆刊本《十三经注疏》，中华书局2009年版，第3577页。

富而好礼，众而以宁者，天下其几矣。《诗》云：民之贪乱，宁为茶毒。故制国不过千乘，都城不过百雉，家富不过百乘。以此坊民。诸侯犹有畔者。①

这段讲述的是治国之道，要让老百姓富足之人不至于骄纵，贫困之人不至于咎啬，要做到"贫而好乐，富而好礼"，这样天下就能够大治。其后引用《大雅·桑柔》中"民之贪乱，宁为茶毒"一句，诗意为"老百姓如今这样贪心好乱，都是被官府（不恰当）的政策所苦所害造成的"，从反面论证需要施行良政，让老百姓不论贫穷还是富有，都能平和好礼乐。

（二）引《诗》阐发君子之道

《缁衣》在讲述了为政之道之后，还讲述了作为君子的行为准则，涉及友朋、忠信、言行等方面。同样，在以"子曰"提出鲜明的观点之后，引用《诗》《书》《易》等的句子来强化论证观点，以《诗》的引用为多。在诗句引用的选择上，以诗句单句表达的意思或诗句中的个别字词为关联点，不涉及篇章的主旨。

如下例：

子曰：私惠不归德，君子不自留焉。《诗》云：人之好我，示我周行。②

这一则讲的是朋友相处之道。孔子说，朋友私自赠送的恩惠，如果不符合道德，君子是不会接受的。接下来引用《小雅·鹿鸣》中的诗句"人之好我，示我周行"，意为，朋友真正对我好，就应该给我指出正确的大道（而非小恩小惠）。取诗句字面意思，在语意上与上文完全顺接。但《鹿鸣》全诗主旨是周王"宴群臣嘉宾"，表达宾主相欢、和乐融融之意。此处引

---

① （清）阮元校刻：《礼记正义》卷第五十一，见清嘉庆刊本《十三经注疏》，中华书局 2009 年版，第 3511 页。

② （清）阮元校刻：《礼记正义》卷第五十五，见清嘉庆刊本《十三经注疏》，中华书局 2009 年版，第 3582 页。

用，与主旨无关。

再如：

> 子曰：苟有车，必见其轼；苟有衣，必见其敝；人苟或言之，必闻其声；苟或行之，必见其成。《葛覃》曰：服之无射。①

这一则讲述的是君子做事之前必须考虑到其言行所带来的后果。为了说明这个道理，子思列举了两个易懂的例子。假使你有车，那么就得考虑车中须得要装载物品（后果）；假使你有衣，那么就得考虑到这衣服终将破烂（后果）。一个人说话，就一定要听到他的声音（后果）；一个人做事，就得要看到他的结果（后果）。然后引用了《周南·葛覃》中"服之无射"的诗句，这句原意是说女子辛勤劳作，采集葛草制作葛衣，穿上自己亲手制作的葛衣后心情愉快，毫不厌弃。《葛覃》据《毛诗序》解释，描述的是"后妃之德"，显然此处引用与诗旨无关。子思这里是选取了"服"这个字的关联性，与上文中"苟有衣，必见其敝"相接续呼应，意思是，如果考虑到后果，那么在穿这件可能破旧的衣服时，心里也是愉快坦然的，不会厌弃这件衣服。用比喻的手法强调言行考虑后果这一原则。从这则引用其实可见，"服之无射"与前文所述的道理之间，需要婉转曲折的联想才能找到两者共同点，与后世经学家的解释方向是完全不同的。

除去《缁衣》，在子思学派的其他著作中，也明显可见引《诗》以阐发君子之道的特点。《中庸》引《诗》14 处，均以《诗》中诗句引入，讲述君子之道。如：

> 《诗》云："鸢飞戾天，鱼跃于渊。言其上下察也。君子之道，造端乎夫妇，及其至也，察乎天地。"②

---

① （清）阮元校刻：《礼记正义》卷第五十五，见清嘉庆刊本《十三经注疏》，中华书局 2009 年版，第 3582 页。

② （清）阮元校刻：《礼记正义》卷第五十二，见清嘉庆刊本《十三经注疏》，中华书局 2009 年版，第 3530 页。

"鸢飞戾天，鱼跃于渊"是《大雅·旱麓》中的句子，原句是："鸢飞戾天，鱼跃于渊，岂弟君子，遐不作人。"本义是君子要了解人才，根据其所长培养人才。《中庸》引用此句，阐述君子之道"通天彻地"，广阔无垠，要做到"上下皆察"：上通天理，下晓民情。

最为典型的是《中庸》之末的句子：

> 《诗》曰：衣锦尚絅，恶其文之著也。故君子之道，暗然而日章；小人之道，的然而日亡。君子之道：淡而不厌，简而文，温而理，知远之近，知风之自，知微之显，可与入德矣。《诗》云：潜虽伏矣，亦孔之昭！故君子内省不疚，无恶于志。君子之所不可及者，其唯人之所不见乎！《诗》云：相在尔室，尚不愧于屋漏。故君子不动而敬，不言而信。《诗》曰：奏假无言，时靡有争。是故君子不赏而民劝，不怒而民威于夫钺。《诗》曰：不显惟德！百辟其刑之。是故君子笃恭而天下平。《诗》云：予怀明德，不大声以色。子曰：声色之于以化民。末也。《诗》曰：德輶如毛。毛犹有伦，上天之载，无声无臭，至矣！①

此段一连七处引用《诗》，皆讲述君子之道。句式为"诗云（曰）……（是）故君子……"，先引用《诗》中句子，再因其本义进行引申，阐述君子之道。如第一处引《诗》，"衣锦尚絅"，出自《卫风·硕人》，原文是"衣锦絅衣"，是说在华贵的锦衣外面，还要套上一层麻衣做罩袍。这句原是指庄姜自齐国出嫁到卫国所穿的服饰，因路途遥远，风尘仆仆，因此在华贵的衣裳外面罩了一层麻纱的罩袍，以御风尘。《中庸》引申为"恶其文之著也"——不愿意把华贵、鲜艳高调的一面显露出来。从而推及君子之道，表面上看起来普通平常，但是时间长了，自然显示出他的高尚；而小人之道，则是光华夺目，灿然生辉，不过维持一日便消亡。"潜虽伏矣，亦孔之昭。"出自《小雅·正月》，意为鱼儿生活在清水之中，哪怕藏得再深，

---

① （清）阮元校刻：《礼记正义》卷第五十三，见清嘉庆刊本《十三经注疏》，中华书局 2009 年版，第 3548 页。

一举一动都看得到。此处引用，说君子应该在无人见到的地方也要时刻坚持高尚的原则，这样才能内省不疚，无论什么时候想起自己的志向、作为，都不会感到羞愧。

在《表记》中，也有多处引《诗》以阐述君子之道。《表记》引《诗》14 处，细而言之，引《侍》以论"仁"4 处，引《诗》论君子之道有 6 处，另有 4 处，论述为臣之道。概而言之，"仁"，也是君子道德修养的至高目标；而为臣之道，也是君子达政济民的方法之论。如《表记》中讲述君子应言出必行，不能空言而无实：

> 子曰：君子不以口誉人，则民作忠。故君子问人之寒，则衣之；问人之饥，则食之；称人之美，则爵之。《国风》曰："心之忧矣，于我归说。"①

整段是讲君子所言不虚，说到就要做到。比如，言语中关心别人的冷暖，就要给予寒冷的人御寒之衣；言语中关心别人饥饿，那么就要给予饥饿的人食物；赞扬别人的美德，就要授予他相应的爵位。这里引用"心之忧矣，于我归矣"，是用字面之意，"担心你无处可去，和我一起回家吧"，与前文数句是同样的例子。此处引诗，并非《曹风·蜉蝣》的诗旨之意，属于"断章取义"，引申之意②。

君子之道，是君子修身成仁之道，即为"内圣"之道。子思学派引用当时极具权威性的《诗》中诗句来强化论证观点，使儒家的义理更具说服力，更易为人接受。

二、子思学派引《诗》之特点

子思学派之引《诗》用《诗》，在内容方面，如前文所述子思学派引

---

① （清）阮元校刻：《礼记正义》卷第五十四，见清嘉庆刊本《十三经注疏》，中华书局 2009 年版，第 3567 页。

② 郑玄注《礼记》时，对此句引《诗》有不同的理解，他认为，此引"心之忧矣，于我归说"，意思是说，若君子总是说一些冠冕堂皇的漂亮话，而落不到实处，那么就会令老百姓无所适从，不知所归。"心之忧矣，于我归矣"的意思是："忧心忡忡啊，我该依附于谁呢?"

《诗》多涉及君王为政之道与君子修身之道两方面，这是对孔子"修身成仁"与"为政以德"思想的继承和发扬；在句式方面，多以"子曰……"提出观点，借助孔子的权威阐发观点，其后再以《诗》云……的句式进一步借助广泛传播和接受的经典对观点加以强化佐证。此外，在《诗》云之后，还有以《大雅》曰……《小雅》曰……或某具体篇目曰……等形式再次引用诗句的例子，以《诗》中诗句反复强化观点，进一步提升权威性。在同一则的阐述和引用中，还存在层次深入递进的引用现象，如先引用一般诗句，最后以关于圣王如文王、成王的诗句结尾，以进一步强化观点。如以下例子：

> 子曰：好贤如《缁衣》，恶恶如《巷伯》，则爵不渎而民作愿，刑不试而民咸服。《大雅》曰："仪刑文王，万国作孚。"
>
> 子曰：禹立三年，百姓以仁遂焉，岂必尽仁？《诗》云："赫赫师尹，民具尔瞻。"《甫刑》曰："一人有庆，兆民赖之。"《大雅》曰："成王之孚，下土之式。"
>
> 子曰：君子道人以言，而禁人以行。故言必虑其所终，而行必稽其所敝；则民谨于言而慎于行。诗云："慎尔出话，敬尔威仪。"《大雅》曰："穆穆文王，于缉熙敬止。"

这是一种层层递进、强化论证的形式。这种"引诗以证事"的方式，属于"《诗》之用"的范畴，而非"《诗》之学"的范畴。

在引《诗》的方法上，《缁衣》所引之《诗》重在词句意思，与上文所述之意语意贴合，或文意承接，或关键词相同，有联想起兴的触发点。但与所引之《诗》通篇主旨无关，仍带有春秋时期典型的"断章取义"的特点。有少量引《诗》中对诗句主旨进行了阐释。如：

> 《诗》云："鸢飞戾天，鱼跃于渊。"言其上下察也。
>
> 《诗》云："维天之命，于穆不已！"盖天之所以为天也。"于乎不显！文王之德之纯！"盖曰文王之所以为文也，纯亦不已。

　　以上两例，是子思对《诗》中词句意思作出的阐释。"鸢飞戾天，鱼跃于渊"出自《大雅·旱麓》，子思解释这一句的意思，是说要像鸟儿飞腾于天，鱼儿深潜于水一样知晓天文地理，无所不察。

　　第二例中所引诗句出自《周颂·维天之命》，在引用"维天之命，于穆不已"之后，子思用"盖天之所以为天也"进行阐释。同样，在引用"与乎不显，文王之德之纯！"后，用了"盖文王之所以为文也"进行阐释。这样的阐释没有直接对文意进行说明，仍然是模糊的指向，这一点与汉代及其后的字词训诂大有不同。

　　在子思学派引《诗》的例子中，也有对字词进行阐释的例子。如郭店楚简《五行》①的"说文"中对"不竞不絿，不刚不柔"逐字进行了阐释：

　　　　《诗》云：不竞不絿，不刚不柔，此之谓也。竞者强也，絿者急也，非强之也，非急之也，非刚之也，非柔之也，言无所争焉也。此之谓者，言仁义之和也。

　　"不竞不絿，不刚不柔"出自《商颂·长发》，原是描述成汤执政的方略既不严苛迅猛，也不过分宽松放任，执政从容平易，恰到好处。这里对这句话中关键字进行了阐释，称"不竞不絿，不刚不柔"指的是"无所争"，由此衍生出要推行仁义，行为要宽厚温和。

　　子思学派引《诗》对后世解诗产生了一定的影响。如在《五行》中，引《曹风·鸤鸠》中"淑人君子，其仪一也"来说明"君子慎其独"的道理：

　　　　淑人君子，其仪一也。能为一，然后能为君子。君子慎其独也。

　　《毛诗序》中称此诗主旨为："刺不一也。在位无君子，用心之不一

────────────

　　①　郭店一号楚墓年代为战国中期偏晚，陈来在《竹简五行篇讲稿》中推断楚简《五行》为"子思氏之遗书"，属于儒家子思学派的文献资料。

也。"明显是对《五行》中"能为一，然后能为君子"之意的引用。大毛公《诗故训传》中引《中庸》对《诗》之解读之句注诗。如上文提到过的《中庸》引《旱麓》中"鸢飞戾天，鱼跃于渊"之句，释其为"言其上下察也"。《故训传》中同样释之"言上下察也"。《正义》对此进一步解释："《中庸》中引此二句，乃云'言上下察'，故《传》依用之，言能化及飞潜，令上下得所，使之明察也。"

子思学派对《诗》之引用，一方面是春秋时期《诗》之用的延续，引《诗》以强化观点，仍带有"断章取义"的典型特点，引用之《诗》与所明之理的联系，或通过字词上的关联性进行联想引譬，或在字面意思有共通之处，但多与整个诗篇的主旨无关；另一方面，子思引《诗》过程中，部分例子将《诗》篇的主旨予以了明确，将这些诗篇的主旨与君子之道德标准联系在一起，对后世《诗》学阐释确立诗篇主旨有明显的影响。

第二节　孟荀对儒家《诗》教的贡献

子思之后，孟荀之引《诗》用《诗》，强化了孔子所提出的"王道解诗"的观点，并且在其游说诸侯和教育弟子的过程中进一步清晰了《诗》与"仁政""王道"的联系，使得《诗》的政教性功能发挥有了具体的体现。孟荀的用《诗》实践，使得孔子《诗》教所提倡的参与政治、积极用世的观点得到了应用，为汉代儒家系统构建《诗》学理论进一步奠定了基础，使得诗与政治的联系在孔子的基础上更进一步，更为明确和清晰。

一、孟子对儒家《诗》教的继承与发展

孟子将行动的理想主义注入孔子开创的传统，在君子成仁的基础上，他将"仁"推广至君王之"仁政"。孔子曾言，"《诗》之好仁也如此"，孔子援《诗》说"仁"，称仁有大小长短之分，个人之修身成仁为"终身之仁"，惠及一人而已，而圣王之仁教天下，则为惠及数代的"数世之仁"。孟子遍见君王，阐述仁政，发扬义理，力图将个人之仁推广至惠及天下的

仁政，这是对孔子援《诗》说仁的儒家传统的继承，也是对子思引《诗》以明君子之道、引《诗》以明为君之道的《诗》学路径的进一步发扬。在引《诗》以明理的道路上，孟子比孔子、子思走得更远。他直面君主宣扬仁政之理想，将《诗》之教的对象从弟子、民众，扩大到君主，身体力行开启了后世儒者们面对君王"以《诗》为谏"之先河。在《诗》教理论方面，孟子提出的"知人论世""以意逆志"的观点极大丰富了解《诗》的路径，拓展了对《诗》的理解，首次正式提出了在阐释和领会《诗》旨方面读《诗》者的主体作用，令读《诗》者的主动性和能动性地位得到加强，为后世传《诗》者不同学派间根据不同的立场、不同的学术渊源、不同的政治目的对《诗》进行意义迥异的解释活动提供了理论渊源和学术支撑。

（一）引《诗》入谏：《诗》教实践的发端

孟子是最早将《诗》广泛应用于对君主的劝谏、说服过程，以推行自己的王道政治理想之人。后世学者对孟子在《诗》诠释理论方面的贡献，多集中在"知人论世"等理论的提出上。笔者认为，孟子对于构建后世《诗》诠释理论最大的贡献，除了理论的提出，也在于他身体力行地在引《诗》、用《诗》的过程中实践了孔子提出的《诗》教的大目标，即实现王道政治的理想。

《孟子》全书涉及《诗》35处，孟子引《诗》与诸侯王对话就有10处，略占总数的1/3。细细梳理这些对话中的引诗与用诗，我们可以看到孟子明显地将《诗》与王道政治联系起来阐释的倾向。

1. 鼓励君王推行仁政

秉承"以德性仁者王"的理念游说诸侯的孟子，在对诸侯王的循循善诱的说服过程中，自西周以来就拥有广泛影响力的《诗》成为他阐释王道仁政的有力论据。《孟子·卷一·梁惠王上》中记载：

孟子见梁惠王，王立于沼上，顾鸿雁麋鹿，曰："贤者亦乐此乎？"

孟子对曰："贤者而后乐此，不贤者虽有此，不乐也。《诗》云：'经始灵台，经之营之，庶民攻之，不日成之。经始勿亟，庶民子来。王在灵囿，麀鹿攸伏，麀鹿濯濯，白鸟鹤鹤。王在灵沼，于牣鱼跃。'文王以民力为台为沼。而民欢乐之，谓其台曰灵台，谓其沼曰灵沼，乐其有麋鹿鱼鳖。古之人与民偕乐，故能乐也。《汤誓》曰：'时日害丧？予及女偕亡。'民欲与之偕亡，虽有台池鸟兽，岂能独乐哉？"①

此处所引之《诗》为《大雅》中的《灵台》篇。主要内容是描述文王修建灵台，百姓踊跃参与之事。梁惠王对自己"皇家园林"中的珍禽异兽颇为自得，问孟子是否"贤者亦乐此"，孟子借机讲述了此诗内容进行了进一步的发挥，联系到文王施行仁政，与民同乐，故百姓修建灵台不以为苦，反以为乐，灵台之修建成为君主施行仁政而得民心的有力例证。这是先秦人物说《诗》解《诗》中首次将《灵台》的主旨与仁政联系起来，这对后世解诗产生了深刻的影响，自此之后《灵台》就与文王仁政、王者惠民紧密联系在一起。汉代贾谊在《新书》中描述文王施行仁政，以此说服高祖"逆取顺守"以仁德治理天下，就取了《灵台》一诗作为历史事件之证据：

文王志之所在，意之所欲，百姓不爱其死，不惮其劳，从之如集。诗曰："经始灵台，庶民攻之，不日成之，经始勿亟，庶民子来。"文王有志为台，令近境之民闻之者裹粮而至，问业而作之，日日以众，故弗趋而疾，弗期而成，命其台曰灵台，命其囿曰灵囿，谓其沼曰灵沼，爱敬之至也。诗曰："王在灵囿，麀鹿攸伏，麀鹿濯濯，白鸟皓皓，王在灵沼，于牣鱼跃。"文王之泽，下被禽兽，洽于鱼鳖，故禽兽鱼鳖攸若攸乐，而况士民乎！②

这段话完全是依照《孟子》中的阐释路径，更加直接地将《灵台》一诗中描述的百姓踊跃修建灵台的景象作为文王仁政的表现和结果。刘向在

---

① （清）阮元校刻：《孟子注疏》卷第一，见清嘉庆刊本《十三经注疏》，中华书局 2009 年版，第 5796 页。

② （汉）贾谊：《新书校注》，中华书局 2000 年版，第 288 页。

《说苑》中更直接将灵台与"仁"联系在一起："积恩为爱，积爱为仁，积仁为灵，灵台之所以为灵者，积仁也。"①

可以说，正是孟子在引《诗》入谏的过程中对该诗篇的诠释，为《灵台》赋予了政教化的指向性意义。

在《孟子》中，借《诗》中篇章诗句来阐释施行仁政的好处和方法的例子非常多。同样是在《梁惠王章句上》中，孟子借《大雅·思齐》篇章中的"刑于寡妻，至于兄弟，以御于家邦"之句，推论出"推恩足以保四海，不推恩无以保妻子"，以此劝导梁惠王爱护百姓。在其之前，在《左传》僖公十九年记载中，子鱼劝说宋公不要讨伐曹国时也引用此诗句："《诗》曰：'刑于寡妻，至于兄弟，以御于家邦。'今君德无乃犹有所阙，而以伐人，若之何？"此时"刑于寡妻"之句还仅模糊地与君王之德联系在一起，并没有"亲亲"而后"亲天下"的明确的政教之意。但自孟子说《思齐》篇之后，此句常作为政教之法被引证。《汉书》中说"文王刑于寡妻，此圣人之所以昭教化也"。《后汉书》中也据此推论出国家治理之法应当由近及远，由亲亲而至天下："《诗》云，刑于寡妻，以御于家邦，明政化之本，由近及远。"②《魏书》中也说："夫圣人之教，自近及远。是以周文刑于寡妻，至于兄弟，以御家邦。化苟从近，恩亦宜然。"③ 还有诸多例子，不一一列举。总之，由孟子之后，"刑于寡妻"之句的政教主旨就此被固定下来。

更为典型的例子，是《孟子》卷二《梁惠王章句下》中记载的引诗事例，孟子规劝齐宣王施行仁政，齐宣王推脱说自己"寡人好货"，对此孟子引用《大雅·公刘》中"弓矢斯张，干戈戚扬，爰方启行"诗句，并以之为"公刘好货"的证明，来说服齐宣王"好货"并不影响君王施行仁政，只要君王"与百姓同之"，也能让国家兴旺。又针对齐宣王"寡人好色"的说辞，引用《大雅·绵》中"古公亶父，来朝走马，率西水浒，至于岐下。爰及姜女，聿来胥宇"的诗句，并将之归结为"大王好色，爱厥妃"的证明，

---

① （汉）刘向：《说苑校正》，中华书局1987年版，第476页。
② （南朝宋）范晔撰：《后汉书》，中华书局1965年版，第1406页。
③ （北齐）魏收撰：《魏书》，中华书局1974年版，第114页。

并进一步推论说，亶父好色，也顾及百姓的感受，在他的治理之下"内无旷女，外无怨夫"。用古代圣王亦"好货""好色"来拉近与齐宣王的距离，消除他对施行仁政的疑虑，说明"好货"与"好色"只要"好之有道"，能够以己推人，考虑到百姓的福祉和实际需要，就是施行了"仁政"。

这样的引诗解说方式明显已经超出了诗篇的本意。《大雅·公刘》是记载周民族迁徙和繁衍的史诗，"弓矢斯张，干戈戚扬，爰方启行"之句，是描述周人先祖公刘带领部族迁徙时盛大的场面，孟子将其引申为"公刘好货"，显然是为了承接齐宣王说"寡人好货"的话题，已经大大偏离了诗句本来的意义。《绵》中说"爰及姜女，聿来胥宇"之句，孟子将其攀附为"大王好色，爱厥妃"，也是甚为牵强的。这句话说的是周朝的先祖太王亶父非常仁厚，为避让戎狄，主动离开原来居住的豳地，迁往岐山之下。百姓扶老携幼，全部跟从他来到岐山之下，这个地方就成了周朝的王兴之地。姜女，为大王之妃。从"爱及姜女"就推断出"大王好色"，显然也是过度攀附。

这个例子非常典型地说明了孟子引诗的特点，一是将《诗》直接服务于王道，以《诗》作为有力的论据，说服君王施行仁政，推行儒家理想的王道。二是在引诗解诗的过程中，为了服务于王道的目的，对诗句进行了大胆的引申和阐释，部分篇章已经远远超出了诗篇的本意。

2. 引《诗》指出实施仁政的路径

在孟子与诸侯王的对话中，除了引《大雅》中诸多篇章中描述周代先祖、圣王身体力行施行仁政的诗句引申发挥，鼓励诸侯王效仿圣王，施行仁政之外。还借用《诗》中的篇章，提出了施行仁政的具体路径。

在滕文公向孟子请教治国之道时，孟子在层层深入的论述中，三次引《诗》作为佐证，强化自己的观点。孟子首先指出，治理国家首先要重视民事，即重视农业生产，给予老百姓以充足的时间进行耕种，以便让老百姓积累财富，拥有恒产。为了说明这个观点，他引用了《豳风·七月》中的句子"昼尔于茅，宵尔索绹；亟其乘屋，其始播百谷"来证明老百姓的农业生产是非常繁忙的。句子中描述了老百姓九月、十月忙着修缮房屋，因为开春就要播种百谷，没有时间再来修补破损的房屋了。孟子提出，国家重视民事，老百姓就能够有所储蓄，积累财富，而"有恒产者有恒心"，拥有了属于自己的财富，老百姓就会知礼义廉耻，遵守道德规范，有利于维护社会秩序和国家稳定。在这个基础上，他进一步提出，君主要恭俭礼下，取民有制，对人民征收赋税应该合理。为说明这个观点，孟子又引用了《小雅·大田》中"雨我公田，遂及我私"的诗句，以此来说明西周时期采取的赋税制度是根据实际收成"十取其一"井田制的"助税"制度，而非根据年均值收取赋税的"贡税"制度。接下来，孟子指出，要兴办学校，开展教化；在谈语的最后，孟子再次引用《大雅·文王》中的句子"周虽旧邦，其命惟新"，来鼓励滕文公效法圣王周文王，施行仁政，锐意进取，努力让国家面貌焕然一新。

　　滕文公问为国。孟子曰："民事不可缓也。"《诗》云："昼尔于茅，宵尔索绹；亟其乘屋，其始播百谷。"民之为道也，有恒产者有恒心，无恒产者无恒心。苟无恒心，放辟邪侈，无不为已。及陷于罪，然后从而刑之，是罔民也。焉有仁人在位罔民而可为也？是故贤君必恭俭礼下，取于民有制。阳虎曰："为富不仁矣，为仁不富矣。"夏后氏五十而贡，殷人七十而助，周人百亩而彻，其实皆什一也。彻者，彻也；助者，藉也。龙子曰："治地莫善于助，莫不善于贡。"贡者，校数岁之中以为常。乐岁，粒米狼戾，多取之而不为虐，则寡取之；凶年，粪其田而不足，则必取盈焉。为民父母，使民盼盼然，将终岁勤动，不得以养其父母，又称贷而益之，使老稚转乎沟壑，恶在其为民父母也？夫世禄，滕固行之矣。《诗》云："雨我公田，遂及我私。"惟助为有公田。由此观之，虽周亦助也。设为庠、序、学、校以教之。庠者，养也；校者，教也；序者，射也。夏曰校，殷曰序，周曰庠，学则三代共之，皆所以明人伦也。人伦明于上，小民亲于下。有王者起，必来取法，是为王者师也。《诗》云："周虽旧邦，其命惟新。"文王之谓也。子力行之，亦以新子之国。①

―――――――――――――

① （清）阮元校刻：《孟子注疏》卷第五上，见清嘉庆刊本《十三经注疏》，中华书局 2009 年版，第 5876 页。

可以看出，在为滕文公阐述治国之道的时候，孟子三次引《诗》，指明施行仁政的具体路径，以《诗》中的不同篇章来论证自己的观点，加强说服力。

孟子引《诗》入谏，既是对孔子以"仁"解《诗》思想的进一步发挥，又是将《诗》服务于王道政治的大胆实践，开启了《诗》教直接应用于政治实践的先河，为汉代儒家系统提出"主文谲谏"提供了行为的范本，加深了理论的根基。而孟子围绕"劝说君王"的目的对《诗》中篇章的刻意牵附和阐释，也为汉儒以强烈的政教目的为中心，将诗篇内容比附历史事件、比附历史人物，将《诗》在现实政治生活中派上"实实在在"的用途，为系统解诗提供了传统渊源与文化根基。

（二）以意逆志：解《诗》理论的创新

孟子对儒家《诗》教有重大影响的理论，是"以意逆志"观点的提出。语出《孟子·卷九万章章句上》：

咸丘蒙曰："……《诗》云：'普天之下，莫非王土；率土之滨，莫非王臣。'而舜既为天子矣，敢问瞽瞍之非臣，如何？"

曰："是诗也，非是之谓也；劳于王事，而不得养父母也。曰：'此莫非王事，我独贤劳也。'故说《诗》者，不以文害辞，不以辞害志。以意逆志，是为得之。如以辞而已矣，《云汉》之诗曰：'周余黎民，靡有孑遗。'信斯言也，是周无遗民也。孝子之至，莫大乎尊亲；尊亲之至，莫大乎以天下养。为天子父，尊之至也；以天下养，养之至也。诗曰：'永言孝思，孝思维则。'此之谓也。《书》曰：'祗载见瞽瞍，夔夔斋栗，瞽瞍亦允若。'是为父不得而子也。"①

"普天之下，莫非王土；率土之滨，莫非王臣。"出自《小雅·北山》，其后两句是"大夫不均，我从事独贤"。全诗是抱怨国事分配不公，大夫之

① （清）阮元校刻：《孟子注疏》题辞解，见清嘉庆刊本《十三经注疏》，中华书局2009年版，第5793页。

中，只有自己为王事日夜操劳，不能赡养父母，原意是，天下皆是王臣，为何独使我以贤才而劳苦？咸丘蒙以"率土之滨，莫非王臣"的字面意思，来诘问孟子：明明《诗》说了，天下的人都是天子的臣民，那么舜为天子，其父瞽瞍是不是他的臣子呢？孟子在回答这个问题的时候，解释了《北山》之诗的整体思想，指出这句话与舜的父亲瞽瞍是否应该向其子称臣并无关系。在此，孟子提出了说《诗》的原则，这就是："不以文害辞，不以辞害志。以意逆志，是为得之。"——不能因为字面的解释而损害词句的意思，不能因为词句的解释而损害全诗的意思；要用自己的体会去揣度作者的原意，这样才能把握住诗意。孟子说，如果要仅凭字面意思来理解，那么《大雅·云汉》中说"周余黎民，靡有孑遗"，难道周朝的百姓，就一个都不剩了吗？《云汉》这首诗是描写周宣王为旱灾忧心忡忡。宣王时期的大旱，给百姓带来了深重的损失，百姓流离失所，饿殍遍野。但"靡有孑遗"则是运用了夸张的修辞手法。孟子借此来说明不能仅仅依据诗句的字面意思去理解诗意。

对于"不以文害辞，不以辞害志"，赵岐注曰：

> 文，诗之文章，所引以兴事也。辞，诗人所歌咏之辞。志，诗人志所欲之事……孟子言说诗者，当本之（志），不可以文害其辞，文不显乃反显也，不可以辞害其志。①

这里，赵岐认为，"文"指的是文采，就是为了引出本身要吟咏的对象，而进行的联想、隐喻等修辞手法，"辞"，就是诗人歌咏的实际对象本身，"志"则指的是诗人通过歌咏这个对象，想要表达的思想。就以《小雅·北山》这首诗为例：

> 陟彼北山，言采其杞。偕偕士子，朝夕从事。王事靡盬，忧我父母。

---

① （清）阮元校刻：《孟子注疏》卷第九上，见清嘉庆刊本《十三经注疏》，中华书局 2009 年版，第 5950 页。

溥天之下，莫非王土；率土之滨，莫非王臣。大夫不均，我从事独贤……

按照赵岐的说法，此诗中"陟彼北山，言采其杞""率土之滨，莫非王臣"等句就是"文"，这是为了引出"偕偕士子，朝夕从事""大夫不均，我从事独贤"而起的兴，"偕偕士子，朝夕从事""大夫不均，我从事独贤"等就是"辞"，这是诗人实际要吟咏的事件本身，就是自己独自为王事操劳，不得赡养父母。"志"则是整首诗的思想倾向和要表达的情感，主要是讽谏当时的君王周幽王处理王事不公，"役使不均，己劳于从事而不得养其父母也"。

按照赵岐的理解，不能只看到为了引出实际要吟咏对象而进行的联想、隐喻等"以他物喻本物"的修辞手法，而忽略了诗人真正吟咏的事件、对象本身。也不能仅仅只看到诗人所吟咏的对象本身，而忽略了他为什么要吟咏这个对象，其中蕴含的思想感情，也就是诗的主旨。

至于"以意逆志"，赵岐认为："人情不远，以己之意逆诗人之志，是为得其实矣。"[1] 就是说，人心相通，人情相近，要尽力以读诗者、解诗者的主观之意去理解作诗者的意思，这样才能获得诗的主旨。

朱熹在《朱子语类》中对"以意逆志"也进行了阐释。"逆志是将自家底意去推迎等候他志"[2]，也是说，要以解诗者为主体，去主动"推迎"诗作者之意。

可以说，孟子"以意逆志"观点的提出，首次正式提出了在阐释和领会《诗》旨方面读《诗》者的主体作用。读《诗》者的主动性和能动性地位得到加强。自此，通过自身的经验和人生阅历，带着特定的目的来"逆志"——推求作《诗》之人的创作意图，解释《诗》的主旨和意义，为儒家学者所普遍接受，成为解《诗》过程中的带有权威性的方法之一。正是"以意逆志"观点的提出，为汉代传《诗》者不同学派间根据不同的立场、

---

① （清）阮元校刻：《孟子注疏》卷第九上，见清嘉庆刊本《十三经注疏》，中华书局 2009 年版，第 5950 页。

② （宋）黎靖德编《朱子语类》，中华书局 1986 年版，第 2037 页。

不同的学术渊源、不同的政治目的对《诗》进行意义迥异的解释活动提供了理论渊源和学术支撑。

在儒家《诗》教上意义深远的《毛诗序》以及后来的《郑笺》将三百〇五篇纳入历史序列，赋予美刺意义，强化政教观念，进行系统阐释，正是基于"以意逆志"这个理论基础的大胆实践和应用。

（三）义理说《诗》：将《诗》的诠释纳入儒家话语体系

孟子对儒家《诗》教发展的贡献，同时还在于他在解《诗》的过程中，从儒家义理的角度出发进行诠释，首次将《诗》中章句的解释纳入儒家话语体系，开启了以儒家义理解《诗》的先河，推动了《诗》逐渐成为儒家思想体系中的元典材料。

在孟子与弟子论《诗》的过程中，弟子以《诗》中句子中的字面意思提出问题，孟子以儒家伦理道德来解释《诗》中的章句。比如与万章谈论《南山》：

> 万章问曰："《诗》云，'娶妻如之何？必告父母'。信斯言也，宜莫如舜。舜之不告而娶，何也？"孟子曰："告则不得娶。男女居室，人之大伦也。如告，则废人之大伦，以怼父母，是以不告也。"万章曰："舜之不告而娶，则吾既得闻命矣；帝之妻舜而不告，何也？"曰："帝亦知告焉则不得妻也。"①

孟子的弟子万章以《齐风·南山》中"娶妻之如何，必告父母"中的句子引入，请教孟子，为何舜娶了尧的两个女儿，这门婚事却没有禀告父母？这个问题充满了思辨性与矛盾性。首先，《诗》作为经典，其诗句所表达的意义具有极高权威性，是应该被遵循的。其次，舜是圣人，其言行足以为后世效法。那么，问题在于，为什么圣人舜没有遵循经典《诗》中描述的规则？这样做对不对呢？

《南山》一诗，是齐人讽刺文姜与其异母兄齐襄公之不伦之恋的诗篇。

---

① （清）阮元校刻：《孟子注疏》卷第九上，见清嘉庆刊本《十三经注疏》，中华书局2009年版，第5947页。

齐国的公主文姜按照正规的礼法嫁给了鲁国的桓公，却与同父异母的哥哥齐襄公乱伦，害死了自己的丈夫鲁桓公。《南风》中："娶妻如之何？必告父母；既曰告止，曷又鞠止？"这两句，是讽刺文姜与鲁桓公既然是明媒正娶，遵从礼法的合法婚姻，却在婚姻中罔顾礼法，恣意妄为。

孟子在回答万章的问题时，没有从诗篇本身所描述的事件进行讨论，而是就舜之婚姻"不告父母"的合理性进行阐述。舜的父亲瞽叟偏爱小儿子象，而小儿子象心术不正，贪婪好色，瞽叟与象曾联合起来多次企图谋害舜。如果舜将要迎娶尧之二女的事情禀告父亲，这桩美好的婚事必定遭到家人的破坏。孟子从这个角度出发，提出婚姻是"人之大伦"，不能因为僵守礼法而破坏了男女婚姻这样的人伦之首。在孟子与弟子关于《南风》中诗句的讨论中，孟子从儒家伦理角度对"娶妻之如何，必告父母"进行了合乎情理的解读，根本目的不是阐释诗句的本意，而是着重阐发儒家的义理。

这样的例子在《孟子》中还有典型的一处。孟子评论《小弁》和《凯风》中的诗旨，也是从儒家伦理的角度来分析。

公孙丑问曰："高子曰：《小弁》，小人之诗也。"孟子曰："何以言之？"曰："怨。"曰："固哉，高叟之为诗也！有人于此，越人关弓而射之，则己谈笑而道之，无他，疏之也。其兄关弓而射之，则己垂涕泣而道之，无他，戚之也。《小弁》之怨，亲亲也。亲亲，仁也。固矣夫，高叟之为诗也！"曰："《凯风》何以不怨？"曰："《凯风》，亲之过小者也。《小弁》，亲之过大者也。亲之过大而不怨，是愈疏也；亲之过小而怨，是不可矶也。愈疏，不孝也；不可矶，亦不孝也。孔子曰：'舜其至孝矣，五十而慕。'"[①]

这是孟子与弟子关于《小雅·小弁》与《卫风·凯风》诗旨的讨论。公孙丑向孟子请教，说高子提出，《小弁》是小人之诗，因其全篇充满着

---

① （清）阮元校刻：《孟子注疏》卷第十二上，见清嘉庆刊本《十三经注疏》，中华书局2009年版，第973页。

"怨"。在儒家强调中庸平和的评价体系里，"怨"这种情绪是不被称道的，反映在诗旨中也是一样。孔子评论《关雎》，就曾赞美其"乐而不淫，哀而不伤"，中正平和的情绪一贯是儒家审美的标准。而《小弁》，从其诗句本义来说，充满了哀伤忧愤的情绪，是人子的口吻哀叹无故却被父母遗弃。《毛诗序》中对此诗的背景阐释说："《小弁》，刺幽王也，太子之傅作焉。"《毛传》还补充说："幽王娶申女，生太子宜臼，又说（悦）褒姒，生子伯服，立以为后，而放宜臼，将杀之。"《论语》中提及孝道，特别指出要"劳而无怨"，从这个角度来讲，高子称《小弁》是"小人之诗"，是基于儒家一贯的审美和道德标准来讲的，有其自身的道理。而孟子对此评论说，高子论诗，太过拘泥刻板。孟子指出，《小弁》中体现出的这种哀怨是基于人子对于父母的爱，正因为爱自己的父母，所以遭到父母遗弃，尤其感到哀痛忧愤，这正是人之常情的表现——"亲亲"，以父母为亲，同样也希望父母以己为亲。父母抛弃毫无过错的子女，让子女孤独流浪，无所归依，这是大的过错。因此子女出于"亲亲"的情感，发出痛苦的哀怨，这正是基于爱父母的情感，这是情感的自然流露，是可以理解的。如果遭遇这样的对待还没有怨恨，那就是没有把父母放在重要的位置，心中没有父母，反倒是不孝了。

在讨论完《小弁》后，公孙丑马上举一反三，提出另外一首关于母子人伦的诗歌《凯风》。公孙丑提出，《凯风》同样是讲述父子母子之伦，同样父母有过错，为何《凯风》中没有怨怒之情？

《凯风》全诗是感叹"母氏劬劳"，而为人子者"难慰母心"。从字面意思看，没有诗句表明母亲有什么"过错"。但在《毛诗序》中，对此诗的主旨注释说："《凯风》，美孝子也。卫之淫风流行，虽有七子之母，犹不能安其室。故美七子能尽其孝道，以慰母心，而成其志尔。"说的是诗中的母亲受到卫国淫乱风气的影响，行为举止不检点，"不安于室"。在孟子与公孙丑的对谈中，孟子称此诗中表现的是"母之小过"。孟子指出，母亲的过错小，为人子者不应因此"小过"而有怨怒的情绪，若因此而"怨"，则是不孝。

这段话中，孟子并没有就《小弁》或者《凯风》的作诗背景、诗旨内涵进行具体的解读，而是以此阐释儒家伦理道德中的普遍原则，"怨亲之大过"，恰恰说明心中有"亲亲"的原则，是"仁"的表现；"不怨亲之小过"，则表明自己心胸宽大包容，同样也是基于对父母的爱，这也是"仁"的表现。这是基于儒家伦理的人情推导，在刚性的伦理法则中，加入了人之常情的理解与宽容。

以上可见，孟子在与弟子的解《诗》过程中，多以《诗》引入，然而实际讲解的是儒家的义理。在孟子全新的诠释下，《诗》的意旨融入了儒家义理，成为承载儒家思想的经典文本。

二、荀子对儒家《诗》教的继承与发展

荀子在著作中引《诗》称《诗》的现象较多，在议论或说理结束之后，常以"《诗》曰……此之谓也"的句式结束全文，后世汉儒解《诗》常沿袭这一模式，形成了一种较为固定的模式。荀子的思想与孔孟思想有所不同，其提倡"性恶"之论，强调"隆礼重法"，表现出偏重于法家的思想特点。在其著作中引《诗》论《诗》，也是为其思想表述提供经典依据，较为突出的特征是以礼说《诗》和再次强调《诗》的乐教功能。

（一）再提《诗》言志：提供义理解《诗》的理论根源

荀子对《尚书·尧典》中"诗言志，歌咏言，声依永，律和声"的观点做了进一步的阐述，明确将《诗》言志，同王道政治联系起来。提出《诗》言之志，是圣人之理、百王之道：

> 圣人也者，道之管也：天下之道管是矣，百王之道一是矣。故诗书礼乐之道归是矣。诗言是其志也，书言是其事也，礼言是其行也，乐言是其和也，春秋言是其微也，故风之所以为不逐者，取是以节之也，小雅之所以为小雅者，取是而文之也，大雅之所以为大雅者，取是而光之也，颂之所以为至者，取是而通之也。天下之道毕是矣。①

---

① 杨柳桥：《荀子诂译》，齐鲁书社 2009 年版，第 26 页。

在这段话中，荀子提出诗书礼乐所承载的道理，是圣人之道、百王之道。圣人的思想原则经由《诗》《书》等经典流传下来。他以《诗》中篇章来解释这个道理。荀子说，《国风》多咏男女之情，但却不显得放荡，是因为有圣人之道在其中，故其有所节制；《小雅》《大雅》也正是因为有圣人之道在其中，才显得庄重、静穆、文辞华彩；《颂》之所以能够备受尊崇，应用于庄重的祭礼典礼，也是因为蕴含着圣人之道。

在之前的篇章中，荀子解释了这个"圣人之道"也正是"君子之道"，其核心要素正是儒家所提倡的"仁""中正"与"礼义"：

先王之道，仁之隆也，比中而行之。曷谓中？曰：礼义是也。

道者，非天之道，非地之道，人之所以道也，君子之所道也。

荀子认为，古代圣王的政治原则"道"，其最高体现就是"仁"，要实践这个"仁"，需要沿着中正之道前行。怎么才能做到中正呢？荀子提出，礼仪就是这种中正之道。只要遵循礼仪，就能做到君子之道，实践圣王之道。

荀子对《诗》言志的进一步阐释，将《诗》所言之"志"统一到"圣人之道""君子之道"的范围内，为儒家借说《诗》解《诗》发挥儒家义理，提供了理论上的根源。正因为《诗》中本来就包含着"圣人之道"，无论《风》《雅》《颂》都蕴含着圣人之道，所以《诗》天然就具备了阐述圣人之道、论证圣人之道的理论渊源。

（二）以礼说《诗》：开启汉儒以礼说《诗》先河

荀子全书共32篇，除《乐论》《性恶》《成相》等五篇，其余的二十七篇均引《诗》以证，引《诗》的总数有83处。而在这83处中，有2/3的内容均与"礼"相关。引礼入《诗》，诗学礼化，是荀子在延续孔子"以仁解诗""以王道解诗"的道路上迈出的更为具体的前进的一步。在荀子这里，《诗》之教化的工具性体现得更为明显。

在《荀子·王霸》中，荀子高度强调"礼"的重要性，将其提升到"正国"的高度，将"礼"对国家的重要性比作大秤上的秤砣、木工判断曲直的墨线、画出直角的"矩"和画出圆圈的"规"，是维持国家秩序的重器。他说："国无礼则不止，礼之所以正国也，譬之，犹衡之于轻重也，犹绳墨之于曲直也，犹规矩之于方圆也，既错之而人莫之能诬也。诗云：'如霜雪之将将，如日月之光明；为之则存，不为则亡。'此之谓也。"

在《荀子》中，以礼说诗，或者说以诗证礼是全方位的，从个人修身到社会秩序无所不包。在《荀子・不苟》篇中，荀子引《诗》来证明"君子"应具有的高尚品行：

> 君子宽而不僈，廉而不刿，辩而不争，察而不激，直立而不胜，坚强而不暴，柔从而不流，恭敬谨慎而容。夫是之谓至文。诗曰："温温恭人，惟德之基。"此之谓也①。

"温温恭人"出自《大雅・抑》，是说对人温和、谦恭、礼让，是一个人品德的基础。荀子引此句来证明君子应该"宽而不僈，廉而不刿，辩而不争，察而不激，直立而不胜，坚强而不暴，柔从而不流，恭敬谨慎而容"，是对个人德行的要求。

《荀子・臣道》中，荀子引《诗》概括了为人臣者应具备的品质：

> 忠信以为质，端悫以为统，礼义以为文，伦类以为理，喘而言，臑而动，而一可以为法则。诗曰："不僭不贼，鲜不为则。"此之谓也②。

"不僭不贼，鲜不为则"出自《大雅・抑》，意思是不失礼仪，不逾本分，则众人都以之为榜样。荀子在此引用诗句来进一步说明臣子只要忠信端正，谨守礼仪，就能够动静合益，成为民众的榜样。

这是引诗来加强说理的例子。在《荀子》中，还有不少直接用《诗》中的诗句来规范具体的礼仪的例子。以《荀子・大略》篇中引诗为例，荀

---

① 杨柳桥：《荀子诂译》，齐鲁书社 2009 年版，第 34 页。
② 杨柳桥：《荀子诂译》，齐鲁书社 2009 年版，第 257 页。

子就直接以《诗》中篇章的章句来说明礼仪的具体表现。

> 诸侯召其臣，臣不俟驾，颠倒衣裳而走，礼也。诗曰："颠之倒之，自公召之"天子召诸侯，诸侯辇舆就马，礼也。诗曰："我出我舆，于彼牧矣。自天子所，谓我来矣。"①

"颠之倒之，自公召之"出自《齐风·东方未明》，关于此诗的诗意，历来诸家各有解释。孟子也引用过此诗句，主要是为了解释孔子有官职，国君以官职招之，故孔子"不待驾而应君命"，整段其实是为了说明召贤之礼。而荀子在此直接将"颠之倒之，自公召之"理解为"诸侯召其臣，臣不俟驾，颠倒衣裳而走"是礼仪本身，在其他古籍中未见相关礼仪记载，如此引用颇有些牵强。但这恰恰也正说明了荀子引《诗》的明显的礼仪化倾向，荀子是为了说明君臣之间的尊卑秩序，体现礼对社会名分的重视，才引用《东方未明》中的诗句，来强化臣子对君主的遵从和敬意。

又如：

> 聘礼志曰："币厚则伤德，财侈则殄礼。"礼云礼云，玉帛云乎哉！诗曰："物其指矣，唯其偕矣。"不时宜，不敬文，不欢欣，虽指非礼也。②

"物其旨矣，唯其偕矣。"出自《小雅·鱼丽》，全诗为周代宴飨宾客通用之乐歌，诗中主旨是盛赞宴飨时酒肴之甘美丰富。荀子在此引用此诗，是为了说明若是"不适宜，不敬文，不欢欣"，就算礼物再多，也是不符合仪礼的。

《荀子·劝学篇》中，荀子对学经的目的做了总结："学恶乎始？恶乎终？曰：其数则始乎诵经，终乎读礼。"可见在荀子的治学体系中，学习诸经是为了明礼。

---

① 杨柳桥：《荀子诂译》，齐鲁书社 2009 年版，第 519 页。
② 杨柳桥：《荀子诂译》，齐鲁书社 2009 年版，第 522 页。

荀子的引诗方式，对后世解诗产生了两方面的影响。

其一，荀子为"隆礼"而解诗，以《诗》中诗句来印证礼的权威性、合法性和有效性，从内在行为准则的道德规范到外在行为的约束规范，从个人的修身齐家到国家的政治法则，"礼"无所不包，相应的，证"礼"的《诗》也由此无所不包。这种以诗证礼的方式到了汉代的《毛传》，尤其是郑玄为《毛传》所作的《郑笺》中，演变成了全方位的"以礼证诗"，试图从《诗》中寻找到周代社会生活和政治生活中的各种规范之"礼"。《诗》与"礼"互为印证，融为一体，正是始于荀子之发端。

其二，通观《荀子》全书，《荀子》引诗有较为固定的模式，通常是先发表对事件的议论，再引《诗》以证之，其间说理之后，多用"《诗》云……，是之谓也"这样的句式，引《诗》对所说之理进一步强化论证。汉代《外传》就沿用了这样的说《诗》方式。"《诗》云……，是之谓也"成为较为固化的论证方式。

荀子对汉代《诗》学的影响是巨大的。考证齐、鲁、韩、毛四家《诗》的学术渊源，除《齐诗》资料匮乏，难于考证之外，《鲁诗》《韩诗》《毛诗》都与荀子《诗》学有密切渊源。荀子对《诗》义的扩展、阐释、运用，既来源于《诗》之本意，又进一步提升了《诗》之本意，将其直接运用于礼制的建设，这是对孔子以王道解《诗》、孟子以意逆志的《诗》学精神的进一步继承与发扬，同时又开启了后世汉家《毛诗》学以礼说诗、《韩诗》学以诗证理的先河。

（三）《诗》乐相合：承前启后，重提"乐教"

荀子接续西周时期"《诗》乐之教"的传统，重视《诗》的乐教功能。在《劝学篇》中，他提出：

> 故《书》者，政事之纪也；《诗》者，中声之所止也；《礼》者，法之大分，类之纲纪也，故学至乎《礼》而止矣。①

---

① 杨柳桥：《荀子诂译》，齐鲁书社 2009 年版，第 236 页。

在讲到《诗》时，荀子提出其为"中声所止"，中声，也就是中正平和之声。这句话是说，《诗》的主旨是节制音乐的节奏旋律，使其至于中正平和，不能使之淫靡放纵。在《乐记》篇章中，他也提出，《雅》《颂》之声，其音乐能够发挥愉悦心情的功能，而又不流于过度放纵而致乱；其诗句足够用来阐明正确的道理，而不流于华丽花哨；其节律能够化性起伪，令人性向善，让邪恶肮脏的风气无法感染到民众。

夫乐者、乐也，人情之所必不免也。故人不能无乐，乐则必发于声音，形于动静；而人之道，声音动静，性术之变尽是矣。故人不能不乐，乐则不能无形，形而不为道，则不能无乱。先王恶其乱也，故制雅颂之声以道之，使其声足以乐而不流，使其文足以辨而不諰，使其曲直繁省廉肉节奏，足以感动人之善心，使夫邪污之气无由得接焉。是先王立乐之方也。①

接着，荀子描述了以《诗》中《雅》《诵》为蓝本的乐教给多方面带来的功效：

故听其雅颂之声，而志意得广焉；执其干戚，习其俯仰屈伸，而容貌得庄焉；行其缀兆，要其节奏，而行列得正焉，进退得齐焉。故乐者、出所以征诛也，入所以揖让也；征诛揖让，其义一也。②

第一句，《雅》《颂》之声首先能够陶冶人的情操，使人闻之而志向心胸更为宽广；其次，配合伴随篇章的舞蹈，手持斧钺、盾牌等武器，练习俯仰、伸展之类的舞蹈动作，能够让人容貌庄严。第二句，"执其干戚"这类的舞蹈，多是配合《颂》中歌颂圣王创业之功篇章的大型舞蹈，如，颂扬武王灭商之武功的《大武》乐章，其配合的舞蹈就是"朱干玉戚，冕而

---

① 杨柳桥：《荀子诂译》，齐鲁书社 2009 年版，第 201 页。
② 杨柳桥：《荀子诂译》，齐鲁书社 2009 年版，第 399 页。

舞"，舞者手持盾牌，高举斧钺，表演武王雄壮威武的灭商大军征战的赫赫之威，这一句也是就《诗》的乐教功能进行阐发。第三句，"行其前缀，要其节奏，而行列得正焉，进退得齐焉"，承接上句，指的是《诗》中大型舞蹈中的队伍排列整齐划一。《汉书》卷五十六《董仲舒传》中称："及至周室，设两观，乘大路，朱干玉戚，八佾陈于庭，而颂声兴。"天子祭祀中使用的乐章所配合的舞蹈，是八行八列，共 64 人，《论语·八佾》中记载，孔子也曾云，季氏"八佾舞于庭，是可忍，孰不可忍"，说的就是大夫僭越，在表演配合《诗》中乐章的舞蹈时，超出规格使用了八行八列的舞者，因按照周礼，大夫家祭祀舞蹈的规格是"四佾"（四排四列 16 人）。可见《颂》的乐舞多是集体舞蹈，多则 64 人，少则十数人。在集体舞蹈时，舞者遵循节奏的规律，步伐一致，进退有度，整齐规范。因此"行列得正焉，进退得齐焉"这一句，荀子仍然是在阐述《诗》的乐舞之道。

荀子提出"《诗》乐相合"以培养身心，提升道德与文学的正确教育方式。不同的诗乐配合会达到不同的效果，这种效果有好有坏，因此必须详加甄别。郑卫之声，令人心生淫思；而韶武之乐，则令人心思庄重肃穆。

> 姚冶之容，郑卫之音，使人之心淫；绅、端、章甫，舞韶歌武，使人之心庄。[1]

《郑风》与《卫风》中多男女恋情之诗篇，其音乐旋律活泼轻快，抒情成分较浓，与庄重肃穆的雅乐相比，《国风》为地方曲调，尤其是郑地与卫地的音乐与诗篇，更贴近生活，注重抒发情感，因此儒家自孔子起就提出要"放郑声，远佞人。郑声淫，佞人殆"。荀子秉承孔子关于《郑风》对人不良影响之观点，也提出，"郑卫之音，使人之心淫"，要避免用郑卫之风影响百姓，而要用《韶》《武》这样的音乐陶冶人的情操，提升人的素养。《韶》是帝舜时期的古乐，为舜所作歌颂示范为帝的德行的乐曲，《竹书纪年》载，"有虞氏舜作《大韶》之乐"，孔子在齐国学《韶》乐之后，"三

---

① 杨柳桥：《荀子诂译》，齐鲁书社 2009 年版，第 403 页。

月不知肉味"，称其"尽美矣，又尽善也"；《武》为周代乐曲，传为武王、周公伐纣而得天下之后所作，宣扬周王朝初建的赫赫武功，孔子称其"尽美矣，未尽善矣"。荀子提倡用上古时期"尽善""尽美"的雅乐《韶》《武》来熏陶人的思想，提升人的情操，达到教化感召的作用。

与孟子相比，荀子在引《诗》以说理的同时，还特别强调了《诗》教的音乐功能。可见，荀子提出的《诗》教，正是西周时期诗乐舞三位一体的乐教综合体。荀子观念中的《诗》教，既包含《诗》中篇章诗之文章辞采的教化培育，能够使人的文章"足以辨而不認"，能够阐明道理而不过分华丽；又包含音乐之教，能够陶冶人的性情，导人向善，心胸宽广；还包含行为培训，在舞蹈的练习中舒展与俯仰，能够让人容貌端正，同时集体的舞蹈中行列整齐，能够让人知进知退，行为适宜。

孔子也注重《诗》的乐教功能，孔子曾"正乐"，将春秋中期已经流传混乱的雅乐和篇章进行了编排，"吾自卫反鲁，然后乐正。《雅》《颂》各得其所也"。经由孔子的编订和传播，原本属于贵族礼乐教育系统的《诗》，逐渐走入百姓生活。孔子一直强调"兴于《诗》，立于礼，成于乐"，以《诗》为蓝本的礼乐教化是孔子毕生实践的教育理想。陈蔡困境时，孔子及其弟子绝粮七日，而仍然"弦歌不衰"；夹谷会盟中，孔子以雅乐为外交手段，对齐国以"矛戟剑拔"鼓噪的"四方之乐"和用"优倡侏儒"表演的"宫中之乐"予以义正词严的驳斥，令有司严厉制止，取得了外交上的胜利。孔子正是在个人修养中修习礼乐，在政治实践中践行礼乐的成功典范。孔子弟子也是礼乐的践行者和传播者，《论语·阳货》记载：

子之武城，闻弦歌之声。夫子莞尔而笑，曰："割鸡焉用牛刀?"子游对曰："昔者偃也闻诸夫子曰：'君子学道则爱人，小人学道则易使也。'"子曰："二三子! 偃之言是也。前言戏之耳。"

孔子弟子在接受孔子乐教思想后，也在有机会主政一方时积极进行乐教之实践。子游（言偃）在武城做官，以弦歌乐教教化百姓，孔子到武城"闻弦歌之声"莞尔而笑，说明孔子弟子身体力行地践行孔子的礼乐治理的理想。

在荀子之前的子思、孟子的论《诗》引《诗》中，少见对于乐教的论述和提倡。尤其是孟子，对于《诗》的乐教功能不甚为意，在儒家提倡远离"郑卫之音"而近"雅颂之音"的绝对立场中，甚至表现出了模糊和中和的态度。在《孟子·梁惠王下》中，记载了梁惠王称自己好"世俗之乐"，非"先王之乐"，而孟子对此的回答是，"今之乐犹古之乐也"，与孔子和荀子态度鲜明的反对郑卫之音的立场截然不同：

> 他日，见于王曰："王尝语庄子以好乐，有诸？"王变乎色，曰："寡人非能好先王之乐也，直好世俗之乐耳。"曰："王之好乐甚，则齐其庶几乎！今之乐犹古之乐也。"[1]

这段话中，在谈及"王好乐"时梁惠王立刻"变乎色"的举动，表明他对于儒家提倡雅乐，反对流行的靡靡之音的立场是清晰的，对自己"好世俗之乐"的喜好颇有惭愧和不安。但是孟子并没有对此展开关于不同音乐对于人之性情的影响——教化的不同，而是绕开这个话题，直接进入自己要重点阐述的关于"民本"的思想。这至少说明两方面问题：一是孔子之后，到孟子之前，孔门《诗》教中对于乐教的提倡可能已经中断，音乐的教化功能对于孟子而言缺乏直观的体会和理解；二是孟子本人更重视《诗》之文本的应用和阐释，对于《诗》之乐教功能持不以为意的态度。从这个方面来讲，在礼坏乐崩的战国末期，荀子再提"乐教"，强调诗乐合一的教化功能，是对孔子乐教思想的继承和发展，具有重大意义。

第三节　小结

春秋末期是社会发生剧烈变革的时期，诸侯争霸愈演愈烈，社会分化

---

[1]　（清）阮元校刻：《孟子注疏》卷第十二上，见清嘉庆刊本《十三经注疏》，中华书局 2009年版，第 969 页。

加速。周天子的王权在这一时期急剧下降，徒有其仪的礼乐制度到这个时期，连外壳的"仪"也已经消失。这段时期前后，各诸侯国之间政治乱象频出，权臣乱政有之，父子相争有之，臣下弑君有之，强国灭弱有之。鲁定公四年之后，再无礼仪赋《诗》的记载，这表明诸侯国之间纷争的解决方式，已经从逐步外交聘问、周旋干预过渡到武力征伐、灭国绝祀，礼仪之道不再盛行，军事实力成为绝对权威。这是一个急速扩张与急速变革的时代，礼法不能约束强国吞并扩张的野心，而充满秩序感和仪式感的诗乐则与寻求颠覆和突破的时代特征背道而驰，于是武力被彰显，而礼乐被抛弃。随着关于礼乐的仪式在政治生活中逐渐消失，《诗》在礼仪程序中的功用逐渐不再为人所熟知，《诗》与乐、舞逐渐分离。正是在这一乱世中，许多与《诗》相配的乐曲失序和遗失，曾经隆重盛大的舞仪也不再流传于世。这是社会转型时期一次深刻的文化危机。在历史转折的危急时刻，孔子对《诗》进行重新整理编订，"三百五篇皆弦歌之，以求合韶武雅颂之音"，对礼乐的保存做出了重要贡献。

孔子首次提出了"《诗》教"的概念，在春秋末期礼坏乐崩的环境下，借由《诗》的文本教育，接续和传播了西周的礼乐文化。同时经由孔子的改造和发展，《诗》的文本意义被充分发掘，篇章主旨开始凸显，《诗》逐渐具备了独立的教化意义。孔子《诗》教充分挖掘了《诗》的自有属性：德性与政教性，一方面接续了西周礼乐教育中通过《诗》对子弟德行的培育方式，着力由《诗》的教育培育弟子"温柔敦厚"的性情和成仁达仁的理想品格；另一方面强调了借由《诗》积极入世干政，参与国家政治事务的功能性，致力于培养弟子"达政专对"的从政能力。通过《诗》的教化，完善自身修养，同时积极入世匡君济民，这是孔门《诗》教所提倡的内圣与外王的两条显著路径。后世儒家《诗》教的系统化发展，正是在孔子《诗》教所确立的这两条基本路径的基础上不断完善发展。

从历史的纵深来看，孔子《诗》教在历史长河中的意义，不仅在于它提出了《诗》教的概念，规划了《诗》教的方向，还在于它具体提出了《诗》教实践的具体宗旨。"思无邪"就是儒家《诗》教的总纲领，在这个总纲领下，解诗论诗都归于礼制德教的框架之下，三百〇五篇都具有教化的意义；"温柔敦厚"是其具体操作方式，无论是自身修养，还是在入世干政方面，以《诗》为用的具体实践从此都有了既定的目标和实践的方式，目标清晰而态度委婉，这是儒家在朝着匡君济世的刚性目标坚定前行时采取的智慧而柔性的策略；"兴观群怨"是其功能发挥，"兴"为后世"诗缘情"的观念提供了理论基础，"观"奠定了后世《诗》教理论中"正得失"的理论雏形，"怨"则为汉儒提出"美刺"说奠定了理论基础。孔子《诗》教，上承西周礼乐教化的德音余韵，下启汉代系统解《诗》的理论根源，奏响了开启儒家《诗》教宏伟乐章的金玉之声。

战国之前的儒家思想家们，以《诗》为教的途径，都不在于具体而微的字词训诂和个体篇章主旨解释，而在于以《诗》与道之间的相关点出发，论证和阐发儒家之义理。为达到这一目的，无论是子思、孟子，还是荀子，大多数时候都采用了春秋时期"断章取义"的方式，结合所述之道与具体语境对《诗》进行灵活的阐释。

孟子与荀子的解诗与引诗沿着孔子所提出的以仁解《诗》与以王道解诗的两条路径分别前进。孟子拓展了孔子修身成"仁"的个人修养路径，将其扩展到君王治国之"仁政"，着力将《诗》中篇章之意与"仁政"联系起来，开启了《诗》教之以诗为谏，参与政治事务的先河；同时，孟子提出"以意逆志"，确立了解诗者的主体地位，为后世学者百花齐放的解《诗》路径提供了理论根源。同样是期望建立清明社会，实现"三代之治"的理想政治模型，孟子强调的是君王内在的"仁"心，期望依靠最高统治者的自我修养和高尚品行，自上而下地施行"仁政"，惠及百姓，而荀子注重的是外在的约束，期望"隆礼重法"，从制度上根本解决社会无道、人伦失序等影响国家稳定发展的问题，同样引用经典增强说服力。荀子引诗的重点就放在了突出"礼法"必要性及重要性之上。这种以《诗》证"礼"的引诗模式深刻影响到后世四家《诗》、《郑笺》的解《诗》方式。

从孔子到子思、孟子和荀子，儒家《诗》教对《诗》儒学化的阐释方式日益成熟，不断发展。陈良运在《中国诗学批评史》中所言："战国时代的学者称《诗》，较之春秋时代的君臣称《诗》，虽然也还在'断章取义'，但是也有显著不同，那就是极少或不用《诗》言己之志，而是用《诗》说理、明理，从《诗》引发出对人生哲理与道德伦理的思考。孔子与子贡已开其端，他的弟子及弟子的传人对此用法渐至纯熟。"① 到此阶段，儒家《诗》教的精神主要是通过对《诗》儒学化的引用和阐释，获取"意义上的领会"②，从而达到儒家所提倡和赞赏的修身成仁与兼济天下的目标。借助经典的阐释，来表达和强化自己的学术思想和政治思想，是先秦儒家们共同的话语方式。正是借助于这种话语方式，一方面以经典的权威论证了儒家的学术思想和政治思想；另一方面借由儒家们在著述、言语，与君王的对答中不断强调和引用的传播，儒学经典也逐渐从民间话语上升到权利话语与中心话语，其影响力和权威性得到进一步的加强。儒家政治理想、社会理想借由《诗》的阐释得以获得认同和实现，而《诗》的经世功能、伦理功能、教化功能也在这个过程中得以完善和定型，在时间的沉淀和历史的发展中又反哺于儒家的政治社会理想。这是一个双向互动和促进的过程。

---

① 陈良运：《中国诗学批评史》，江西人民出版社 2001 年版，第 43 页。
② 罗立军：《从诗教看韩诗外传》，暨南大学出版社 2008 年版，第 76 页。

第六章

汉代《诗》教：儒家《诗》教的定型

由先秦至汉的经典传播，中间经历了秦王朝一场"焚书"之劫，经典的文本缺失，几致断绝。《诗》有赖于其曾配乐以歌，以口耳相传之形式得到广泛流传，在"五经"中得以较为完整地保存下来。但三百〇五篇尽管大部分得以留存，先秦时期对《诗》的阐释、理解，以及应用的理论却并未得到完整、全面的流传。西周时期建立的贵族《诗》教在西汉初期已经全盘瓦解，新的《诗》教理论此时尚未确立。一方面是传统学术、圣贤之论的困难接续，但另一方面，却为汉家《诗》教的创建提供了自由发挥、阐释的相对宽松的环境。

经过汉儒系统解诗，汉代《诗》教观念逐步定型。流传下来的《毛诗序》中，对《诗》教的历史责任、施行的双重路径、诗篇的主旨含义、《诗》的社会政治功能进行了系统的阐述，可视作儒家《诗》教的纲领。在这个纲领中，对孔子所提出的诗的社会功能进行了更为明确地强化，政治色彩更为浓厚，诗的政教功能得到进一步的强化。以《毛传》《郑笺》为代表的毛诗理论，完整地构建了一个逻辑清晰、首尾闭合的《诗》教体系：明确了《诗》教"下以风谏上"与"上以风化下"的双重功能；树立了"言之者无罪，闻之者足戒"的约束主客体双方的"《诗》教"实践的不二原则；规划了在"正变"背景下，以"美刺"解《诗》的清晰逻辑体系。在这个理论体系下，《诗》中所有的诗篇都足以与王道政教发生联系，发挥关于匡正时弊、格正君心、清明政治的教化功能。自汉代起，《诗》正式变为《诗经》，儒家《诗》教的理论体系正式建立。自此之后，后世的儒家《诗》教理论基本都沿袭着《毛诗》所确立的理论体系演变与发展。

第一节　汉代儒家《诗》教形成的历史背景

西汉的汉武帝时期，应该说是中国社会由贵族政治向君主政治转型的一个基本完成期。西汉前期七十余年崇尚老子之学，施行休养生息的无为政治，汉承秦制，改变不大。汉武帝以"独尊儒术"的方式更新了治国指导思想，这就需要以儒学为指导更化改制调整治国方略、更新政治秩序、改善政治制度。汉人倡导《诗》教，这是汉代儒家知识分子在当时所处的政治环境下，为实现自身修齐治平的理想，积极应变，产生的对策之一。自先秦士人兴起而成为社会新兴阶层以来，儒家知识分子对当时的社会政治产生了一种批判、省思与改善的责任感和使命担当。但到了汉代，皇权得到前所未有的加强，儒士们与君王坐而论道、平等阐发政治观点的机会已经丧失，儒士与君主之间亦师亦友的平衡被打破，取而代之的是绝对的上下尊卑和对至高皇权的不容置疑。在这样的环境下，儒士以《诗》为工具，巧妙地创造出一种全新的、在绝对权威的缝隙中可供转圜的政治话语模式。借用《诗》在先秦时期就形成的被当代所认可的，如"温柔敦厚"这样的内涵特征，推演出"主文谲谏"的委婉讽喻方式，以达到"言之者无罪，闻之者足戒"的进谏效果，构建儒家独特的话语权利。汉代知识分子以治国为本，《诗经》成为其解说治国思想与方略的蓝本。

关于汉初《诗》学逐步兴起的情况，可从刘歆与太常博士的书中窥见一斑：

> 及夫子没而微言绝，七十子终而大义乖。重遭战国，弃笾豆之礼，理军旅之陈，孔氏之道抑，而孙、吴之术兴。陵夷至于暴秦，燔经书，杀儒士，设挟书之法，行是古之罪，道术由是遂灭。
>
> 汉兴，去圣帝明王遐远，仲尼之道又绝，法度无所因袭。时独有一叔孙通略定礼仪，天下唯有《易》卜，未有它书。至孝惠之世，乃除挟书之律，然公卿大臣绛、灌之属咸介胄武夫，莫以

为意。至孝文皇帝，始使掌故朝错从伏生受《尚书》。《尚书》初出于屋壁，朽折散绝，今其书见在，明师传读而已。《诗》始萌牙。天下众书往往颇出，皆诸子传说，犹广立于学官，为置博士。在汉朝之儒，唯贾生而已。至孝武皇帝，然后邹、鲁、梁、赵颇有《诗》《礼》《春秋》先师，皆起于建元之间。当此之时，一人不能独尽其经，或为《雅》或为《颂》，相合而成。《泰誓》后得，博士集而读之。故诏书称曰："礼坏乐崩，书缺简脱，朕甚闵焉。"时汉兴已七八十年，离于全经，固已远矣①。

汉朝初立，高祖身边的儒生陆贾率先在高祖面前"时时称诗书"，将儒家经典引入高祖视野；并通过分析"得天下"与"治天下"的术道之不同，成功引起了高祖对儒家经典与国家治理之间联系的兴趣。然而在陆贾之后，儒学在汉朝并未立刻开始蓬勃发展。叔孙通为高祖制定礼仪，让高祖进一步认识到了儒学理论中关于"明尊卑、定等级"的严密礼制对于新建王朝的重要性。但国之未定，"尚有干戈"，朝廷仍然没有将儒学提升为官方意识形态。孝惠帝当政时，在朝廷中占据显要位置的仍然是跟随刘邦打天下的一批武力功臣。孝文帝偏好刑名之言，偏重于法家；孝景帝时"不任儒"，窦太后又好黄老之术，对儒士十分不满，朝廷虽已设"博士"，但均是"具官待问"，儒生们入世干政无门，在秦末纷纷战乱和焚书之火中稍稍恢复元气的儒学，此时也只有萤虫之光，既照不亮天子案前治国的经卷，也点不燃士人心中向学的热情。

窦太后去世后，情况发生了改变。先是有武安君田蚡为丞相，黜黄老、刑名百家之言，"延文学儒者以百数"，开始提倡儒术；其后最具典型意义的事件是儒士公孙弘以治《春秋》而得到宠幸和提拔，被擢升为丞相，并封侯。儒士所得到的荣贵的待遇开朝未有，"学而优则仕"的示范效应明显，"达则兼济天下"的理想加之巨大利禄的诱惑，于是"天下学士靡然乡风矣"。儒学开始逐步走向繁盛。

---

① （汉）班固撰：《汉书新注》，凤凰出版社 2013 年版，第 1189 页。

从高祖开国一直到汉武帝初期，汉朝的官方意识形态其实并没有确定。道家的黄老之术与儒术一直在争夺文化领域的话语权，在汉武帝之前，黄老之术明显占据上风。当然，这期间，自陆贾开始，汉朝的儒士们就开始了积极入世、争取文化话语权的不懈努力，儒学的影响力实际已经点滴浸润到帝王思想和社会思潮中，儒学在官方话语体系中早有一席之地，不过由于前期掌握实权的最高统治者（如窦太后）的个人喜好，儒学的发展一直被压抑。文帝时，《诗》被立于学官。转折点发生在汉武帝时期，崇尚道家学说的窦太后去世，武帝改年元光，开始放手召见儒者和诏举贤良。《汉书·武帝纪》中说：

> 建元元年冬十一月，诏丞相、御史、列侯、中二千石、二千石、诸侯相举贤良方正直言极谏之士。丞相绾奏："所举贤良，或治申、商、韩非、苏秦、张仪之言，乱国政，请皆罢。"奏可①。

卫绾提出，所举贤良之士将"申、商、韩非、苏秦、张仪之言"排除在外，而得到武帝首肯，说明在此之前，官方意识形态中已经摒除掉法家、纵横家等各家理论，可供选择的学术派别其实有限。在这样的环境下，董仲舒以贤良身份对策，与武帝三番问答，提出了"天人三策"，并大胆提出从官学中"罢黜百家，独尊儒术"，得到了汉武帝的认可和施行，从而一举奠定了此后两千年间儒学在中华民族中的思想主导地位。

董仲舒在传统的儒家理论中提出了一个新的观点，这就是"天人感应"理论。这个理论在汉代绝对皇权的封闭环境中，将天子置于神秘又无形的"天"之下，并用"灾害警示"说将"天"的权威具体化、现实化。这样对绝对皇权有了既空玄又实际的制约。董仲舒以一种非理性的"神秘"经验及由此产生的强烈的"畏惧感"为核心，在人间至高无上的权力掌握者帝王之上，塑造了"天"的至高无上的绝对权威。董仲舒的"天人感应"理论有明确的话语对象，就是帝王本身。他主要关注和探究的是天人之间

---

① （汉）班固撰：《汉书新注》，凤凰出版社2013年版，第1789页。

神秘的联系是如何通过帝王及其统治这一政治环节相互关联而相互影响的问题，围绕着这一中心，他提出了一系列影响深远的政治理论。其中最为关键的两项，一是解决了关于王朝和君王合法性的问题，即开创和建立了一代王朝的统治者之所以能够成功获取政权，是因为他是一位得到上天认可的"受命"的"圣王"，这就是所谓"受命而王"。二是为君主和王权套上了"紧箍"。既然君主的合法性来自上天，上天也就拥有了"予夺予取"的权力，作为"天子"（上天之子）的王者必须像儿子侍奉父亲那样去孝事上天，同时应该"法天"或"奉天"而治。如果人间的君王在私德或者行政上有了大的过错，上天就会降下灾难或者怪异之事给予警示，如山崩、地震、干旱、雷雨等自然现象。这个时候，如果统治者能够"省天谴而畏天威"，及时修正自己的错误，自强奋勉回归正道，那么灾异就会自然消除。否则，"天命"就会转移，国家就会衰亡。

董仲舒所提出的"受命而王"，天子应"奉天而治"等政治观念，以及将帝王的行为与自然界的现象联系在一起的"天人感应"的灾异谴告之说，不仅对当时的汉家统治者和西汉中晚期的儒家学者产生了重要影响，也在后世的整个政治生活中产生了广泛而深远的影响。

回溯西周初建时期武王及周公时代所提出的"天命"理论，会发现上述两者之间既有相似，又有不同。同样是强调"受命于天"，以"天"的权威来证明新生政权的合法性，董仲舒的"受命而王"可谓是西周"天命"理论的拓展和延续。但在如何维持政权的长久性和稳定性的基础上，武王及周公时代所提出的"以德配天"直接要求帝王个人品德须得具备"德"行，施政效果须得是"德"政，否则就有天命转移的危险。而董仲舒的"天人感应"理论则绕了一大圈，没有人直接向君王提出个人品行与施政方式方面的要求，而是通过似乎无所不在而又确乎触不可及的上天来提出要求，以自然灾害、奇异现象为证据，警示君王要及时反省、修正错误、自强奋勉，以纠正君主在私德言行方面的偏差，使国家治理恢复清明。

两者根本目的尽管都是为了对君王的个人素质和施政方式加以良性的约束和引导，但相比西周初期的"天命"论，汉儒的"天人感应"理论在对君主的约束方式上却更加曲折迂回。

　　分析其原因，一方面是西周初期的统治阶层在王朝初建时就竖立了因"德"而得天下，也应承袭祖德，以"德"治天下的政治自觉，"天命"论本身就是西周统治阶层武王、周公等创立的，可以视作统治阶层的自我约束和自觉践行，这种理论是自上而下的、主观主动的，因此在约束方式上更为直接。另一方面，西周初建时期，还保留了部落联盟时的政治形势的残留，"共和执政"的原始政权模式还有较大影响，实力强大的诸侯国国君、地位崇高的贵族对政治的利弊、天子的得失能够较为直接地提出规谏，君臣的分界并不如汉代这么严苛和明晰。正如钱穆所说："秦以前的中国，只可说是一种'封建的统一'。直到秦汉，中央方面才有一个更像样的统一政府。"

　　但董仲舒提出"天人感应"理论的时代背景已经完全改变。历史发展到汉武帝时期，君主的独一无二的绝对权威已经完全树立，作为官方哲学和献诗政治工具的儒学，尽管在诸子学说中脱颖而出，成了统治者所选择的主流国家意识形态，但也丧失了先秦时期那种能够与君主坐而论道，亦师亦友的较为平等的地位。失去了与君王平等对话资格的儒士，不可能直接像先贤孟子、荀子那样直接对君王阐述自己的政治理念和治国韬略，只能借助于神秘而权威的"天意"来实现约束君主品行和行为的目的。

　　儒家学者一直有强烈的"以道自任"的使命感。孔子提出"以道事君"，孟子提出"引君以当道，志于仁而已矣"。汉代君主政治的确立，进一步树立了君王的绝对权威，拉开了君王与儒者之间的距离。春秋时期与国君"坐而论道"的身份和优势丧失，让儒家学者们不得不采取更为迂回、委婉的方式进行言说，宣扬政治理想和社会理想，完成"引君以当道"的历史使命。"以道事君"的方式发生了变化。

　　董仲舒广泛结合了阴阳五行学术，杂糅各家的学术在成为官方意识形态之后，对学术风气产生了巨大的影响。具体到《诗》的阐释和应用上，表现出了两大明显的特征：一是帝王对"天人感应"说的接纳，使得统治阶层有了对自身品德和执政方式的自我约束，对"纳谏"采取了较为积极的态度，客观上为《诗》的政教性功能阐释提供了宽松的环境；二是在达成劝谏和引导的目的同时，《诗》的诠释方式也更为委婉曲折，三家《诗》

中以"阴阳灾异"解诗的倾向，和后来者《毛诗》中将诗篇内容比附历史事件和历史人物，以借古讽今陈述为政之道的解诗方式，都受此大的学术环境的影响。

第二节　汉代《诗》教的缘起与发展

汉代初建，官方意识形态尚未确立，汉初黄老思想占据主流，治《诗》的儒家学者率先向黄老思想发起挑战和冲击，积极向政治领域靠拢，文景时期在"五经"之中首先为立为学官，《齐诗》《鲁诗》两派学说共同进入官方视野。到汉武帝时期，窦太后去世，以董仲舒"天人感应"理论为代表的，混合了阴阳五行说、道家及法家思想的改良后的儒家思想取得"独尊"的地位。在这样的学术政治背景下，《诗经》学也得以蓬勃发展。结合董仲舒所提出的"天人感应"理论，在西汉中央集权、君主专政的政治环境下，巧妙地创造出一种全新的、在绝对权威的缝隙中可供转圜的政治话语模式，以达到格正时弊、匡正君心，实现儒家理想政治社会模型之期望。元平时期，帝王皆习《诗》，《齐诗》学派学者数代为帝王之师，并在朝廷中占据显要位置。这些人以《诗》中记载的圣王之道、传统礼制、成例习俗为规范，积极参与朝廷重大事务，发挥了显著作用。西汉末期，在王莽和刘歆的提倡下，《毛诗》从民间走入了官方视野，成为官学之一。尽管随着新莽王朝的覆灭，《毛诗》又再次脱离了官学体系，但东汉一朝，在帝王的首肯下，《毛诗》凭借着不局限一朝一君的宏观视野、扎实深厚的训诂功底、实事求是的学术精神，在民间得到广泛的传播，《韩诗》在这一阶段也得到重视。在全新的政治环境下，经历了漫长的适应、调整、冲突和选择，四家《诗》中，最终《毛诗》经受了历史的考验，成为唯一流传并影响巨大的学说，建立了儒家《诗》教的经典范式，对后世《诗》教产生了巨大影响。

一、缘起：汉初陆贾说《诗》

要厘清汉代《诗》教发源和发展的脉络，要从汉朝开国初建时高祖与儒生陆贾的一次对话谈起。

> 贾时时前称说《诗》《书》。高帝骂之曰："乃公居马上得之，安事《诗》《书》!"贾曰："马上得之，宁可以马上治之乎？且汤武逆取而顺守之，文武并用，长久之术也。昔者吴王夫差、智伯极武而亡；秦任刑法不变，卒灭赵氏。乡使秦以并天下，行仁义，法先圣，陛下安得而有之？"高帝不怿，有惭色，谓贾曰："试为我著秦所以失天下，吾所以之者，及古成败之国。"贾凡著十二篇。每奏一篇，高帝未尝不称善，左右呼万岁，称其书曰《新语》。①

汉朝开国肇始，以"马上得天下"的开国君主仍然沉浸在武力征讨、一扫六合的满足与快感中，并没有开始认真思考应该以何种方式"治天下"的后续问题。在这个关系到国家意识形态和价值体系构建的关键时机，儒生陆贾不失时机抢占了鳌头，率先在天子面前时时前称《诗》《书》，引起了刘邦的注意。尽管这位出身小吏、并未接受过系统文化教育的草莽天子听见对《诗》《书》的称道引用，第一反应是"骂之"，但陆贾对前朝兴亡之得失之有理有据的论述，所提出"逆取顺守""文武并用，长久之术"的治国方略，仍然成功引起了刘邦的兴趣和关注。之后，陆贾得以用文章进一步全面陈述自己的观点，其后所献《新语》十二篇，令"高帝未尝不称善"，篇篇都说到了刘邦的心坎上。

这次对话，大而言之，在儒学发展历史上，小而言之，在儒家《诗》教发展历程中，都具有开创性的意义。可以说自此之后，汉家天子心中不再将儒学视为迂腐之术，不再将以《诗》《书》为代表的儒家经典视作无用之书，而是隐约有了将其与天下治理的宏伟事业联系在一起的意识。也是在这次对话中，《诗》第一次在汉代与"治天下"联系在一起，带着浓重的政教性色彩，在汉代政治领域正式登场。正如王红娟在《汉书与汉代诗经学》的博论中所说，"陆贾对汉代《诗》学的影响更为直接地表现在其对刘

---

① （汉）班固撰：《汉书》卷43《郦陆朱刘叔孙传》，中华书局2005年版，第2113页。

邦排儒斥《诗》的统治思想的第一次撼动，这对屡遭禁锢的汉初《诗》学而言可谓是破冰之举、发端之机"。① 当然，陆贾在汉高祖面前"时时称《诗》"的这一举动，本身也正是儒家《诗》教抓准时机，积极入世、干预政治的一次大胆尝试和实践。

《新语》以较为平实的语言讲述了君王施行仁义、推广道德以礼乐纲纪治理国家的必要性，其多次提及《诗》、书对于治国安民的重要性。其书中多次引《诗》，以强化观点。其《道基》第一篇中说："鹿鸣以仁求其群，关雎以义鸣其雄。"将《鹿鸣》之主旨概括为"仁"，《关雎》之主旨概括为"义"，与孔子论述诗之主旨一脉相承，更是对其贴近王道政治的进一步发挥；在《术事第二》中，提到君王应当选贤用才，引用《节南山》中诗句"式讹尔心，以畜万邦"，言君王应当秉承用贤之心，才能"化天下""邦国治"，也十分贴合原诗之意。《辅政第三》中，提到君王应道远离奸佞小人，引用《小雅・青蝇》之中的诗句"谗人罔极，交乱四国"，指出谗佞之人的危害，贴合诗中原意。

可以看出，《新书》中引诗，其引诗之习惯沿用了战国时期荀子用《诗》的方式，在论证完毕之后段尾引诗，以进一步强化观点，增加说服力；而对《诗》中诗句的选择，则一方面以一字概括其主旨，而这个"题眼"则为仁、义等美德，以《关雎》为例，贾谊以"义"统之，孔子以"改"统之。改，有"由色入礼"之意，尽管也努力贴近礼乐教化，但其主旨的表达却是间接而委婉的。相较之下，贾谊直接以"义"概括其主旨，比起孔子的主旨概括，更是直接向王道教化的目标上迈出了大大的一步。

汉朝论诗解诗的风向，在《新书》中已经初现端倪。这就是以《诗》为载体，积极贴近王道，努力参与政治，以实现儒家修齐治平的入世理想。

二、尝试：文景时期《诗经》学派对黄老学说的冲击

即便在汉初这样"未逢其时"的政治环境下，《诗》学的研究者和传播者们也没有放弃过复兴《诗》学的努力。与其他"四经"相比，《诗》学

① 王红娟：《〈汉书〉与汉代〈诗经〉学》，东北师范大学 2012 年版。

在"焚书坑儒"的浩劫和纷繁的战乱中得到了较为系统的保存，因为其易于吟咏，朗朗上口，可以通过口耳相传，所以虽然《诗》的文本遭到大部分的毁灭，但《诗》的传授并没有因此断绝。汉朝初建，高祖经过鲁国故地时，曾在鲁南宫以太牢大礼祭祀孔子。其间，以《诗》学见长的浮丘伯曾带领弟子申公在鲁南宫觐见高祖。浮丘伯，齐人，曾师从荀子学《诗》，其弟子除申公之外，历史上有记载的还有楚元王、鲁穆生与白生。秦始皇"焚书坑儒"事件之后，先秦的儒学遭到巨大打击，浮丘伯与弟子们各自分别，《诗》学传授就此中断。到高祖过鲁时，浮丘伯与弟子们在鲁南宫重聚，此时距离师徒首次相别已经十八年的时光（公元前 213 年秦焚书，公元前 195 年高祖过鲁）。但从《汉书·儒林传》中的记载来看，这之后浮丘伯之《诗》学传授并没有立即恢复，一直到吕太后当政时，浮丘伯在长安，此时惠帝已经颁行《除挟书律》，民间的非官方文化教育开始兴起，私人授学得到认可和鼓励，这个时期浮丘伯开始重新授《诗》，以前的学生们纷纷归拢，楚元王派遣自己的儿子刘郢克和申公一起完成了《诗》学的系统学习。之后不久，申公便因"为《诗》最精，以为博士"，被汉文帝立为"博士"，正式进入了汉朝的官方体制中。浮丘伯传于申公这一脉《诗》学，因其第一位进入官方系统任职的传人申公为鲁国人，因此被称为"《鲁诗》"。

高祖过鲁，浮丘伯率弟子拜见高祖；《除挟书律》解除后，浮丘伯立即聚拢弟子，重新开始《诗》的传授；系统完成《诗》的学习后不久，浮丘伯弟子申公便以"为《诗》最精"而被文帝擢立为博士。从这些断续的事件记载中，可以看出浮丘伯及其弟子对于恢复《诗》学重要时机的精准把握，亦可见其从未放弃过复兴儒学、积极入世的理想情怀。

除去《鲁诗》外，文景时期同时被立为博士的还有《齐诗》与《韩诗》两家。景帝时期，齐人辕固生因治《诗》而被立为博士，曾因清廉刚直而被拜为清河太傅，因疾病而被罢免，武帝即位初期，以贤良的身份再次入朝。当时公孙弘也在朝中，对辕固生十分恭敬。辕固生曾教导公孙弘称："公孙子，务正学以言，无曲学以阿世！"其学传夏侯始昌，始昌传后苍，后苍传翼奉、萧望之、匡衡，这几位弟子都位居高位，翼奉曾任谏大夫，萧望之曾任前将军，匡衡曾任丞相。匡衡又传授给琅琊师丹、伏理琊君、颍川满昌君都，朌君曾任詹事的官职，师丹曾任大司空的官职。满昌又再传给九江张邯、琅琊皮容。这一脉《诗》学被称为"《齐诗》"。据《汉书》记载，满昌的几位弟子都官居高位，因此《齐诗》一脉，在当时从者甚众，兴旺一时。

文景之时，《诗》作为儒家经典的代表，率先进入统治者的视野，并代表儒家经典，向黄老之学发起了冲击与挑战。《齐诗》学派的创始人辕固生在景帝面前与黄老学派的黄生就"汤武革命"发生过激烈争论，虽然这次争辩最终的结果是景帝以"食肉不食马肝，不为不知味；言学者无言汤武受命，不为愚"含混做出了结，但这其实是以治《诗》为代表的儒家学派向黄老学派发起的第一次思想冲锋。其后，提倡黄老学说的窦太后召见辕固生，问其对《老子》一书的看法，辕固生回答说："此是家人言耳。"窦太后被激怒，令其"入圈刺豕"，意在羞辱辕固生。景帝却私下赐予辕固生锋利的武器，使其"正中其心"，保护了辕固生的安全。不久之后，景帝"以固为廉直"，特拜其为清河太守。两次事件中，景帝的态度倾向其实已经很明显，不过碍于窦太后的权威和情面，没有直接表明对儒学的支持。在整个事件中，首先对黄老学说发起挑战的儒家学者是治《诗》之人，这一点，与《诗》自形成之日起到先秦阐释过程中不断延续发展的政教性密切相关。文景之时，《诗》在"五经"之中率先被列于学官，治《诗》的儒家学者在诸经学者中首先被列为博士。如王应麟在《困学纪闻》中说："考之汉史，文帝时，申公、韩婴以《诗》为博士，五经列于学官者，唯《诗》而已。景帝以辕固生为博士，而余经未立。"或者我们可以这样说，以景帝为代表的新兴一派的政治势力向以窦太后为代表的旧政治势力发起试探性挑战的过程中，治《诗》的儒家学者充当了投石问路的先锋官。作为回报，《诗》被列为官学，辕固生被列为博士。

武帝时期，窦太后仍然健在，政治影响力不可忽视，故此时黄老思想仍然占据主流。而第二次向黄老思想发起冲击，向窦太后权威提出挑战的，仍然是治《诗》的儒家学者。武帝元年，《鲁诗》学派的王臧与赵绾在武帝的支持下"务隆推儒术，贬道家言"，王臧与赵绾向武帝提出恢复西周时期的"明堂"制度和"巡狩"制度，以进一步加强天子的权威，请武帝"立明堂城南，以朝诸侯"，同时"草巡狩封禅改历服色"。也就是在这一时期，在赵绾的推荐下，武帝特地宣召王臧与赵绾二人的老师申公入朝，"使者安车蒲轮，束帛加璧"，礼遇非常。但年老的申公或许是不想参与政治争斗，并未向武帝提出建设性的意见，汉武帝颇为失望，但还是封其为太中大夫，舍鲁邸，向其咨询关于明堂、巡狩、改历法、易服色之事。第二年，赵绾进一步奏请"毋奏事太皇太后"，要求免除窦太后参政的权力。此举彻底惹怒了窦太后，赵绾与王臧被搜罗不利之证据而下狱，之后二人皆自杀。崇儒一派的丞相窦婴、太尉田蚡均因此被罢免，申公也被免职。这一次儒家知识分子对黄老发起的挑战尽管仍然在窦太后的权威下不免失败，然从事件前后联系来看，儒学已经在朝廷中有了包括皇帝和丞相在内的强劲的支持力量，包括赵绾提出朝廷大事不用奏请窦太后旨意的提议，很难说背后没有武帝的支持和授意。赵、王二人尽管功败垂成，但其为政治理想杀身成仁的壮举一定也给予武帝较大的震撼，《鲁诗》一派学者就此与政治有了紧密联系。儒家学说冲破黄老思想的桎梏，只是早晚的事。

文帝时，燕人韩婴被立为《诗》学博士，景帝时韩婴担任常山太傅的官职。韩婴推解诗人之意，作《内传》《外传》数万言，与《鲁诗》《齐诗》中解诗路径大不相同。韩婴授赵子，赵子授蔡谊，蔡谊授食子公与王吉。食子公授泰山栗丰。王吉授淄川长孙顺。栗丰授张就，长孙顺授发福，此二人皆至大官，《汉书》亦云"徒众尤胜"。这一脉《诗》学，被称作"《韩诗》"。

齐、鲁、韩三家之诗，在西汉时期被立为博士的时期前后相差不远，大都在文景时期。同时期被立为博士的其他经学还有《尚书》与《春秋》，但《诗》学同时期有三家被立为学官，在"五经"中堪称翘楚。这固然与《诗》学传授得以较为系统完整地保存下来的客观原因有一定关系，也与《诗》本身具有的积极入世干预政治，匡正时弊格正君心以营造理想社会的政教属性密不可分。这一点，自《诗》形成之日起便扎根在三百〇五篇的优美文辞中，经由孔子明确方向，竖立宗旨；荀孟阐释发挥，积极运用；传到西汉时期，已经成为学《诗》之人自觉的追求与崇高的理想。无论是浮丘伯、申公，还是辕固生、韩婴，抑或是赵绾、王臧，以及以其为代表的习《诗》之儒生群体，他们一面敏锐地捕捉复兴《诗》学的政治时机，一面全力以赴地重建和完善《诗》学的理论体系，并积极在这个理论体系中构建与政治契合的立场与触点，以实现《诗》自西周以来就肩负的匡正时弊的重大责任和自身济世救民的政治理想。在问鼎西汉官方政治思想的道路上，《诗经》学者走在了诸经的最前列。《诗经》在文景时期的诸经中能够脱颖而出，并不是历史的偶然事件。

三、鼎盛：元成时期的《齐诗》治国

武帝至昭、宣二帝时期，儒家学说已经成为官方意识形态，国家形势大体稳定，君主集权已经确立，诸经之中以《春秋》为首，《诗经》学虽在文帝时期首列学官，但此阶段却退居其次。《春秋公羊》学经由董仲舒的阐发，注重通经致用，阐发义理，紧密妥帖地为政治需要提供了学术支撑：其"大一统"的观念为汉武帝巩固中央集权提供理论依据，"罢黜百家、独尊儒术"的提出则为汉家天下思想统一提供理论基础，"大一统"的理论则为武帝实行对匈奴的战争提供了师出有名的借口……种种理论，完全合乎了武帝的政治需要，因而《春秋》一跃而在诸经之上，超越了前期为儒学思想披荆斩棘、开辟道路的《诗经》学。

到元帝时期，受帝王个人对于经典喜好的影响，同时受到政治环境变迁的影响，《诗经》的地位有所提升。元帝个性"柔仁好儒"，本人自幼习《诗》，受《诗经》学影响较深。《儒林传》中记载，《鲁诗》学派的博士张生，其侄子游卿曾担任元帝的《诗》学老师："张生兄子游卿为谏大夫，以《诗》授元帝"。又《后汉书·儒林列传第六十九下》记载，担任过上谷太守的高嘉曾以"《鲁诗》授元帝"。由此可见，元帝幼时所学之《诗》为《鲁诗》学派。但即位后，元帝又接受了《齐诗》学派的诗经学说，《张丞相列传》中记载，《齐诗》学派的匡衡以治《诗》的成就而被"拜为太子少傅，而事孝元帝。孝元好《诗》，而迁为光禄勋，居殿中为师，授教左右，而县官（天子）坐其旁听，甚善之"。这则记载充分说明元帝对《诗经》学的喜爱，不但选定了精通《齐诗》的匡衡为太子（成帝）的老师，而且十分尊重教授《诗经》的匡衡，令其居中为师，自己旁听，并十分赞

赏。元帝之好《诗》，并不拘泥于《鲁诗》或是《齐诗》，这也从旁证明，《鲁诗》《齐诗》的主体思想并无巨大差异。

继位的成帝受《诗》学浸润亦十分深厚。他的《诗》学老师除了匡衡之外，还有匡衡的弟子伏理。《后汉书·伏湛列传》记载："理，为当世名儒，以《诗》授成帝，为高密太傅。"可见成帝所习之《诗》为《齐诗》学派。成帝末年，又亲自为太子选定了太子太傅。这位太子太傅仍然是治《诗》的学者，为《齐诗》学派的学者师丹。《汉书·卷八十六》记载："成帝末年，立定陶王为皇太子（哀帝），以丹为太子太傅。"

继任的哀帝，《诗》学的老师除了师丹之外，还有《鲁诗》学派的韦玄成及其兄子韦赏，《汉书·卷八十八儒林传第五十八》中记载"玄成及兄子赏以《诗》授哀帝，至大司马车骑将军。"其学混合《齐诗》与《鲁诗》。

由上可见，习《诗》已成为自元帝起，皇室家族的家传之学。由元帝至哀帝，父子三代均自幼习《诗》，《诗》学渊源深厚，对《诗经》学极为推重，也是在这一时期，《诗经》学迎来了政治上的鼎盛时期。范文澜对此阶段《诗经》学的地位做出过评述："西汉衰时，用《诗经》治国。"①

自元帝起，《齐诗》学派的学者多在朝廷任要职，对朝廷事务具有较大的发言权，《汉书·儒林传》中记载：

> 始昌通《五经》，苍亦通《诗》《礼》，为博士，至少府，授翼奉、萧望之、匡衡。奉为谏大夫，望之前将军，衡丞相，皆有传。衡授琅琊师丹、伏理斿君、颍川满昌君都。君都为詹事，理高密太傅，家世传业。丹大司空，自有传。由是《齐诗》有翼、匡、师、伏之学。满昌授九江张邯、琅琊皮容、皆至大官，徒众尤盛。②

《齐诗》学派的后苍官至少府，其弟子翼奉为谏大夫，萧望之为前将军，而匡衡做到了宰相。匡衡是成帝的《诗》学老师，匡衡的弟子师丹、

---

① 范文澜：《经学演讲录》，中国社会科学出版社1979年版，第312页。
② （汉）班固撰：《汉书》卷八十八，中华书局2005年版，第3613页。

伏理，都曾担任过皇帝的老师，伏理为成帝之师，师丹为哀帝之师，后师丹任大司空，伏理任高密太傅，都身居高位。数代正如《汉书》中所说，《齐诗》一派学者"皆至大官"，在当时影响力巨大。

范文澜所言此阶段"用《诗经》治国"实为不虚。这一方面从皇帝的诏书中频频引《诗》以作为立论依据可以看出，一方面从习《诗》的学者依据《诗经》中的成例和阐释干预政治可以看出。

依据《汉书》中的记载，我们将元帝至哀帝时期诏书中引诗的例子做了统计，如表7所示。

表7　元帝至哀帝时期诏书引诗一览表

时间段	诏书引诗	具体情况
元帝时期	夏四月，有星孛于参。	《诗》不云乎，"凡民有丧，匍匐救之。"
	戊寅晦，日有蚀之。	《诗》不云乎？"今此下民，亦孔之哀！"
	九月戊子，罢卫思后园及戾园。冬十月乙丑，罢祖宗庙在郡国者。诸陵分属三辅。以渭城寿陵亭部原上为初陵。	安土重迁，黎民之性；骨肉相附，人情所愿也。顷者有司缘臣子之义，奏徙郡国民以奉园陵，令百姓远弃先祖坟墓，破业失产，亲戚别离，人怀思慕之心，家有不安之意。是以东垂被虚耗之害，关中有无聊之民，非久长之策也。《诗》不云乎？"民亦劳止，迄可小康，惠此中国，以绥四方。"
成帝时期	六月甲午，霸陵园门阙灾。出杜陵诸未尝御者归家。	方今世俗奢僭罔极，靡有厌足。公卿列侯亲属近臣，四方所则，未闻修身遵礼，同心忧国者也。或乃奢侈逸豫，务广第宅，治园池，多畜奴婢，被服绮縠，设钟鼓，备女乐，车服、嫁娶、葬埋过制。吏民慕效，浸以成俗，而欲望百姓俭节，家给人足，岂不难哉！《诗》不云乎？"赫赫师尹，民具尔瞻。"其申敕有司，以渐禁之。青、绿民所常服，且勿止。列侯近臣，各自省改。司隶校尉察不变者。
哀帝时期	六月庚申，帝太后丁氏崩。	上曰："朕闻夫妇一体。《诗》云：'谷则异室，死则同穴。'昔季武子成寝，杜氏之殡在西阶下，请合葬而许之。附葬之礼，自周兴焉。'郁郁乎文哉！吾从周。'孝子事亡如事存。帝太后宜起陵恭皇之园。"

从表7可以看出，在下诏节约皇室用度、抚恤宗室及鳏寡孤独、举贤

良、禁贵戚奢华、太后陵葬等重大事务上，皇帝诏书中多引《诗》以证，作为发布政令的先例与论据。这充分说明《诗》在政治事务中所发挥的作用。

由此阶段臣僚借《诗》以参与政治的情况来看，《齐诗》学派的学者参与政治的深入，与前期不可同日而语。最为显著的例子，是《齐诗》学派的代表人物奏请"罢郡国庙"与"迭毁京师宗庙"上积极以《诗》为谏，参政议政。所谓迭毁宗庙，是古代的宗庙制度，天子设立七庙供奉七代祖先，但除了始封之君、开国帝王的庙历代保存之外，其余的祖庙，若是已经过了高祖的辈分，就拆掉祖庙，而将祖先的牌位迁移到太庙中。西汉一朝，到宣帝时期，郡国的宗庙有一百六十七所，每年耗费繁多。宣帝时期，翼奉就认为在云阳汾阴举行祭天之礼，以及诸帝后之寝庙不按迭毁之礼，既违背古制，又浪费繁多，因此上疏请求"按照亲疏迭毁宗庙"，其奏疏中就引用了《诗》："殷之未丧师，克配上帝；宜监于殷，骏命不易。"以说服宣帝以前朝得失为借鉴，从善如流，保持天命。在他之后，贡禹也上疏请求确立"迭毁之礼"，引用《诗》中描写天子祭祀之诗句"有来雍雍，至止肃肃，相维辟公，天子穆穆"，说服宣帝"宗庙在郡国，宜无休"，停止修缮郡国的宗庙。宣帝同意了这样的建议。但这之后一个多月，宣帝又动摇了决心，迭毁宗庙毕竟涉及天子祖先，稍有不慎就有"不孝"之恶名，于是再次召集重臣商议此事。此时，《齐诗》派学者韦玄成等人引经据典，重申"宜毁""无复修"之意见。到了匡衡为丞相，继续上奏请求将汉家宗庙迁移到南北郊，获得成帝的首肯。

关于天子宗庙的存续与迭毁的问题，既关乎朝廷礼法，涉及国库开支，但同时又是天子家事，涉及"尊祖敬宗"的孝道，连天子本身都频频动摇，废后又复、复后又废，为人臣者在这样敏感的问题上其实很难把握尺度，稍有不慎就会触怒龙颜。但《齐诗》学派的学者们从节约国库用度出发，依据《诗》中记载的古制和阐释方法，连续上奏，坚持"罢郡国庙"与"迭毁京师宗庙"，并在成帝、哀帝时期取得了成功。从中可见《诗经》在参与国政中发挥的作用，也可见《齐诗》派学者在此阶段的巨大影响力。

四、独秀：东汉时期《毛诗》的蓬勃兴起

西汉末年，哀帝时刘歆请求立《毛诗》于学官，遭到当时已经立为学官的《鲁诗》学派和《齐诗》学派的联合攻击。《鲁诗》派的光禄大夫龚胜以告老辞官表示反对，而《齐诗》派的大司空师丹指责其为"改乱旧章"。这一次刘歆的提议虽然得到哀帝的支持，却迫于朝野的压力，未能成功。平帝时，王莽当政，有意扶持古文经学，"征天下通一艺教授十一人以上，及有逸《礼》、古《书》、《毛诗》《周官》《尔雅》、天文、图谶、钟律、月令、兵法、《史篇》文字，通知其意者，皆诣公车"。在这样的背景下，《毛诗》得以被立为学官。不过这只是昙花一现，新莽一朝立国短暂，受到政治的牵连，《毛诗》自此以后都未能跻身正统。"王莽、刘歆所为，尤不足论。光武兴，皆罢之。此数经，终汉世不立。"①

但尽管如此，在东汉时代，虽未被立为学官，《毛诗》仍然颇受帝王重视。这从东汉时期各位帝王下达的关于推崇《毛诗》的诏书中可以窥见一斑。

汉章帝时下诏"扶微学"，其中就包括《毛诗》：

> 诏曰："《五经》剖判，去圣弥远，章句遗辞，乖疑难正，恐先师微言将遂废绝，非所以重稽古，求道真也。其令群儒选高才生，受学《左氏》《穀梁春秋》《古文尚书》《毛诗》，以扶微学，广异义焉。"②

汉安帝时期，下诏选拔三署郎和吏人中精通《毛诗》之人为官：

> 诏选三署郎及吏人能通《古文尚书》《毛诗》《穀梁春秋》各一人。③

---

① 皮锡瑞撰，《经学历史》，中华书局2005年版，第1356页。
② （南朝宋）范晔撰，（唐）李贤等注：《后汉书》，中华书局1965年版，第145页。
③ （南朝宋）范晔撰，（唐）李贤等注：《后汉书》，中华书局1965年版，第237页。

汉灵帝时期，下诏公卿举荐人才，其中特别提到精通《毛诗》者须推荐一名担任议郎：

> 六月，诏公卿举能通《古文尚书》《毛诗》《左氏》《穀梁春秋》各一人，悉除议郎。①

在统治者的提倡下，一直在民间流传的《毛诗》学开始蓬勃发展起来。郑众、贾逵、许慎、马融等古文学大师皆治《毛诗》，到东汉末年郑玄为《毛传》作笺，以《毛诗》理论为主，兼采三家《诗》之说，从此《毛诗》更为广泛流传。

综合来看，自西汉建立初期，以申公为代表的治《诗》学者就已经积极向政治靠拢，但受到当时政治形势和统治者个人喜好的影响，《诗经》学并未蓬勃发展起来。到文帝、景帝时期，《鲁诗》学派和《齐诗》学派的学者在皇帝的支持下，向以窦太后为代表的黄老学说发起冲击，尽管功败垂成，但在前期的政治积淀和《诗》学者为进入官方视野而做出的积极努力之下，鲁、齐、韩三家《诗》被立为学官，正式进入官方思想体系，尤以《鲁诗》为盛。武、昭、宣时期，《诗经》学随着儒学的大盛于世也得以蓬勃发展，利禄的诱惑使得三家《诗》从者甚众，此阶段三家《诗》的理论在传习中逐步丰满和完善；元、成、哀、平时期，治《诗》学者多位为帝王之师，在朝廷中身居高位，对当时的政治事务发挥了重要作用，尤以《齐诗》为盛。西汉末期，在王莽的倡导下，《毛诗》首次进入官方视野，得以被立为学官，但好景不长，随着新莽政权的覆灭，此后终未被立于学官。东汉时期，《韩诗》与《毛诗》得到一定程度的发展，而《齐诗》与《鲁诗》逐渐衰微。到了东汉末期，《毛诗》一枝独秀，而三家《诗》逐渐不再盛行。

马克思指出："理论在一个国家的实现程度，决定于理论满足这个国家的需要的程度。"② 四家《诗》的兴衰过程正是对这句话的完美注解。汉初

① （南朝宋）范晔撰，（唐）李贤等注：《后汉书》，中华书局1965年版，第344页。
② 〔德〕马克思：《马克思恩格斯选集》第一卷，人民出版社1972年版，第10页。

时期，主流思想形态未能确定，朝廷礼制未能健全，《鲁诗》因可能为汉初的礼制建设提供服务，故而最先受到统治者的垂询和关注，但因习诗者的个性刚直，不通转圜，没能抓住《鲁诗》改造理论以适应政治环境的绝佳契机，因而失去了更深入地参与政治事务，发挥《诗》教功能的机会；而《齐诗》学则充满了齐人灵活权变的特征，积极调整理论构建，引入阴阳理论和天人感应学说，更贴合当时的学术大环境与政治环境，因此在西汉中期很快取代了《鲁诗》的地位，成为诸经之首，发挥了以《诗经》治国的作用；而当原有政治体系崩塌，充满怪力乱神理论的《齐诗》失去了政治外力的屏障，而自身的理论经不起历史的推敲，因此被更学术根基更扎实、关注视野更博大的《毛诗》所取代。

四家《诗》的兴衰迭代，正反映了政治变迁的波澜起伏。而三家《诗》最终在历史中逸亡、《毛诗》独存的现实证明，过度攀附于政治的学术理论，或许能够煊赫一时，但未必能获得长久的生命力。历史选择《毛诗》，是因为《毛诗》在四家《诗》中，较多地保持了自孔子以来，儒家士人所持有的那种"抑君为民"的担当精神，和以"经国利民"为主旨的济世情怀，较为完整地传承了先秦时期由孔子所提出，孟荀所发扬的以修身和治国为目的的《诗》教精神。

第三节　三家《诗》的理论构建及政治实践

关于三家《诗》的思想内容，由于文献缺失，很难窥其全貌。目前现存的关于三家《诗》的研究著作，主要有宋代王应麟的《诗考》和清代王先谦的《诗三家义集疏》。从辑佚的片段和《汉书》《后汉书》中历史事件中关于治《诗》学者的记录中，我们大致可梳理出三家《诗》的学术特征。

一、《鲁诗》的学术特征："四始"之说与"诗为谏书"

《鲁诗》亡于西晋，今日所见《鲁诗》资料主要依赖清人的辑佚得以保存。根据《鲁诗》的传承脉络，王先谦在《诗三家义集疏》中，将司马迁、刘向、蔡邕等人的《诗》学观点归纳到《鲁诗》的《诗》学范畴。《鲁诗》的学术渊源可上溯自荀子。

（一）《鲁诗》学术渊源

《鲁诗》的代表性人物为申公，前文已述。申公为鲁国人，与楚元王刘郢是同门，俱为浮丘伯门下弟子，浮丘伯为荀子门人。《汉书·楚元王传》："楚元王字交游，高祖同父少帝也……少时尝与鲁穆生、白生、申公俱受《诗》于浮丘伯。伯者，孙卿门人也。"清代胡元义《荀卿别传》称，荀卿弟子有六人，"韩非、李斯、陈嚣、毛亨、浮丘伯、张苍而已，当时甚盛也"。提出浮丘伯与毛亨俱是荀子弟子。在汉昭帝盐铁会议上，西汉的儒生和士大夫争论过李斯与浮丘伯，究竟谁才是荀子最优秀的弟子这个问题：

> 昔李斯与包丘子俱事荀卿，既而李斯入秦，遂取三公，据万乘之权以制海内，切侔伊、望，名巨泰山；而包丘子不免于瓮牖蒿庐，如潦岁之蛙，口非不众也，卒死于沟壑而已。今内无以养，外无以称，贫贱而好义，虽言仁义，亦不足贵者也！
>
> 文学曰："李斯之相秦也，始皇任之，人臣无二，然而荀卿谓之不食，睹其罹不测之祸也。包丘子饭麻蓬藜，修道白屋之下，乐其志，安之于广厦刍豢，无赫赫之势，亦无戚戚之忧。"①

"文学"与"大夫"的争辩充分说明在西汉时期，浮丘伯为荀子弟子是比较普遍的认识。

申公在汉景帝时期被立为博士，门下弟子有王臧、赵绾、孔安国、周霸、夏宽、鲁赐、缪生、徐偃、阙门庆忌、江公、许生、徐公等，其余弟子为官者百余人。江公、许生门下弟子有韦贤，韦氏家族《诗》学传承数代，韦贤之子韦玄成，及其侄韦赏都是汉哀帝的《诗经》老师，同时在朝廷中担任要职，韦氏《诗》学流传甚广。徐公、许生传王式，王式为昌邑王之师，有"以三百五篇为谏"之名；王式的弟子有张长安、褚少孙、薛

---

① 陈桐生译注：《盐铁论》，中华书局2015年版，第179页。

广德；张长安的《诗》学弟子有张游卿，张游卿为汉元帝的诗学老师。

在这样的学术谱系下，荀子的《诗》学对《鲁诗》学派自然有很大影响。荀子提倡隆礼重法，以礼说诗的倾向对《鲁诗》学派影响很深。

（二）"四始"之说

《鲁诗》的代表性人物为申公，关于其学术特征，《儒林传》记载："申公独以《诗经》为训故以教，亡传，疑者则阙弗传。"《隋书·经籍志》中也称："有鲁人申公受《诗》于浮邱伯，作诂训，是为《鲁诗》。"说明《鲁诗》以训诂为主，较为贴合《诗》之本意。

《鲁诗》标志性的观点是"四始"说，汉代四家《诗》皆提出"四始"，以时间顺序来言，《鲁诗》最早提出"四始"说。陈桐生对《鲁诗》提出的"四始"理论进行了极高的评价：

> 鲁诗通过"四始"的概念，将《诗经》四类诗概括为四大主题，并将其统摄在礼义思想之下，这标志着《诗》学批评已经结束了赋诗断章的历史，说《诗》开始走向体系化，这确实是《诗》学批评史上的一个里程碑。[①]

最早提出"四始"的记载见于司马迁《史记·孔子世家》：

> 古者《诗》三千余篇，及至孔子，去其重，取可施于礼义，上采契、后稷，中述殷、周之盛，至幽、厉之缺，始于衽席，故曰：《关雎》之乱以为《风》始，《鹿鸣》为小雅始，《文王》为大雅始，《清庙》为颂始。[②]

将《诗》中《风》《雅》《颂》的首篇作为一类诗篇之"始"，并对其赋予了统摄全类的教化意义。以《关雎》为例，《鲁诗》学派认为是周康王晏起，诗人见周朝衰败的征兆，故作诗以讽，将王道衰微与《关雎》的创

---

① 陈桐生：《鲁诗四始的再解读》，《第三届国际学术研讨会论文集》，第91页。
② （汉）司马迁：《史记》，上海古籍出版社1997年版，第1937页。

作联系在一起。司马迁说："周道缺，诗人本质衽席，《关雎》作。"以《鹿鸣》为例，《诗三家义集疏》中对其解释为："仁义凌迟，鹿鸣刺焉。"又具体言之："鹿鸣者，周大臣之所作也，王道衰，君志倾，留心声色，内顾后妃，设旨酒佳肴，不能厚养贤者，尽礼极欢，形见于色。大臣昭然独见，必知贤士幽隐，小人在位，周道凌迟，必自是始。故弹琴以讽谏。"① 说周朝君主内顾后妃，对贤者不能"厚养"，故大臣弹琴以讽谏。关于《大雅》之首篇《文王》，《鲁诗》学派认为此篇为颂美文王之作，取篇章中"周虽旧邦，其命维新"一句，特别将此篇与王道之兴联系在一起。《鲁诗》学者赵岐云："《诗·大雅·文王》之篇，言周后稷以来旧为诸侯，其受王命，惟文王新复，修治礼义以致之耳。"认为《文王》代表了周道兴盛之初始，为儒家理想的王道社会的发端，故该篇被列为《大雅》之首。对于《颂》之首篇《清庙》，《三家诗义集疏》中称："周公咏文王之德而作《清庙》，建为《颂》首。"因其歌咏文王之德，所以列为《颂》篇之首，以统领《颂》中诗篇。

　　《鲁诗》学派的"四始"之说，尽管对《关雎》《鹿鸣》等篇章的主旨理解与先秦儒家对这些篇章的理解大相径庭，如《关雎》篇，孔子认为其主旨为"改"——以色喻于礼，陆贾认为其主旨为"仁"，与《鲁诗》派所言之"讽谏"意义恰恰相反；而《鹿鸣》，据《礼记》记载为乡饮酒礼上所歌之乐，《左传》襄公四年中也记载穆叔闻奏《鹿鸣》而三拜，理由为"君所以嘉寡君也"，丝毫没有"讽谏"之意，这也与《鲁诗》派阐释相反。

　　但在《诗》教的理论构建里程中，"四始"说仍然具有重要意义。其一，它迈出了儒家体系化解诗的第一步。第一次对诗的篇章划分进行了思考，并对每一部分的主旨进行了整体的梳理。其二，"四始"中两为讽谏，两为颂美，将孔子所提出的"观"与"怨"的功能性进一步明确，为《毛诗》系统提出"美刺"说奠定了基础。其三，"四始"刻意将《诗》中各部分的首篇与标志周王朝兴衰的事件相联系，赋予了《诗》阐释王道兴衰

① （清）王先谦：《诗三家义集疏》，中华书局1987年版，第551页。

原因的意义，使《诗》成为王道政治的镜鉴，具有了承担教化主责的经学化内涵。

(三) "以《诗》为谏"

前文已述，早在春秋战国时期，孟子就在与诸侯王的问答交谈中已经称引《诗》文，以达到说服君王施行仁政的政治理想。这可称得上"以《诗》为谏"的最早尝试。然而正式提出"以《诗》为谏"的理论，是汉初的《鲁诗》学派。最具标志性的例子，是《汉书·儒林传》中记载的关于《鲁诗》传人王式的一段事迹：

> 王式字翁思，东平新桃人也。事免中徐公及许生。式为昌邑王师。昭帝崩，昌邑王嗣立，以行淫乱废，昌邑群臣皆下狱诛，唯中尉王吉、郎中令龚遂以数谏减死论。式系狱当死，治事使者责问曰："师何以亡谏书？"式对曰："臣以诗三百五篇朝夕授王，至于忠臣孝子之篇，未尝不为王反复诵之也；至于危亡失道之君，未尝不流涕为王深陈之也。臣以三百五篇谏，是以亡谏书。"使者以闻，亦得减死论，归家不教授。[①]

昌邑王荒淫无道，册立数日便被废黜，其属下群臣都被收监。研习《鲁诗》的王式是昌邑王的老师，当被问到身为老师，为何不对昌邑王的荒淫行为进行规劝时，王式回答，其在向昌邑王教授《诗》的过程中，对于《诗》中篇章的教化意义已经逐一进行深刻阐述："至于忠臣孝子之篇，未尝不为王反复诵之也；至于危亡失道之君，未尝不流涕为王深陈之也。"其实已经寓谏于《诗》，并且首次提出了"以三百五篇谏"的全新说法。事件的结果是，王式得以与数次直谏的王吉（《韩诗》学派）、龚遂一样得到免除死罪的待遇。

《韩诗》学派的王吉进谏的分析后章另有阐述。而龚遂对昌邑王的进谏，在《汉书·五武子传》中亦有记载。龚遂以明经担任昌邑王的郎中令，

---

① （汉）班固撰：《汉书》，中华书局 1962 年版，第 3610 页。

虽不是专研《诗经》，但《汉书》中记载他对昌邑王的进谏亦是以《诗》为论证之依据。昌邑王曾梦见青蝇群聚于西阶，以此梦询问龚遂。龚遂借此进谏昌邑王要远离谄媚小人，不要轻信谗言，谏言中引用《小雅·青蝇》之"营营青蝇，止于樊。恺悌君子，勿信谗言"：

> 陛下之《诗》不云乎？"营营青蝇，至于藩；恺悌君子，毋信谗言。"陛下左侧谗人众多，如是青蝇恶矣。宜进先帝大臣子孙亲近以为左右。如不忍昌邑故人，信用谗谀，必有凶咎。愿诡祸为福，皆放逐之。臣当先逐矣。①

《青蝇》本身起兴之物正是"青蝇"，与昌邑王梦境之像切合。而《青蝇》的诗旨是告诫君子不要听信谗言，龚遂引用此诗，劝谏昌邑王远离身边的佞臣小人，不要受到身边阿谀小人的挑唆而纵情声色。这次的进谏，也是典型的以诗为谏。

事件本身异常鲜活。在政治事件的波澜中，习《诗》的儒生的命运在鬼门关前转了一圈，有赖于《诗》中天然的政教属性，和前人学者们关于《诗》的政教性诠释的基础，终于幸运地避开了死亡的阴影。命运坎坷的诗经学者们以并不荣耀的方式，浓墨重彩地给历史留下了关于"以三百〇五篇谏"的记忆。这件事的意义不仅仅在于"以诗为谏"观念的明确提出，而更为重要的是，王式、王吉、龚遂等人得以"减死"的结果证明，"以诗为谏"的方式与直言进谏的方式一样，同样是得到官方认可的政治实践。"时人认可王式以《诗》为谏的关键，是他们已经形成了以《诗》干谏的思想认知，认为《诗》中的微言大义可以作为佐证政治观点的重要依据。《诗》可以干预政治，这也是汉人通经致用主张的一部分。"自此，"以诗为谏"的观念更加深入和明确地烙印在广大儒生的心中，也为《毛诗》中直接提出"下以风谏上""美刺论"提供了更加深厚的社会心理积淀。

---

① （汉）班固撰：《汉书》，中华书局1962年版，第2766页。

二、《韩诗》的学术特征：先秦《诗》教的绕梁余音

（一）《韩诗》的学术渊源

关于《韩诗》，《汉书·儒林传》中记载："韩婴，燕人也。孝文时为博士，景帝时为常山太傅。婴推诗人之意，而作《内外传》数万言，其言语颇与齐、鲁间疏，然归一也。"《汉书》中并未提及《韩诗》的学术渊源。从现存《外传》的体例及阐释方式来看，与以字词训诂为主的《鲁诗》与《毛诗》风格迥异，与《左传》及《荀子》等著作的引诗方式相似。《韩诗》中也有较为明显的阴阳五行解诗的倾向，这一点与《齐诗》的解诗路径相似。

清代王应麟在《困学纪闻》卷三中指出："《韩诗外传》多述荀书。"汪中《荀卿子通论》中甚至提出《韩诗》是《荀卿子》之别子："《韩诗外传》其引《荀卿子》以说诗者四十有四，由是言之，《韩诗》，《荀卿子》之别子也。"①《外传》对《荀子》的引用数量可观，《外传》的核心思想也是讲"礼"，其受荀子影响非常明显。

除明显的荀子引诗之影响外，《韩诗》中阴阳五行解诗的倾向也很明显。如《外传》卷七第十九章：

> 传曰：善为政者，循性情之宜，顺阴阳之序，通本末之理，合天人之际。如是，则天地奉养，而生物丰美矣。不知为政者，使情厌性，使阴乘阳，使末逆本，使人诡天，气鞠而不信，郁而不宜。如是，则灾害生，怪异起，群生皆伤，而年谷不熟。是以其动伤德，其静无救，故缓者事之，急者弗知，日反理而欲以为治。《诗》曰：废为残贼，莫知其尤。②

将顺阴阳之序，合天人之际作为考量为政者善政与否的标准，这一点与《春秋繁露》卷十二《阴阳义》中提及："（春夏秋冬）四者，天人同有

---

① 汪中：《荀卿子通论》，转引自王先谦《荀子集解》，中华书局1988年版，第21页。
② （汉）韩婴传，朱英华整理，朱维铮审阅：《韩诗外传》，上海书店出版社2012年版，第94页。

之，有其理而一用之，与天同者大治，与天异者大乱，故为人主之道，莫明于在身之与天同者而用之，使喜怒必当义而出，如寒暑之必当其时乃发也，使德之厚于刑也，如阳之多于阴也。"有共通之理。《韩诗》除受到荀子引诗说诗的影响外，春秋公羊学中的阴阳五行思想对其形成亦有影响。

韩婴为燕人，燕地学风与齐地地理相近，民俗相似，学风一向关系密切。蒙文通曾指出："燕学同于齐学，盖燕之风尚，素与齐同，燕之儒生多自齐往故也。"①《史记·封禅书》中有："燕齐海上之方士传其术不能通，然则怪迂阿谀苟合之徒自此兴，不可胜数也。"《汉书·郊祀志》中云："元鼎、元封之际，燕齐之间方士瞋目扼掔，言有神仙祭祀致福之术者以万数。"汉时，燕赵之地多方士，阴阳五行与神仙之术盛行。出生于燕地之韩婴受到阴阳五行学说的影响，在《韩诗》中表现为以阴阳说诗解诗的倾向。

《韩诗》的学术流传，韩婴授赵子，赵子授蔡谊，蔡谊担任过丞相。蔡谊传授食子公与王吉。王吉曾任昌邑王中尉，在历史上有诗谏的美名。食子公授栗丰，王吉授长孙顺；栗丰授张就，长孙顺授发福。（图1）

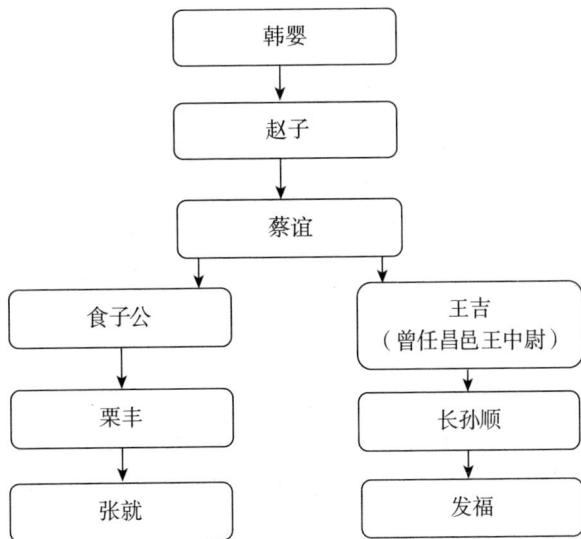

图1 《韩诗》的学术流传

---

① 蒙文通：《经学抉原》，上海人民出版社2006年版，第85页。

此外，治《韩诗》的学者还有梁商、刘宽、薛汉、杜抚、澹台恭、召驯、杨仁、赵晔、张匡、廉范、冯良、尹勤、郅恽、李恂、唐檀、夏恭、陈嚣、唐檀、廖扶、公沙穆、冯琨、梁商、胡硕、武梁、丁鲂、田君、陈修、樊安、张恭祖、王阜、崔炎、祝睦、杜琼、何随等。

（二）书写目的，以道致君

关于《韩诗》，《汉书・儒林传》中记载："韩婴，燕人也。孝文时为博士，景帝时为常山太傅。婴推诗人之意，而作《内外传》数万言，其言语颇与齐、鲁间疏，然归一也。"《内传》已不可考，而《外传》是目前三家《诗》中保存最完整的著作。从《汉书》中的记载可见，《韩诗》学术体系与《齐诗》、《鲁诗》差异颇大，诗意阐释的方法不在同一路径中，"然归一"则说明三家《诗》的主旨趋同，都是阐发《诗》意，以服务于王道政治。

《外传》借由历史与论说的方式，引用《诗》中个别章句阐述儒家义理，实现儒家《诗》教的社会政治功用。在《外传》中，韩婴描述了儒者的责任与使命：

> 儒者，儒也，儒之为言无也，不易之术也，千举万变，其道不穷，六经是也。若夫君臣之义，父子之亲，夫妇之别，朋友之序，此儒者所谨守、日切磋而不舍也……如使王者听其言，信其行，则唐虞之法可得而观，颂声可得而听。诗曰：先民有言，询于刍荛。取谋之博也。①

韩婴认为，儒者担负的神圣使命是明晰、践行、传播人伦之要，建立规范社会制度，推行仁义之化。而这一切的实现途径，是以"六经"为理论渊源，说服王者采纳自己的政治方针，如上文中所说，"使王者听其言，信其行"，实现理想社会和清明政治。这一点可以帮助我们理解《外传》的书写目的。《外传》中，综合应用历史与论说的方式，选取孔子逸文、春秋

---

① （汉）韩婴传，朱英华整理，朱维铮审阅：《韩诗外传》，上海书店出版社 2012 年版，第 83 页。

故事和诸子杂说，紧扣治道的使命担当与时代课题，以礼治、仁治为中心，发挥《诗》的微言大义，力求在汉初新的时代境遇下为现实政治指明符合儒家思想的可行道路。

《外传》中有一段话从侧面说明了韩婴作《外传》的初衷。韩婴提出，为人臣之"大忠"，在于向君王指明正道，并使其在潜移默化中依"道"而行；次之，则是用自身德行去影响君王，辅佐君王，这是"次忠"；再次之，才是向君王直言进谏，指出君王的谬误，埋怨君王的过错，这是最次等的"忠"。

> 有大忠者，有次忠者，有下忠者，有国贼者。以道覆君而化之，是谓大忠也；以德调君而辅之，是谓次忠也；以谏非君而怨之，是谓下忠也；不恤乎公道之达义，偷合苟同，以持禄养者，是谓国贼也。若周公之于成王，可谓大忠也；管仲之于桓公，可谓次忠也；子胥之于夫差，可谓下忠也；曹触龙之于纣，可谓国贼也。皆人臣之所为也，吉凶贤不肖之效也。诗曰：匪其止共，惟王之邛。[1]

从这个理论来看，《外传》中着重讲述治国之道，力图在说《诗》、引《诗》之过程中对君王潜移默化儒家的治国思想，是践行其所认为之"大忠"。在《卷六》的一段章节中，韩婴通过讲述楚庄王、宋昭公、郭君三位君王对治国之"道"的领悟的先后不同所带来不同结局的故事，来阐明君王及时闻"道"的重要性，再次强调了了解治国之"道"对于君王和国家而言是多么重要。

> 问者曰："古之谓知道者曰先生，何也？""犹言先醒也。不闻道术之人，则冥于得失，不知乱之所由，眊眊乎其犹醉也。故世主有先生者，有后生者、有不生者。昔者、楚庄王谋事而居有忧

---

① （汉）韩婴传，朱英华整理，朱维铮审阅：《韩诗外传》卷四，上海书店出版社 2012 年版，第 76 页。

色。申公巫臣问曰：'王何为有忧也？'庄王曰：'吾闻诸侯之德，能自取师者王，能自取友者霸，而与居不若其身者亡。以寡人之不肖也，诸大夫之论，莫有及于寡人，是以忧也。'庄王之德宜君人，威服诸侯，日犹恐惧，思索贤佐。此其先生者也。昔者、宋昭公出亡，谓其御曰：'吾知其所以亡矣。'御者曰：'何哉？'昭公曰：'吾被服而立，侍御者数十人，无不曰：吾君、丽者也。吾发言动事，朝臣数百人，无不曰：吾君、圣者也。吾外内不见吾过失，是以亡也。'于是改操易行，安义行道，不出二年，而美闻于宋，宋人迎而复之，谥为昭。此其后生者也。昔郭君出郭，谓其御者曰：'吾渴，欲饮。'御者进清酒。曰：'吾饥，欲食。'御者进干脯梁糗。曰：'何备也！'御者曰：'臣储之。'曰：'奚储之？'御者曰：'为君之出亡，而道饥渴也。'曰：'子知吾且亡乎？'御者曰：'然。'曰：'何不以谏也？'御者曰：'君喜道谀，而恶至言。臣欲进谏，恐先郭亡，是以不谏也。'郭君作色而怒曰：'吾所以亡者、诚何哉？'御转其辞曰：'君之所以亡者、太贤。'曰：'夫贤者所以不为存而亡者、何也？'御曰：'天下无贤而独贤，是以亡也。'伏轼而叹曰：'嗟乎！失贤人者如此乎？'于是身倦力解，枕御膝而卧，御自易以备，疏行而去。身死中野，为虎狼所食。此其不生者也。故先生者、当年霸，楚庄王是也。后生者、三年而复，宋昭公是也。不生者、死中野，为虎狼所食，郭君是也。有先生者、有后生者、有不生者。"诗曰："听言则对，诵言如醉。"①

在韩婴描述的这个故事中，三位君王对"道"的领悟有先后。楚庄王最早意识到问题的所在：周围的臣子所提的建议没有能超过自己的，这是非常危险的信号，说明国家缺少贤人辅佐，不能得到正确的建议和高明的指导。韩婴称其为"先生者"：最早悟"道"的人。宋昭公逃亡之时意识到

---

① （汉）韩婴传，朱英华整理，朱维铮审阅：《韩诗外传》，上海书店出版社 2012 年版，第 87 页。

自己的过错，周围的侍从、臣子都奉承阿谀自己，内外都没有指出自己过错的人。于是做出改变，广施仁义，得到百姓的拥护，最终被迎回宋国。韩婴称其为"后知者"：在遭遇失败后才反省过错，领悟到"道"。最后还有一位国君被称为"不生者"：最终都没有领悟到道之所在，不知道自己错在什么地方。郭君在逃亡之后，其御者给他指出了他的过错，而郭君到这个时候还不愿意接纳谏言，只愿意听奉承话，最终死于郊外，为虎狼所食。最后韩婴引用《大雅·桑柔》中"听言则对，诵言如醉"之句作为总结。这句话描述的正是昏庸的周厉王听到阿谀奉承的话则有所回应，而听到谏诤之言则装作喝醉了酒一样没有回应的样子。这个故事中，强调了知"道"对于君王的重要性，而这个"道"，最根本的是采纳良好的意见，接受高明的规劝。

两则章节一对比，可见韩婴著《外传》的目的之一是要辅佐君王以"道"，而这个"道"的核心内容，则是对君王品行、国家治理的合理高明的谏诤之言。将《诗》作为"明道"的经，借由圣贤故事、历史故事的阐述，和《诗》中章句的引用，传承儒家关于修身、治国的义理之道，实现"以道覆君而化之"的"大忠"。治国之道，一方面，需要贤明的君主，制定礼法，规范秩序，选贤任能；另一方面，也需要具有高尚品格与出众能力的士人阶层，推行礼法，匡正君心，及时提出正确合理的建议与诤谏。因此《外传》中的书写内容主要包括两方面：一是面向君王的教化：对君王为政方略的阐述；一是面向士人的教化——对君子修身成仁的德行养成的阐述。

（三）承接荀子，修礼正法

在《外传》中，韩婴借由孔子及其弟子的言语故事、春秋记载的历史故事等，阐述为君为政的原则。在《外传》卷八中韩婴提出了一个圣明君主为政的诸多原则，可作为《外传》中其他为政原则阐述的总结之篇：

　　夫贤君之治也：温良而和，宽容而爱，刑清而省，喜赏而恶罚，移风崇教，生而不杀，布惠施恩，仁不偏与，不夺民力，役不逾时，百姓得耕，家有收聚，民无冻馁，食无腐败，士不造无用，雕文不粥于肆，斧斤以时入山林，国无佚士，皆用于世，黎庶欢乐，衍盈方外，远人归义，重译执贽，故得风雨不烈。小雅曰：有渰萋萋，兴雨祈祈。以是知太平无飘风暴雨明矣。①

这段话中，贤君之治涉及的方面有：君王个人修养要符合君子标准——温良而和，宽容而爱；制定刑法要清晰简要；要着力推行教化、改良风俗；要颁布仁政，公平公正；为政要不夺民力，不争民利；还有要选拔人才，人尽其用。这些方面在其他篇章中，均有分别论述。

根据《外传》中相关内容的阐述，韩婴所提出的治道之要，首要在于修礼正法。在《外传》中，论礼之处有 153 次，频次为诸多核心要素中最多。韩婴将"礼"认为诗"强国之本、威行之道、功名之统"，是治理天下的要道之一：

礼者、治辩之极也，强国之本也，威行之道也，功名之统也，王公由之，所以一天下也，不由之，所以陨社稷也……诗曰：自东自西，自南自北，无思不服。如是则近者歌讴之，远者赴趋之，幽闲僻陋之国，莫不趋使而安乐之，若赤子之归慈母者、何也？仁刑义立，教诚爱深，礼乐交通故也。诗曰：礼仪卒度，笑语卒获。②

同时，韩婴指出，君王依据礼法来给予百姓恩惠，一定要注意公平而不能有所偏私。同时，作为社会阶层中不同身份的人，也要遵循礼法的要求去践行自己的责任。比如，做臣子的要按照礼仪去侍奉君主，要忠诚、顺从、不懈怠；做父亲的按照礼法去对待儿子，要宽厚仁爱、有礼节；做儿子的，则要敬爱父母，态度恭敬；做兄长的要慈爱、友善地对待弟弟……各个阶层、各个位置的人都要按照礼法行事，天下才能大治。而怎样才能保证全部做到以上的礼法？答案是必须弄清楚礼仪："审礼。"古代圣王明晰了礼义，并且将礼义颁行于天下，天下人的行动就都合乎礼义，

---

① （汉）韩婴传，朱英华整理，朱维铮审阅：《韩诗外传》，上海书店出版社 2012 年版，第 99 页。
② （汉）韩婴传，朱英华整理，朱维铮审阅：《韩诗外传》，上海书店出版社 2012 年版，第 77 页。

没有不恰当的。《卷四》第九章中说：

> 君人者、以礼分施，均遍而不偏，臣以礼事君，忠顺而不解，父宽惠而有礼，子敬爱而致恭，兄慈爱而见友，弟敬诎而不慢，夫照临而有别，妻柔顺而听从，若夫行之而不中道，即恐惧而自竦。此全道也，偏立则乱，具立则治。请问兼能之奈何？曰审礼。昔者、先王审礼以惠天下，故德及天地。动无不当。夫君子恭而不难，敬而不巩，贫穷而不约，富贵而不骄，应变而不穷，审之礼也。故君子于礼也，敬而安之；其于事也，经而不失；其于人也，宽裕寡怨而弗阿；其于仪也，修饰而不危；其应变也，齐给便捷而不累；其于百官伎艺之人也，不与争能而致用其功；其于天地万物也，不拂其所而谨裁其盛；其待上也，忠顺而不解；其使下也，均遍而不偏；其于交游也，缘类而有义；其于乡曲也，容而不乱。是故穷则有名，通则有功，仁义兼覆天下而不穷，明通天地、理万变而不疑，血气平和，志意广大，行义塞天地，仁知之极也，夫是谓先王审之礼也。若是、则老者安之，少者怀之，朋友信之，如赤子之归慈母也。曰：仁刑义立，教诚爱深，礼乐交通故也。诗曰：礼仪卒度，笑语卒获。[1]

《外传》中还提出，制定法律，刑法公平也是政治清明的重要因素之一。

> 将修礼以齐朝，正法以齐官，平政以齐下，然后节奏齐乎朝，法则度量正乎官，忠信爱刑平乎下。如是，百姓爱之如父母，畏之如神明。是以德泽洋乎海内，福祉归乎王公。诗曰：降福简简，威仪反反，既醉既饱，福禄来反。[2]

---

[1]　（汉）韩婴传，朱英华整理，朱维铮审阅：《韩诗外传》，上海书店出版社2012年版，第77页。

[2]　（汉）韩婴传，朱英华整理，朱维铮审阅：《韩诗外传》，上海书店出版社2012年版，第70页。

这一段讲述为政的道理，强调要重视礼法的作用。提倡礼法，公平刑法，则国家治理就顺利，老百姓就心悦诚服地服从君王的统治。所引之诗为《周颂·执竞》，原为描述祭祀周朝圣王先祖的场面，这里取其"威仪反反"与"福禄来反"之意，描述百姓对君王的敬畏与福禄归于君王的情形。

除强调要以礼法治国之外，《外传》中涉及的其他为政之道，还包括富民、养民、教民等。其中诸多章节与《荀子》中章节内容相似，意旨相近（后文将详述），是对荀子隆礼重法思想的继承和发扬。

（四）沿袭孔孟，修身成仁

《外传》中除了沿袭荀子对礼法的重视和强调，也沿袭了孔子所提出修身成仁，孟子所提出的民本、仁政的理论，反映了对儒家思想的全面接收和继承。

韩婴在《外传》中以民心之向背反映天道之恢恢，强调民心民意乃政权稳定之根本，以此约束君权，经世济民。在卷四第十八章中，韩婴描述了齐桓公与管仲的一段对话，借管仲之口说出了"王者以百姓为天"之理：

> 齐桓公问于管仲曰："王者何贵？"曰："贵天。"桓公仰而视天。管仲曰："所谓天，非苍苍之天也。王者以百姓为天，百姓与之则安，辅之则强，非之则危，倍之则亡。诗曰：'民之无良，相怨一方。'民皆居一方而怨其上，不亡者、未之有也。"①

这段话中，韩婴特别提出，国家的安危与百姓的人心向背密切相关：如果百姓安居乐业，则国家兴亡发达；如果百姓对君王诸多抱怨，心存背叛，则国家必然灭亡。并引用《小雅·角弓》中的句子"民之无良，相怨一方"，沿用其字面意思，指出如果百姓埋怨自己的君主，则国家危亡。韩婴这样的观点，与孟子提出"民为贵，社稷次之，君为轻"的观点一脉相承，强调民本的思想。同时，韩婴又将民本与天道联系起来，将"民"视作"天"的代表，以"民心"代表"天之志"，从而将孟子的民本理论与

---

① （汉）韩婴传，朱英华整理，朱维铮审阅：《韩诗外传》，上海书店出版社 2012 年版，第 78 页。

阴阳天道理论结合起来，形成有效的权力震慑机制：至高无上的天子须敬畏天命，而天命在民，因此天子须重民本。这样的逻辑顺序巧妙地将君权约束在神圣的秩序与规则之下。《外传》卷五第三十章还提出"天下往之，谓之王"，说四方的老百姓都来归附于你，那么你就能做天下之王。而"去之谓之亡"，如果老百姓都纷纷逃离你的统治，那么国家就将灭亡。同样是强调民心向背的力量。

孟子强调仁政，而仁政之发端，始于"不忍人之心"，或称良善之心。这是孟子性善论的发挥。在《外传》中，韩婴也强调人之善心对于成为君子的重要性：

> 茧之性为丝，弗得女工燔以沸汤，抽其统理，不成为丝。卵之性为雏，不得良鸡覆伏孚育，积日累久，则不成为雏。夫人性善，非得明王圣主扶携，内之以道，则不成为君子。诗曰："天生蒸民，其命匪谌。靡不有初，鲜克有终。"言惟明王圣主然后使之然也。

这是强调人本性良善，但需要"明王圣主"的扶持，才能成为君子。这之中的逻辑关系是：百姓本性良善，圣王培育良好的社会风气，引导塑造崇高的道德风尚，然后良善的百姓才可能成为君子。这是对孟子性善论的接受和发挥。

此外，《外传》中还强调修身以成仁，培育君子品德。这些品德修养包括诚信、谦卑、仁厚、勤学等。如卷四中：

> 传曰：诚恶恶，知刑之本，诚善善，知敬之本。惟诚感神，达乎民心，知刑敬之本，则不怒而威，不言而信，诚、德之主也。诗曰：鼓钟于宫，声闻于外。①

---

① （汉）韩婴传，朱英华整理，朱维铮审阅：《韩诗外传》，上海书店出版社2012年版，第79页。

这一段是论述内心之诚对于德行修养的重要性。《孟子·离娄上》说："诚者，天之道也；思诚者，人之道也。"在《孟子》中，"诚"是一个重要的核心概念，出现 22 次，与本心、真意相联系，是君子修身的重要元素。《大学·诚意》篇中也说："所谓诚其意者，勿自欺也。如恶恶臭，如好好色，此之谓自谦。"韩婴在此将内心之"诚"与其行为表现联系起来，内心厌恶恶行，则不会触犯刑法；内心欣赏善行，则行为恭敬。最后引用《小雅·白华》中"鼓钟于宫，声闻于外"，说明内心拥有了诚的美德，一定会有美好的表现显露在外。

再如《外传》卷二中：

> 君子有主善之心，而无胜人之色；德足以君天下，而无骄肆之容；行足以及后世，而不以一言非人之不善。故曰：君子盛德而卑，虚己以受人，旁行不流，应物而不穷，虽在下位，民愿戴之，虽欲无尊，得乎哉！诗曰：彼己之子，美如英，美如英，殊异乎公行。[①]

这是强调君子的谦卑、虚心的美德。最后引用《汾沮洳》中的诗句"彼己之子，美如英，美如英，殊异乎公行"，赞扬谦卑的君子品行如美玉一般熠熠生辉。

卷十讲到君子温良恭让的美好品格，以周之先祖太伯、仲雍兄弟谦让王位，避走他乡的历史故事，阐述君子友爱谦让的美德。

> 君子温俭以求于仁，恭让以求于礼，得之自是，不得自是。故君子之于道也，犹农夫之耕，虽不获年之优，无以易也……诗曰：自太伯王季，惟此王季，因心则友。则友其兄，则笃其庆，载锡之光。受禄无丧，奄有四方。[②]

[①] （汉）韩婴传，朱英华整理，朱维铮审阅：《韩诗外传》，上海书店出版社 2012 年版，第 66 页。

[②] （汉）韩婴传，朱英华整理，朱维铮审阅：《韩诗外传》，上海书店出版社 2012 年版，第 107 页。

其引用之诗，为《大雅·皇矣》。此句描述了周朝先祖兄弟友爱、礼让王位的事迹。

在《外传》中还提出了君子须谨言的原则，卷四中说：

> 问者不告，告者勿问，有诤气者勿与论。必由其道至然后接之，非其道则避之。故礼恭然后可与言道之方，辞顺然后可与言道之理，色从然后可与言道之极。故未可与言而言，谓之瞀，可与言而不与言，谓之隐，君子不瞀，言谨其序。诗曰：彼交匪纾，天子所予。言必交吾志然后予。①

这一部分与《荀子·劝学》篇内容一致，所引之《诗》也一致。《荀子·劝学》篇称：

> 问楛者，勿告也；告楛者，勿问也；说楛者，勿听也。有争气者，勿与辩也。故必由其道至，然后接之；非其道则避之。故礼恭，而后可与言道之方；辞顺，而后可与言道之理；色从，而后可与言道之致。故未可与言而言，谓之傲；可与言而不言，谓之隐；不观气色而言，谓瞽。故君子不傲、不隐、不瞽，谨顺其身。诗曰：匪交匪舒，天子所予。此之谓也。②

《外传》卷四中对此做了简化，但所引之《诗》与《荀子》一致，"匪交匪舒，天子所予"出自《小雅·鱼藻之什·采菽》，"匪"通"彼"，意思是，不急躁不怠慢，天子因此很多赏赐。呼应上句"君子不傲、不隐、不瞽"，恰如其分。

《外传》中对"君子"美德的阐发共有 11 处。阐述了君子应具备的仁义、诚信、谦恭、温良、务学、慎言、通变等美德。这是对儒家修身成仁的义理阐发，经由《诗》的引用阐释，将儒家关于修身的义理进一步传播

---

① （汉）韩婴传，朱英华整理，朱维铮审阅：《韩诗外传》，上海书店出版社 2012 年版，第 78 页。
② 杨柳桥：《荀子诂译》，齐鲁书社 2009 年版，第 14 页。

和强化。

特别要提出的是，在《外传》的论述中，有许多章节承接《荀子》的思想与论述内容。如上文所述卷四第九章，讲述君王为政以礼分施这一段话，就与《荀子》第十二《君道篇》中内容大致一致，在语言描述上进行了精简。《荀子》此段原文如下：

> 请问为人君？曰：以礼分施，均遍而不偏。请问为人臣？曰：以礼待君，忠顺而不懈。请问为人父？曰：宽惠而有礼。请问为人子？曰：敬爱而致文。请问为人兄？曰：慈爱而见友。请问为人弟？曰：敬诎而不苟。请问为人夫？曰：致功而不流，致临而有辨。请问为人妻？曰：夫有礼则柔从听侍，夫无礼则恐惧而自竦也。此道也，偏立而乱，俱立而治，其足以稽矣。请问兼能之奈何？曰：审之礼也。古者先王审礼以方皇周浃于天下，动无不当也。故君子恭而不难，敬而不巩，贫穷而不约，富贵而不骄，并遇变、应而不穷，审之礼也。故君子之于礼，敬而安之；其于事也，径而不失；其于人也，寡怨宽裕而无阿；其所为身也，谨修饰而不危；其应变故也，齐给便捷而不惑；其于天地万物也，不务说其所以然而致善用其材；其于百官之事、技艺之人也，不与之争能而致善用其功；其待上也，忠顺而不懈；其使下也，均遍而不偏；其交游也，缘义而有类；其居乡里也，容而不乱。是故穷则必有名，达则必有功；仁厚兼覆天下而不闵，明达用天地、理万变而不疑；血气和平，志意广大，行义塞于天地之间，仁知之极也。夫是之谓圣人，审之礼也。①

两相对比，可见《外传》对《荀子》思想的完全继承和沿袭。《外传》基本是对《荀子》篇章的总结和归纳，大部分字句与主旨基本相同。《外传》在对《荀子》思想进行阐述后，引用《楚茨》中"礼仪卒度，笑语卒

---

① 杨柳桥：《荀子诂译》，齐鲁书社 2009 年版，第 226 页。

获"的句子作为段落结尾，取其字面意思，说明建立全面礼仪对于国家治理的好处。较之《荀子》更为详细，同时加入了《诗》的强化论证。在其后，韩婴以晏子聘问鲁国时"上堂则趋，受玉则跪"的故事记载，说明晏子知理、识礼，"礼中有礼"，并再次引用"礼仪卒度，笑语卒获"之章句，以通俗的故事进一步加深了读者对于礼义周全的重要性的理解。

又如卷四中，提及为君者要倡导道义而不言私利，引导民众重义而轻利，养成良好的社会风尚，所以从天子到士阶层，都不应该以财货、利害、得失为计，不与老百姓去争小利，这样老百姓就不会为钱财所困扰，贫穷的人家也能够安稳生活。最后引用《小雅·大田》中"彼有遗秉，此有滞穗，伊寡妇之利"来论证这段话。此句描述了秋收之时的景象，禾苗打捆时，农夫会将禾苗刻意散落在田地里一些不打捆，同时田地里还要刻意留下一些麦穗果实，方便那些失去劳动力的老人和妇孺能够来捡拾，维持基本的生活：

> 天子不言多少，诸侯不言利害，大夫不言得丧，士不言通财货，不贾于道。故驷马之家，不持鸡豚之息，伐冰之家，不图牛马之入，千乘之君，不通货财，冢卿不修币施，大夫不为场圃，委积之臣，不贪市井之利。是以贫穷有所欢，而孤寡有所措手足也。诗曰：彼有遗秉，此有滞穗，伊寡妇之利。①

对比《荀子·大略》中对君王应重义而轻利的描述，会发现《外传》仍然是对《荀子》思想的转述和补充。《荀子》云：

> 故天子不言多少，诸侯不言利害，大夫不言得丧，士不通货财；有国之君不息牛羊，错质之臣不息鸡豚，冢卿不修币，大夫不为场圃；从士以上皆羞利而不与民争业，乐分施而耻积臧。然故民不困财，贫窭者有所窜其手。②

---

① （汉）韩婴传，朱英华整理，朱维铮审阅：《韩诗外传》，上海书店出版社 2012 年版，第 78 页。
② 杨柳桥：《荀子诂译》，齐鲁书社 2009 年版，第 545 页。

可见《外传》对《荀子》的传承。除对《荀子》的理论加以润色和扩展外，《外传》在段末加入了引《诗》的内容以强化义理的表达。

《外传》对于《荀子》的引用和沿袭，由上可见一斑。据笔者统计，《外传》的篇章中引用沿袭《荀子》的篇章达 58 次。内容主要集中于治国之道（包括王治、富国、君道、强国、议兵、法行）、个人修身（包括劝学、修身、不苟、儒效、臣道），兹列举如表 8 所示。

表 8　《外传》沿袭《荀子》的篇章

《荀子》	《外传》	引用次数
劝学	第四、八卷	2
修身	第一、二、四、五卷	5
不苟	第一、二、三、四、六卷	5
非相	第三、五卷	2
非十二子	第四、六卷	2
儒效	第五、五、七卷	4
王制	第三、三、三、五卷	4
富国	第六卷	1
君道	第五、五、六卷	4
臣道	第四、五、六卷	3
议兵	第三、四卷	2
强国	第六卷	1
天论	第一、二、五卷	3
大略	第四卷	1
宥坐	第三、三、八、十卷	4
子道	第三、九卷	2
法行	第二、四卷	6
哀公	第二、四、四卷	3
尧问	第三、六、七、七卷	4

《外传》中所引《荀子》的内容，主要仍集中于治道与修身两方面。治道方面，相关内容包括君主个人修养、建立礼法、尊重人才、公平赏罚、培育百姓德行、富国富民之道等；君子修养的内容，包括勤学、修身、慎言等。

（五）杂取阴阳，推及养生

除了对先秦《诗》教理论的继承，《外传》也融入了汉世时代的印记，加入了许多阴阳五行的学说，并以《诗》来证明阐释这些阴阳之论。如前文中所述，这与韩生出自燕地，而燕齐两地地理相近，学风相近，又多方术之士，阴阳五行说自春秋时期始就在当地盛行相关。《外传》中有不少篇章融入了阴阳五行的观念，并融合五行与儒家义理进行论述。

卷一中有一例：

> 传曰：天地有合，则生气有精矣；阴阳消息，则变化有时矣；时得则治，时失则乱……阴阳相反，阴以阳变，阳以阴变……是故阳以阴变，阴以阳变。故不肖者、精化始具，而生气感动，触情纵欲，反施化，是以年寿亟夭，而性不长也。诗曰：“乃如之人兮，怀婚姻也，太无信也，不知命也。”贤者不然，精气阑溢，而后伤时不可过也。不见道端，乃陈情欲，以歌道义。诗曰：“静女其姝，俟我乎城隅，爱而不见，搔首踟蹰。瞻彼日月，悠悠我思，道之云远，曷云能来。”急时辞也，是故称之日月也①。

这一段中，主要论述阴阳相生的道理，言“不肖者”在“精化始具”，血气方刚的年纪过度放纵情欲，就会导致“年寿亟夭”。这里引用的是《邶风·日月》中的诗句“乃如之人兮，怀婚姻也，太无信也，不知命也”。《日月》本意是一位女子的口吻斥责男子的薄情，与纵情纵欲而导致早夭并无关联。这里主要是借用了诗句中“怀婚姻”与“不知命”的字面意思来说理。又说“贤者”能够谨慎节欲，用的是《邶风·静女》中诗句，主要

---

① （汉）韩婴：《韩诗外传》，上海书店出版社 2012 年版，第 59 页。

是取其中"爱而不见"以明节欲，取"道之云远"以歌道义。

卷七第十九章中，将为政之要与"顺阴阳之气，合天人之际"联系起来，又将这种"顺阴阳之气"与否进一步与人的情性反应结合起来，将人事、天象、身心、自然融合在一起进行阐释，环环相扣，形成一个融合治道、阴阳、生理的复杂理论系统。

> 传曰：善为政者、循情性之宜，顺阴阳之序，通本末之理，合天人之际，如是、则天地奉养，而生物丰美矣。不知为政者、使情厌性，使阴乘阳，使末逆本，使人诡天气，鞠而不信，郁而不宜，如是，则灾害生，怪异起，群生皆伤，而年谷不熟，是以其动伤德，其静无救，故缓者事之，急者弗知，日反理而欲以为治。诗曰：废为残贼，莫知其尤。①

这之中的逻辑关系是，人君若知晓治道之理，顺应阴阳之道，那么自然风调雨顺，五谷丰登；而若人君不知治道，不顺阴阳，则会导致个人情性乖张，情绪郁结，言行轻浮，而天下则灾害频发，天灾不断，五谷不熟，万物皆伤。最后引用的《小雅・四月》中"废为残贼，莫知其尤"一句，原句意思是山中草木遭受摧残而零落残败，不知道是谁的过错？以此来呼应前文中"灾害生，怪异起，群生皆伤"一句。

《外传》卷八中有一例，将人事、政治与天象联系，将朝廷高官之责任与自然现象联系在一起：

> 三公者何？司空、司徒、司马也。司马主天，司空主地，司徒主人。故阴阳不调，星辰失度，责之司马；山陵崩绝，川谷不流，责之司空；五谷不殖，草木不茂，责之司徒。②

这是典型地将人事、政治与天象、自然联系起来，在职官之责与自然

---

① （汉）韩婴：《韩诗外传》，上海书店出版社2012年版，第94页。
② （汉）韩婴：《韩诗外传》，上海书店出版社2012年版，第99页。

现象之间建立了对应关系。可见当时盛行的阴阳五行与天人感应学说对《韩诗》的影响。

又如《外传》卷二第二十章，将国运与自然状况联系起来：

> 传曰：国无道，则飘风厉疾，暴雨折木，阴阳错氛，夏寒冬温，春热秋荣，日月无光，星辰错行，民多疾病，国多不祥，群生不寿，而五谷不登。当成周之时，阴阳调，寒暑平，群生遂，万物宁，故曰：其风治，其乐连，其驱马舒，其民依依，其行迟迟，其意好好，诗曰：匪风发兮，匪车偈兮。顾瞻周道，中心怛兮。①

除阴阳五行学说外，《外传》中还有将儒家思想和对养生思想进行融合解说的例子。如：

> 夫治气养心之术：血气刚强，则务之以调和；智虑潜深，则一之以易谅；勇毅强果，则辅之以道术；齐给便捷，则安之以静退；卑摄贪利，则抗之以高志；容众好散，则劫之以师友；怠慢僄弃，则慰之以祸灾，愿婉端悫，则合之以礼乐。凡治气养心之术，莫径由礼，莫优得师，莫慎一好。好一则博，博则精，精则神，神则化，是以君子务结心乎一也。诗曰：淑人君子，其仪一兮，其仪一兮，心如结兮。②

"淑人君子，其仪一兮"在子思学派引《诗》中反复出现，是子思学派"慎独"思想的典型体现，《五行》中引此举，并称"能为一，然后能为君子。君子慎其独也"。在《外传》中，韩婴也引用此句，说明君子应该"莫慎一好""结心乎一也"，强调专注的重要性。而对于"莫慎一好"的理由，韩婴则是将其与养生治气之道联系起来，称其是养护精神的要诀。这一点，

---

① （汉）韩婴：《韩诗外传》，上海书店出版社 2012 年版，第 68 页。
② 同上。

扩充了先秦时期对"其仪一兮"以修炼品格、完成人格的意义理解。

道家养生的思想在《外传》中也屡有体现：

> 传曰："居处齐则色姝，食饮齐则气珍，言语齐则信听，思齐则成，志齐则盈。五者齐，斯神居之。"诗曰：既和且平，依我磬声。①

这一段话谈到居所、饮食、言语、思绪、情志与健康的联系。五者都齐备，则神清气爽。最后引用《商颂·那》的句子来烘托平和宁静的状态。养生理论，其实也是阴阳五行理论的推演和应用，可以落实到中医的治病与道家的养生之道。《外传》中由阴阳五行理论推演到中医之道、养生之道，再将个人的身心健康、情志展现与政治人事、天象自然结合在一起，形成了风格独特的《诗经》阐释路径。

关于《韩诗》，以《外传》来看，涉及字词训诂的篇章不多。《韩诗》的传人薛汉以章句闻名当世，著有《韩诗薛君章句》，对《诗》中字词进行了训诂。因此说《韩诗》学派中不涉及《诗经》的字词训诂，也并非实情。清代唐宴在《两汉三国学案》中对《章句》中字词解《诗》的句子做过梳理，一共有 11 处。

如解《羔羊》之诗，《章句》称："小者曰羔，大者曰羊。素喻洁白，丝喻曲柔。纪，数名也。诗人贤仕为大夫者，言其德能称有洁白之性，屈柔之行，进退有度数也。"② 从《章句》中对字词章句和诗旨的解释来看，《章句》较之《毛诗》之解释更贴合诗句本意，对诗句的政教性附会不如《毛诗》明显。如解《汝坟》一诗中"鲂鱼赪尾，王室如毁，虽则如毁，父母孔迩"一句，《章句》先对字词进行了逐一解释，其后对主旨进行了分析，称："赪，赤也。毁，烈火也。孔，甚也，迩，近也。言鱼劳则尾赤，君子劳苦则颜色变。以王室政教如烈火矣，犹冒触而仕者，以父母甚迫近

---

① （汉）韩婴：《韩诗外传》，上海书店出版社 2012 年版，第 100 页。

② 电子书《两汉三国学案》，见 https：//www. zhonghuadiancang. com/xueshuzaji/15333/303374. html。

饥寒之忧，为此禄仕。"①说在政教如烈火，入仕则劳苦不已的情形下，君子仍然不避劳苦，奔波于国事的原因，是父母有饥寒之忧，迫切需要赡养的缘故啊。这样的解释，一方面从诗句本义出发，一方面贴近人之常情，较之《毛诗序》中认为此诗是赞美文王在南国良好的教化，这种教化感染到普通的妇人，妇人故忍受与丈夫别离之苦，劝丈夫忍耐劳苦而坚持服役，"文王之行化乎汝坟之国，妇人能闵其君子犹勉之以正也"要更为平实合理。

在四家《诗》中，《外传》对于先秦时期解《诗》、用《诗》的学说和理念传承痕迹最为明显。这主要表现在三个方面。其一，《外传》的体例，沿袭《左传》及《荀子》中引诗的体例与《毛诗》之体例迥异。由于《齐诗》《鲁诗》的著作已不可考，缺乏完整的说《诗》体例的参照，我们仅将《外传》的体例与《毛传》的体例相对比。与《毛传》设序、重字词训诂的体例不同，《韩诗外传》多以传说的方式发挥《诗》义，在文末引《诗》中的词句强化证明自己的观点。这种体例，与春秋时期《左传》中引《诗》的方式，以及战国时期《荀子》中引《诗》的方式颇为类似。正如明代王世贞所言："《韩诗外传》引《诗》以证事，非引事以明《诗》。"②《外传》对《荀子》的传承不仅表现在体例的相似上，对《诗》中章句意义的阐释亦十分相似。据统计，《外传》引诗与《荀子》相同者有 58 处（表 8），而且对这些引用诗句的意义阐发大多数与荀子所阐发的意义相同。

其二，《外传》中对于诗意的理解，沿袭春秋时期赋诗之遗风，"断章取义"的特点较为突出。这一点，与其他三家《诗》注重从字词训诂的方式出发，在语言阐释的基础上再发挥义理的方式大不相同。

从历史的纵深来看，《外传》在体例和阐释方法上接续了先秦时期说《诗》、引《诗》的传统，尽管也受到汉代天人感应理论盛行的学术氛围的影响，但就主体而言还是对春秋战国时期儒者说诗、解诗以传播儒家义理的《诗》教方式的延续和发扬。在领会了孔门《诗》教对内修身成仁，对

---

① 电子书《两汉三国学案》，见 https：//www. zhonghuadiancang. com/xueshuzaji/15333/303374. html。

② （明）王世贞：《弇州山人四部稿》，伟文出版社 1976 年版，第 5274 页。

外以道化君的《诗》教精神的基础上，《外传》借助于历史故事、义理论说，以"断章取义"的方式结合《诗》的章句进行阐述发挥，微言大义，让受众受到潜移默化的影响，助力君王明治国之道，引导士人明修身之径，发挥儒家《诗》教推广仁政、建立王道、经世济民的功能。

三、《齐诗》的学术特征：谶纬之说

（一）《齐诗》学术渊源

关于《齐诗》的学术渊源，《汉书·艺文志》中称："齐辕固、燕韩生皆为之传。或取春秋，采杂说，咸非其本义。"这之中，"取春秋，采杂说"，说明《齐诗》的学术渊源与春秋公羊学比较接近。春秋公羊学的一个典型特点就是"多采杂说"，《汉书·公孙弘传》中，描述精通公羊学的汉代学者公孙弘就说其"年四十余，乃学《春秋》杂说"。《汉书·儒林传》中描述精通公羊学的孟卿时，也提到春秋之学"烦杂"："孟卿以礼经多，《春秋》烦杂，乃使喜从田王孙受《易》。"因此从《艺文志》中描述来看，《齐诗》与《韩诗》应都受春秋公羊学的影响。

蒙文通也认为《齐诗》与公羊学有共同的学术渊源，并提出了新的证据，称《陈留风俗传》中记载"园叟，字宣，明《春秋公羊》……为秦博士"。园，又作辕。这位在秦代就被征为博士，精通公羊之学的园叟（辕叟），应是辕固之先祖。有此家学渊源，辕固自然精通公羊之学，这样的理论基础自然会影响到《齐诗》的理论构建：

> 《公羊》《齐诗》之说，本自同源，离之则两晦。《陈留风俗传》云：园叟，字宣，名《春秋公羊》……为秦博士……《齐诗》《公羊》，合而后备，本出一源，岂二致哉！①

春秋公羊学以天道阴阳为理论根基，揭示天道之阴阳与人事政治之间的联系。阴阳五行学说是春秋公羊学的重要理论基础。《齐诗》在四家

---

① 蒙文通：《蒙文通全集（一）》，巴蜀书社 2015 年版，第 60—61 页。

《诗》中解诗的路径以"善言阴阳灾异"著称，其学派的著名学者如翼奉、匡衡等以讲阴阳灾异闻名朝廷。翼奉所言"五际"之义与《春秋繁露》改制之说相似，匡衡所说"怀异俗而柔鬼方"与公羊说提倡的大一统相通，可见《齐诗》理论构建受公羊学影响较大。从学术形成的地域影响来说，早在春秋时期，齐地就流行邹衍的阴阳五行灾异学说。这种天人之学自然会影响到齐人对《诗》的阐释。这就不难理解为什么产生于齐地的《齐诗》带有浓重的谶纬色彩。

辕固的弟子中，以夏侯始昌影响力最大。夏侯始昌精通经术，尤善阴阳五行，曾预测柏梁台某日受灾，当日应验，深得武帝信任。武帝特别选拔他为昌邑王的太傅，教授"五经"。夏侯始昌的弟子中，后苍精通《诗》《礼》，担任过博士和少府的官职。后苍是《齐诗》学形成的重要推动人物之一，著有《齐后氏故》《齐后氏传》，丰富和完善了《齐诗》的理论体系。应劭将后苍与《鲁诗》的创始人申公、《韩诗》的创始人韩婴相提并论，称"申公作《鲁诗》，后苍作《齐诗》，韩婴作《韩诗》"。后苍的弟子有翼奉、萧望之、匡衡等。翼奉开创了翼氏《齐诗》学派，解诗多比附灾异、五行，将诗与谶纬结合，对西汉政治思想影响很大。萧望之、匡衡都担任过朝廷高官，在政论意见中以《诗》论政，引诗进谏，推动了西汉晚期"诗经治国"的风潮。匡衡的弟子有师丹、伏理斿君、满昌君都。满昌的弟子有张邯、皮容，《汉书》记载其"皆至大官""徒众尤甚"。师丹的弟子有班伯（班固之从祖），《汉书·叙传上》中说："（班）伯少受《诗》于师丹。"《汉书》中多用《齐诗》，说明班固因其家学渊源，也习《齐诗》。

《齐诗》以善言阴阳灾异著称，《齐诗》学派的传人也在政务议论中多引《诗》言阴阳灾异，其目的其实仍然是实现儒家王道政治的宏伟理想。《晋书·五行志》将以阴阳灾异的言论发挥经世致用的功能之途径总结为"三术"："其一曰，君治以道，臣辅克忠，万物咸遂其性，则和气应，休征效，国以安。二曰，君违其道，小人在位，中庶失常，则乖气应，咎征效，国以亡；三曰，人君大臣见灾异退而自省，躬责修德，共御补过，则消祸而福至。此其大略也。"这是将政治与自然天时联系起来，以自然界之不同表现来鼓励、警示或者提醒君王施行仁政、纠正弊端、及时自省。言阴阳灾异，其实是以"经术"服务于现实政治目的的一种独特的方式。

（二）"四始五际"说

受到当时政治学术大环境的影响，三家《诗》在从文景时期到西汉末年的发展过程中，逐渐都形成了向"阴阳灾异"说靠拢的倾向。《齐诗》学派"善言阴阳灾异"在三家《诗》中最为明显。清儒陈乔枞在《诗纬集证》中总结《齐诗》的宗旨有三方面："一曰四始，明五行之运也；二曰五际，稽三期之变也；三曰六情，著十二律之本也。"①

《齐诗》的解诗理论中提出了与鲁、韩两派迥然相异的"四始五际"之说，直接将阴阳五行理论与诗篇联系在一起。在《毛诗正义》中，孔颖达引《齐诗纬·汜历枢》中说："《大明》在亥，水始；《四牡》在寅，木始；《嘉鱼》在巳，火始；《鸿雁》在申，金始。"②

《鲁诗》与《韩诗》也有"四始"说，但鲁、韩二家的"四始"与诗篇本身联系紧密，都涉及《诗经》的风雅颂三个部分，而《齐诗》的"四始"则只涉及二雅，《大雅》中只有《大明》一篇，在什篇的第二篇，小雅中有三篇《四牡》《南有嘉鱼》《鸿雁》，其中《嘉鱼》《鸿雁》在什篇之首，《四牡》也排在什篇第二。这样排的方法，显然不是按照篇章次序来评定其"始"。《齐诗》的"四始"，与阴阳五行联系起来，将《大明》等诗与四方、四季及五行金、木、水、火相配，以亥、寅、巳、申代表十月、一月、四月、七月，又将其对应的五行中的水、木、火、金与《诗》中四大篇章相配，所配的月份正好是四季的第一个月。《齐诗》的"四始"，联系了时序、方位与五行属性，指的是四季之始。（表9）

---

① （清）陈乔枞：《续修四库全书》第 77 册，上海古籍出版社 1995 年版，第 761 页。
② （清）阮元等校刻：《毛诗正义》卷第一，见清嘉庆刊本《十三经注疏》，中华书局 2009 年版，第 13 页。

表9　《齐诗》"四始"诗篇及其对应意义

"四始"诗篇	诗旨	时辰及对应意义
《大明》	文王受命作周	亥时：文王受命，周之兴
《四牡》	劳使臣	寅时：文王劳使臣，周之发展
《嘉鱼》	美万物盛多，能备礼	巳时：王朝之盛时，周之盛
《鸿雁》	万民离散，不安其居，宣王劳之	申时：周之衰时

　　《大明》篇，是周朝开国史诗之一，叙述了周人先祖王季受命于天，周人历代先祖圣王筚路蓝缕开创功业的艰难历程。《齐诗》选其为"四始"之一，选其内容代表了周王朝开创之重要节点；《四牡》本为感叹行役而不得归家之诗，《左传·襄公四年》记载穆叔称此诗为"君所以劳使臣也"；《毛诗序》也认为是"劳使臣之来"，君王慰劳远来之使臣之诗，《齐诗》选此诗为"四始"之二，选其四方来朝，代表了周王朝发展壮大之重要节点；《南有嘉鱼》，是一首宴享之诗，描述了酒食丰美，宾主和乐之情景，《毛诗》、《齐诗》都认为这是宴饮并有求贤之意，《毛诗序》称其是"太平之君子至诚，乐与贤者共之"，《齐诗》选其为四始之三，取其"万物盛多"之美，代表着周王朝极盛之节点；《鸿雁》是描写了劳役之苦，离散之悲；《毛诗序》认为是因"万民离散，不安其居"，周宣王"劳来还定，安集之，至于矜寡，无不得其所焉"，《齐诗》选其作为"四始"之四，取其所描述万民流离之状，代表着周王朝衰败的节点。

　　关于《齐诗》的"五际"，由于《齐诗》消亡，其"五际"之具体学说已不可考。但在《汉书》《后汉书》等著作中，从《齐诗》学派中诸多学者的奏章、言论，可对"五际"之说窥见端倪。《汉书·卷七十五》中，记载汉宣帝时期天灾严重，洪水、地震不断，汉宣帝自省"治有大亏"，下诏臣下指出自己的过失，不得有所避讳。《齐诗》学派的学者翼奉在上书中，将《易经》的阴阳学说、《诗经》的"五际"学说，春秋的灾异学说等量齐观，提到关系国家治理的高度："《易》有阴阳，《诗》有五际，《春秋》有灾异，皆列终始，推得失，考天心，以言王道之安危。"同时将描述日食、地震等灾异的《十月之交》作为"五际之要"：

臣奉窃学《齐诗》，闻五际之要《十月之交》篇，知日蚀、地震之效昭然可明，犹巢居知风，穴处知雨，亦不足多，适所习耳。臣闻人气内逆，则感动天地；天变见于星气日蚀，地变见于奇物震动。所以然者，阳用其精，阴用其形，犹人之有五脏六体，五脏象天，六体象地。故脏病则气色发于面，体病则欠申动于貌。今年太阴建于甲戌，律以庚寅初用事，历以甲午从春。历中甲庚，历得参阳，性中仁义，情得公正贞廉，百年之精岁也。正以精岁，本首王位，日临中时接律而地大震，其后连月久阴，虽有大令，犹不能复，阴气盛矣。古者朝廷必有同姓以明亲亲，必有异姓以明贤贤，此圣王之所以大通天下也。同姓亲而易进，异姓疏而难通，故同姓一，异姓五，乃为平均。今左右亡同姓，独以舅后之家为亲，异姓之臣又疏。二后之党满朝，非特处位，势尤奢僭过度，吕、霍、上官足以卜之，甚非爱人之道，又非后嗣之长策也。阴气之盛，不亦宜乎！①

翼奉在奏疏中说，《齐诗》的"五际"理论中，《十月之交》是至为重要的一篇。《十月之交》记载了周幽王时期发生的日食和地震事件，从天昏地暗和山川翻覆等巨大的自然灾害，说到朝廷君主昏庸，奸臣当道，国家岌岌可危等政治状况，是一首刺怨之诗。诗篇的内容包含天灾，也同时包含着君主昏庸、政治混乱的现状，显然是汉代学者们在"天人感应"理论系统下对《诗》进行阐释发挥的绝佳素材。因此《十月之交》成为《齐诗》"五际之要"。翼奉以《十月之交》的诗篇内容为论据，提出"日蚀、地震之效昭然可明"，天灾正是对政治状况的警示，并联系宣帝时期外戚专权的状况，直接指出"二后之党满朝，非特处位，势尤奢僭过度"导致了阴阳二气失调，"阴气过胜"，因而导致了洪水地震等天灾不断，要求宣帝抑制外戚势力。

从翼奉的奏疏中可见，《齐诗》学派的"五际"说与阴阳、五行和律历

---

① （汉）班固撰：《汉书》，中华书局1962年版，第3173页。

相关，利用天灾、祸乱去推演政权运行之弊，王道兴衰之理，并将"五际"提到了关系国家兴亡的高度。关于"五际"的具体指向，应劭以"五伦"来注解："君臣、父子、兄弟、夫妇、朋友也。"对于应劭的说法，陈桥枞在《齐诗翼氏学疏证》中对其进行了否定，称以"五伦"来注解"五际"，"失《齐诗》之旨矣"。① 从奏疏中也可看出，翼奉将"五际"更多地联系阴阳、五行学说，与五伦关系不大。孟康则在《诗内传》中提出，"五际"指的是五个时辰："卯、酉、午、戌、亥。"② 为何在十二地支中选出这五个时辰作为"五际"呢？在阴阳灾异说流行的西汉时期，儒生们将政治发展变化与天干地支的运行联系在一起。精通《易经》的郎顗在奏疏中提到，卯酉与午亥这四个时辰是政治发展的关键节点，《诗氾历枢》曰："卯酉为革政，午亥为革命，神在天门，出入候听。"宋均对此注曰，神指的是阳气，是君王的气象。"神在午亥，司侯帝王兴衰得失，厥善则昌，厥恶则亡。"说午亥时分，是考察帝王从政得失的关键节点。在《后汉书·卷三十》中，记载郎顗在奏疏中说："灾眚降则下呼嗟，化不行则君道亏。四始之缺，五际之厄，其咎由此。"对此，李贤在注疏中对"五际"之说进行了阐释，不过他引用的是《外传》中的说法："五际，卯、酉、午、戌、亥也，阴阳终始际会之岁，于此则有变改之政。"

在《诗》中与"五际"的五个时辰对应的诗篇，分别是《大明》对应亥（阳水，革命）、《天保》对应卯（阴木，阴衰阳生）、《采芑》对应午（阴火，阳谢阴兴）、《祈父》对应酉（阴金，阴盛阳微）、《十月之交》对应戌（阳土，极阴生阳）。《诗》中的这些篇章内容与"四始"类似，同样都是反映周王朝的兴起、隆盛、衰亡、变革的过程。《齐诗》将之与阴阳历法相比附，以此来推断王政得失、王道兴衰之规律，达到警示帝王、规谏帝王以实现政治清明、社会稳定的作用。（表10）

---

① 陈桥枞：《续修四库全书》第75册《齐诗翼氏学疏证》，上海古籍出版社2003年版，第49页。

② 同上。

表 10   《齐诗》"五际"诗篇及其对应意义

"五际"诗篇	诗旨	事件及意义
《大明》	文王受命作周	文王受命，革命
《天保》	周公营洛邑，宗祀文武	周公居摄，管蔡之乱，阴衰阳生，周之壮大
《采芑》	宣王南征荆楚	荆蛮交侵，宣王南征，阳谢阴生，周之始衰
《祈父》	刺宣王用人不当	周屡败于姜戎，不得其人，阴盛阳微，周之衰败
《十月之交》	刺幽王乱政	皇父擅权，褒姒乱国，极阴生阳，西周灭东周始

综合起来看，《齐诗》的"五际"说以阴阳五行为骨架，将"五际"视为阴阳变化的五个重要交汇点。根据"天人感应"的理论，在"五际"的时间点，通常是发生变革、革正的时候。

正如张树国在《楚骚·谶纬·易占与仪式乐歌——西汉诗歌创作形态与〈诗〉学研究》中对《齐诗》的"四始"与"五际"的评述："四始说重点在万物兴盛衰败的开始，五际代表万物从出生、成长、衰落、死亡、复生的五个阶段，借助对《诗经》大小雅诗篇出人意表的解释，目的在于借助'历数'揭示王朝命运，倡言改革更化。"[①]

（三）"五性六情"说

《齐诗》学者还提出了"五性"与"六情"说。情性说在《韩诗》《毛诗》《齐诗》中都有记载，《鲁诗》由于资料阙如，无法考证。《毛诗大序》中就提出"吟咏情性以风其上"，这里的"情性"指的是内心的感受；《外传》中有 20 余处提到"情性"，《外传》卷二中提及"原天命，治心术，理好恶，适情性，而治道毕矣"，指的是民众之性情培育与国家治理之间的联系。《齐诗》学派学者匡衡对"情性"的理解与《韩诗》较为相似。《汉书·匡衡传》中记载："《大雅》曰：无念尔祖，聿修厥德。孔子著《孝经》首章，盖德之本也。传曰：审好恶，理情性，而王道毕矣。"与《韩诗》《毛诗》相似，匡衡提出王道在于"审好恶，理情性"，说的都是民众的普遍性情感性格。

———————————

① 张树国：《楚骚·谶纬·易占与仪式乐歌——西汉诗歌创作形态与〈诗〉学研究》，清华大学出版社 2017 年版，第 25 页。

奉行阴阳五行解诗的《齐诗》学者翼奉则提出了全新的"情性"之说，将对诗学极为重要的"情性"与历法、音律结合起来审断。《汉书·翼奉传》记载翼奉曾言："诗之为学，情性二已。五性不相害，六情更兴废。观性以历，观情以律。"① 如何审查性情呢？翼奉提出要以"历律"。所谓"历"，以十天干甲乙丙丁午己庚辛壬癸记之；而"五性"，则与人之"五脏"联系在一起，以中医的传统理论解释五脏与性情之间的关系，颜师古对此注曰："翼氏五性，肝性静，静行仁，甲己主之；心性躁，躁行礼，丙辛主之；脾性力，力行信，戊癸主之；肺性坚，坚行义，乙庚主之；肾性智，智行敬，丁壬主之。"② 这是将天干地支的历法、中医五脏五行属性与个人的德行情操结合起来，将人的性情融入自然运行、时节变易中去，充满了谶纬学说的牵连附会色彩。在"五性"协和的环境下，《齐诗》之学就此展开。

除了"五性"说，翼奉还提出"六情"说。在奏疏中，翼奉称：

> 知下之术，在于六情十二律而已。北方之情，好也；好行贪狼，申子主之。东方之情，怒也；怒行阴贼，亥卯主之。贪狼必待阴贼而后动，阴贼必待贪狼而后用，二阴并行，是以王者忌子卯也。《礼经》避之，《春秋》讳焉。南方之情，恶也；恶行廉贞，寅午主之。西方之情，喜也；喜行宽大，巳酉主之。二阳并行，是以王者吉午酉也。《诗》曰："吉日庚午。"上方之情，乐也；乐行奸邪，辰未主之。下方之情，哀也；哀行公正，戌丑主之。辰未属阴，戌丑属阳，万物各以其类应。③

从上可知，翼奉将六方（北、东、南、西、上、下）分别赋予了好、怒、恶、喜、乐、哀六种情感，并且将人的六种行为特征与各类性情相配合，同时又将这些方位、情感、行为与时辰历律相对应，形成一整套相互

---

① （汉）班固撰：《汉书》，中华书局 1962 年版，第 3170 页。
② （汉）班固撰：《汉书》，中华书局 1962 年版，第 3171 页。
③ （汉）班固撰：《汉书》，中华书局 1962 年版，第 3171 页。

呼应、相互关联的体系。如，翼奉称，北方配合的情绪是好（喜好），有喜好则易索求，故与之对应的行为是"贪狼"，对应的时辰是"申子"；东方相应的情绪是怒（愤怒），愤怒则易产生暴力行为，故与之对应的行为特征是"阴贼"，对应的时辰是"亥卯"；而这两种行为相辅相成，一般成对出现，所以其对应的时辰也是不好的、应该忌讳的时辰，比如主阴的子、卯时辰，故"王者忌子卯也"。

翼奉以"六情"之论，来推演人之正邪，为君王提供判断臣子忠奸的依据。《汉书》记载，平昌侯曾想请翼奉做老师，翼奉拒绝了，并且在上疏中提出了以上所述的"六情"之论。在奏疏中，翼奉称平昌侯三次来求见自己，都是"正辰"加"邪时"，而以"时"为主，辰为客，故以时辰来判断，平昌侯为奸佞之人。

这一套学说引起了汉元帝的兴趣，汉元帝专门问过翼奉关于时辰与忠邪之间的联系。翼奉详细解释了其中的道理，同时向君王提出了"明主独用"的观察臣下情性，以辨知正邪的方法："察其所繇，省其进退，参之六合五行，则可以见人性，知人情。难用外察，从中甚明，故诗之为学，情性而已。五性不相害，六情更兴废。观性以历，观情以律，明主所宜独用，难与二人共也。"简而言之，就是将六方之方位与五行结合，考察判断臣子的性情，来辨知忠奸正邪，辅助君王择贤任能。这段话中虽然提出"诗之为学，情性而已"，却并没有详细指明诗学与其所谓的"五性六情"之间的联系。在奉诏对答的最后，翼奉还特别指出，根据这个理论判断忠奸的方法，只有自己能掌握，别人是无法学到的"唯奉能用之，学者莫能行"，这就颇有故弄玄虚、以邀荣宠的味道了。

翼奉的"五性六情"说，其实主要理论框架是阴阳五行，将阴阳五行、六方之位与人之情性结合考察，用以辅助君王判断人之忠奸。尽管在对答中，翼奉引用了《小雅·吉日》中"吉日庚午"一句，来说明"午"时属于吉时的范畴。但其"五性六情"说与《诗》的联系并未直接显露。《齐诗》学派在阐释《诗》教的理论中，加入了过多的齐地阴阳家的阴阳五行思想，附会牵连，怪力乱神，在儒家《诗》教期望以解《诗》明理，说《诗》论道，推广人伦教化，助力修身成仁，实现王道政治的道路上，似乎较之其他三家，偏离得过远了。正如清代唐宴在《两汉三国学案》中对《齐诗》的评论，这样的解《诗》之说，已经大大偏离了孔门《诗》教的初心与本意了：

> 《齐诗》本《诗》家别传，而奉之学尤异，纯以阴阳五行说《诗》，仿佛京房之于《易》，李寻之于《书》……今奉纯以天道言《诗》，岂孔门用《诗》之本意也乎！①

《齐诗》以阴阳、灾异解《诗》，牵引诗意以说"天道"，结合自然现象和《诗》中章句，对统治者施政之过加以警示和提点，一方面，对阴阳灾异的过度牵附有湮没《诗》本身的文学价值和艺术价值的风险；但另一方面，《诗》作为政教的工具，其地位得以大大提升，作用也更为显著，可以说是"扩充了《诗》的使命与功能"②。

在西汉时期盛行一时的三家《诗》，细究之下，其实有共同的学术特点，就是或多或少向当时的政治环境靠拢，在先秦儒家传统的解《诗》途径中加入了阴阳五行和天人感应的理论。

这样的理论调整和改变，顺应了当时官方所接受的主流学术思想的大势，是西汉时期儒家经典《诗经》的解释者们对当时政治环境的一种主动迎合。这种迎合对于儒家《诗》教的发展有利有弊。

第一，由于积极配合政治环境，以经典的阐释为汉朝立国找到了理论的根基，为国家在政治和思想上的"大一统"指明了方向，因而三家《诗》赢得了统治阶级的认可，许多治《诗》之学者官居高位，甚至担任帝王之师，如"《鲁诗》弟子为博士十余人……而至于大夫、郎、掌故以百数""《齐诗》……九江张邯、琅琊皮容、皆至大官，徒众尤盛""《韩诗》……皆至大官，徒众尤甚"。这一状况使得习《诗》之人趋之若鹜，《诗》中自形成之日就具有的"政教性"得以充分发挥，儒士们在一定程度上实现了孔子提出、孟子实践的以《诗》干预王道政治的理想。当然，这种干预实

---

① 《两汉三国学案》，见 https：//www.zhonghuadiancang.com/xueshuzaji/15333/303374.html。
② 毛宣国：《汉代诗经阐释的诗学研究》，湖南人民出版社 2015 年版，第 3 页。

际是非常有限的，在汉代中央集权的行政体制之下，君主的绝对权威已经树立，借助自然灾异来警示帝王自省的"天人感应"理论本身对绝对皇权的制约已经十分有限，其方式已经十分曲折委婉。借助"天人感应"理论来说《诗》解《诗》，再用《诗》中被赋予的这种带有赞美、劝诫、警示的政教意义来引导说服帝王，其方式更加委婉，效果更加隐微。但借助于政治力量的推崇之"势"，《诗》学在西汉时期蓬勃发展，学《诗》人数众多，儒家《诗》教的理论构建和政治实践都在这一时期打下了坚实的基础。

第二，学术向政治如此紧密的攀附，使得三家《诗》中对《诗》的阐释失去了学术的独立性。利禄与学术的紧密联系，在刺激学术快速发展的同时，也使学术变得趋炎附势，失去了独立的风骨。三家《诗》的传习者看到了学术思想契合统治阶层需要而使学者获得高官厚禄，在利禄的趋势下不断顺应政治时事调整阐释方向和阐释内容，使得三家《诗》学说日益冗杂，一方面一字之解动辄万言，以此作为博取功名的手段，有人皓首穷经也难解其意；一方面与谶纬之学联系过于紧密，随着时势的发展，谶纬之学广泛发展，民间的起义力量也利用"图谶"之说号召民众，宣扬天命转移，"谶纬"之学由统治阶层获取政权的法宝变为可能危及政权的利器，统治阶层避之不及。在这样的背景下，依附于"谶纬"理论的《诗》学阐释也逐渐失去了说服力和生命力。

相反，在西汉时期一直未被立于学官，在民间流传的《毛诗》因其与政治始终保持了一定距离，其学术体系较为完整地保持了先秦时期孔子所开创的儒家解诗的原则和方法，继续发扬了德教和王道双向之教的传统，又因其注重训诂，学术根底扎实，且朴实简易，因此得以在后世广泛流传。最终成为"齐鲁韩毛"四家《诗》中唯一流传下来的《诗》学。

四、西汉《诗》教政治实践

(一)《鲁诗》学派政治人物及政治实践

《鲁诗》学派儒生一直积极参与政治实践。其创始人申公曾仕楚国，楚王戊因在为薄太后服丧期间行奸淫之事，被景帝下令削去东海郡。楚王因此心生怨恨，秘密与吴王串通，企图谋反。在楚国任职的申公得知楚王的密谋后，曾与另外一位儒生白生共同进谏劝阻楚王，可惜楚王没有听从劝阻，反而以严厉的刑法处罚了申公。"二人谏，不听，胥靡之，衣之赭衣，使杵春于市。"可惜申公的奏议内容不存，但从《鲁诗》学派弟子的奏议内容多引《诗》来看，精于《诗》的申公在进谏中引用《诗》中篇章可能性较大。

武帝时期，《鲁诗》学派的代表人物王臧、赵绾与申公曾议立明堂，结果同样以失败告终。申公因病免职，王赵二人被逼自杀，《鲁诗》学派的政治实践以失败告终。《史记·孝武本纪》及《儒林列传》之申公传均记载此事，《儒林列传》之记载稍详：

> 兰陵王臧既受诗，以事孝景帝为太子少傅，免去。今上初即位，臧乃上书宿卫上，累迁，一岁中为郎中令。及代赵绾亦尝受诗申公，绾为御史大夫。绾、臧请天子，欲立明堂以朝诸侯，不能就其事，乃言师申公。于是天子使使束帛加璧安车驷马迎申公，弟子二人乘轺传从。至，见天子。天子问治乱之事，申公时已八十余，老，对曰："为治者不在多言，顾力行何如耳。"是时天子方好文词，见申公对，默然。然已招致，则以为太中大夫，舍鲁邸，议明堂事。太皇窦太后好老子言，不说儒术，得赵绾、王臧之过以让上，上因废明堂事，尽下赵绾、王臧吏，后皆自杀。申公亦疾免以归，数年卒。①

从这个事件的记载可以看出，深受《诗》教的《鲁诗》学派在成功入仕后都积极参与政治生活，力图根据儒家经典重建理想政治。王臧、赵绾均时申公弟子，受申公《诗》之教。武帝时，王臧为郎中令，赵绾为御史大夫，两人向武帝建议建立明堂，用以接待来朝拜的诸侯。同时计划全面推行封禅、改历、改服色等大型礼仪，但所学不深，无法具体策划，因此请出了自己《诗》学的老师——申公。从这一细节的记载，可见王臧二人

---

① （汉）司马迁：《史记》，上海古籍出版社1997年版，第3609页。

修建明堂的理论根据来源于《诗》。

《礼记》中记载："周公朝诸侯于明堂之位，天子负斧依，南向而立。"明堂为天子接见诸侯之所。西周已有明堂建筑，《逸周书》记载：

> 周初明堂，沿殷故制，方一百一十二尺，高四尺，阶广六尺三寸。室居中，方百尺，中方六十尺。①

周代建立明堂用以祭祀上帝，后又宗祀文王以配享上帝。《孝经》中有记载："昔者周公郊祀后稷以配天，宗祀文王于明堂以配上帝。"《诗》中有记载关于明堂祭祀文王的许多诗篇。《周颂·清庙》就是在建成洛邑之后，诸侯来朝，举行大型祭祀文王仪式的诗篇。《毛诗补传》中称"清庙之宗祀文王，周公之特制"。这一点，可与《孝经》中"祀文王于明堂"相印证。《逸周书·明堂》中称明堂为周公所建，其目的是让诸侯朝见天子，同时明确诸侯的尊卑之位，以巩固初建的周王朝："明堂，明诸侯之尊卑也，故周公建焉，而明诸侯于明堂之位。"《毛诗序》中解释《清庙》："周公既成洛邑，朝诸侯，率以祀文王焉……祭而歌此诗也。"既率以祀文王，必有尊卑先后之秩序，洛邑为周公所建，其中必有专用大型祭祀朝会之明堂，《清庙》为周公祀文王之乐，正是在明堂所举行的仪式和礼乐。

汉初儒生习惯从经典中寻找立论的依据。引《诗》以说服君王在汉代奏议中屡见不鲜。作为深研《诗》的《鲁诗》学派的儒生，其关于礼制的依据，自然会从《诗》中寻找理论依据。这是在王臧和赵绾无法细致描述明堂建立之制度时，需要延请《鲁诗》学派最权威的人物——申公的原因。关于明堂的修建筹划，《史记》中无详细记载，也有可能并未有实质性的开展。因当时掌握政权的窦太后厌恶儒家学说，令人秘密寻找赵绾与王臧的过失，二人被逼自尽，而申公虽因病免罪，数年后也去世。

武帝时期王臧、赵绾等议立明堂的失败，是当时的政治形势使然。当时以王臧、赵绾为代表的《鲁诗》学派儒生所推行的诸多改革，并不仅仅

---

① 柳诒徵：《中国文化史》上册，上海科学技术出版社 2008 年版，第 194 页。

是礼制层面的器物、建筑、服饰这些表层，还触及制度改革，影响到贵族阶层的自身利益。《汉书·田灌韩列传第二十二》中记载：

> 婴、蚡俱好儒术，推毂赵绾为御史大夫，王臧为郎中令。迎鲁申公，欲设明堂，令列侯就国，除关，以礼为服制，以兴太平。举谪诸窦宗室无行者，除其属籍。诸外家为列侯，列侯多尚公主，皆不欲就国，以故毁日至窦太后。太后好黄、老言，而婴、蚡、赵绾等务隆推儒术，贬道家言，是以窦太后滋不说。①

当时支持儒家学说的权臣窦婴与田蚡除了高规格迎接申公来京城商讨设立明堂之事，还颁布政令，让列侯回到自己的封地，同时对窦太后的亲戚中没有德行之人予以惩罚，废除了这些人的封地。这两条措施是惹怒窦太后的根本原因。外戚家多为列侯，列侯又多娶公主，在京城盘根错节，势力巨大。这些人都不愿意离开富贵繁华的京城，回到遥远偏僻的封国。因此列侯、公主等权贵对这两项改革措施非常不满，频频向窦太后抱怨诋毁。掌握实权的窦太后本来就不好儒家学说，认为儒家学说虚空不误实"文多质少"，左右之人的抱怨更增加了她对儒生的厌恶。更何况第二年，迂直的赵绾又上了一道奏折，提出以后朝廷大事都不用报告窦太后，"请毋奏事东宫"。这下更是直接惹怒了窦太后，因此赵绾、王臧因别的过错遭到罢逐，被逼自杀。

《鲁诗》学派积极参与政治并未就此结束。申公的另一位弟子周霸，官至胶西内史，曾参与策划武帝封禅事宜。但在整个封禅事件中，儒生集体表现不佳。《史记》中记载"群儒既以不能辩明封禅事，又牵拘于诗书古文而不敢骋"，经书中没有明确的关于古之封禅程序的记载，而儒生们拘泥于古书的字句记载，又不敢发挥阐释，导致封禅事宜陷入僵局。不仅如此，儒生们拘泥于古制，反倒给武帝的封禅大业平添许多障碍。武帝曾向儒生们展示封禅的祭祀祠器，而儒生们以"不与古同"予以否定；还有一位名

---

① （汉）班固撰：《汉书》，中华书局1962年版，第2379页。

叫徐偃的儒生，担任过胶西中尉的官职，亦是《鲁诗》弟子，竟说"当朝的博士们行礼还不如鲁地的学子们行礼规范"。这一系列迂腐古板、不识时务的举动惹怒了汉武帝。周霸组织了封禅仪式讨论，因此也被与徐偃一同罢黜，同时，所有的儒生都被汉武帝摒弃不用。《史记》中对此记载：

> 群儒既以不能辩明封禅事，又牵拘于诗书古文而不敢骋。上为封祠器示群儒，群儒或曰"不与古同"，徐偃又曰"太常诸生行礼不如鲁善"，周霸属图封事，于是上绌偃、霸，尽罢诸儒弗用。①

这是《鲁诗》学派在积极参与政治中的又一次集体挫败。与上一次申公、王臧、赵绾议立明堂的事件是因为当权派崇尚黄老之术，缺乏施展理想的政治背景不同。这一次武帝亲政，对儒家理论抱有厚望，希望从儒家经典中寻求到能够支撑国家大典的依据，或者说希望儒生能够依据已有的传统和经验协助完成封禅这样的国家大事。这样良好的政治际遇下，《鲁诗》学派没能够把握机遇的主要原因，是自身的僵化、古板和迂直。

其后，《鲁诗》学派的传人中，韦氏一脉颇为昌盛。韦贤是申公的三传弟子（申公——大江公、许生——韦贤），韦贤精通《诗》及《礼》，官至丞相。其子韦玄成，后亦为丞相。同时，韦玄成及其兄之子韦赏还是汉哀帝的《诗》学老师，韦赏官至车骑将军。《鲁诗》的韦氏之学颇具影响力。韦贤治《诗》，本就有家传渊源。其先祖韦孟曾任楚元王王府的幕僚，负责教授元王之子及孙。元王孙刘戊行为乖张，荒淫无道，韦孟曾作诗讽谏，诗中多化用《诗》中章句。如其首章："肃肃我祖，国自豕韦，黼衣朱绂，四牡龙旂。彤弓斯征，抚宁遐荒，总齐群邦，以翼大商，迭披大彭，勋绩惟光。"其中"四牡"出自《小雅・四牡》，"龙旂"在《诗》中更是多次出现，《商颂・玄鸟》《周颂・载见》《小雅・庭燎》都有此词，"彤弓"出自《小雅・彤弓》。该谏诗从立意、体裁、语言、章节都与《诗》中《雅》《颂》之体类似，可见韦孟之长于《诗》。韦贤是韦孟之五世孙，曾为汉昭

---

① （汉）司马迁：《史记》，上海古籍出版社1997年版，第3609页。

帝的诗经老师。韦孟之子韦玄成德行高尚，其所传之诗有两首，其诗四言，多章节，多用《诗》中之典，同样也与《诗》体相类，可见其对《诗》不但经于章句，且长于诗体。《史记》中记载，韦玄成担任元帝时期的丞相时，参与过"罢郡国宗庙"的讨论，提出应取缔各地郡国设立的刘氏宗庙，并得到了元帝的首肯。在对元帝进谏的过程中，长于《诗》的韦玄成自然引用了《诗》中的句子来说明和强化自己的观点：

> 臣闻祭，非自外至者也，自中出，生于心也。故唯圣人为能飨帝，孝子为能飨亲。立庙京师之居，躬亲承事，四海之内各以其职来助祭，尊亲之大义，五帝、三王所共，不易之道也。《诗》云："有来雍雍，至止肃肃，相维辟公，天子穆穆。"《春秋》之义，父不祭于支庶之宅，君不祭于臣仆之家，王不祭于下土诸侯。臣等愚以为宗庙在郡国，宜无修，臣请勿复修。①

　　这段话中，韦玄成等引用《周颂·雍》中描述周王祭祀先祖时，四方诸侯前来助祭的诗句"有来雍雍，至止肃肃，相维辟公，天子穆穆"，来说明在京师设立宗庙是古制，不可更改。接下来引用《春秋》中的说法，祭祀宗庙不应在旁支的地盘上祭祀，因此天子不在诸侯的地盘上祭祀，从而提出在郡国的宗庙，坏了就不必再维护了，任其自然损毁。

　　元帝同意了韦玄成等大臣提出的观点，于是"罢郡国宗庙"。此后，韦玄成等又接连提出，除了祖、宗之庙世代保留，自祖庙以下五代"亲尽而毁"，也为元帝所接受。在讨论宗庙处置事宜时，韦玄成多次引用《诗》以说明观点，劝服元帝。如以《清庙》之诗为例，《清庙》描述了周王祭祀时肃穆清静之景象，有"于穆清庙，肃雍显相"之句，以此说明祭祀仪式举行的时候非常肃穆清净，而现今祭祀之仪，车马簇簇，盛装出游，与祭祀之"清静"氛围不符，恐会亵渎先祖神灵，建议恢复古礼，四季定期祭祀于宗庙。次年，韦玄成又建议"孝文太后、孝昭太后寝祠园勿复修"，也得

---

① （汉）班固撰：《汉书》，中华书局1962年版，第3117页。

到了元帝的同意。

在"迭毁宗庙"的系列事件中，《鲁诗》学派在政治上的杰出代表韦玄成通过从《诗》中寻找古礼之依据，成功说服元帝取缔了烦琐的祭祀礼仪，此事件可视作《鲁诗》学派参与政治实践的成功之例。《诗经》参与政治生活，其诗篇章句经由《鲁诗》学派的解读，成功主导了政治事件的实施，可视作《诗》教实践的经典例子。而韦氏之所以取得成功，一方面是由于其品行正直，行事公允，得到皇帝信任；另一方面与其家学渊源，精于《诗经》也大有关系。

（二）《韩诗》学派政治人物及政治实践

《韩诗》学派的儒者，除韩婴外，有蔡谊、王吉、食生、长孙顺、张就、发福、薛汉（博士）、杜抚、召驯（南阳太守）、杨仁、赵晔。《韩诗》学派的学者中，蔡谊官至丞相，曾担任汉昭帝的老师。东汉时期，汉顺帝的皇后梁妠也"治《韩诗》"，后曾长期主政。其他据《汉书》《后汉书》等记载，多位博士或乡里教授，参与政治的事件无从考证。

《韩诗》学派政治人物中最具典型代表的人物是王吉，其在政治活动中引《诗》为谏，劝诫君王规范德行、任用贤才等，在《韩诗》学派诸人中留下的记载最为丰富。王吉，字子阳，琅琊皋虞人，曾任昌邑王中尉。宣帝时担任益州刺史，谏大夫。元帝时担任谏大夫。王吉为《韩诗》传人，精通《韩诗》，曾以《诗》劝谏昌邑王，有《上疏谏昌邑王》《奏疏戒昌邑王》《上宣帝疏言得失》等文流传后世。在诸多奏疏与书信中，王吉多以《诗》微言大义，推行自己的政治主张，对君王治国理政提出劝谏。

在《上疏谏昌邑王》中，为劝谏昌邑王不要沉迷游冶，驰骋纵马，王吉引用了《桧风·匪风》中"匪风发兮，匪车揭兮，顾瞻周道，中心怛兮"之句，并对所引之句进行了阐释。王吉释"匪"为"非"，并解释"匪风"指的是"非古之风"，"匪车"指的是"非古之车"，"发发"为拟声词，指车快速行驶时引起的风声。王吉称之所以会有"发发"这样大的风声，是因为车速太快，不合礼仪，因此"发发之风""非古之风也"。"揭揭"是拟态词，描写车驾疾驰的时候尘土飞扬之状，王吉称"揭揭"是伤心之状，因此"揭揭之车"也非"古之车"。以此来说明驾车疾驰这样的行为，不符合古礼，扰乱民生，是不可取的行为。又引赞扬召公勤政亲民之《甘棠》诗，引导昌邑王爱惜民生，爱护百姓。在数次引用中，可以看出王吉对《匪风》章句的解释，对《甘棠》诗旨的解释与《毛诗》阐释相通，《毛诗》解释此两句也称其"非有道之风，非有道之车"，释其诗旨为"桧国既小，政教又乱，君子之人忧其将及祸难，而思周道焉"。王吉在此处引用，取其车驾疾驰之貌不合古礼，正贴合劝谏内容。

《汉书·王吉传》中记载，昌邑王因王吉多次劝谏，称"中尉甚忠，数辅吾过"，特别对其进行了奖励。

在《上宣帝书言得失》中，王吉建议宣帝"述旧礼，明王制"，谨慎选择身边得人，引用《大雅·文王》中："济济多士，文王以宁。"勉励宣王广泛选拔贤能之人协助治理国家。在奏疏中，王吉大胆提出，如今朝廷任用的官员多为官宦子弟，胸无点墨，又骄纵跋扈，对国家治理没有任何好处，并引《魏风·伐檀》，描述这种世胄居高位、尸位素餐的情形。《伐檀》中有："不稼不穑，胡取禾三百廛兮？不狩不猎，胡瞻尔庭有县貆兮？彼君子兮，不素餐兮。"王吉在奏疏中称："今使俗吏得任子弟，率多骄骜，不通古今，至于积功治人，亡益于民，此《伐檀》所为作也。"是将《伐檀》中"君子不素餐"理解为讽刺贵族不劳而获，与他所提出的高官子弟担任官员、态度骄横又不学无术的现象极为相似。从现有史料记载来看，王吉进谏内容多为倡礼制、明法典、举荐人才等。

（三）《齐诗》学派政治人物及政治实践

《齐诗》学派，在元、成帝时期极尽尊荣，《齐诗》学派多位学者成为帝师，对朝廷事务有较大影响力。《齐诗》学派如匡衡、翼奉等人皆居高位，对于朝廷事务有较多参与，在处理政治事件中，多见《齐诗》学派学者以《齐诗》之阴阳五行说提出建议，上疏论证观点以说服皇帝。

1. 萧望之

萧望之，《汉书》有传，东海郡兰陵县人，精通《齐诗》，官至御史大夫、前将军，为元帝之师，深受元帝敬重。

据《汉书》记载，萧望之表达政见多引《诗》，这一特点还称为政敌攻击他的把柄之一，晚年萧望之被诬陷勾结朋党，后其子萧伋上疏申诉冤屈，被政敌污蔑为"望之前所坐明白，无潜诉者，而教子上书，称引亡辜之《诗》，失大臣体"。可见上疏引《诗》是其奏疏的典型特征。萧望之以《诗》论政的典型事例，是其任左冯翊时与京兆尹张敞就朝廷是否应派遣罪犯到边境地区的八个郡县服劳役以抵罪展开的争论，在这场针锋相对的斗争中，萧望之引《诗》以说服宣帝，取得了成功。

事件的起因是西羌发生叛乱，朝廷派兵讨伐，京兆尹张敞上疏提出军队的补给让沿线的官府和老百姓负担很重，官吏和百姓都参与供给运转，耽误了农事。战争结束后，沿途的老百姓第二年必然粮食匮乏，出现灾荒。因此张敞建议朝廷赦免轻罪的罪犯，让他们向这八个郡捐献粮食以抵消罪过。这样可以增加当地的粮食产量，确保当地老百姓的生活不受战争影响。

萧望之对这个建议提出了不同的看法，在奏疏中他提出让罪犯以捐献粮食钱财的方式来赎罪，这种办法会毁坏道德风气，引导民众轻视犯罪的后果。贫穷的人，如果其父兄犯了罪，为了减免亲人的罪过，就会想方设法夺取钱财，依靠捐献的方式让父兄免罪。这样会导致社会混乱，滋生更多的罪恶。更严重的影响是，这样的政策会引导不良的社会风气，而政治教化一旦被破坏，不良的风气一旦成型，很长时间都难以恢复。在萧望之的奏疏中，为了证明自己观点的权威性，他接连两次引用了《诗经》中的篇章。

> 古者臧于民，不足则取，有余则予。《诗》曰"爰及矜人，哀此鳏寡"，上惠下也。又曰"雨我公田，遂及我私"，下急上也。今有西边之役，民失作业，虽户赋口敛以赡其困乏，古之通义，百姓莫以为非。以死救生，恐未可也。陛下布德施教，教化既成，尧、舜亡以加也。今议开利路以伤既成之化，臣窃痛之。①

此段中，先引《小雅・鸿雁》中"爰及矜人，哀此鳏寡"，说明朝廷应该体恤照顾百姓。接着又引《小雅・大田》中"雨我公田，遂及我私"，说

---

① （汉）班固撰：《汉书》，中华书局1962年版，第3276页。

明百姓也应为国效力。民众与国家，都有各自的义务和责任。在这个基础上，萧望之提出，现在国家有战事，让老百姓无法正常耕种而面临饥荒，这种情况下，即便国家对每一个人都征收赋税来缓解受难百姓的困难，大家都不会反对。所以不必以破坏道德风气来缓解灾荒的危机。萧望之取所引之诗字面意思，与其所论之理高度贴合，极大增强了说服力。最终在萧望之等人的强烈反对下，张敞的计划没有实施。

这次的争论很有典型意义。张敞所提的观点操作简单，能够迅速解决战争给百姓带来的饥荒，是"务实派"的做法；但在儒家传统的观点中来看，此举有"开利路"之弊端，引导百姓"重利益而轻道德"，造成不良的社会影响。萧望之等人所反对的，正是这种急功近利的做法，会带来社会风气的败坏，从而给国家埋下深深的隐患。故萧望之在奏疏中一再强调，风气的败坏，对于国家治理而言是巨大的灾难。需要注意的是，维持社会风气的纯良，正是儒家《诗》教一向秉承的重要原则。《齐诗》内容虽已不可考，但《诗大序》中提出《诗》教的重大意义在于能够"厚人伦，美教化，移风俗"，可见风俗之厚薄有着关乎国家发展的重大意义。

2. 匡衡

匡衡，东海人，少年好学，尤精《诗》。时人有谚称："无说《诗》，匡鼎来；匡语《诗》，解人颐。"匡衡在士人中名声很大，儒家学者很多上疏给朝廷推荐匡衡，称其深明经理，"天下无双"。太子太傅萧望之、少府梁丘曾考察他的学问，匡衡说《诗》中的义理，言辞优美，道理精深，得到萧望之的充分肯定。元帝做太子时就很欣赏匡衡，私下与其交往频繁。元帝当政时，匡衡得到推荐进入朝廷。元帝时期，出现了日食、地震等异象，元帝令群臣上疏言政治得失，匡衡积极上疏。

其上疏有两个特点：一是多引《诗》以正理。匡衡以《国风》中各国之民风与国君之好恶、行为相关联的例子，建议元帝以身作则，崇礼明德，举贤用能，培育良好社会风气。

> 臣窃考《国风》之诗，《周南》《召南》被贤圣之化深，故笃于行而廉于色。郑伯好勇，而国人暴虎；秦穆贵信，而士多从死；

陈夫人好巫，而民淫祀；晋侯好俭，而民畜聚；太王躬仁，邻国贵恕。由此观之，治天下者审所上而已。今之伪薄忮害，不让极矣。臣闻教化之流，非家至而人说之也。贤者在位，能者布职，朝廷崇礼，百僚敬让，道德之行，由内及外，自近者始，然后民知所法，迁善日进而不自知。是以百姓安，阴阳和，神灵应，而嘉祥见。《诗》曰"商邑翼翼，四方之极；寿考且宁，以保我后生"，此成汤所以建至治，保子孙，化异俗而怀鬼方也。今长安天子之都，亲承圣化，然其习俗无以异于远方，郡国来者无所法则，或见奢靡而仿效之。此教化之原本，风俗之枢机，宜先正者也。①

从这段话中，可看出匡衡通篇都是以《诗》中义理进行劝谏，提出治国建议的特点。开篇匡衡便直称《周南》《召南》"披贤圣之化深，笃于行而廉于色"，以此引入君王的个人德行对于国家治理的重要意义。《毛诗序》中解释《周南》与《召南》时说："关雎麟趾之化，王者之风，故系之周公。南，言化自北而南也。鹊巢驺虞之德，诸侯之风也，先王之所以教，故系之召公。周南召南，正始之道，王化之基。"可见《齐诗》中对《周南》《召南》的诗旨解释，与《毛诗》相类，都认为《周南》与《召南》是两地受到周公、召公德教感化而形成的诗。同时，匡衡在这段奏疏中还提到了各国之君王喜好影响下的各地民俗差异，其依据应也是来源于《诗》。如匡衡称"陈夫人好巫，而民淫祀"，反映在《诗经》中《陈风》，许多诗篇叙述祭祀之事，如《宛丘》"坎其击鼓，宛丘之下。无冬无夏，值其鹭羽"，《东门之枌》"东门之枌，宛丘之栩。子仲之子，婆娑其下"都是反映陈地的祭祀聚会的习俗。匡衡又称"晋侯好俭，而民畜聚"，反映在《唐风》中，有《蟋蟀》之诗言："好乐无荒。"《毛诗序》中说此诗"刺晋僖公""俭不中礼"，《齐诗》与《毛诗》对于《唐风》的看法是一致的。《汉书·地理志》就从《诗经》中各国之风的内容出发，论证各地之民俗特点。

---

① （汉）班固撰：《汉书》，中华书局 1962 年版，第 3335 页。

陈国，今淮阳之地……妇人尊贵，好祭祀，用史巫，故其俗巫鬼。《陈诗》曰"坎其击鼓，宛丘之下，亡冬亡夏，值其鹭羽"，又曰"东门之枌，宛丘之栩，子仲之子，婆娑其下"，此其风也。

（晋地）其民有先王遗教，君子深思。小人俭陋。故《唐诗·蟋蟀》《山枢》《葛生》之篇曰"今我不乐，日月其迈""宛其死矣，它人是媮""百岁之后，归于其居"。皆思奢俭之中，念死生之虑。①

两相对比，可见匡衡提出各国之君的德行操守与各地民俗民情的联系，其依据来源于《诗经》。在此之后，匡衡又直接引用《商颂》中的《殷武》诗中"商邑翼翼，四方之极；寿考且宁，以保我后生"之句，说明贤明君王的德行和善政，能够国运绵长，福延子孙。在诸多引《诗》以梳理权威的基础上，匡衡提出君王应该戒奢靡，正风俗。

在接下来的论述中，匡衡提出要亲近贤臣，远离奸佞，"近忠正，远巧佞"，再一次以《诗》为例证，提出要"放《郑》《卫》，进《雅》《颂》"。将《郑》《卫》之音与小人联系类比的说法，由孔子首提，称："放郑声，远佞人。郑声淫，佞人殆。"其后荀子将郑卫之音与邵武之歌相对比，提出"郑卫之音，使人之心淫""舞韶歌武，使人之心庄"。匡衡在这里吸收融合了孔子与荀子的观点，将郑卫之音与小人佞臣类比，同时进一步将庄严肃穆的雅颂之音与忠正之臣相类比，以"放《郑》《卫》，进《雅》《颂》"来阐述要"亲贤臣，远小人"。这一段话也充分显示了匡衡以《诗》进谏、以《诗》论政的特点。

这篇上疏赢得了元帝的欣赏，升迁匡衡为光禄大夫、太子少傅。

之后，对于元帝宠爱傅昭仪及定陶王胜过皇后与太子，匡衡再一次上疏，这次的上疏中，对《诗》的引用贯穿始终，《风》《雅》《颂》都有涉及。奏疏充满了浓重的阴阳五行观念，开篇即阐述成王继承文王、武王的遗志，继承先王之德行，所以鬼神庇佑，国运昌隆。随后引用《周颂·闵

① （汉）班固撰：《汉书》，中华书局1962年版，第1649页。

予小子》中"念我皇祖，陟降廷止"一句，并对其进行了解释，称此句言"成王常思祖考之业，而鬼神祐助其志也"。阐述之理与所引之诗相互承接，浑然一体。在第二段中，匡衡进一步劝谏元帝不要随意变更政策，要遵从先王的制度，安定臣民之心。随即引用《大雅·文王》中"无念尔祖，聿修厥德"之句，提醒元帝时时感念祖先的意志，修养自身的德行。第三段，匡衡提出劝谏的重心，建议元帝要"慎妃后之际，别嫡长之位"，不要过度宠爱作为妃子的傅昭仪及其子，而冷落疏远了皇后和太子。这个举动不符合儒家伦理所提倡的"尊卑之别""嫡庶之分"。为了说服元帝，匡衡从《诗》中寻找权威的理论依据，提出《诗》开篇即是《国风》中的《关雎》，而《关雎》所阐述的道理，就是明晰人伦，以明人伦而正天下之风。夫妇之伦为五伦之首，所以《关雎》一向被经学家认为是"正始之道，王化之基"，在此基础上提出"卑不逾尊，新不先故"的人伦之道。又引用《周颂·桓》中"于以四方，克定厥家"的句子，说明帝王之家风正才能天下安定。

元帝去世，成帝继位后，匡衡又上疏劝谏成帝"戒声色""采有德"，深研《六经》之理，言行尊礼，动静为法，等等。奏疏中同样多次引《诗》，诗篇涉及《周颂·闵予小子》《周南·关雎》《鲁颂·泮水》等，同样贯穿始终，成为劝谏的有力工具。

从《汉书》记载的匡衡上述奏章可以看出，匡衡的议政的方式多引《诗》以证，《汉书》中称其"及朝廷有政议，傅经以对，言多法义"，这一方面与其精通《齐诗》有关，另一方面也与汉后期帝王好《诗》，自幼接受《诗经》教育相关。其劝谏的内容大都得到了元帝、成帝的首肯。在《鲁诗》学者韦玄成罢相之后，匡衡接替韦玄成担任丞相。《鲁诗》《齐诗》学者相继成为股肱之臣，这一段时间被范文澜称为"诗经治国"，确有其理。

3. 师丹

师丹是匡衡的弟子，曾担任汉哀帝的《诗》学老师。哀帝时期，担任过大司马、大司空。师丹为人忠正，不畏权势，《汉书》记载其在哀帝时期，时常就国家大事向汉哀帝进谏，尤其在抑制外戚势力方面，不顾哀帝本人的意愿和外戚势力的嫉恨，坚持指出皇帝过分扶持外戚的错误。

汉哀帝少时，见成帝依仗外戚势力，导致王氏权势滔天，内心忧惧。于是自己即位后，想夺回权柄，就仿效成帝故事扶持外戚，给母亲丁氏一族和外祖母傅氏一族封官晋爵，同时大肆封赏亲近的臣僚，师丹也在封赏之列。身为老师的师丹见此状况，给汉哀帝上疏，借郡国地震、洪水泛滥、"日月不明"等自然现象，称这是由于号令不统一、法治不健全的人事所导致的，劝说哀帝不要对亲近之人滥加封赏，并且对自己也得到封赏表示惭愧，称自己位居三公，受赐黄金，本应该辅佐皇上，弥补皇帝的过错，但现在却导致天下议论纷纷，自然灾害频发，是自己的罪过。前后上疏几十次，都是切中时弊的肺腑直言。

汉哀帝刘欣，是汉成帝的侄子。成帝无子，因此立了侄子为太子。哀帝即位时，成帝的母亲被称为太皇太后，成帝的皇后被称为皇太后。后汉哀帝将自己的祖母傅太后尊封为定陶恭皇太后，母亲丁氏为定陶恭皇后。朝中大臣为了讨好哀帝，建议将封国"定陶"二字去掉，并且车马服饰都应该提升到与皇太后、太后相当的等级上。负责礼仪的相关部门都没有异议，准备照办，只有师丹明确提出这样的举动不符合礼仪，混乱了尊卑秩序，坚持不能改变。由此，师丹得罪了汉哀帝，逐渐在朝廷中被排挤。

《汉书》的记载中，节引了师丹的劝谏，未见其引《诗》之例。从师丹的劝谏内容来看，重点是维持礼法制度，维持儒家的伦理秩序。作为汉哀帝太子时的老师，师丹有得天独厚的政治优势，但他坚持自己的道德标准，不惜得罪哀帝及太后势力，数十次上疏指出哀帝的不当举措，体现了儒家《诗》教经世济民、匡正君心的责任感和风骨担当。

第四节　《毛诗》的理论体系构建

《毛诗》的产生发端时期，与三家《诗》差不多同时。在《儒林传》中，记载"毛公，赵人也。治诗，为河间献王博士"。这位赵人毛公，被河间献王立为博士，其时期大约应当是在景帝时期。河间献王在景帝前二年才被封为河间王。《史记·五宗室家》记载："河间献王德，以孝景帝前二年用皇子为河间王。"景帝时期《毛诗》被河间献王立为博士，说明在此之前，《毛诗》的基本阐释构架已经完成。差不多同一时期，《鲁诗》学派开创者申公在文帝时为博士，《韩诗》学派开创者韩婴在文帝时期为博士，《齐诗》学派开创者辕固生在景帝时期为博士。这样看来，《毛诗》的兴起与三家《诗》差不多同时。但《毛诗》与三家《诗》在西汉时期方兴未艾得以蓬勃发展的际遇所不同，其一直在河间地区流传，并未在汉廷的官方学派中分得一席之地。

西汉末期，刘向父子大好古文经，哀帝时刘歆曾建议"建立《左氏春秋》及《毛诗》《逸礼》《古文尚书》皆列于学官"，但未能成功。王莽执政，刘歆为国师，古文经得以被立于学官。但新莽一朝立国短暂，受到政治的牵连，《毛诗》自此以后都未能跻身正统。"王莽、刘歆所为，尤不足论。光武兴，皆罢之。此数经，终汉世不立。"① 东汉时期，虽然官学仍是三家《诗》之学，但郑众、贾逵、许慎、马融等古文学大师皆治《毛诗》，到东汉末年郑玄为《毛》传作笺，以《毛诗》理论为主，兼采三家《诗》之说，从此《毛诗》更为广泛流传。

一、《毛诗》的学术渊源

班固在《汉书》中，详细叙述了三家《诗》的产生发展之后，对《毛诗》仅一笔带过："又有毛公之学，自谓子夏所传，而河间献王好之，未得立。"对于毛公是谁，班固并未提及。在《儒林传》中，又记载："毛公，赵人也。治诗，为河间献王博士。"这位赵人毛公，被河间献王立为博士，其时期大约应当是在景帝时期。到了东汉末年，郑玄在《诗谱序》中首次提出毛公为大、小毛公两人。具体的记载可见孔颖达《毛诗正义》中所引《诗谱》："鲁人大毛公为《诂训传》于其家，河间献王得而献之，以小毛公为博士。"大毛公作《诂训传》，且为私学，小毛公因其学而被河间献王立为博士，这样看来，《儒林传》中提到的赵人毛公应是小毛公。三国时期的陆玑在《毛诗草

---

① 皮锡瑞撰，《经学历史》，中华书局 2005 年版，第 1356 页。

木鸟兽虫鱼疏》中则进一步明确了《毛诗》的传授渊源，从孔子删诗一直说到大小毛公的学术谱系，并提到了大小毛公的具体姓名。

> 孔子删诗授卜商，商为之序，以授鲁人曾申，申传魏人李克，克传鲁人孟仲子，孟仲子传根牟子，根牟子传赵人荀卿，卿授鲁人毛亨，亨作《训诂传》以授赵国毛苌。时人谓亨为大毛公，苌为小毛公。

除此之外，三国时期的徐整在《毛诗谱畅》中提出了另外一条学术传播路径，《经典释文·序录》中同时记载了这两条不同的学术传播路径：

> 《毛诗》者，出自毛公，河间献王好之。徐整云：子夏授高行子，高行子授薛昌子，薛昌子授帛妙子，帛妙子授河间人大毛公，毛公为《诗故训传》于家，以授赵人小毛公。小毛公为河间献王博士，以不在汉朝，故不列于学。一云：子夏传曾申，申传魏人李克，克传鲁人孟仲子，孟仲子传根牟子，根牟子传赵人孙卿子，孙卿子传鲁人大毛公。①

这里提出了两条《毛诗》的传授路径。一条是三国时期东吴的徐整在《毛诗谱畅》中提出的：子夏—高行子—薛昌子—帛妙子—大毛公—小毛公。另外一条是三国时期吴郡的陆玑在《毛诗草木虫鱼疏》所说：子夏—曾申—李克—孟仲子—根牟子—孙卿子—大毛公。

两条路径均源自子夏，不同的是，或四传或五传而至大毛公。三国时期学者关于《毛诗》的学术谱系应是根据《毛诗》学者的自述或回忆所记录，在其他史料中并无印证。清代陈奂在《毛诗说·毛传渊源通论》中根据《毛诗》与各经典的文本比较，同时追溯《毛诗》传承谱系中各个关键人物的其他学术渊源，对《毛诗》的渊源做了比较详细的梳理，其论证较为翔实：

---

① （唐）陆德明：《经典释文》卷一，中华书局 1983 年版，第 10 页。

言六艺者折衷孔子，司马迁论之笃矣！子夏善说诗，数传至荀卿子，而大毛公生当六国，犹在暴秦燔书之先，又亲受业荀氏之门，故说诗取义于荀子书者，不一而足。汉诸儒未兴，要非汉诸儒之所能企及。陆德明《经典释文》叙录云：左丘明作传以授曾申，申传卫人吴起，起传其子期，期传楚人铎椒。椒传赵人虞卿，卿传同郡荀卿名况。左丘作《左氏春秋》，失明，有《国语》。子夏诗《序》：《桑中》《鹑之贲贲》《载驰》《硕人》《清人》《黄鸟》《四牡》《常棣》《湛露》《彤弓》《行苇》《泂酌》，与《左氏春秋》悉吻合。故毛公说诗，取诸《左传》者亦不一而足。《葛覃》"服之"、《天作》"荒之"、《旱麓》"干禄"、《皇皇者华》"六德"、《新台》"籧篨""戚施"，以及《既醉》《昊天有成命》等篇，义皆取诸《国语》。其时《左传》未立学官，而毛公作故训传同者，用师说也。《汉书·儒林传》，申公鲁人也。少与楚元王交，俱事齐人浮丘伯受诗。《盐铁论》云：苞丘子，与李斯俱事荀卿。苞丘子即浮丘伯，为荀卿门人。《鲁诗》亦出于荀子。《韩诗》引荀卿子以说诗者四十有四。《齐诗》虽用谶纬，而翼奉。匡衡其大指与毛诗同。然而三家者往往与内外传不合符节者何？盖七十子没，微言大义，各有指归。唯毛诗之说，笃守子夏之序发挥焉而不凌杂。《风俗通义》云：谷梁子为子夏门人。又《儒林传》云：暇丘江公受《穀梁春秋》及《诗》于鲁申公。毛公说《诗》与《穀梁春秋》合。《春秋公羊》亦出于子夏。汉初董仲舒及庄彭祖、颜安乐说牺、说舞与毛诗合，而与何休解不合。其流派异，其本源同矣！毛公说诗《葛覃》《草虫》《简兮》《淇奥》《子衿》《扬之水》《东山》《伐柯》《采》《正月》《采菽》《采绿》《行苇》《既醉》《瞻卬》《良耜》《泮水》《那》，义见诸《小戴》。《节南山》《小苑》《下武》，义见诸《大戴》。《周官》未兴而"缁帛五两"（《行露》），"邦国六闲"（《駉》）、"九族"（《常棣》）、"四享"（《天保》，"圜土"（《正月》），"桀石"（《白华》），"掣壶氏"（《东方未明》），"凶荒杀礼"（《摽有梅》《野有死麐》），义皆取诸《周官》。河间献王时，李氏上《周官》五篇，取《考工记》以补事官，而及（《伯兮》），黼（《采菽》《文王》），镞矢、王弓（《行苇》）之制度，见《考工记》。凡天子诸侯礼，不详于《仪礼》。叔父、叔舅（《伐木》），仅见于觐。桃、鼓、磬（《那》《叔》），仅见于大射。高堂生传士礼十七篇，即今之《仪礼》也。十七篇记皆出于七十子，释轪、祭脯（《泉水》《生民》）、施衿、结蜕（《东山》）、房中之乐（《君子阳阳》），铡、笔（《采菽》），见于聘昏、燕特牲，公食大夫诸记文，《大戴》劝学，《小戴》乐记三年问皆出于《荀子》。而荀子大略其门弟子所杂之语，皆逸礼名言，盖荀卿子长于礼，毛公说礼用师说也。《七月》说狐貉，《无衣》说征伐，《抑》说愚、知，义皆取诸《论语》，孔子释《关雎》，乐而不淫，哀而不伤，子夏乃因之作序。毛公又依之作《传》。《六艺论》云：《论语》，子夏、仲弓合撰。荀为卜子五传弟子，而荀书《儒效》《非相》《非十二子》三篇，每以仲尼、子弓并称。子弓即仲弓也，荀之学出于子夏、仲弓，毛亦用师说也。《史记》载孟子受业于子思门人，郑玄《诗谱》云：孟仲子，子思之弟子。赵岐注孟子云：孟仲子，孟子之从昆弟，学于孟子也。而毛公《维天之命》《閟宫》传，两处引孟仲子说。徐整云：子夏授高行子，高行子即高子。《孟子·告子》篇，子夏《丝衣》序，毛公《小弁》传，有高子说。其说舜之大孝（《小弁》），大王迁豳（《绵》），士者世禄，盛德不为众（《文王》），从事独贤（《北山》），泄泄尤沓沓（《板》），义皆取诸《孟子》。孟子曰：又尚论古之人，颂其诗，读其书，不知其人，可乎？是以论其世也。又说：善说诗者，不以文害辞，不以辞害意，以意逆志，是为得之。孟荀一家，先后同揆，故毛公说诗，与孟子说诗之意，同用师说也。①

---

① （清）陈奂：《诗毛氏传疏·毛诗说》下册，中图书店 1984 年版，第 12 页。

综合以上说法，我们可以窥见《毛诗》传承的脉络及学术渊源。孔子的诗学理论传于子夏，子夏传于曾参的儿子曾申，曾申传于李克，李克传于孟子从弟孟仲子，孟仲子传于根牟子，根牟子传于荀子，荀子传于大毛公，大毛公再传小毛公。这是学术渊源的主线。

追溯这条传承脉络中的第三传曾申，其不但受业于子夏之《诗》学，还曾受业于左丘明，陆德明《经典释文》叙录中记载："左丘明作传以授曾申，申传卫人吴起，起传其子期，期传楚人铎椒。椒传赵人虞卿，卿传同郡荀卿名况。"因此其学术积淀中有《春秋左传》的学术理论。这样，曾申所传之《诗》学，就不仅有来自子夏的《诗》学理论，还结合了来自左丘明《春秋左传》中记载的历史事件和《诗》学观念。《毛诗序》中部分篇章，如《桑中》《鹑之贲贲》《载驰》《硕人》《清人》《黄鸟》《四牡》《常棣》《湛露》《彤弓》《行苇》《泂酌》等描述的诗意主旨，与《左氏春秋》中的记载一致，就是这个原因。

至于传承脉络中的五传弟子孟仲子，《孟子注疏》中称孟仲子为孟子的从昆弟，跟随孟子学习。也就是说，孟仲子传授的《诗》学理论中融合了孟子的《诗》学观点。《毛诗序》中《小弁》的主旨，强调舜之大孝，《绵》的主旨，联系大王迁豳的历史事件，《文王》主旨中提到"士者世禄，盛德不为众"，《北山》中提到"从事独贤"，这些都可以从《孟子》中找到渊源。

再看这条主线脉络中的五传弟子荀卿，还曾受业于谷梁子。《穀梁传》序疏云："谷梁子名俶，字符始，鲁人，一名赤。受经于子夏，为经作传，传孙卿，孙卿传鲁人申公，申公传博士江翁。"这条记载有些偏颇之处，荀子的直接弟子应是浮丘伯（也就是苞丘子），而浮丘伯的弟子才是申公，并非申公直接受业于荀子。① 但这条记载表明了荀子之学融合了谷梁子的学术理论，也就解释了《毛诗》中有许多说《诗》之处与《穀梁春秋》相一致的现象。荀子长于礼，也因此《毛诗》中有许多篇章直接与礼相联系，形

---

① 关于这一点，阎若璩《古文尚书疏证》卷四中论述得十分清楚："申公受诗浮邱伯，伯，荀卿门人，申于诗为再传，何独于春秋而亲受业乎？且申至武帝初年八十余，计其生当在秦初并天下日，荀卒已久，疏凡此等，俱悠谬不胜辨。"又，沈钦韩《汉书疏证》卷三十四云："'案申公之年，不能逮事荀卿，而其师浮邱伯也，盖荀卿传浮邱伯，浮邱伯传申公。'其说是也。"

成了以礼说诗的突出特征。

至于徐整所提出的另一条传承脉络，由子夏而传高行子，据陈奂所言，这位高行子，就是高子。又云高子齐人，为孟子弟子。《孟子》《晏子春秋》中均有关于这位高子的记载。高子曾问诗、论诗于孟子。① 但徐整所说"高子"直接受业于子夏，其所处年代在孟子之前一百多年，不可能是向孟子问诗的那位齐人"高子"。我们或可这样理解，子夏门人中众多，高子为其中之一，其《诗》学传承或为子夏《诗》学的一大支流，其后人（齐人高子）亦治《诗》，故曾问诗于孟子。而高子之后学薛昌子、帛妙子在其他史料中并无记载。此条脉络姑且理解为子夏《诗》传的另一支系，至于是否传至大毛公，为《毛诗》之学术渊源，暂且存疑。厘清了《毛诗》的渊源，我们也就可以理解《毛诗》的《诗》学理论体系中的诸多特点形成的原因。为了直观地表示《毛诗》传授的脉络，我们用图表来说明其学术渊源及学术积淀的脉络。（图2）

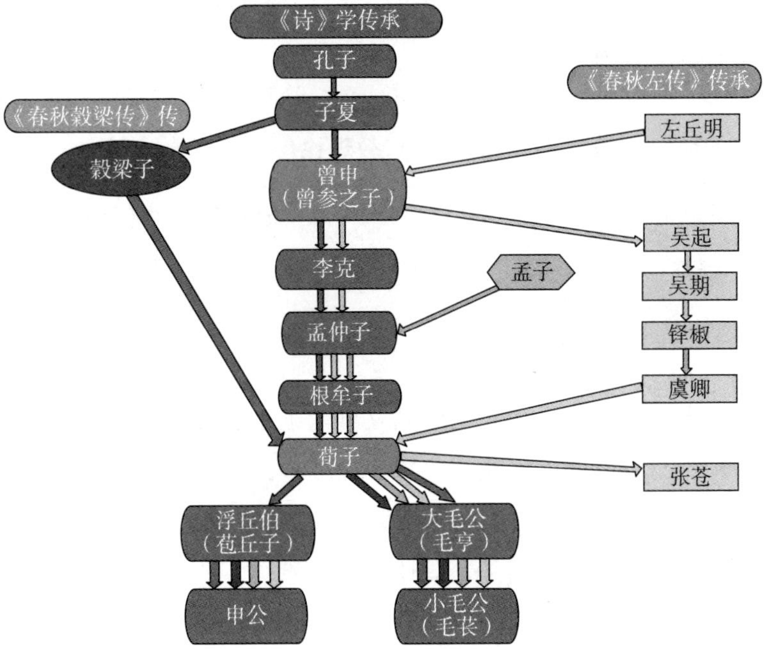

图 2　《毛诗》学术渊源图

---

① 参见《孟子》中记载："高子曰：《小弁》，小人之诗也。孟子曰：何以言之？高子曰：怨乎！孟子曰：固哉！夫高叟之为《诗》也。有越人于此，关弓而射我，我则谈笑而道之。无他，疏之也。兄弟关弓而射我，我则泣涕而道之。无他，戚之也。然而《小弁》之怨，亲亲也。亲亲，仁也。"

从上可以清楚看到，《毛诗》的理论构建其实渊源有三。一是自孔子开创，子夏发展的孔门《诗》教理论；二是左丘明《左传》《国语》中的历史事件记载；三是孟子以王政说诗、荀子以礼说《诗》的传统。故此《毛诗序》《毛诗故训传》中融合了《左传》《国语》之说，《孟子》中关于孟子解诗的诸多观点，亦有《春秋穀梁传》的历史解释，并且大量融合了《周官》《仪礼》等书中大量的礼仪阐释。

在四家《诗》中，《毛诗》是保存先秦说《诗》原则和方法最为完整的。四家《诗》都源自子夏，但在传承过程中支系不同，形成了各自的阐释特色。又因齐鲁韩三家《诗》在发展过程中与政治牵连紧密，为了适应时势而主动做出了许多理论的创新与调整，因此距离先秦孔、孟、荀所开辟的诗学阐释道路越来越远。而《毛诗》，则因为一直在民间传播，其支持者河间献王"信古""好古"，出于各种客观原因未能入得汉朝最高统治者的法眼，因此得以"笃守子夏之序发挥焉而不凌杂"，较为完整地保存了先秦解诗的特征和原则。

二、《毛诗》确立的系统《诗》教理论

《毛诗》的主要组成部分是《诗序》和《故训传》。《汉书·艺文志》记载："《诗经》二十八卷，鲁、齐、韩三家。《毛诗》二十九卷，《毛诗故训传》三十卷。"① 一般认为，《毛诗》中比三家《诗》多出来的这一卷，就是《诗序》。郑玄曰："孔子论《诗》，雅颂各得其所，时俱在耳。篇第当在于此，早战国及秦之世而亡之，其义则与众篇之义合编，故存。至毛公为《故训传》，乃分众篇之意，各置于篇端云，云又阙其亡者，以见在为数，故推改什首，遂通耳，而下非孔子之旧。"② 郑氏认为《诗序》在《故训传》之前就已经存在，当是先秦时期的产物。

《毛诗》每一首诗的开头都有一段说明诗意或由来的简短文字，故称之为序。《诗序》分为《诗大序》与小序。对于何为大小序，历来学者都有不

---

① （汉）班固撰：《汉书》，中华书局1962年版，第578页。
② （清）阮元校刻：《毛诗正义》篇第九，见清嘉庆刊本《十三经注疏》，中华书局2009年版，第609页。

同说法，张西堂《诗经六论》和赵沛霖《诗经研究反思》等著作中对《诗序》称谓上历来学者的研究成果做了详细探讨①，在此不做赘述。本书中，我们将《关雎》篇的序称作《诗大序》，每首诗篇首的独立之序称为小序。

《毛诗》《诗大序》确立了儒家《诗》教的正式纲领，小序确立了以史说诗的系统化阐释路径，将三百篇与政教明确而具体地联系在一起，提出了"美刺"理论，明确了每一首诗的政教内涵。

可以说，自《诗序》始，儒家《诗》教的理论正式定型。

（一）《诗大序》的解读：《诗》教的"总体纲领"

在《诗大序》出现之前，对于《诗经》如何发挥教化的作用，儒家并没有系统的阐述。孔子以《诗》作为人格培养的手段和达政专对的路径，首开以"仁"解《诗》，将《诗》与王道政治紧密联系之先河，并且提出了诗之"兴观群怨"的功能说和"思无邪"的解诗原则；孟子在与诸侯王的对答中以《诗》为说服的有力论据，开启了引《诗》入谏的实践先河，并提出了"知人论世"的解诗主体理论；荀子以诗说礼，提供了《诗》之阐释解读的另一种方式，为《诗》为王道政治服务提供了新的可行路径。汉代伊始，贾谊在《新语》中引诗说诗，在先秦儒家《诗》阐释的道路上进一步向王道靠拢，三家《诗》也致力于沿着先秦儒家零星的诗学理论基础上，构建系统的《诗》阐释理论，并结合时政对阐释方式加以调整和补充，但到东汉末年，三家《诗》逐渐消亡，其诗学理论未能完整保存，并未对后世产生影响。唯《毛诗》以《诗序》为纲领，开启了儒家《诗》教的规范化发展历程。

《诗大序》不长，仅618字，分析其文，有几个要点值得注意。

其一，自孔子提出"温柔敦厚，《诗》教也"观点之后，《诗大序》再次正式提出《诗》的教化作用："风者，教也。风以动之，教以化之。"将位于《诗经》之首的《风》直接解释为"教"，并提出两者的类比关系，风吹大地，万物因之而动。《论语》中云："君子之德风，小人之德草，草上之风必偃。"正如沈氏所云："君上风教，能鼓动万物，如风之偃草也。"

---

① 张西堂：《诗经六论》，文昌书店，出版年月不详，第116—118页。
赵沛霖：《诗经研究反思》，天津教育出版社1989年版，第249—251页。

而以《诗》为教，化愚为贤，化乱为正，化无德而有德，化无序而有序。风摇动草木，而《诗》化淳民心。这正是"风"与"教"的相似之处。《诗》教的观念再次在文本中得到正式的确认。位于《风》部首篇的《关雎》，则以正夫妇始，夫妇为人伦之重，如后世孔颖达所疏"夫妇正则父子亲，父子亲则君臣敬"，由家而国，由微而显，夫妇和顺则可达成天下大治。这样一开篇就赋予了《诗经》正式的与王道政治相联系的重大意义，其教化之意昭昭。

其二，《诗大序》首次将先秦时期与政教联系密切的"乐教"的功能"移植"到了《诗》教上来，赋予了《诗》教"正得失，动天地，感鬼神"的强大功能。在这个前提下，《诗》教同样也具备了"观政得失""教民平好恶而反人伦之正""善民心"和"移风易俗"的诸多原本附属于"乐教"的功能。《诗大序》第二段讲述的是《诗》的形成。其中可以明显看出其对乐教理论的继承痕迹。《乐记》中说："凡音者，生人心者也。情动于中，故形于声。"又说："故歌之为言也，长言之也。说之，故言之；言之不足，故长言之；长言之不足，故嗟叹之；嗟叹之不足，故不知手之舞之，足之蹈之也。"音乐起源于人心，人心有感于外界的影响而产生情绪的波动，有了情绪就要表达和宣泄，这就是"言"，语言还不足以表达，就需要"长言"——拉长音韵节拍的言说，其实就是咏叹歌唱；若是咏叹歌唱还不足以表达，就需要再加上情绪的辅助——"嗟叹"，歌咏加上嗟叹，这是更强烈的情绪的表达。若是这样仍然不足以表达心中的情绪，就需要"手之舞之，足之蹈之"，即加上舞蹈的形式。这情绪的抒发层层递进的一整套表达方式，包含了歌、诗、舞，其实也就是先秦时期的礼乐仪式。对比《诗大序》中描述《诗》的起源："诗者，志之所之也，在心为志，发言为诗。情动于中而形于言，言之不足故嗟叹之，嗟叹之不足故咏歌之，咏歌之不足，不知手之舞之足之蹈之也。"显然，《诗大序》借鉴了《乐记》中对"音"产生缘起的说法，用"诗"替换了《乐记》中的"音"。《乐记》中讲"凡音者，生人心也。"只讲音乐起于人心，而《诗大序》中则从"人心"的概述中具体化到"志"的概念，是人心中所起之"志"，发之于外而产生了"诗"。《乐记》中说："情动于中而发于声。"这里的"声"，概念比较模糊，可以是无意义的情绪的表达之声音，也可以是没有韵律的言语，也可以是诗。在《诗大序》中，则直接说"情动于中而形于言"，言语的指向就比较明确了，比"声"更为进了一步。《乐记》中情绪表达递增的秩序是：言—长言—嗟叹—舞蹈。而在《诗大序》中，则为：言—嗟叹—咏歌—舞蹈。将咏歌放在无意识表达的"嗟叹"之后，其实说的就是诗—颂诗—歌诗—舞诗的诗乐一体的形成过程，其过程更为清晰。可以看出《诗大序》一方面是对先秦乐教理论的继承，一方面是结合"诗"的特性做出的修正和调整。

接下来，《诗大序》中说："情发于声，声成文谓之音。治世之音安以乐，其政和；乱世之音怨以怒，其政乖；亡国之音哀以思，其民困。"而《礼记·乐记》中说："凡音者，生人心者也。情动于中，故形于声。声成文，谓之音。是故治世之音安以乐，其政和。乱世之音怨以怒，其政乖。亡国之音哀以思，其民困。"两者的论述几乎完全一致。先秦时期的乐教在政治社会生活中有着极为重要的地位，观乐可知国运之兴衰，政事之臧否。

正如《乐记》中所说，"声音之道与政通"。《左传》中记载吴公子季札观周乐，闻《邶》《鄘》《卫》之乐而知"卫康叔、武公之德如是"，闻《郑》声而知郑国将"先亡"，闻《陈》声而知其"国无主"国运必不能长久。根据其中对观乐感受的描述，如《卫风》之"渊乎"，《郑风》之"细已甚"，尤其是《颂》声之"五声和，八风平。节有度，守有序"，充分说明季札所评论的，不是诗歌本身的词句，而是其乐。乐可以直观地反映出老百姓的生活状态，从而判断一个国家的治理情况，推断国运的兴衰。《乐记》中详细描述了"乐"与社会的联系："是故志微噍杀之音作，而民思忧；啴谐慢易繁文简节之音作，而民康乐；粗厉猛起奋末广贲之音作，而民刚毅；廉直劲正庄诚之音作，而民肃敬；宽裕肉好顺成和动之音作，而民慈爱；流辟邪散狄成涤滥之音作，而民淫乱。"正因为如此，乐教有着巨大的功用，"审乐以知政"——可以观知政治的得失，又可以"教民平好恶而反人道之正""善民心""移风易俗"——教导百姓明晰善恶，社会传播人伦之正，改良社会风气。

乐教的功能如此强大，在先秦时期，诗虽然是乐教的重要部分，《诗》

教却从未独立被提升到与乐教同等的高度。在诗的文本与乐分离之后，《诗大序》依《乐记》作《诗序》，继承的基础上再加创新与发挥，首次将《诗》教的功能提升到与"乐教"同等的地位上来，赋予了《诗》教"正得失，动天地，感鬼神"的强大功能。这一点至关重要，也就是说，在《诗大序》构建的话语体系中，自"乐教"随着周代礼坏乐崩而消亡之后，《诗大序》正式以《诗》教接替了"乐教"的功能，肩负起传播教化、移风易俗的责任。从这一点上来讲，《诗大序》可以视作《诗》教的独立宣言。

1. 《诗》教的双向教化：上以风划下，下以风刺上

通观《乐记》，乐教的功能着重在观政得失，化淳风俗之上。前文做了这么多铺垫，《诗大序》在此基础上，更进一步提出了《诗》教的对上和对下具体路径：一方面，国家可以通过《诗》之教来引导教化百姓知晓善恶，明晰人伦，培育良好的社会风气和规范井然的社会秩序；另一方面，《诗》不仅仅可以观政之得失，更要进一步纠正政治弊端，习《诗》之人可以借由《诗》中篇章蕴含的劝说、警示等含义向君主提出建议和意见，以这种方式积极参与国家政治事务，辅助君王实现"治世"的理想社会。这就是《诗大序》中提出的"上以风化下，下以风刺上"。对上，《诗》可匡正君心，纠正时弊；对下，《诗》可化淳民心，移风易俗。上下联动，社会自然就清明安定了。自此，《诗》教的基本理论建立起来。

2. 《诗》教实践的新路径：主文而谲谏

"谲谏"一词，最早的提出者应是孔子。《孔子家语》记载：

> 孔子曰："忠臣之谏君，有五义焉。一曰谲谏，正其事以谲谏其君；二曰戆谏，戆谏无文饰也；三曰降谏，卑降其体所以谏也；四曰直谏，五曰风谏。唯度主而行之，吾从其风谏乎。"①

这里说的"谲谏"，只言"正其事以谲谏其君"，并未对"谲谏"做出

---

① 杨朝明、宋立林主编：《孔子家语通解》，齐鲁书社 2013 年版，第 163 页。

更详细的解释。考察"谲"字，其字义与"正"相对，含诡诈之意。《论语·宪问》中说："晋文公谲而不正，齐桓公正而不谲。"宋邢昺在《论语注疏》中释"谲"："诈也"。朱熹在《论语集注》中解释"谲"为"诡也"。孔子将"正其事"与"谲谏"对比而用，指的是向君王进谏，虽然讲的是"正事""大道理"，却用委婉巧妙（谲诡）的方法来讲出来。

在《诗大序》提出"主文谲谏"后，郑玄对此做了阐释："谲谏，咏歌依违，不直谏"。孔颖达在《毛诗正义》中进一步明确："依违谲谏，不直言君之过失，故言之者无罪。"

孔子在讲道《诗》教时，曾云："温柔敦厚，《诗》教也。"《诗》教的特性之一就是培育人温柔敦厚的性情，一位性情温柔、言语平和、举止有度的习《诗》之人。他的进谏方式以"主文而谲谏"进行。这是《诗》教深入的必然结果，也是习《诗》之人的主动选择。自《诗大序》提出"主文谲谏"的观念之后，"主文谲谏"为儒家参与政治、进谏君王提出了一条可行化的路径，一方面是秉承《诗》中承载的致力于实现政治清明、社会和谐的优良传统，积极投身参与政治生活，匡正最高统治者的个人品行和政治决策；另一方面以"谲谏"为方法，不直接指出君主过失，委婉曲折地表达意见，避免了矛盾的激化，也是儒者自我保护的有效途径。

"主文谲谏"的《诗》教理论，是对孔子"温柔敦厚"的《诗》教理论的延续和继承，也是对孟子引《诗》入谏的《诗》教实践的理论总结。自此之后，儒家《诗》教之中形成了《诗》谏的模式："下以风谏上。"有了清晰的路径和可操作性的模式。

3.《诗》教实践的护身符：言之者无罪，闻之者足戒

不仅如此，接下来，《诗大序》进一步提出了"言之者无罪，闻之者足戒"，为儒士"下以风刺上"更增添了一道安全屏障。随着《毛诗》对后世影响力的增强，《诗大序》广为流传，此句被儒者奉为圭臬，也直接进入帝王视野，成为儒者进谏和帝王自律的金科玉律，在不少政治事件中也确实发挥了巨大作用。对帝王进谏，如拿捏不好分寸很容易惹怒君王，但有了"言之者无罪，闻之者足戒"珠玉在前，随着《毛诗》经典的流传，帝王也依之自省，成为保护进谏者的一道有效的屏障。

仅举一例，《容斋随笔》卷第七中记载，宋神宗时，李定上疏《论不以智治国》，惹怒神宗，认为其文意在讥讽，准备问罪。崇政殿说书沈季长即引《诗大序》中"言之者无罪，闻之者足戒"来为李定辩解，最终神宗意解：

> 沈季长元丰中为崇政殿说书，考开封进士，既罢，入见，神宗曰："《论不以智治国》，谁为此者？"对曰："李定所为。"上曰："闻定意讥朕。"季长曰："定事陛下有年，顷者御史言定乃人伦所弃，陛下力排群议，而定始得为人如初，继又擢用不次，定虽怀利，尚当知恩，臣以此敢谓无讥陛下意。《诗序》曰：'言之者无罪，闻之者足以戒。'《书》曰：'小人怨汝詈汝，则皇自敬德。'陛下自视岂任智者，不知何自嫌疑，乃信此为讥也？"上曰："卿言甚善，朕今已释然矣，卿长者，乃喜为人辩谤。"①

在沈季长说服神宗的长篇大论中，前面是以情动人，说明李定本人没有讥讽神宗的动机，接着引用《诗大序》中"言之者无罪，闻之者足戒"和《尚书》中"小人怨汝詈汝，则皇自敬德"的话，引用经典作为有力论据，最终说服了神宗。可见《诗大序》中这句话在后世《诗》教实践中所发挥的重要作用。

4. 美刺说的根基：变风变雅说

《诗大序》接下来提出了一个新概念："变风变雅。"《诗》中只有《风》《雅》，又何谓"变风变雅"？《诗大序》中说："至于王道衰，礼义废，政教失，国异政，家殊俗，而'变风''变雅'作矣。"也就是说，当时世处于王道衰微、礼义不行之时，国家的政教已经不起作用，政治混乱、民风涌杂，这个时候所作的诗歌已经不完全是颂美君王、赞颂德政之意，有许多哀叹世道、讽谏君王的诗篇涌现出来，这就是"变风"与"变雅"。

《诗大序》接着描述了"变风变雅"创作的目的："国史明乎得失之迹，

---

① （宋）洪迈撰，孔凡礼点校：《容斋随笔》，中华书局 2005 年版，第 714 页。

伤人伦之废，哀刑政之苛，吟咏情性，以风其上，达于事变而怀其旧俗者也。"世道衰微，政治混乱，作诗者分析国家兴衰背后隐藏的治乱之道，感怀民风之不淳，哀叹刑罚的苛刻，抒怀感发现实的混乱无序，追怀过去的好风气，企图用诗篇来劝谏君王，这就是"变风变雅"创作的目的。

在《诗大序》之前，"变风变雅"的说法未有所闻。《诗》中篇章不仅有意义鲜明的颂美之诗与讽谏之诗，还有许多篇章本身意义与政教礼义无关，从字面上根本看不出讽谏颂美的含义。仅举一例，如《郑风·出其东门》：

> 出其东门，有女如云。虽则如云，匪我思存。缟衣綦巾，聊乐我员。
>
> 出其闉阇，有女如荼。虽则如荼，匪我思且。缟衣茹藘，聊可与娱。

诗篇本身来自《郑风》，诗篇字面意思很好理解，是郑国男子向思慕的女子表达爱意的诗篇。但放在"变风变雅"的大背景之下，这样的诗篇也可以和王道政治联系起来，小序中就具体阐发此诗的主旨为："闵乱也。公子五争，兵革不息，男女相弃，民人思保其室家焉。"将此诗与郑国的政治环境联系起来，具体到郑国公子忽与公子突五度争夺王位，导致兵革不休，百姓深受其苦，家庭分散乖离，因此作诗篇以"思得保其家室"。将个人的情感扩展到社会整体的状态，由此与政治败坏的大环境联系起来，此诗就具有了"观民俗"的政教意义。

《诗》之"正变"说为《诗》的阐释提供了可供引用的一个大环境，将时代的兴衰与诗歌的创作联系在一起，将政治的好恶与诗歌的情感联系在一起，在这样的阐释路径下，三百〇五篇，无论哪一篇都能够与政教联系起来。事实上，《诗小序》正是基于这个理论，将每一篇诗都赋予了美刺"某公"的主旨。

《诗大序》提出的"正变"理论，在后世学者中颇引起非议。苏辙就说："诗之作也，无与乎王泽之存亡。"然而当我们追溯《诗》的起源，沿着孔子所提出的"思无邪""兴观群怨""达政专对"之脉络一路追寻，到孟子在诸侯面前引诗为谏，侃侃而谈，企图说服傲慢愚钝的国君施行仁政，惠泽百姓；到荀子将礼仪与《诗》紧密联系，企图建立"隆礼重法"的井然有序的社会；到汉初四家《诗》纷纷而出，以各自的传承和创造努力融入政治，革正君心，改良社会。我们会发现，《诗大序》所提出的所有观点和理念，都"表征着某种特殊的政治与文化秩序""表征了知识分子所应有的道义担当"① ——它企图建立一种权威的话语结构和逻辑关系，在这种话语结构中儒家知识分子能够总结历史的经验与教训，"足为后王之鉴"，更好地服务于当世社会，实现儒家张扬王道教化、规划理想秩序的最终理想。

在对《诗大序》进行了烦琐的文本分析后，我们来总结一下。《诗大序》高屋建瓴，规划了《诗》教的纲领。其一，在孔子之后，再次提出和强化了"《诗》教"的概念，风者，教也；其二，提出了《诗》教向上和向下发展的双重路径：上以风划下，下以风刺上；其三，提出了《诗》谏的原则——主文而谲谏，言之者无罪，闻之者足戒；其四，提出了"变风变雅"的理论，依靠这个理论体系，《诗》中所有的诗篇都足以与王道政教发生联系，关于《诗》的首尾闭合、逻辑完整的阐释体系开始形成。

可以说，正是在《诗大序》所构建的话语体系和理论体系中，《诗》真正变为《诗经》。

（二）《小序》的特征：完善《诗》教的逻辑体系

《诗大序》建立了《诗》教的总体纲领。《小序》紧承其后，构建了逻辑清晰的《诗》教话语体系。这个话语体系较之三家《诗》更有生命力和权威性，在于它解《诗》的两大特点：一是诗史结合，一是注重美刺。

1. 诗史结合

从《小序》中，我们可以明显看到每一篇《诗》，都被纳入历史的序列，与历史记载中有史可查的历史人物一一对应，其歌咏对象也都具有了特定的历史背景，与一定的历史事件相关联。

前文中在分析《毛诗》的学术渊源时，我们分析过《毛诗》学派的学术渊源中包含左丘明的学术传承，因此《小序》中很多诗篇的创作背景和

---

① 郑伟，王子君：《儒者之思与毛诗"正变"说》，载《中北大学学报（社会科学版）》2019 年第 35（01）期，第 63—67+71 页。

作者都与《左传》中的历史事件记载相和。如《卫风·硕人》，《小序》中解：

> 《硕人》，闵庄姜也。庄公惑於嬖妾，使骄上僭。庄姜贤而不答，终以无子，国人闵而忧之。

庄姜是齐国庄公的女儿，太子得臣的妹妹，嫁给了卫国的庄公。但婚姻生活并不幸福，不得庄公宠爱，没有自己的孩子，是个悲剧性的人物。《左传》中记载了这段历史："卫庄公娶于齐东宫得臣之妹，曰庄姜，美而无子，卫人所为赋《硕人》也。"对比之下，《小序》的描述与《左传》完全吻合，庄姜即美且贤，却遭遇坎坷，卫人"闵而忧之"，故此做了这首诗来寄寓同情，全诗描写了庄姜之美与初嫁到卫国时的盛况，诗篇内容与作诗视角都与《左传》记载相合。

再如《载驰》一诗，《小序》中解释：

> 《载驰》，许穆夫人作也。闵其宗国颠覆，自伤不能救也。卫懿公为狄人所灭，国人分散，露于漕邑。许穆夫人闵卫之亡，伤许之小，力不能救，思归唁其兄，又义不得，故赋是诗也。

这样的记载与《左传》中关于《载驰》所作背景的记载完全一致。《左传》中说：

> 冬十二月，狄人伐卫……狄入卫，遂从之，又败诸河。
>
> 初，惠公之即位也少，齐人使昭伯烝于宣姜，不可，强之。生齐子、戴公、文公、宋桓夫人、许穆夫人。文公为卫之多患也，先适齐。及败，宋桓公逆诸河，宵济。卫之遗民男女七百有三十人，益之以共、滕之民为五千人，立戴公以庐于曹。许穆夫人赋《载驰》。

《左传》中明确《载驰》的作者是许穆夫人，宣姜之女，戴公之妹。写作背景是在卫国为狄人所灭，戴公带着五千卫国遗民渡过黄河，在漕地草草即位，然不到一月，戴公即病故。《小序》在这样的背景下又增添了一句"（许穆夫人）伤许之小，力不能救，思归唁其兄，又义不得，故赋是诗也"，进一步说明了写诗的前因后果，虽然这些在《左传》中没有记载，但从许穆夫人当时的处境来推断，是极为合理的。

这些是《左传》中明确记载了诗作者的事例。还有大量的没有明确创作背景与创作目的的情况，《小序》中也依据《左传》《国语》等书中对当时历史事件的记载，将《诗》中的篇章归纳于某一个历史阶段的历史事件。比如，《邶风·旄丘》，《毛序》对此诗解释曰："责卫伯也。狄人迫逐黎侯，黎侯寓于卫。卫不能脩方伯连率之职，黎之臣子以责于卫也。"这是依据《左传》中宣公十五年记载"伯宗数赤狄路氏之罪云：'夺黎氏地，三也。'"赤狄曾掠夺黎国之地，有三次之多。由《左传》中赤狄曾三次夺得黎国之地，黎侯不得已投奔卫国，寓居在卫国，《毛传》推出《旄丘》为黎国臣子指责卫宣公不能履行方伯的职责，没能够出兵为黎国复国。

"以史证诗"的方法将《诗经》中的篇章都放到历史背景中去考察，与具体的历史人物和历史事件相结合，一方面阐释了诗篇创作的背景和动机，有助于我们了解诗篇创作的主旨；另一方面将诗篇与历史联系起来，更加突出了诗中"以史为鉴"的含义，让《诗》教的功能有所依托，能够更为充分地发挥"以风化下""以风谏上"的双向功能。

2. 注重美刺

在《小序》的体系中，除了每一篇《诗》都纳入历史序列的范畴，与特定的时代、特定的王政联系在一起，还有另外一个显著的特点，就是大都具有"美刺"的意义。时代有好坏，政治有良莠，因此处于一定历史时代中的《诗》，也就相应地具有了"美""刺"的意义。而诗歌的主旨，一方面与夫妇父子、君臣兄弟等伦理纲常，与孝悌、忠敬、友爱等道德品质联系在一起，借以"经夫妇，成孝敬，厚人伦，美教化，移风俗"发挥"上以风化下"的功能；另一方面则与王道政治密切联系，歌颂圣王贤君的美好品德与其仁政所及，百姓康乐，同时也指摘昏庸之君的无良品性与暴政虐政，以期为现实政治提供镜鉴。

　　歌颂祖先功绩、赞美天子政绩的《颂》诗，自然大都具有"颂美"之意。《雅》中大多数诗篇都与王政相关，关于贤明君主的为政多被赋予"美"之指向，如《大雅·崧高》，其《小序》曰："尹吉甫美宣王也。"赞美宣王能"建国亲诸侯"，重现周代复兴之盛世。《大雅·烝民》亦是"尹吉甫美宣王"，赞美宣王能够"任贤使能"，使周室复兴。《国风》中的篇章也是如此，《卫风·淇奥》主旨即为"美武公之德也"，诗中的词句是赞扬君子威严的仪容与美好的品德，《小序》中认为其是赞美卫武公"有文章，又能听其规谏，以礼自防，故能入相于周，美而作是诗也。"而对于昏庸君主的不当行为，则该诗篇多被赋予"刺"的指向。如《大雅·桑柔》，《小序》中则云其主旨为"芮伯刺厉王"，厉王无道，妄行征伐之事，百姓苦不堪言，故芮伯作《桑柔》以讽谏。《板》《荡》，据《小序》，仍是讽谏厉王的篇章，《小序》中说"召穆公伤周室大坏也"，厉王昏庸残暴，使得天下纲纪混乱，召穆公借文王之口，感叹前代殷纣乱政的史实，来讽喻当世的君王周厉王，警示其不要重蹈商纣的覆辙。《小雅·甫田》，据《小序》则是"刺幽王"，周幽王之时，税负繁重，农人不堪重负，导致田中荒芜，无人耕种，国库中仓廪空虚。

　　如《颂》《雅》这样诗篇主旨较为明显的，《小序》根据其篇章内容，赋予了其颂美或讽喻的主旨。但《国风》中有一些诗篇，诗篇本意与王政无关，而是描述百姓生活中的个人情感，这样的诗篇，《小序》中也根据其所处之国的政治情况和社会情况，对于表达情感超出"礼法范围"的诗篇，则赋予其"刺时政"这样的主旨。举例而言，比如《卫风·氓》这一诗篇，内容其实是以女子的口吻，回忆与其夫婿相识、相恋，但最后被无情抛弃的事。对于这样一篇关于个人情感的怨妇之诗，《小序》为其赋予"刺时"这样的政教主旨。为了进一步说明怨妇之诗为何与"刺时"关联起来，《小序》中这样解释："宣公之时，礼义消亡，淫风大行，男女无别，遂相奔诱。华落色衰，复相弃背。或乃困而自悔，丧其妃耦，故序其事以风焉。"说卫宣公之时，社会风气不好，卫国男女"淫风大行"，于是男女恋爱过分开放，未婚之时不守礼法"相奔诱"，到了年老色衰，就相互背弃。《卫风》

中多女悦男之恋爱之诗，《小序》中多赋予其"刺时"的主旨。《桑中》亦是如此，《小序》中云此诗："刺奔也。"进一步解之为"卫之公室淫乱，男女相奔，至于世族在位，相窃妻妾，期于幽远，政散民流而不可止。"以上均是将个人的情感与社会的风气紧密联系在一起，由此得出作诗之人作此诗是为了讽刺这样不堪的社会风气的结论。

不可否认的是，"美刺"说中仍有明显可以攀附之说。如《郑风》中《将仲子》一诗，本是写男女之间的恋情，但因文中有"仲"字，《小序》中就将其与郑国大夫祭仲联系在一起，又有"畏我父母"一句，就将其与郑国庄公不受母亲宠爱，其母支持其弟共叔段发动政变，导致国祸这样的事件联系起来。称其诗的主旨为"刺庄公"，说其"不胜其母，以害其弟。弟叔失道而公弗制，祭仲谏而公弗听，小不忍以致大乱焉"。这样的阐释，固然与史实和史谏联系在一起，但阐释的逻辑基础颇为勉强。这样的例子还有很多。

"美刺并重"这样的经典诠释方式，其实是儒家济世理想的直接反映。正如黄俊杰在《论东亚儒家经典诠释与政治权利之关系》一文中所说，本着经世济用的价值追求，《毛诗》学者将这种儒学的特征运用到对《诗经》的系统解释中，使得《诗经》具有明显的教化的特点：

> 从经典解释者的目的而言，他们希望经由赋古典以新义，从而驯化王权，并完成济世、经世、救世的目标。所以，经典解释者常常从政治角度进入经典的思想世界。①

"美刺"说正是汉儒从政治的角度切入《诗经》的一大途径，通过对太平盛世、贤王明君之"美"，对世道混乱、昏庸君王之"刺"，对当代政治做出参考与借鉴，以实现以史为鉴，匡正君心，实现社会政治清明的目的。这正是黄俊杰所说"济世、经世、救世的目标"，也是儒家《诗》教的初心与目的。

---

① 黄俊杰：《论东亚儒家经典诠释与政治权利之关系——以〈论语〉〈孟子〉为例》，载《台大历史学报》2007 年第 40 期。

（三）独标兴体：诗篇本意与王道教化之间的可行性路径

从《周礼·春官》中提出乐语："兴道讽诵言语"，到孔子提出"兴观群怨"以来，历来诸家对"兴"多有阐释。先秦时期，"兴"与诗乐联系，由以"兴"起意，举一反三、广泛联想，引发话题之意。而广泛将"兴"之功用应用于解释诗意，《毛传》是最为典型的例子。

通观《毛传》，标兴的共有116处，其中标兴且做出阐释的有26篇，仅标兴而未做阐释的有90篇。以《关雎》为例，我们来看《毛传》"标兴"的作用和意图。《关雎》首句："关关雎鸠，在河之洲。"《毛传》中对此解："兴也。关关，和声也。雎鸠，王雎也，鸟挚而有别。水中可居者曰洲。后妃说乐君子之德，无不和谐，又不淫其色，慎固幽深，若关雎之有别焉，然后可以风化天下。夫妇有别则父子亲，父子亲则君臣敬，君臣敬则朝廷正，朝廷正则王化成。"关关，是拟水鸟雎鸠的叫声，首句写景，雎鸠之鸟在河中的小洲上"关关"鸣叫。这样的景象如何与王道人事联系起来？是"兴"之功用为之搭建了桥梁。《毛传》中解释，雎鸠这种鸟，雌雄之间情感真挚，相处有礼节。由此引申联想到后妃与君王之间的关系，最理想的关系就是向雎鸠这般，恩爱而不逾矩，"慎固幽深"，可以作为天下夫妇的楷模。一句"兴也"，接续了先秦时期乐教的起兴功能、孔子所提出的"举一隅而以三隅反"的引申思维模式，将风景、草木、鸟禽这些自然元素巧妙地联系到王道政治与人伦道德之上，提供了《诗经》的诠释话语转圜的新模式。在这样的话语模式下，《诗》中描写的景物、植物、动物等自然元素都能够与政教系统发生联系，达到以《诗》为教的目的。

有了"兴"这个解释方法，《毛诗》所构建的儒家《诗》教理论体系就在诗篇本意与王道教化之间找到了相互连通的合理路径。

在《毛诗》所构建的儒家《诗》教理论体系中，《诗大序》高屋建瓴，规划了《诗》教的纲领。在孔子之后，再次提出和强化了"《诗》教"的概念；指出了《诗》教"上以风化下，下以风刺上"这样向上和向下发展的双重路径；提出了"主文而谲谏"这样《诗》教谏上的可行性方法；同时规定了"言之者无罪，闻之者足戒"的《诗》教环境；同时，创造了

"变风变雅"的理论，依靠这个理论体系，《诗》中所有的诗篇都足以与王道政教发生联系，这是儒家《诗》教的总体纲领。而在《小序》中，汉儒进一步完善了这个纲领下的逻辑体系，通过"以史证诗"，将三百篇统统纳入历史的序列，充实了《诗》教的学术根基，提升了《诗》教的可信度和说服力；而"美刺并重"的理论，以"政治角度切入经典体系"，突出了《诗》的历史借鉴意义，凸显了《诗》教的"济世、经世、救世"功能；沿袭孔子所提出的"诗可以兴"的理论，《毛传》中独标兴体，则为经典向政教方向阐释提供了一条通达合理的可行性路径。至此，关于《诗》的首尾闭合、逻辑完整的阐释体系开始形成。

三、《郑笺》对《毛序》的补充和完善

（一）对《毛传》以史证《诗》的具体化

郑笺进一步补充了《小序》的内容，在《小序》提出的历史大背景基础上，力求根据文献记载具体化诗歌创作的时间和背景。正如郑玄在《六艺论》中所说："注《诗》宗毛为主，毛义若隐略，则更表明，如有不同，即下己意，使可识别也。"① 如《卫风·伯兮》一诗，《小序》云："刺时也。言君子行役，为王前驱，过时而不反也。"《伯兮》一诗是以女子的口吻，写爱人为君王服役，在军队中担任"执殳"的任务，但迫于王事，久久不归，为女子表达思念和烦恼的诗篇。《小序》中写出了诗篇创作的背景"君子行役"，但对于何时、何事并未点名。《郑笺》中则根据《左传》中的历史事件的记载，为此诗找到了具体创作的背景："卫宣公之时，蔡人、卫人、陈人从王伐郑。伯也为王前驱久，故家人思之。"这是根据《春秋穀梁传》中桓公五年记载的一句话："蔡人、卫人、陈人伐郑"而推演出的创作背景，当时卫国正直宣公当政，诗篇又出自《卫风》，因此郑玄认为，这首诗就是卫宣公之时，周王联合卫国、蔡国、陈国讨伐郑国，女子的丈夫就是参与了这场战役而久久不归。这样《小序》中的历史事件具体化，更为清晰可信。《召南·行露》一诗，《小序》只说："召伯听讼也。衰乱之俗

---

① （清）阮元校刻：《毛诗正义》钦定四库全书总目毛诗正义四十卷，见清嘉庆刊本《十三经注疏》，中华书局 2009 年版，第 216 页。

微，贞信之教兴，强暴之男不能侵陵贞女也。"而《郑笺》则从男子无礼强暴，欲强娶女子，而女子贞洁坚定，无礼不从的描述，进一步推断明确了此诗的创作时间在"殷之末世，文王与纣"时。这是对《小序》的具体化阐释。

除了进一步明确具体的创作时间外，《郑笺》还凭借丰富的史料挖掘，对《毛传》中所指出的历史事件进行更细致的刻画。如《鄘风·定之方中》，《小序》中说此诗："美卫文公也。卫为狄所灭，东徙渡河，野处漕邑。齐桓公攘戎狄而封之。文公徙居楚丘，始建城市而营宫室，得其时制，百姓说之，国家殷富焉。"而《郑笺》中对此段解释的出处做了进一步的说明，指出这段记载来自《春秋·闵公二年冬》，并且提供了卫为狄所灭之后更为详细的事件，如宋桓公帮助卫国的遗民渡过黄河，立戴公为国君，并在漕邑安顿下来，等等。

《郑笺》在《小序》的逻辑基础上，进一步完善了历史事件的细则，为"以史证诗"提供了更多文献上的证据，是对《小序》中解《诗》逻辑的进一步丰富和完善。

（二）对《毛传》以史证《诗》的系统化

郑玄对《毛传》"以史证《诗》"的补充，还在于他仿照《诗序》的体例，为《笺》作序，完成二卷《诗谱》的论著。在《诗谱》中，他根据《春秋》和《史记》中的年表记载的历史事件的年代，将《风》《雅》《颂》分为十五谱，十五《国风》分国而列，《大小雅》合一谱，三《颂》分谱，将《诗》的创作时代按照先后顺序做出排列。在郑玄历史视野之下，《诗》中的篇章都被依次纳入了历史序列，对理解《诗》之创作背景和诗意主旨起到了"纲举目张"的作用，如郑玄本人所说："举一纲而万目张，解一卷而众篇明。"

在《诗谱》中，郑玄对《毛传》中的"正变说"做了进一步的发挥。在《诗谱序》中，他说"论功颂德所以将顺其美，刺过讥失所以匡救其恶，各于其党，则为法者彰显，为戒者著明"，明确提出了"美"的功用是提供正确的"法先王"的模板，而"刺"的功能是用前人失败的成例来警示提醒后人，避免重蹈覆辙。他将颂扬周室先王，以及反映西周王朝之诸侯国盛世景象、明君作为的作品称之为"诗之正经"，而把政治混乱、社会动荡时期的怨愤讽刺之诗定为"变风""变雅"，在历史的轨迹上明确标注出"正变"之时，这是对《诗大序》中"正变说"的进一步具体化阐述。通过将诗篇统一纳入"正变美刺"的体系内，《诗》与王道政治的联系更加紧密，《诗》教借之以正反两方面的典型例子，对当世君王做出提醒告诫，在历史的序列中以史传经，让《诗经》的"史谏"价值得到充分提炼，"下以风谏上"的《诗》教功能得到凸显和强化。

（三）对《毛传》标兴的深化阐释

《郑笺》中，对《毛传》中标兴的词句，多做进一步的阐释。《毛传》中有大部分标兴之句，未做进一步明确的阐释，而《郑笺》在此基础上，详细阐释了以何物何性兴何理何事。如《桃夭》，首句"桃之夭夭，灼灼其华"，《毛传》中只说："兴也。桃有华之盛者。"只言"兴"的本体，是"桃之有华"，但以鲜艳明媚的桃花来譬喻什么，《毛传》并未言明，《郑笺》则进一步明确"兴者，逾时妇人皆得以年盛时行也"，阐明了明艳之"桃花"，所象征比喻的乃是盛年绮貌的女子，正当最美好的年纪而初嫁。两者确有相通之处。再如，《卷耳》中"采采卷耳，不盈顷筐"一句，《毛传》对此曰："忧者，兴也。"《郑笺》进一步解释了"采采卷耳，不盈顷筐"与"忧思"之间的关系，之所以卷耳采啊又采，却不能够装满一筐，是因为满怀心事，考虑到要"辅佐君子"，为君子寻找贤才，正是所谓"器之易盈而不盈者，志在辅佐君子，忧思深也"。

对于《毛传》中未曾点明的"兴"处，《郑笺》中予以进一步阐释，指明了何物兴何意，使得"兴"的意蕴更加清晰，相比《毛传》，《郑笺》中对"兴"的阐释更进一步与礼义教化靠拢，其教化之意更为明显。如《汉广》一诗中有"南有乔木，不可休息。汉有游女，不可求思"，对此《毛传》仅解"汉上游女，无求思者"，而《郑笺》则说："兴者，喻贤女虽出游流水之上，人无欲求犯礼者，亦由贞洁使之然。"将"游女"解为"贤女"，将"无求思者"解释为"因为女子贞洁自持，故此没有人想要超越礼法侵犯她"。在这样的阐释逻辑下，一首原本"发乎情"的表达爱意的诗篇，就成了教导男女要遵循礼法的教科书，从而"归于礼"了。《麟之趾》中，对于"麟之趾。振振公子"之句，《毛传》言兴，说"麟信而应礼，以足至者也"，《郑笺》中将此与公子的"信厚"品质联系在一起，说忠信厚道，正与"礼"相应，与传说中麟的品质是一致的。《甫田》中"无田甫田，维莠骄骄"一句，《毛传》中说"大田过度，而无人功，终不能获"，而《郑笺》中将"无人耕种大田，故而没有收获"引申为"君王必须要勤身修德，才能够建功立业"，说"兴者，喻人君欲立功致治，必勤身修德，积小以成高大"，就直接与君王之德联系起来。

在《郑笺》的进一步阐释下，《诗经》篇章中借以起兴的景物、植物、动物等与诗的主旨都能够以共通点、相通处结合在一起，更烘托了关于人伦道德、王道政治等主题的显现。

（四）《郑笺》以礼证《诗》的特色

郑玄本人精于三礼，在笺注《毛传》的时候，对于关于礼制的字词训诂尤其重视，结合三礼，对《诗经》中涉及的礼制进行了周密、详细的阐述。如对《大雅·楚茨》描写祭祖的场面，其中有"济济跄跄，絜尔牛羊，以往烝尝。或剥或亨，或肆或将"一句，《郑笺》中特别对祭祀的名称及祭祀的方式加以解说："冬祭曰烝，秋祭曰尝。祭祀之礼，各有其事。有解剥其皮者，有煮熟之者，有肆其骨体于俎者，或奉持而进之者。"《时迈》一诗，《小序》仅云："巡狩告祭柴望也。"而《郑笺》对"巡狩告祭"的礼仪做了更为详细的阐述，并指出礼仪的出处："巡守告祭者，天子巡行邦国，至于方岳之下而封禅也。《书》曰：'岁二月，东巡守，至于岱宗，柴。望秩于山川，徧于群神。'"更为典型的例子，是在《噫嘻》中"骏发尔私，终三十里。亦服尔耕，十千维耦。"之句，举《周礼》说明"终三十里"的历史背景是周代礼制中在国郊所实行的"十夫之田制"，说明"万夫之地，三十三里少半里"，之所以说"三十里"，是诗歌中取整数的缘故："使民疾耕，发其私田，竟三十里者，一部一吏主之，于是民大事耕其私田，万耦同时举也。"《周礼》曰："凡治野田，夫间有遂，遂上有径；十夫有沟，沟上有畛；百夫有洫，洫上有涂；千夫有浍，浍上有道；万夫有川，川上有路。"计此万夫之地，方三十三里少半里也。耜广五寸，二耜为耦。一川之间万夫，故有万耦。耕言三十里者，举其成数。"十夫之田制为沟洫制，九夫之田制为井田制，当中区别甚微，郑玄却能引用周礼，细致论述"三十里"之由来，可见其礼学造诣之深厚。

以礼证《诗》，是对战国时期荀子以礼说《诗》的传统延续，也为《诗》的整体诠释注入了礼制的因素。《毛传》中提出《诗》教中要旨之一即为"上以风化下"，即以《诗》教导百姓，淳朴民风，引其向善。而通过《诗》的阐释教化，让其明晰礼仪，知晓善恶，使得《诗》教的"化下"功能由此得到昭显。

通过郑玄的笺注，毛诗的《诗》教理论体系更加完备和充实：在"正得失，动天地，感鬼神"的宏观目标下，形成了培育社会风气与维持政治清明两大具体目标，一是以《诗》的教化而"经夫妇，成孝敬，厚人伦，美教化，移风俗"，一是以《诗》为谏而"主文而谲谏""达于事变而怀其旧俗"，同时振聋发聩地提出了"言之者无罪，闻之者足戒"的谏说成法，确保了儒家《诗》教干预政治的安全性，这是儒家《诗》教的总体纲领。而具体的阐释则有三个层面：以史传经，在历史的层面提炼了《诗》的史谏价值，确保了《诗》谏的历史根基；美刺两端，从政治角度切入经典阐释，为《诗》的正反之教提供了典型借鉴；而独标兴体，完善了《诗》教阐释的逻辑结构，在"兴"的沟通功用下，文学意向层面的所有事物都与王道政治紧密联系，两者之间通过相通性、相似性有了由此及彼的联系。这种复合性的意义机制，将《诗》整体转化为一套教化体系，既有"化下"之人伦美德的宣扬教化，又有"谏上"之历史得失的镜鉴思考，这就成了"张扬王道教化、规划立项秩序的儒家意识形态渊薮"①。

第五节　小结

汉代以儒家思想治国，经历了一个曲折而漫长的过程。开国之君刘邦对儒家学说和儒生的态度，一开始是非常排斥的。以贾谊为代表的儒家知

---

① 郑伟，王子君：《儒者之思与毛诗"正变"说》，载《中北大学学报（社会科学版）》2019 年第 35 期，第 63—67+71 页。

识分子，一直致力于向君王引进以仁义礼制治国的儒家学说，期望在国家政治生活中发挥经世、救世的积极作用。尽管丧失了如春秋战国时期，儒者与君王能够直接对话的话语权，但儒家知识分子从未放弃过争取话语权、实现"修齐治平"目标的宏伟理想。文景时期，挟书令甫一解除，治《诗》的浮丘伯立即召集众弟子，接续在秦末未曾完成的讲《诗》的学术传播，其弟子申公成为最早进入官学体系的《诗》学博士之一。景帝时期，《齐诗》学派的创始人辕固生在景帝面前与黄老学派的代表人物黄生就"汤武革命"发生过激烈争论，虽然这次争辩最终的结果是景帝以"食肉不食马肝，不为不知味；言学者无言汤武受命，不为愚"含混做出了结，但这其实是以治《诗》为代表的儒家学派向黄老学派发起的第一次思想冲锋，从景帝在事件前后的态度来看，已经很明显偏向儒家学者的思想。武帝时期，《鲁诗》学派的学者王臧与赵绾在武帝的支持下"务隆推儒术，贬道家言"，根据《诗经》中记载的周公立明堂以朝诸侯之事及武王巡狩之成例，向武帝提出恢复西周时期的"明堂"制度和"巡狩"制度，以进一步加强天子的权威，请武帝"立明堂城南，以朝诸侯"，同时"草巡狩封禅改历服色"。也就是在这一时期，在赵绾的推荐下，武帝特地宣召王臧与赵绾二人的老师申公入朝，"使者安车蒲轮，束帛加璧"，礼遇非常。尽管这一次儒家知识分子对黄老发起的挑战仍然在窦太后的权威下不免失败，然从事件前后联系来看，儒学已经在朝廷中有了包括皇帝和丞相在内的强劲的支持力量，武帝对《鲁诗》学者在礼学方面的倚重和期望也是十分明显的。元成哀平时期，《齐诗》学者家法相传，数代均为帝王之师，在朝廷中担任要职，以《诗》中礼学、成例指导国家政策制定，真正实现了儒家学者为"以师权规范君权"的最高理想。西汉末期，在王莽的倡导下，《毛诗》首次进入官方视野，得以被立为学官，但好景不长，随着新莽政权的覆灭，此后终未被立于学官。东汉时期，《韩诗》与《毛诗》得到一定程度的发展，而《齐诗》与《鲁诗》逐渐衰微。到了东汉末期，《毛诗》一枝独秀，而三家《诗》逐渐不再盛行。

在形成和传播的过程中，汉家的《诗》学理论也在不断地丰富和完善，三家《诗》由于文献残缺，其学术内涵、《诗》教理论难于考证，然从现存残文来看，仍然可见其对于先秦时期《诗》学理论的传承，并且表现出鲜明的时代特征。《鲁诗》"四始"开辟了系统解《诗》的先河，也充分体现出汉代《诗》学积极向王道政治靠拢的特征；王式以自身的跌宕际遇在历史上留下了"以三百五篇为谏"之说，以《诗》为谏、规正君心自此成为官方认可的政治实践，成为《毛诗序》中"下以风谏上"的生动实例；《齐诗》充斥着阴阳五行理论和天人感应思想的解《诗》方式，则充分体现出汉代《诗》学受政治环境和学术环境影响自我嬗变调整的权变及灵活；《韩诗》的体例和解《诗》之道与其他三家迥异，如同不曾经过时代的跌宕动乱，仍然处于春秋战国引《诗》盛行的诸子时代，可称得上先秦时期荀子引《诗》之道的余音绕梁。

三家《诗》的轮次兴盛，门庭若市，自然与其积极靠拢政治密切相关。但其快速的衰落，也与其过分依附于政治相关。附从于时事的理论调整和改变，顺应了当时官方所接受的主流学术思想的大势，是西汉时期儒家经典《诗经》的解释者们对当时政治环境的一种主动迎合。这种迎合对于儒家《诗》教的发展有利有弊。一方面，由于积极配合政治环境，以经典的阐释为汉朝立国找到了理论的根基，为国家在政治和思想上的"大一统"指明了方向，因而三家《诗》赢得了统治阶级的认可，许多治《诗》之学者官居高位，甚至担任帝王之师，《诗》中自形成之日就具有的"政教性"得以充分发挥，儒士们一定程度上实现了孔子提出、孟子实践的以《诗》干预王道政治的理想。当然，这种干预实际是非常有限的，在汉代中央集权的行政体制之下，君主的绝对权威已经树立，借助于自然灾异来警示帝王自省的"天人感应"理论本身对绝对皇权的制约已经十分有限，其方式已经十分曲折委婉。借助于"天人感应"理论来说《诗》解《诗》，再用《诗》中被赋予的这种带有赞美、劝诫、警示的政教意义来引导说服帝王，其方式更加委婉，效果更加隐微。但借助于政治力量的推崇之"势"，《诗》学在西汉时期蓬勃发展，学《诗》人数众多，儒家《诗》教的理论构建和政治实践都在这一时期打下了坚实的基础。

另一方面，学术向政治如此紧密的攀附，使得三家《诗》中对《诗》的阐释失去了学术的独立性。利禄与学术的紧密联系，在刺激学术快速发展的同时，也使学术变得趋炎附势，失去了独立的风骨。三家《诗》的传习者看到了学术思想契合统治阶层需要而使学者获得高官厚禄，在利禄的趋势下不断顺应政治时事调整阐释方向和阐释内容，使得三家《诗》学说日益冗杂，一方面一字之解动辄万言，以此作为博取功名的手段，有人皓首穷经也难解其意；一方面与谶纬之学联系过于紧密，随着时事的发展，谶纬之学广泛发展，民间的起义力量也利用"图谶"之说号召民众，宣扬天命转移，"谶纬"之学由统治阶层获取政权的法宝变为可能危及政权的利器，统治阶层避之不及。在这样的背景下，依附于"谶纬"理论的《诗》学阐释也逐渐失去了说服力和生命力。

　　《毛诗》则不同，与三家《诗》几乎同时期形成的《毛诗》，一直流传于民间，为"信而好古"的河间献王所重视和提倡。但由于武帝对河间献王声望、学识及名望的忌惮和防备，同时也由于《毛诗》理论体系中对于周代宗法封建政治体系的推崇和赞美，与当时高度中央集权政治体系的背道而驰，诸多主观与客观原因，令《毛诗》在西汉一朝很长一段时间内默默无闻。西汉末年，王莽处于政治改革的需要，大力提倡古文经，《毛诗》得以短时间内立于学官，但仍然由于政治的牵连，在东汉一朝始终处于官学体系之外。与三家《诗》相比，《毛诗》的优势十分突出。它提倡训诂，言辞简明清晰，学术根基扎实；它视野宏观，少谈谶纬，关注民风道德的推及培育，君王德行的养成与塑造，不局限一朝一君的提倡重视；它注重以史证诗、诗史结合，阐释方式系统、逻辑体系清晰。相比动辄万言解一字、皓首方能穷一经的《诗》学，其优势不言而喻。这也是《毛诗》能够一枝独秀、流传于后世的原因。

　　《毛传》加《郑笺》，共同形成了《毛诗》的《诗》教理论体系，成了儒家《诗》教的纲领性文献。在"正得失，动天地，感鬼神"的宏观目标下，儒家《诗》教形成了培育社会风气与维持政治清明两大具体目标，一是以《诗》的教化而"经夫妇，成孝敬，厚人伦，美教化，移风俗"，一是以《诗》为谏而"主文而谲谏""达于事变而怀其旧俗"，同时振聋发聩提出了"言之者无罪，闻之者足戒"的谏说成法，确保了儒家《诗》教干预政治的安全性，这是儒家《诗》教的总体纲领。而具体的阐释则有三个层面：以史传经，在历史的层面提炼了《诗》的史谏价值，确保了《诗》谏的历史根基；美刺两端，从政治角度切入经典阐释，为《诗》的正反之教提供了典型借鉴；而独标兴体，完善了《诗》教阐释的逻辑结构，在"兴"的沟通功用下，文学意向层面的所有事物都与王道政治紧密联系，两者之间通过相通性、相似性有了由此及彼的联系。这种复合性的意义机制，将《诗》整体转化为一套教化体系，既有"化下"之人伦美德的宣扬教化，又有"谏上"之历史得失的镜鉴思考，这就成了"张扬王道教化、规划立项秩序的儒家意识形态渊薮"①。

汉代群儒对《诗》学的贡献，是令其政治化、系统化、完备化，自汉儒解《诗》，《诗》成了《诗经》。而《毛诗》成熟完备的理论构建和系统的阐释方法，为后世《诗》教树立了基本的原则与标杆，成为儒家《诗》教不断完善发展的渊薮。

---

① 郑伟、王子君：《儒者之思与毛诗"正变"说》，载《中北大学学报（社会科学版）》2019 年第 35 期，第 63—67+71 页。

‖ 结 语 ‖

《诗》教，这个名词尽管在春秋末期才由孔子提出，而事实上，以《诗》为教的实践，在《诗》创生初期就已经开始。近代诸多杰出学者研究《诗》教，多从孔子阶段进行探究，亦有少部分学者将《诗》教追溯到西周的学官体系中，即乐教盛行之时。但笔者以为，《诗》教的实践伴随着《诗》的创生与形成，在武王周公时代就已经开始。在不同的时代，《诗》教的内涵也不尽相同。时代的变化赋予《诗》教新的使命，而政治的变革也带给《诗》教嬗变调整的契机。结合历时性和共识性研究方法，笔者将《诗》教定义为一个系统的概念，它包括三个子概念：原始《诗》教、贵族《诗》教与儒家《诗》教，并力图找出不同时代《诗》教之间传承、发展、改变的动因和脉络。

习近平总书记《在文艺工作座谈会上的讲话》提出："我们要结合新的时代条件传承和弘扬中华优秀传统文化，传承和弘扬中华美学精神。"研究儒家《诗》教发展变迁史，根植于传统文化，是具有重要意义的课题。

从西周初期的原始《诗》教，一直到汉儒建立《毛诗》的经典《诗》教体系，是《诗》教的生成、发展和定型时期，自《诗》演变为《诗经》，中国社会正式进入以"《诗》教"陶冶性情、辅佐政治、启发文学、铸造诗国的风雅的时代。自此以后，《诗》教的理论构建、阐释逻辑、实践方式都已经较为固定，后世儒家学者基本都沿着《毛诗》构建的这一纲领性《诗》教体系，或偏重外王的政治理想，或偏重内修的德行培育，或尊序说，或疑序说，传承、思辨、发展、改良。厘清早期《诗》教的发展脉络，结合政治变革和历史需求分析其为何会选择这样的路径发展延续，又如何在政治需求与儒者理想之间构建新的话语模式，找到新的平衡基点，有助于我们以全新的视角审视《诗》教的历史价值。

必须指出的是，由于笔者水平所限，课题难免存在许多不足与谬误，笔者认为主要有以下几方面：一是由于研究方向所限，在第一章《原始诗教的形成发展》中，着重分析政治变革对于《诗》形成的影响，因此在论述《风》《雅》《颂》三部分体例形成过程中，对《颂》中《商颂》《周颂》之形成进行了分析，对《鲁颂》探讨不足。此部分在论述过程中，文献资料梳理尚有不足，部分观点难免武断。在论述《风》之形成与政教关联时，着重从采风、观风与王道关联出发进行了阐述，对除《二南》之外各国之《风》具体形成论述不足。二是全文因着眼于分析《诗》教发展演变之脉络及其与政治变革之内在联系，着力从政教角度论《诗》教较多，对《诗》教的文学功能的发展、演变研究不足。三是关于先秦两汉《诗》教之发展演变还有许多空白领域有待研究，特别对《诗》教中"乐教"的应用与演变研究不足，如西周时期《诗》乐之教授、春秋时期《诗》乐之应用，汉初礼乐之重建等缺乏研究。四是关于史料和文献的引用、论证，由于笔者学力所限，远不够完整丰富，文献的选择使用上还存在不够精细、恰当的问题。五是关于传统《诗》教融入当代教育体系的路径创新有待进一步探索。

此外，本课题系统梳理了《诗》教自创生到汉代儒家《诗》教系统理论构建完成的过程，应该说只完成了对传统《诗》教体系梳理的前半部分。中国传统《诗》教与中国文化和政治的演进脉络相伴相生，须臾不离。在之后的研究中，笔者将继续完成传统《诗》教历史构架的整体梳理。

由于学识有限，本书尚有许多疏漏与不足之处，恳请方家批评指正。

参考文献

一、研究专著（根据作者首字母排列）

[1] 常玉芝. 周代祭祀制度［M］. 北京：中国社会科学出版社，1987.

[2] 陈致. 从礼仪化到世俗化——诗经的形成［M］. 上海：上海古籍出版社，2009.

[3] 陈世骧. 陈世骧文集［M］. 沈阳：辽宁教育出版社，1998.

[4] 戴维. 诗经研究史［M］. 长沙：湖南教育出版社，2001.

[5] 董运庭. 论三百篇与春秋诗学［M］. 北京：中国社会科学出版社，2013.

[6] 樊树云. 诗经宗教文化探微［M］. 天津：南开大学出版社，2001.

[7] 范文澜. 经学演讲录［M］. 北京：中国社会科学出版社，1979.

[8] 傅斯年. 诗经讲义稿［M］. 北京：中国人民大学出版社，2004.

[9] 顾颉刚. 古史辨三［M］. 上海：上海出版社，1982.

[10] 郭沫若. 郭沫若全集·历史编（第二卷）［M］. 北京：人民出版社1982.

[11] 郭沫若.《殷契粹编》释文［M］. 北京：科学出版社，1965.

[12] 郝永. 朱熹诗经解释学研究［M］. 上海：上海古籍出版社，2014.

[13] 黄爱梅. 封邦建国的礼乐世界［M］. 上海：上海人民出版社，2018.

[14] 黄奇逸. 商周研究之批判［M］. 成都：巴蜀书社，2008.

343

［15］翦伯赞. 先秦史［M］. 北京：北京大学出版社，2001.

［16］江林. 诗经与宗周礼乐文明［M］. 上海：上海古籍出版社 2010.

［17］姜亮夫等. 先秦诗鉴赏辞典［M］. 上海：上海辞书出版社，1998.

［18］李春青. 诗与意识形态［M］. 北京：北京大学出版社，2004.

［19］李山. 诗经的文化精神［M］. 北京：东方出版社，1997.

［20］李向平. 王权与神权 周代政治与宗教研究［M］. 沈阳：辽宁教育出版社，1991.

［21］李学勤. 古文献论丛［M］. 上海：上海远东出版社，1996.

［22］李学勤. 礼记正义［M］. 北京：北京大学出版社，1999.

［23］梁占先. 《左传》赋诗言志义解［M］. 贵阳：贵州人民出版社，2009.

［24］刘清河，李锐. 先秦礼乐［M］. 北京：北京师范大学出版集团，2009.

［25］刘文忠. 温柔敦厚与中国诗学［M］. 上海：上海古籍出版社 2015.

［26］刘源. 商周祭祖礼研究［M］. 北京：商务印书馆，2004.

［27］刘泽华. 中国政治思想史（先秦卷）［M］. 杭州：浙江人民出版社，1996.

［28］马银琴. 周秦时代诗的传播史［M］. 北京：社会科学文献出版社，2011.

［29］皮锡瑞. 经学历史［M］. 北京：中华书局，2005.

［30］〔法〕皮埃尔·布迪厄. 实践与反思［M］. 北京：中央编译出版社，1998.

［31］钱穆. 中国文化史导论［M］. 北京：商务印书馆，1994.

［32］〔法〕让·皮埃尔·韦尔南. 神话与政治之间［M］. 余中先，译. 北京：三联书店，2005.

［33］沈文倬. 宗周礼乐文明考论［M］. 杭州：杭州大学出版社，1992.

［34］舒大刚. 儒学文献通论［M］. 福州：福建人民出版社 2012.

［35］唐兰. 西周青铜器铭文分代史征［M］. 北京：中华书局，2016.

[36]　〔日〕田中和夫. 汉唐诗经学研究［M］. 常州：凤凰出版社，2013.

[37] 王秀成. 三礼用诗考论［M］. 北京：中国社会科学出版社，2007.

[38] 王宇信，杨升南，聂玉海. 甲骨文精粹释译［M］. 昆明：云南人民出版社，2004.

[39] 翁其斌. 中国诗学史［M］. 厦门：鹭江出版社，2002.

[40] 吴培德. 诗经论集［M］. 昆明：云南大学出版社，1993.

[41] 吴洋. 朱熹诗经学思想探源及研究［M］. 北京：社会科学文献出版社，2014.

[42] 夏传才. 诗经研究史概要［M］. 郑州：中州书画社，1982.

[43] 杨世文. 走出汉学——宋代经典辨疑思潮研究［M］. 成都：四川大学出版社，2008.

[44] 杨天宇. 礼记译注［M］. 上海：上海古籍出版社，2016.

[45] 杨向奎. 宗周社会与礼乐文明（修订本）［M］. 北京：人民出版社，1992.

[46] 张松如. 商颂研究［M］. 天津：南开大学出版社，1995.

[47] 周泉根. 新出战国楚简之《诗》学研究［M］. 天津：天津教育出版社，2010.

[48] 郑伟. 毛诗大序接受史研究［M］. 北京：人民出版社，2015.

[49] 赵诚. 甲骨文简明词典［M］. 北京：中华书局，1999.

[50] 战学成. 五礼制度与诗经时代社会生活［M］. 北京：中国社会科学出版社，2014.

[51]〔日〕种村和史. 宋代诗经学的继承与演变［M］. 上海：上海古籍出版社，2017.

二、研究论文（根据作者首字母排列）

［1］陈鹏程.《国语》用诗探析［J］. 长安大学学报（社会科学版），2009，11（03）：97-100+119.

［2］陈曦. 汉赋引《诗》考论［D］. 哈尔滨：哈尔滨师范大学，2012.

［3］陈晓燕.汉魏六朝赋引《诗》研究［D］.青岛：中国海洋大学，2014.

［4］崔际银.唐人小说用诗风格类型分析［J］.唐代文学研究，2006（00）：823-830.

［5］房瑞丽.《韩诗外传》与先秦《诗》学渊源关系探略［J］.北方论丛，2012（01）：121-124.

［6］冯一鸣.西汉用《诗》研究［D］.北京：北京大学，2011.

［7］傅道彬.《孔子诗论》与春秋时代的用诗风气［J］.文艺研究，2002（02）：39-42.

［8］葛立斌.战国时期非儒家学派的《诗》学思想［J］.湖北社会科学，2009（05）：136-138.

［9］郭丹.郭店楚简引《诗》义例与诗学思想考论［J］.福建师范大学学报（哲学社会科学版），2015（05）：36-41+80+168-169.

［10］洪秀娟.《诗经》祭祀神灵研究［D］.聊城：聊城大学，2018.

［11］胡卫.论魏晋时期"以《诗》为经"与"以《诗》为戏"——以《世说新语》所载用《诗》为中心［J］.四川师范大学学报（社会科学版）.

［12］黄凡耘.春秋邦交用《诗》研究［D］.武汉：湖北省社会科学院，2017.

［13］黄俊杰.论东亚儒家经典诠释与政治权利之关系——以《论语》《孟子》为例［J］.台大历史学报，2007（40）.

［14］黄克剑.孔子"诗教"论略［J］.哲学动态，2013（08）：50-58.

［15］黄震云，胡政.《诗经》与孔子的诗学思想［J］.重庆工商大学学报（社会科学版），2003（02）：1-4.

［16］江瀚.先秦用诗与儒家诗论［J］.山东科技大学学报（社会科学版），2009，11（03）：71-77.

［17］金宝.早期诗教研究［D］.长春：吉林大学，2010.

［18］金宝.论春秋诗用的方式与诗教［J］.理论界，2009（10）：122-123.

［19］金宝.论以诗为教的产生与诗教观的确立［J］.理论界，2008

（08）：148-149.

［20］金鑫. 京都赋引《诗》用《诗》的经学色彩［J］. 安顺学院学报，2012，14（03）：8-10+19.

［21］鞠训科.《诗》"兴"与先秦断章取义的用《诗》传统［J］. 语文学刊，2006（24）：128-129.

［22］李华. 孟子《诗》说与齐诗的经学化——齐诗"匡扶邦家"的经学特征探源［J］. 重庆教育学院学报，2011，24（01）：92-94+123.

［23］李华. 孟子与汉代《诗经》学研究［D］. 济南：山东师范大学，2011.

［24］李小山. 春秋《诗》学研究的新突破——《〈左传〉赋诗研究》评介［J］. 语文知识，2012（02）：127-129.

［25］李振松.《礼记·乐记》的用《诗》与用诗［J］. 长江大学学报（社会科学版），2013，36（08）：8-9.

［26］梁大伟.《论语》中的用《诗》、引《诗》和评《诗》现象［J］. 鞍山师范学院学报.

［27］梁大伟. 汉代的诗教观［J］. 鞍山师范学院学报，2011，13（01）：76-78.

［28］刘冬颖. 上博竹书《孔子诗论》与《诗三百》的经典化源流［J］. 诗经研究丛刊，2005（01）：26-36.

［29］刘冬颖. 上博竹书《孔子诗论》与风雅正变［J］. 古籍整理研究学刊，2003（02）：19-21.

［30］刘晖，曾志东，贺平. 从《左传》用《诗》看《诗经》的雅［J］. 湖南工程学院学报（社会科学版），2006（04）：53-56.

三、古籍参考文献

［1］（汉）班固. 汉书［M］. 北京：中华书局，1962.

［2］（清）永瑢等. 四库全书总目·卷九经部九［M］. 北京：中华书局，1965.

［3］（南朝宋）范晔. 后汉书［M］. 北京：中华书局，1965.

［4］（北齐）魏收. 魏书［M］. 北京：中华书局，第 1974.

［5］（明）王世贞. 读韩诗外传·弇州山人四部稿［M］. 台北：伟文出版社，1976.

［6］（清）阮元校刻. 十三经注疏·毛诗正义［M］. 北京：中华书局，1980.

［7］（清）阮元校刻. 十三经注疏·礼记正义［M］. 北京：中华书局，1980.

［8］（清）阮元校刻. 十三经注疏·春秋左传正义［M］. 北京：中华书局，1980.

［9］（清）阮元校刻. 十三经注疏·周礼注疏［M］. 北京：中华书局 1980.

［10］（唐）陆德明. 经典释文（卷一）［M］. 北京：中华书局，1983.

［11］（清）董诰等. 全唐文［M］. 北京：中华书局，1983.

［12］（清）陈奂. 诗毛氏传疏·毛诗说（下册）［M］. 北京：中图书店，1984.

［13］（东汉）郑玄注，（唐）孔颖达疏. 礼记注疏（景印文渊四库全书第 115 册）［M］. 台北：台湾商务印书馆，1986.

［14］（唐）成伯玙. 毛诗指说（文渊阁影印《四库全书》本）［M］. 台北：台湾商务印书馆，1986.

［15］（宋）黎靖德. 朱子语类［M］. 北京：中华书局，1986.

［16］（清）焦循. 孟子正义［M］. 北京：中华书局，1987.

［17］（汉）刘向. 说苑校正［M］. 北京：中华书局，1987.

［18］（清）孙希旦. 礼记集解［M］. 北京：中华书局，1989.

［19］（汉）董仲舒. 春秋繁露义证［M］. 北京：中华书局，1992.

［20］（清）马骕. 左传事纬［M］. 济南：齐鲁书社 1992.

［21］（宋）朱熹. 论语集注［M］. 北京：中国书店，1995.

［22］（汉）司马迁. 史记［M］. 上海：上海古籍出版社，1997.

［23］（清）王先慎. 韩非子集解［M］. 北京：中华书局，1998.

［24］（汉）贾谊. 新书校注［M］. 北京：中华书局，2000.

［25］（梁）萧统编，（唐）李善注. 文选［M］. 长沙：岳麓书社，2002.

［26］（宋）朱熹注. 诗集传［M］. 苏州：凤凰出版社，2007.

［27］（清）阮元校刻. 十三经注疏（清嘉庆刊本）·尚书正义（卷第三）［M］. 北京：中华书局，2009.

［28］（清）阮元校刻. 十三经注疏（清嘉庆刊本）·孟子注疏［M］. 北京：中华书局，2009.

［29］（清）王鸣盛. 尚书后案［M］. 北京：中华书局，2010.

［30］（汉）韩婴. 韩诗外传［M］. 上海：上海书店出版社，2012.

［31］（清）孙诒让. 周礼正义·大卜疏［M］. 北京：中华书局，2013.

‖ 后 记 ‖

在儒家经典中，选择《诗经》作为研究方向，最初是因为其音韵文字之美。开始接触经学解《诗》之时，也有许多不解。我曾认为《关雎》就是一首情诗。诗旨显而易见，不过是窈窕淑女，君子好逑。汉儒麻烦，河边啾啾的鸟鸣，心中妙曼的美人，如何就褪去自然的清新，描上道德的金粉，变成了朝堂之上一本正经的"正始之道，王化之基"？个中关联，曲径蜿蜒，难于通幽。在阅读经学文献的漫长历程中，对于那些生拗的文字、朴拙的逻辑、冗长的说教，我慢慢从记忆到理解。儒家的君子，心中装的不只是窈窕的淑女，还有世道安危、民生疾苦，不易之大道，万世之太平。《诗》教承载的，最初是圣王明君天下一统、万邦协和的宏伟愿景；在历史长河中，又慢慢融合了儒家士人修身立德、经世济民的朴素理想。在一个个串联起来的历史的瞬间，《诗》就这么变成了《经》。在武王伐纣功成，夙夜不寐时，"我求懿德，肆于时夏"，《时迈》《大武》应运而出；在孔子车马劳顿奔走列国，世道衰微礼义不行，他明明白发苍苍，困顿窘迫，却仍然相信"斯文在兹，天不丧予"，编订诗书以备王道，他说"兴于诗立于礼成于乐"；在孟子风尘仆仆千里迢迢见梁惠王时，傲慢的国君居高临下，呼他为"叟"，他不亢不卑，引《灵台》《思齐》劝君以爱民，引《公刘》《文王》说君以仁厚，他苦口婆心，婉转解诗，却无一字及私利；在八十多岁的申公安车蒲轮奔赴长安时，在读书人辕固生在污秽肮脏的猪圈举起长矛时，在已经身居高位的韦玄成、萧望之、匡衡前赴后继引《诗》说理，坚持推行"迭毁宗庙"政策时……当理解了儒家士人为天地立心、为生民立命的责任与担当，也就理解了那些看似"断章取义"背后的良苦用心。过去很长一段时间里，包括《诗经》经学在内的经学学说被贴上了"保守、教条、僵化、繁琐"甚至"荒诞"的标签，经学的历史价值被极大的否定。不可否认，《诗经》的经学阐释中也的确存在教条、僵化的阐释，在我们以"去其糟粕，取其精华"的态度吸纳儒家先贤学说的同时，也可以尝试融入当时的历史环境，去理解这些"教条与僵化"的学说提出背后的动因与立场。经学是发展动态的学说，正如《诗》教的内容与实践一样，也应随着时代的发展而不断变革和丰富。当我们代入当时的时代环境去审视《诗》教的发展历程时，会发现，延绵的《诗》教，传承的也不只是章句经义，还有中国历代儒家士人的家国情怀与责任担当。千百年前，雾气弥漫的河边那一声清脆鸟鸣，穿越漫长的时空，引领青青子衿的读书人一路向前，上下求索。

本书是 2020 年度贵州省哲学社会科学规划国学单列课题"先秦两汉《诗》教研究"之成果。在完成课题后，又数度修改，并继续撰写汉代之后《诗》教发展与变革历程，期望能够完成传统《诗》教整体历史体系构建及发展脉络梳理。很幸运又获得教育部中华优秀传统文化专项课题资助，让计划中的传统《诗》教历史体系的整体研究得以持续开展。

由衷感谢孔子基金会、贵阳孔学堂、尼山儒学世界中心为本研究提供的平台与支持。

特别要感谢恩师舒大刚先生给予我学业与人生的指导与教诲；感谢爱人施春华先生给予我毫无保留的支持、鼓励与温暖。感谢学界前辈与同人给我的指点、启迪与帮助。纸短意长，不能万一。感恩所有遇见，所有支持与鼓励。

由于学识有限，本书尚有许多疏漏与不足之处，恳请方家不吝批评指正。